KB270448

현대시의 비밀

현대시의 비밀

■ 나는 시를 이렇게 쓴다

권명옥 편

유치환　　박목월
신석정　　김수영
조지훈　　김춘수
김현승　　김광림
박두진　　정한모
김경린　　고　원
　　　　　　　　외

이회문화사

책머리에

이 책은 시인들이 쓴 시작 노우트 또는 자작시(自作詩) 해설의 글들 중 우리 시문학사에서 길이 기억될 대표적인 것들만을 엄선해 엮은 것이다. 여기 수록된 글의 시인들은 또한 하나같이 한국 현대시문학사에 큰 업적을 남겼고 지금도 많은 독자들의 사랑을 받고 있는 사람들이기도 하다. 이 책은 무엇보다도 그들의 작품세계와 창작 경험, 나아가 인간적 문학적 비밀을 이해하는 데 크게 도움을 줄 것으로 생각된다. 돌이켜보면 시작 노우트 또는 자작시 해설은 우리 문학사에서는 하나의 전통과 같은 것으로 지금까지 이런 유형의 글들이 지속적으로 쓰여져 왔다. 특히 1960년을 전후해서는 무더기로 이런 글들이 한 권의 책으로 간행되기도 했었다. 이것은 현대시 운동 반세기의 역사적 축적을 바탕으로 이루어진 성과라 풀이될 수도 있겠다. 그 중 대표적인 예로 박목월의 ≪보라빛 소묘≫, 유치환의 ≪구름에 그린다≫ 등을 들 수 있다.

모든 문학 행위는 크게 나누어 쓰기〔표현〕와 읽기〔전달〕의 두 측면으로 구분된다. 이 책에 수록된 자료들은 이 두 측면의 문학수업에 고루 도움을 줄 수 있을 것으로 기대된다. 시인마다 얼굴이 다르듯이 개성도 다르고 창작기법도 다르게 마련이다. 그러므로, 우리는 각 시인이 남긴 시작 노우트나 자작시 해설 등을 통해 그 시인의 문학적 취향과 상상력의 편향, 감수성, 기호, 언어 감각 등을 엿볼 수 있다. '그 나무에 그 열매'라는 말이 있듯이 우리는 시인이라는 나무를 통해 그가 거둔 열매, 곧 작품의 향기를 보다 풍요롭게 맛볼 수 있는 것이 아닐까. 이 책을 엮게 된 근본적인 의도가 이에 연유한다.

엄격히 말하면 시와 의도(시인)는 구분되어야 할 것이다. 시인의 의도가 작품에 그대로 구현된다고 볼 수는 없기 때문이다. 그렇다고 해서, 이러한 객관론적 결백성에 지나치게 매달리는 것은 바람직한 일이 아닐 것이다. 필요하다면 우리는 한 시인이나 작품을 이해하기 위해 모든 자료를 다 활용할 필요를 느낀다. 시작 노우트는 이런 점에서 가장 유익한 자료로 선택될 수 있다. 시작 노우트나 자작시 해설선들이야 말로 시인들이 자신의 창작 비밀을 가장 솔직하게 털어놓은 고백적인 문장이 아닐 수 없기 때문이다.

　이 책은 일차적으로 문예창작론을 위한 실제적 텍스트로 활용될 수 있을 것이다. 나아가, 시를 아끼고 사랑하는 일반 독자들의 시 읽기에도 큰 도움을 줄 수 있을 것으로 기대해 본다. 쓰기(표현)든 읽기(전달)든, 문학 수업에 있어 중요한 것은 경험이며 모든 지식까지도 경험화해야 하는 것이라고 한다면 시인이 쓴 시작 노우트 또는 자작시 해설이야말로 우리의 문학적 경험을 확대하는 데 빠뜨릴 수 없는 유익한 발판의 하나가 될 것이다.

　끝으로, 이 책은 문학 수업에 실제적 도움이 될 만한 자료들만 엄선했고, 그 자료들을 부분적으로 편집 또는 재편집해 수록했다. 방언이나 古語투의 말은 가급적 현대 표준어 표기로, 한자어는 불가피한 경우를 제외하고 모두 한글 표기로 바꾸어 요즈음 독자들의 독서취향에 맞췄음을 밝힌다. 책 표제 ≪현대시의 비밀≫은 조지훈의 〈시의 비밀〉(나의 詩 나의 詩論)(본문 p.95)에서 따온 것이다.

1997년 12월
편저자

차 례

나의 詩, 나의 詩論

고 원·김경린·김광림·김춘수
김현승·박두진·신석정·유치환
장만영·정한모·조지훈

여기 수록하는 글들은 한국시인협회 편 ≪나의 詩 나의 詩論≫ (1960)에서 뽑은 것이다. 〈나는 시를 이렇게 쓴다〉의 주제로, 시인들이 자선(自選)한 대표작 1편과 그 시의 제작과정에 대해 해설한 글들이다.

여기에는 작품구조론적 해설의 글 뿐만 아니라 낭만주의 문학관게서의 유기체론적 해설, 또는 체험과 주로 관련한 해설 등 다양하다. 한 편의 시 (〈꽃을 위한 序詩〉)를 영감(inspiration)과 영감의 조정, 퇴고 등과 관련한 형상화 과정으로 설명하거나(金春洙), '내가 시를 쓰는 것이 아니라 시가 나를 쓴다'는 입장(유치환), 그리고 시 〈승무(僧舞)〉는 언어로 추는 시인 자신의 춤일 뿐(조지훈)이라는 해설 등과 만날 수 있다. 시정신을 강조하는 김현승이나 '사람은 처음 쓴 작품과 유사한 시밖에 쓰지 못한다'는 쟝 콕토의 말을 인용하는 장만영은 靑馬에 아주 가깝다고 하겠다.

詩作 노우트에서
—〈오늘은 멀고〉

高遠

충북 영동 태생(1925). 미국 캘리포니아大 교수를 역임한 영문 학자이기도 하다. 개인시집 외에 역시집, 우리시의 번역시집도 낸 바 있다. 그의 작품 경향은 인간의 가능성, 불안, 현실의 어둠성과 부조리 등을 비판했으며, 특히 현실상황을 극복하려는 강렬한 이상성을 엿볼 수 있다.

1950년무렵 시전문지 ≪詩作≫을 주관하기도 했다. 시집으로는 ≪이율의 항변≫(54), ≪태양의 연가≫(56), ≪눈으로 약속한 시간에≫(60) 등이 있다.

오늘은 멀고 오늘보다 먼저
내일이 오는 지점에
꽃냄새를 맡듯이
마음이 멎는다.
꽃냄새는 없는데,
자리는 비었는데—

거기엔 분명히 와야 할
아무도 아무것도 오지 않았다.
그래서 마음은 다만 마음로서
한결 충만해짐을 느끼는 것일가?
풍만한 게 아니라 꽉 차버리는
泡沫의 飽和狀態!

그것은 밀리고 밀린
〈미움〉의 飽和.
사랑스러워서
사랑하고 싶어서
모든 가슴에 사무친
미움을 노래할 詩를 쓴다면
이 순간에도 여유가 생길가부다.

기억으로 통하는 아름다운 별들의
맑은 공간,
이런 때 갑자기 자지러지게
울음을 토하는 귀뚜라미 소리는
斷絶이 없어 숨이 막힐 뿐.

망에는 갔어야 할 이제의
무거운 그림자가 우둔한 채,
또다시 오늘은 멀고
내일이 먼지
머리를 든다.

(一九六0 · 九)

　　우리들이 시의 필요성을 느끼고 〈시에 대한 희망〉을 품는 때는, 시 아닌 것
의 압력을 느끼는 시간이다. 지저분하고 어수선한 현대적 서물(庶物)에 의해서
생활이 점령돼 버린 것을 통감할 때의 목마른 상태에서 시는 요구되고 있다.
인간이 존재한다는 현실 그 자체는 하찮은 일이다. 그러나 그 〈偉大한 無價値〉
를 깨닫는 데서 실상 시적동기는 있을 것이다. 고립되고 절단된 존재와 현상에
대한 자신의 감응, 즉 자신의 체험에 하나의 질서를 가지고자 하는 구심적(求心
的)인 의도가 곧 시를 희구하는 기초가 된다. 현실을 파괴하는 것이 시의 건설
이다. 현실에 대한 시적 의식이란 필경 저항과 건설의 의식을 말하지 않을까?

시란 현실의 인생에 불만을 느끼고, 현실의 인생에 이전보다 더 이지에 만족을 줄 수 있는 형태로 변화시키려는 인간의 희망이다. 현실은 인간을 무한히 압박한다. 시는 그러한 현실과 함께 진리를 의식하는 한 방법이다. 현실이나 진리를 인간정신이 흡수할 수 있는 상태로 변형시킴으로써 그것을 인식하는 방법이다. 그리하여 여기 의식의 습관을 타파해야 할 과제가 따르는 것이다.

우리가 오늘날 특징적인 의미에서 〈現代詩〉라고 말할 때, 우리는 그 사상성, 비평성, 창작의 의식성, 조직적인 기술 등을 종합한 개념(槪念) 위에 서서 적어도 그것이 현대시가 아닌 것과 구별되는 성질을 머리 속에 그린다. 그리고 현대시를 제작하는 시인과 그것을 받아들이는 독자와의 사이에 공통된 감동이라는 것이 교류되며 대시대적(對時代的)으로나 초공적(超空的)으로 상호간의 존재를 지각케 하는 상황을 시작품이 작용한다고 한다면, 그것은 현대시가 다루는 그 주제에 입는 바 크다고 말할 수 있을 것이다.

현대시의 제재는 범위가 대단히 커졌다. 인간이 일상생활에서 상대하는 숫자에 있어서나 인류의 지혜가 인식하는 숫자에 있어서나, 그 대소간(大小間)의 차이란 실로 놀라운 거리에 놓여 있듯이, 현대시의 제재는 우선 얼마든지 작은 것과 얼마든지 큰 것에 유의하고 있다. 잡다한 사건과 현상이 어찌 보면 단편적으로 수없이 연속되는 가운데 우리의 생활은 날이 갈수록 더 복잡해 간다. 생활 뿐만 아니라 문화의 변화도 무한히 복잡해지고 있다. 따라서 개개인의 사고와 감정과 체험이 결코 단순한, 또는 단일한 세계에 머물러 있지 않다. 〈複雜〉과 〈難解〉의 통로가 마련되는 계기가 이런 데 있을지도 모른다.

현대시의 주제는 고정된 관렴도 개념도 공식도 아니다. 철학이나 윤리가 아니요, 신문기사나 시적인 기분은 더구나 아니다. 현대시가 현대시로서 지양(止揚)된 위치, 깊이와 폭을 확립하고 키워가야 한다는 것은, 현대시인의 신신한 자각에서 오는 즐거운 사명일 것이다. 우리는 지나치게 하나의 개념, 주의(主義), 유파에 구애되는 수가 많다. 일종의 공리주의다. 정신영토(精神領土)의 확장에 방해되는 온갖 것을 거부하고, 고식적이며 소아병적인 목전의 한계를 물리침으로써 시인은 좀더 부강해져야 한다.

현대시의 특색은 무엇인가? 근대시가 그 이전의 시와 대립하는 특질을 가진 정도까지는, 현대시가 근대시와 결정적으로 대립할 만한 특질을 양자 사이에 설정하고 있지는 않다. 그러나 몇가지의 특색만은 추릴 수 있을 것이다.

시와 생활과의 연계(連繫), 명확한 이미지의 표출, 새로운 리듬의 창조, 그리고 음악성에서 회화성으로, 감성에서 지성으로 영탄에서 사상으로 소박한 재주에서 복잡한 기술로의 현저한 전환— 이렇게 나열해 나간다면, 당대의 근대적 시인들은 당장 항의를 할는지?

기술만으로 된 진정한 현대시가 없듯이, 기술이 없는 현대시도 있을 수 없다. 자연 발생적인 감정 토로를 배격하고, 논리적인 자각, 의식적인 〈오퍼레이슌〉, 체계적인 훈련으로 작품 전체, 창작의 전과정을 통솔한다는 것은 기실 〈뽀에지〉 자체를 위해서 다행한 일이다. 방법론 때문에 현대시가 외로워야 할 까닭은 없지 않은가!

현대어 말이 있으니……현대시의 말이 또한 문제다. 낱말과 기호와 억양의 의미는 생활이나 사상이나 과학에 못지 않게 발달해간다. 말의 질량은 끝이 없는 양 커가고 있다.

시인의 사물의 내면적인 특질을 더욱 깊이 인식할수록, 시인이 점유하는 언어의 영역은 확대되는 것이다. 말의 감도(感度)와 사고의 깊이는 정비례한다. 그리고 표현의 최대공약수는 재발견된 평이한 말이 가치에서 나온다. 가분수의 미학이라고나 불러두자.

감동이 없다는 불평을 듣는다. 무엇이 감동을 주는가? 감동은 무엇인가? 오늘날의 감동은 이미 질이 달라졌다. 피부를 스치고 가슴을 어루만지는 것이 아니라, 〈하아트〉와 〈브레인〉을 동시에 두들길 때, 현대인은 놀라면서 감동하는 것이다. 시가 그렇게까지 위대할 수 있느냐? 결코 위대하려고 노력하지 않는 가운데 시는 절로 성장하고 있다.

정녕 현대시는 어려운 것일까? 현대시가 이해하기 보수적인 시도 어렵다 할 것이다. 덮어놓고 난해할 까닭은 없다.

〈가, 는, 도, 를, 에〉의 용법을 모르고서도—아니, 모르기 때문에 오히려—어려운 글을 쓸 수가 있다. 사실 무언지 잘 모르겠는데도 일견 그럴듯한 것을 만들기란, 알기 쉬우면서도 흠이 없는 것을 만들기보다 훨씬 용이할 일이다. 이런 경우에 우리는 그것을 곧 현대시라고 부를 만큼 굳이 무식해야 할까? 예술적인 정당성을 가졌을 때에만 난해성을 현대시의 한 특성이 될 수 있는 것이다.

나 같은 사람더러 시를 좀더 쉽게 쓰라는 충고를 하는 친구가 있는데, 나는 속으로, 이 이상 어떻게 더 쉽게 쓸 수 있는지 당황해진다. 〈쉽게〉라기보다 〈정확하게〉만 쓴다면, 내 친구는 다소 기뻐할 것 같다.

너는 무슨 주의자(主義者)냐? 통속적인 개념에서라면 나는 아무 주의자고 아니다. 같은 경향을 가진 사람들이 그룹 운동을 하는 것을 보고 싶은 마음은 있으나, 스스로 무슨 주의자가 되고 싶지는 않다. 〈이즘〉에 대해서 싫증이 난 지 오래다. 〈이즘〉에서는 각각 좋은 점 만을 배워오면 그만이다. 문제는 〈오리지날리티〉에 있다.

현대시의 제문제
―〈太陽이 直角으로 떨어지는 서울〉

金璟麟

함경북도 경성 태생(1918). 일본 유학(와세다大 토목과) 중 일본의 모더니즘 동인회인 VOU동인으로 참가, 광복 후 후반기 동인으로서 모더니즘시운동을 전개하면서 모더니즘계열의 시론인 〈현대시의 제문제〉(57) 등을 발표, 주목을 끌기도 했다. 그의 시는 과학문명 속에서의 다이내믹한 인간관과 언어의 새로운 기능 및 표현의 입체성을 추구, 현대적 이미지의 조형을 보인다. 애솔로지 ≪새로운 도시와 시민들의 합창≫(45), 개인시집 ≪太陽이 直角으로 떨어지는 서울≫(85) 등.

太陽이
直角으로 떨어지는
서울의 거리는
〈푸라타나스〉가 하도 푸르러서
나의 心臟마저 染色될가 두려운데

외로운
나의 投影을 깔고
疾走하는 軍用추럭은
과연 나에게 무엇을 가져 왔나.

〈비둘기 처럼
그물을 헤치며 지나 가는
당신은 나의 過去를 아십니까〉

그리고
〈나와 나의 親友들의
未來를 保障하실 수 있습니까〉

한때
몹시도 나를 괴롭히던
華麗한 影像들이
決코 새로울 수는 없는
〈모―멘트〉에 서서

大學敎授와의
對談마저가
몹시도 권태로워지는 午後이면
하나의 〈로직크〉는
바람 처럼
나의 皮膚를 스치고 지나 간다.

鐵道 위에
부서지는 얼굴의 破片들의
슬픈 마음을 알아 줄 리가 없어

손 수건 처럼
漂白된 思考를 날리며
黃昏이
電信柱 처럼 부푸러 오르는
街角을 돌아
〈푸라타나스〉 처럼
푸름을 마시어 본다.

I

　과거 십여년 동안에 걸쳐 우리나라의 젊은 세대들에게 비상한 관심으로서 환영되어 왔던 현대시는 여러 가지 장해에도 불구하고 오늘날 우리의 시사(詩史)상에 있어서 결코 무시할 수 없는 위치를 점유(占有)하게끔 이르러 온 것은 실로 놀라운 현상이 아닐 수 없다. 그것은 모든 문화적 현상의 발달이 그러하였듯이 시대의 객관적인 정세의 변화와 더불어 인간의 사고력과 관찰력에 커다란 변화를 가져 왔음에 원인을 두는 것으로서 우리의 선조들이 오랜 시일에 걸쳐 정적(靜的)인 인간관 속에서 쌓아 올린 순수미의 세계와 감정의 자연노출이 빚어낸 낭만의 세계는 금세기 초로부터 대신하여 현재에 이르기까지의 3차에 걸친 전란의 대타격 속에서 여지없이 분쇄되고 말았으며 이에 대신하여 격동하는 현실을 바탕으로 새로운 질서를 위한 형식과 가치의 발굴이 동적(動的)인 인간관과 더불어 주로 지적(知的)인 방향으로 흘러서 주지적(主知的)인 세계에의 형성을 위한 노력이 하나의 형태로서 나타난 결과라고 할 수 있다.

　이와 같은 움직임은 필연적으로 현대시를 주지적이며 시각적인 세계에로 이끌어 왔고 따라서 현대시에 있어서의 복잡한 기교(技巧)의 발달은 급기야 현대시를 난해라는 미명 아래 배척의 대상에 놓으려는 낡은 관념론자들의 의식적인 반항을 사기는 하였으나 시의 역사적인 발전과정에서 볼 때 이는 비단 시에서뿐만 아니라 모든 예술분야에 있어서 커다란 변혁을 시도하였던 〈다다이즘〉과 〈슐·레아리즘〉이 남기고 간 영향선을 받는 바가 많다는 것을 의식하지 않을 수 없다. 이성(理性)을 조소하고 논리를 전복하면서 인간정신에 미증유의 배리(背理)를 강요하면서 일방으로는 그의 모순을 회피하기 위하여 가능한 한의 과학성과 논리성을 유지하려고 한 것이 근대의 반합리주의(反合理主義)의 사상이었다면 이의 이성을 용인하지 않는 이성(理性), 논리를 인정하지 않는 논리(論理)에 더하여 파괴적인 반항을 시도한 것이 〈다다이즘〉이었다고 할 수 있고 다시금 이의 매리에 대항하여 현실의 질서와는 별개의 정신의 〈유―토피아〉를 이룩하려고 한 것이 〈슐·레아리즘〉이었다고 할 수 있다. 따사러 그들은 무의식을 〈메카니즘〉으로 하고 〈오―트마티즘〉을 방법으로 하여서 정신의 자유와 해방을 보장하려고 하였던 것이다.

이러한 역사적인 배경 속에서 발전하여 온 현대시는 더우기 현대의 부조리한 사회의 생활요소 속에서 채득되는 경험의식을 구상화하기 위하여 종래의 자연파(自然派) 시인들이 일삼아 왔던 평판적인 기술방법에 의한 대상의 사실화 또는 감미(甘味)할 언어와 음율에 의한 대상의 표현화의 방법에 불만을 표시하게 된 것은 당연한 일이 아닐 수 없다. 따라서 현대의 시인들은 그들이 체득한 시적인 세계의 효과를 위하여 〈이미지리〉(作像)에 의한 〈이테오푸라스티〉의 세계를 구축하기에 이르러 온 것이다. 〈이데오푸라스티〉란 작시과정에 있어서의 중요한 두가지의 단계 즉 정확한 언어의 채택과 성공적인 작상의 구현화 등의 결과로서 이루어지는 시적인 효과의 세계를 말하는 것인바 이는 작상에 대한 수집과 분류와 결합으로서 형성되는 〈라인〉과 〈라인〉이 서로 유기적인 화합작용(和合作用)을 일으켜서 하나의 통일적인 시세계를 이룩함으로서 성공적인 성과를 거둘 수 있는 것이라고 할 수 있다. 무릇 우리들의 생활환경 속에서 발생되는 제반 현상은 우리들의 관감(官感)을 거쳐 경험과 지각과 그리고 직감의 세계에로 각각 분류되어서 체내에 침투작용을 일으킨다는 것은 이미 주지의 사실이지만 작상의 활동에 활동력을 부여하는 것은 직감의 힘이오, 이 직감을 감각적으로 재질화(材質化) 하고 결합하는 것이 시의 방법이라고 할 수 있다면 방법의 적확성은 작상의 효과에 정확성을 가져 올 것이며 따라서 효과적인 〈이데오푸라스티〉의 세계를 형성할 수 있는 것이다. 이와 같은 시적인 효과의 세계를 이룩하기 위한 실천의 방법으로서 복잡한 기교의 발굴에 비상한 관심을 표시하게 된 것은 당연한 일이며 이와 관련하여서 현대시에 난해성을 초래하였다는 비난을 사게 된도 무리한 일은 아닌상 싶다.

그러나 필자의 견해로서는 현대시의 난관성(難關性)을 기교의 발달이 가져온 선물이 아니라 현대시의 정신적인 바탕을 이루고 있는 경험의식의 세계가 현대의 부조리한 사회의 생활환경과 더불어 복잡화하여짐에 따라서 이러한 경험의식을 시적인 세계에로 구상화하기 위한 방법으로서의 기교의 발달이 과학화되어 왔음에 원인을 두는 것으로서 오히려 이의 현상은 현대시가 남길 하나의 공적으로 높이 평가되어야 하리라고 생각한다. 구체적인 예를 들면〈이미져리〉의 세계의 효과적인 형성을 위한 〈메타포어〉와 〈심불〉과 그리고 〈앰비규티〉, 〈아이로니〉, 〈파라독스〉 등의 방법은 현대시를 논함에 있어서 결코 무시 못할 대상이 될 것이다.

종래의 자연발생적인 시에 있어서 다만 수식물(修飾物)로서 밖에 인식되지 않았던 〈메타포어〉가 현대시의 가장 주요한 방법의 하나로서 고려됨으로부터 현대시는 기지(機智)의 시라는 명목아래 〈異質의 觀念을 폭력으로서 結合한 것〉이라든가 또는 〈不調和의 調和〉의 시라는 비난을 받아 오기는 하였으나 이것은 현대시가 지적인 「메타포어」의 세계를 존중한 데서 오는 결과라고 볼 수 있다. 따라서 〈메타포어〉는 때로 시를 불분명(不分明)한 세계에로 이끌어 가기도 하지만 지적이며 기발(奇拔)한 〈메타포어〉는 현대시의 〈이미져리〉의 세계를 형성함에 불가결한 존재로서 이의 이해는 현대시의 이해에 큰 도움이 될 것이라고 믿어진다.

또한 〈심보리즘〉의 영향을 받은 바가 많은 현대시는 〈이미져리〉의 효율적인 성과를 위하여 때로 〈심불〉에 의한 대상의 상징화의 방법을 채택하기도 한다.

이러한 실례를 T·S엘리어트의 〈The waste land〉의 세계에서도 엿볼 수 있는 것이니 즉 〈荒蕪地〉에 있어서의 절망감을 〈암석〉으로서 〈심볼〉한 것이라든지 또는 정신적인 소생을 〈샘물〉로서 상징하고 있는 것이 바로 그것이다.

그리고 또한 〈이미져리〉의 다양성을 위한 〈앰비규티〉(曖昧)는 고의적으로 시의 세계를 몽롱화(朦朧化)하여 어떠한 심도(深度)를 부여하려는 것으로서 이 〈앰비규티〉는 산문에 있어서는 치명상이 되지만 시에 있어서는 매력적인 힘이 될 수도 있다.

그리고 또한 시의 대상의 세계를 강조하기 위한 방법으로서의 〈아이러니〉와 〈파라독스〉 등은 표면에 표시된 것과는 반대의 시세계를 암시하려는 방법들인 바 이와 같이 복잡한 현대시에 있어서의 기교의 발달은 기교를 위한 기교의 발굴이 아니라 어디까지나 복잡화한 시의 대상의 세계를 구상화하기 위한 방법이라는 것을 강조하고 싶다.

Ⅱ

현대시를 논의함에 있어서 〈이메이지〉의 문제가 그 주요한 대상이 되고 있음을 현대시가 가지는 바 성격을 여실히 표현하는 것으로 보아도 무방할 일이다. 항용 현대시를 향하여 던져지는 비난의 화살의 원인도 또한 이 〈이메이지〉(image)에 대한 몰이해로서 출발되는 것이 대부분이라고 할 수 있다면, 우리들은 좀 더 이의 형성과정과 동태에 관한 과학적인 고찰이 필요할 줄로 믿는다.

일찍이 시의 세계에 있어서 절대적인 위치를 점유하여 왔던 청각의 세계는 현대인들의 사고방식의 변화와 더불어 인쇄문명의 급속도적인 발달로 말미암아 그의 우위를 시각적인 세계에 양보를 하게끔 이르러 온 것은 극히 자연스러운 일이며 따라서 초현실파 이래의 현대시가 〈이메이지〉에 중점을 두어 온 것도 당연한 일이 아닐 수 없다.

또한 〈이메이지〉에 대한 관심의 집중은 그 어의(語義)가 가리키는 바와 같이 인간의 상상력을 어떠한 한정된 사물의 테두리에서 해방할 수 있는 그 자체가 인간의 능력이기 때문에 물론 주관적이기는 하지만 이 주관적인 작용에 의하여 〈캣취〉된 사물의 미(美)를 언어상에 정차시키고 객관화하였을 때에는 하나의 생명력(生命力)을 가진 〈이메이지〉로 화하게 되는 것이다.

image라는 용어는 원래가 〈版畵〉를 가리키는 말로서 그의 가시적(可視的)인 분자로서의 〈이메지지〉가 현대시에 중요한 요소로서 도입된 것은 과거에 청각의 세계를 중요시하여 왔던 시들이 다만 사물(주로 서정)을 음율(音律)에 의존하여 추상적인 방법으로써 표출하여 왔음에 반하여, 회화적인 색채, 형상(形象)등의 명확한 양상을 현상화하려는 데서 출발되었다고 보는 것이 옳을 것이며 모든 현대시의 기법상의 변화도 이 〈이메이지〉를 중심으로 하여서 움직여 왔다는 것을 수가 있다. 〈심보리즘〉에 있어서의 음악적인 몽롱한 〈이메이지〉의 세계로부터 시각적인 선명한 〈이메이지〉로서의 〈이마지즘〉과 비이지적이며 몽유적인 〈이메이지〉로서의 〈슐·레아리즘〉드의 시세계에 이르기까지의 눈부신 변화는 모두 이를 설명할 수 있는 좋은 대상이 될 것이다.

이와 같이 현대시에 있어서 중요한 지위를 점유하고 있는 〈이메이지〉에 대한 동태를 분석함에 있어서 다시금 주의를 환기하고 싶은 것은 〈이메이지〉에 대한 시인들의 견해이다. 〈이메이지〉란 〈사람의 마음 속에 형성되는 영상〉이라든지, 또는 〈시의 언어가 독자의 마음 속에 그리어지는 하나의 공간적인 정경〉이라는 것이다. 이 두가지의 견해가 우연하게도 현대시에 있어서의 〈이메이지〉의 형성과정에 밀접한 연관성을 가지고 있음이 또한 주목된다.

전자의 〈사람의 마음속에 형성되는 영상〉이란 우리들이 일상생활에서 받는 모든 자극, 그것이 자연생활에서 오는 것이든 또 혹은 사회생활에서 오는 것이든 간에 우리들 자신의 체내의 적응에 의한 반사활동으로서 중추신경계를 통과하여 다시금 추상작용을 일으킴으로써 발생하는 심리작용을 말하는 바, 이는 〈이메이치〉의 형성과정에 있어서의 기초적인 출발점이 되는 것이다.

그러나 우리들이 받는 외적 또는 내적인 모든 자극의 전부가 추상작용에 이르기까지의 과정을 밝는 것이 아니고, 앞서 말한 바 체내의 적응성에 부합 작용을 일으키는 부분만이 반사활동에 의하여 (이는 시인의 형이상학적인 신념과의 연쇄활동과 결부하여) 추상작용으로서의 추출, 지양, 구성 등의 작용에까지 도달하는 것이며, 또한 우리들이 받은 자극이 공통성을 가짐에도 불구하고 시인 각자가 상이한 〈이메이지〉를 표출하게 되는 것은 각자의 체내에 잠재되어 있는 경험의식과 적응성의 차이로서 오는 결과라는 것을 알 수가 있다. 예를 들면 여기에 〈바다〉가 있다고 한다면 이 〈바다〉라는 현실에 직면함으로 말미암아 받은 자극은 각자의 체내에 숨어 있는 적응성—즉 과거에 〈바다〉에서 얻은 경험의식과 또는 〈바다〉라는 현실을 기반으로 하여서 출발되는 상상력 등에 의하여 다를 것이며, 따라서 시와 같이 동일한 현실에서 받아지는 상반된 자극이 다시금 각자가 갖는 바 형이상학적인 신념과 결부되어서 각자 다른 형태로서의 〈바다〉의 〈이메이지〉를 마음 속에 그리게 되는 것이 상례(常例)이다.

이와 같이 어떠한 현실에 직면함으로써 〈마음 속에 그리어지는 영상〉을 시의 〈이메이지〉의 형성과정에 있어서의 처음 단계인 〈지각(知覺)의 이메이지〉라고 부르는 것이 옳을 것 같이 생각된다. 그러나 이 〈지각의 이메이지〉즉 시인의 마음 속에 그리어진 영상맘으로는 완성된 〈이메이지〉라고 볼 수 없으며, 또한 이러한 시인의 내적인 연소(燃燒)를 어떠한 방법으로든지 객관화하여 독자에게 반응력(反應力)을 주어야 하기 때문에 이 〈지각의 이메이지〉를 표출하기 위한 방법이 문제시되는 것이다. 여기에서 앞서 말한 바 후자의 〈시의 언어가 독자의 마음 속에 그리어지는 하나의 공간적인 정경〉을 위한 작용이 적극적으로 고려되는 바로서 이 〈지각의 이메이지〉는 다시금 언어가 사고의 활동을 통하여 질적인 변화를 일으켜 언어상에 정착하기 위한 단계에 이르게 되는 바 이를 가리켜 〈표출의 이메이지〉의 과정이라고 부를 수도 있다.

〈표출의 이메이지〉의 형성과정에 있어서도 〈지각의 이메이지〉의 과정에서와 마찬가지로 추상작용으로서의 제반작용—추출, 지양, 구성—이 수반되어야 함은 물론이지만 〈지각의 이메이지〉로부터 〈표출의 이메이지〉에 이르는 질적인 변화의 과정은 언어를 매개로 하기 때문에 한층 더 구체화하여짐은 물론, 언어의 기능에 대한 파악이 생명력을 좌우하게 됨은 당연한 일이다. 여기에서 현대시가 언어의 기능에 대한 발굴에 깊은 관심을 표시하여온 원인을 이해할 수 있을 것이며 또한 우리들은 언어를 사용하여 복잡한 사물을 사고할 수 있기 때문에 언어활동과 사고활동의 이율적인 작용에 의하여 〈지각의 이메이지〉로부터 〈표출의 이메이지〉에 이르는 질적인 변화의 과정과 그의 질서로서 이루워지는 〈이메이지〉의 효능은 현대시에 있어서 가장 주요시하는 요소하는 것을 말할 수 있다.

이상으로써 〈이메이지〉의 형성과정에 있어서의 두가지의 단계에 관한 동태를 개요적으로 분석하여 온 바이지만 자연파시인들은 전자의 〈지각의 이메이지〉에 중점을 두었던 나머지 이를 현상화하기 위한 방법을 소홀히 하였기 때문에 무시학적(無詩學的)인 시의 세계를 벗어나지 못한 반면에, 현대파시인들은 〈표출의 이메이지〉에 중점을 둠으로써 모든 현대시의 기법상의 찬란한 변화—〈포말리즘〉으로부터 〈이미지즘〉과 〈슈·레아리즘〉을 거쳐 현재에 이르는 방법론적인 실험으로서 오는 결과를 가져오기는 하였으나 자연파 시인들이 남기고 간 유산이 아직도 깊은 뿌리를 바고 있는 대중들에게 난해라는 선물을 가져온 것도 당연한 일이 아니라고는 할 수 없다.

主知的 抒情詩 小考
―〈陽地〉

金光林

　　함경남도 원산 태생(1929). ≪전쟁과 음악과 희망≫(김종삼, 전봉건과의 3인 공동시집, 1957)을 발간하면서 본격적인 시작 활동을 시작했다. 초기시에는 6·25 전란의 상처가 짙게 깔려 있었으나 휴전 뒤부터는 차츰 사물의 회화적 이미지와 공간적 조형에 주력하는 경향을 보인다. 이후 시에서 관념성이 거의 배제된 상태의 순수 이미지를 추구하여 김춘수, 김종삼, 전봉건 등과 함께 '언어파'로 분류되기도 한다. 시집으로는 ≪상심하는 접목≫(57), ≪심상의 밝은 그림자≫(62), ≪갈등≫(73) 등이 있다.

막
울음을 거두고 난 아가의 중머리는
後光처럼
돋아나는 한낮.

병아리가 햇살을 쫓고 있다.
흩어진 밥알인줄 알고.

때로는
물매미처럼
세발 자전거를 타지만
뜰 밖으로 못나가는
童心.

아가는 손바닥을 턴다.

純粹에 부디친
꽃씨가 떨어진다.

앞자락엔
한아람 풀내음이
안긴채,

어느새
뜰에 고인 햇살이
그득히
視力앞에
꽃망울을 터뜨리고 있었다.

……당신은 자신의 시를 어떻게 생각하십니까?

──자신의 이렇다 할만큼 내세울만한 작품은 솔직히 말해서 아직은 없습니다. 그러나 종래의 「리리시즘」과는 다른 각도의 서정시를 시도하고자 하는 의욕만은 뚜렷합니다. 이를테면 시작(詩作)을 하고 있는 셈입니다. 말하자면 변혁된 서정이랄까, 혹은 서정의 재검토랄까, 아뭏든 그러한 변모를 가져 보려는 노력 말입니다.

……그러면 종래의 리리시즘 시에 무슨 불만이라도 있으신가요.

──그것은 전적인 것은 아닙니다. 가령 감상적인 서정이나 관조적인 서정의 감정유로를 일삼는 소녀취미나 자연발생적인 안이성이 비위에 안맞는다는 것 뿐입니다.

……그렇다면 언어나 표현형태에는 공명을 할 수 있다는 말씀인가요?

──그렇지도 않습니다. 유현(幽玄)하다든가 오묘하게 빚어지는 언어의 여운이나 리드미칼한 데서 직감적으로 전달되어 오는 emotion에는 우선 공감입니다. 그러나 토속적인 관념이나 모랄에서 만들어진 이미지에는 흥미가 없습니다.

운율에 구애되어 자유로운 발상을 못한다든가, 참신한 감각이 자아내는 아름다움보다도 인간론적인 의미를 강조하기 위해서 감상적으로 철학이니 사상이니 하는 걸 상징하는 작시(作詩)태도엔 노골적으로 불만입니다.

……당신은 관념이나 모랄을 시에서 배격하는 눈치인 것 같습니다. 그런데 당신의 최근까지의 시는 주로 의미를 많이 강조하고 있었다고 생각되는데 어쩐지 당신의 이론과 실제가 맞아 떨어지지 않는 것 같습니다.

──이제 당신은 내가 처음에 이렇다 하게 내세울만한 작품이 없다고 솔직히 털어 놓는 말을 반증한 셈입니다.

나의 첫 시집 ≪傷心하는 接木≫의 시편들은 거의가 당신이 지적하다시피 의미를 강조하기 위해서 관념을 두두러지게 내세웠습니다. 어떤 분은 나의 시에서 철학성까지도 발견해 주셨습니다만 어떤분은 이미지의 불투명을 지적하셨습니다. 여기에서 나는 자기딴의(반성적 의미로서의)결론을 얻을 수 있었습니다.

관념적인 것을 상징하기 위해서 만들어진 「이미지」는 애매 모호할 수밖에 없다고─다시 말하면 전달기능이 감각적인 것을 상징하는 이미지보다 산만해져서 독자에게 충분히 감명을 줄 수 없다는 것을 깨달았습니다.

이론과 실제가 맞아 떨어지지 않는 것은 실제를 박차고 이론이 앞서 전환을 꾀하고 있기 때문인지도 모릅니다. 머지않아 당신은 나의 변모된 시작을 대할 수 있으리라고 생각합니다.

……잠간 감각적인 것을 시사한 걸로 미루어 봐서 혹 모더니즘에의 전신이라도 시도하고 있는 것이 아닌가요. 리리시즘을 씬봉하는 시인들로부터 모더니스트로 곡해된 적이 있는 당신이.

──넓은 뜻이거나 엄밀한 의미에서 현대시는 모더니즘의 시가 아닐까요?

여기는 늙은이들의 나라가 아니다.

젊은이는 서로서로 팔을 끼고

새들은 나무 숲에─

물러가는 世代는 저들의 노래에 趣하여─

라고 노래한 W·B·예이츠의 시가 새삼스럽습니다.

당신이 말하고자 하는 모더니즘은 좁은 의미의, 다시 말하면 시사(詩史)적인 관점에서 우리의 三十년대나 五十년대가 표방하고 나섰던 모더니즘을 가리키는 줄 생각됩니다.

三十년대의 모더니즘은 세기말적인 감상적 로맨티시즘과 당시의 편내용주의의 경향에 반기를 들었고, 오십년대의 모더니스트들은 해방 전후의 시단을 풍미하고 있던 풍월영탄조(風月永嘆調)의 리리시즘을 전쟁이라는 절박한 상황 아래서 반발하고 나섰던 것입니다. 이들 후자는 레지스탕스와 앙가쥬망이라는 리봉을 달고 모더니즘의 기치를 들었기 때문에 전자가 못토로 하던 「시는 언어의 예술이어야 한다」는 자각과 「문명에 대한 감수성에 가치를 의식하는」 작시태도를 그냥 답습하고 있으면서도 재기가 가능했던 것이라 할 수 있습니다.

그러나 이들은 시대감각에 민감하던 나머지 사상성에 치중해 버렸습니다. 전달성이 회박해지자 말초감각을 자극시키는 언어의 연금(鍊金)에 사로 잡혔습니다. 난해한 시를 만들게 된 연유이기도 합니다. 만약에 내가 소위 모더니스트로 곡해되었다면 이들이 저지른 난해성과 비슷한 것(이미지의 불투명에서 오는 것)을 나의 시에서 느꼈기 때문인지도 모릅니다.

……도무지 당신의 의도하는 바를 종잡을 수가 없습니다. 리리시즘에 동조하는 건지 모더니즘을 두둔하는 건지 혹은 양자를 다 배격하는 건지 알송달송합니다. 서정을 지향한다면서 모더니스트가 표방한 「詩는 言語의 藝術이어야 한다」는 데 깊은 관심을 표명하는 걸로 봐서 혹 양자의 범벅이라도 노리는 것 아닙니까?

——범벅이라는 말이 혼돈을 의미하지 않고 융합의 뜻이라면 당신의 예측은 어지간히 들어 맞았습니다. 한마디로 말하면 리리스즘의 여건인 에모숑과 모더니즘이 지니고 있는 언어의 조형을 통해서 부조(浮彫)되는 선명한 이미지를 하모니시켜 보자는 것입니다.

바꾸어 말하면 음악에서 오는 직감적인 전달성과 회화에서 오는 이미지의 볼륨 같은 걸 맞아떨어지게 해 보려는 의도인데, 이것은 앞으로의 시작에서 시도해 보는 수밖에 없겠지요.

……그러면 거기에서 낳아진, 혹은 만들어진 시는 어떤 명칭의 시가 될까요.

——어떻게 부르셔도 상관없겠습니다. 그러나 곡해를 살는지도 모르기 때문

에 편의상 이름을 부쳐 봅시다.

　•……서정적인 것과 주지적인 것을 융합·조화시킨 것이라고 하셨으니 「서정적 주지의 시」라고 하는 것이 어떨까요?

　——글쎄요. 나는 처음에도 말씀드렸지만 변모된 서정시를 쓸려고 모더니즘에게까지 윙크를 한 것이니까 서정시인의 위치만은 견지해야겠습니다. 그런 의미에서 당신의 표현을 전도시켜 「主知的 抒情詩」로 불렀으면 합니다. 그러나 벌써 전에 나는 데오·리리시즘을 이야기한 적도 있고 하니 두가지 표현을 다 용납해 주셔야겠습니다.

　……그럼 서정을 내용면에서 받아들이겠다는 말씀인가요? 설마 아까까지 자기반성처럼 외이던 관념같은 걸 새삼 내세우려고 하시는 건 아니겠지요.

　——감각을 상징하기 위해서 만들어진 이미지를 가지고 어떤 관념이나 모랄로서 해석한다면 곤난하지 않을까요. 반드시 어떤 관념이나 모랄을 상징하기 위해서 이미지를 만든건 아니지만 독자가 나에 대한 기성의 관념을 그냥 적용시켜서 해석을 나린다면 말입니다.

　내가 지향하는 주지적서정의 시는 주지적인 표현형태에다 당신이 막 앞질러 말씀했듯이 서정을 내용으로 삼으려는 의도의 시입니다.

　주지는 다분히 지성적이지만 서정은 감성적입니다. 그러므로 내용과 표현이 일치하지 않는 셈입니다.그러나 사고〈지성〉에 의해서 지탱된 서정이어야 한다는 것이 조건부입니다.

　내용으로서의 대상이 과학이 아니더라도 표현형태는 과학적일 수 있습니다. 표현형태가 과학적이고 형이하학적이더라도 내용은 반드시 그렇지 않을 수도 있습니다.

　이처럼 내용과 표현형태가 일치하지 않은 데서 아름다운 시의 세계를 전개해 보려는 것입니다. 되도록 틀리는 두개의 것 속에서 하나의 「아나로지」를 발견하여 독자의 흥분과 주의를 환기시킴으로써 경이감이 자아내는 흥미를 노리는 것입니다.

　그러므로 이 주지적서정의 시는 내용에 관념적인 의미를 애써 끌어들이지 않습니다.

사상이나 모랄을 상징하는 이미지보다 언어의 기능과 감각적 가치가 상징하는 이미지에서 아름다움이나 재미를 느낄 수 있으면 그만입니다.

푸로벨의 말을 빌리면

「아무것도 의미하지 않는 아름다운 한 줄의 글은 무엇인가를 의미하는 아름답지 않는 한 줄의 글보다 낫다」는 이야기와도 통합니다.

……내용보다도 형식에 편중한다는 말씀 같은데 그렇게 되면 포마리즘과 다를 것이 없잖습니까.

──포마리즘은 형식이 내용을 결정한다고 심지어 내용에 선행한다는 생각 위에 입각한 형식주의입니다. 편내용주의시의 형식상의 「마네리즘」을 경시(輕視)한다는 경향에는 찬동하나 형식을 위한 형식에 사로잡혀 내용과의 상호관계에서 변혁을 가져오지 않는 지극히 주관적이고도 감각적인 자위에는 찬동할 수 없습니다. 전달성을 잃어버리면서까지 형식에 사로잡힐 필요를 느끼지 않습니다.

차라리 〈T·S·흄이〉나 〈에즈라·파운드〉가 주창하였던 이미지즘에는 공명하는 바가 적지 않습니다. 즉 주관적이거나 객관적인 구애없이 「사물」을 직접 다룬다던가, 표현에 기여(寄與)하지 않는 언어는 절대로 사용하지 않는다는 정신에는 전적으로 동감입니다만, 그리고 「지(知)적인 것과 정(情)적인 것의 〈콤푸렉스〉를 순간적으로 나타내는 것」이 「이미지」라고 한 파운드의 말은 주지적 서정시에도 다분히 영향을 미치고 작용되리라 생각합니다.

……파운드의 지적 정적 콤푸렉스란 말과 당신이 의도하는 주지적인 형식과 서정적인 내용을 하모니시킨다는 말과는 같은 것이 아닙니까? 같다면 당신이 시도하는 시가 별로 새로울 것도 없지 않습니까?

──아나로지를 찾아냄으로써 전혀 다른 두개의 것(이미지)에서 하나의 경이감을 자아내는 새로운 것(이미지)을 끄집어 낸다는 점에서는 같을 수도 있지만, 「리듬」의 교묘(巧妙)를 살리기 위해서 운율적인 구애를 받지 않을 수 없었던 방법에는 전혀 의견을 달리합니다.

시를 구두(口頭)의 예술로 보는 그들의 의견과 시를 언어의 예술로 보는 나의 관점이 도저히 같달 수는 없지 않습니까.

……역시 언어의 감감적 가치문제에서 의견을 달리하는군요.

──형태상의 차이라고도 볼 수 있겠지요.

※

……어쩐지 당신의 이론만 듣고서는 아직 석연치 않습니다. 가령 관념이나 「모랄」을 상징하는 이미지가 애매모호하다던가, 감각적인 것을 상징한 「이미지」를 독자가 관념이나 모랄로서 받아 들이는 수가 있다는 점에 대해서 실제의 예증을 들어 주셨으면 합니다.

──앞서 나는 작시상의 전환을 시도치 않을 수 없게 된 이유로서, 이미지의 불투명성을 들었고 그것을 극복하기 위해서 관념에 구애되지 않겠다는 요지의 의견을 표명한 것 같습니다. 가령

결국은
限없이 꺼져드는 울음을
속으로만 물어 뜯다가

죽은 者를 謀反하여 피는
꽃은, 수없이 무너뜨린 가슴에게
미안한, 열매를 마련하지 못하는 "구실"
의 花瓶인데

사람도 그만 향기로울 데만 있으며
담아질 꺾이어도 좋을
꽃이 아닌가.

이 나의 시 「꽃의 反抗」의 일부와

ㅇ가는 손바닥을 턴다.

純粹에 부디친
꽃씨가 떨어진다.

        앞자락엔
        한아람 풀내음의
        안긴채,

        어느새
        뜰에 고인 햇살이
        그득히
        視力앞에
        꽃망울을 터뜨리고 있었다.

  서두(序頭)에 내어 건 「陽地」의 일부와를 비교해 보십시오.
  …… 「꽃의 反抗」에선 전쟁의 참혹성 같은 데서 오는 반전사상이 메타포되어 있는 데 반하여 「양지」에 이르러서는 관념적인 것은 거의 느껴지지 않고 언어가 서로 어울려서 감감적인 「이미지」의 아름다움과 재미를 색출(索出)하기 위한 언어구사의 의식적인 노력이 엿보입니다. 우선 적품의 성공여부와 우열은 제쳐 놓고라도 「陽地」쪽이 「꽃의 反抗」보다 「이미지」가 선명하다는 걸 느낄 수 있습니다.
  ——그럼 이번엔 이미 정평(定評)이 있는 두 편의 시의 구절을 인용해 봅시다.

        구름에 달 가듯이
        가는 나그네

와

        —포수는 한덩이의 납으로
        그 純粹를 겨냥하지만,

        매양 쏘는 것은
        피에 젖은 한마리의 傷한 새에 지나지 않는다.

로서 당신의 두번째의 의문을 풀어 드리는 수밖에 없습니다.

……전려 의미가 관여되지 아니한 시라고는 할 수 없을 것 같습니다.

朴木月씨의 「나그네」엔 체념적인 허탈(虛脫)의식 같은 동양 고유의 사상이 밑받침되어 있는 것 같고 朴南秀씨의 「새」에서는 자연성(自然性)의 파괴에서 오는 현대인의 무상성(無償性)같은 걸 느낄 수 있기 때문입니다.

──그런 관념형태로 생각하는 건 당신의 자유입니다. 그러나 이것을 사상이나 철학을 관련시켜서 해석하려 든다면 한없이 난해해지고 의미를 포착하기가 여간 힘들어지지 않습니다만 하나의 순간적인 경이감이 자아낸 이미지로 생각한다면 아름답고 재미난 감각으로 쉽사리 받아들일 수가 있습니다.

우리가 이 시에서 흥분과 주의를 환기시킬 만한 여건 (아름다움과 재미)을 발견하였다면 우리는 이 시를 충분히 이해한 셈입니다.

……그렇다면 이 시들에는 전혀 관념이 작용되어 있지 않다는 말씀인가요?

──관념이 작용되어 있지 않다기보다는 설령 「이미지」속에 관념이 부가(附加)되어 있다손 치더라도 그것은 어디까지나 제이의적인 의미의 작용 밖에 안 된다는 것입니다.

엄밀한 의미에서 시는 시로서 끝나면 될 것 같습니다. 제아무리 철학성이니 사상성이니 하고 관념이나 모랄을 추켜들어 보았자 철학가의 철학보다 철학적일 수 없을 것이며 사상가의 사상보다 사상적일 수 없지 않겠습니까.

……당신은 시를 위한 시를 말씀하시는 것 같은데 그러다간 예술지상주의가 되는 것 아닙니까?

──그렇다고 시가 경향시파들의 시작(詩作)처럼 어떤 목적의식을 가져야만 시로서의 효용과 가치를 발휘한달 수는 없지 않습니까. 「사회를 위한 시」「민중을 위한 시」「생활을 위한 시」일 수는 없습니다.

시는 인간의 마음을 사로잡아 두고두고 마음속에 간직해 둘 수 있는 것(시)이면 됩니다.

이미지의 조형이 자아내는 「아름다움」과 경이감에서 애필해 오는 『재미』를 느낄 수 있으면 될 것입니다.

그러므로 진정한 의미의 시는 자연, 시일 수밖에 없습니다.

……당신의 이와 같은 고집의 성과는 금후의 당신의 시작에 기대를 걸 수밖에 없습니다. 무척 관념적이던 당신이 감각적인 데로 의식적인 변모를 꾀하는 저의(底意)가 혹 안이 해진다는 데 있는 것이 아닌가도 생각됩니다.

──표현상의 안이보다도 내용의 단순화를 뜻하는 것은 사실입니다. 복잡한 관념이나 모랄을 메타포하기보다는 직접으로 감각된 이미지를 발견하자는 의도이기도 합니다.

흔히 시대성에 비추어 보면 재미나던 시가 시대를 떠나서 보면 잘 오지가 않습니다. 철학적인 관념이나 사상적인 모랄에서 출발한 시는 관념이나 「모랄」의 역사와 더불어 좌우되고 맙니다.

이런 시대에서 우리는 시의 지속성〈영구성〉을 기대하기가 곤란합니다. 그러나 직접 원시적으로 감각된 이미지는 미적감동면으로나 재미의 지속면에서 관념적인 것보다는 공간적인 보장을 받을 수 있으리라고 생각됩니다. 가령 비근한 예로

> 이 고요한 아가의 잠을 누가 깨우어 주려는가.
> 나를 버리고 간 사람이여.
> 무심코 아가의 장난감 피리를 불면
> 뼈이! 하고 소리가 난다.
> 아, 먼 나라로 갈꺼나,
> 이 집은 雜草 우거질 대로 내버려 두고
> 몇 十年後 늙어서 돌아오면
> 아가야 피리를 들려다오.

金潤成 · 「피리」

이 시를 인간론적인 모랄의 상징으로 본다면 평범하고 재미가 없습니다. 그러나 쌘치한 감각을 직접 상징한 것으로 받아들이면 감동을 아니 느낄 수 없습니다. 그리고 이러한 이미지는 인간에게서 본연의 「센치」한 감각이 말살되지 않는 한 지속성을 가지게 될 것입니다.

이와 반대로

> 내가 그의 이름을 불러주기 전에는
> 그는 다만
> 하나의 몸짓에 지나지 않았다.
>
> 내가 그의 이름을 불러 주었을 때
> 그는 나에게로 와서
> 꽃이 되었다.

金春洙 「꽃」의 일부

이 시를 감각적으로 직접 받아 들이면 아무런 재미도 느낄 수 없습니다. 그러나 관념적인 의미론으로 보면 재미가 있습니다. 그렇지만 이 재미는 하이덱커 같은 사람에게서 오는 철학적인 관념 존재론적인 것이 퇴색하지 않은 한도에서 보장될 수 있을 뿐입니다. 시사(詩史)적인 의의는 혹 몰라도 관념을 상징하는 시는 이보다 더 새로운 관념형태 앞에서 자연 무색무미해질 것은 뻔한 이치입니다.

……당신은 시의 지속성에 퍽 염려하시는 것 같습니다. 그런데 앞서 당신이 두서없이 제시한 주지적서정시에 대한 견해는 그것 〈지속성〉의 전적인 「토탈」이라고 보아도 무방할까요?

——그것은 너무 속단입니다. 내가 감각적인 것에 관심하게 된 것은 어느 면에선 너무 관념적인 것에 사로잡혀 있었는데 대한 반발적인 변모 의식에서 오는 것인지도 모릅니다.

시인은 자기만의 꼭 한 가지 작시법만을 고집하라는 법은 없습니다. 따분한 데는 버리고 좋은 데는 서슴없이 받아들여서 늘 자신의 시를 참신하게 마들 필요가 있다고 봅니다.

이런 관점에서 나는 종전까지의 「만네리즘」을 우선 주지적서정으로 타개해 보려는 시도를 하고 있는데 불과합니다. 언제 또 나의 작시태도가 바꿔질는지 모르기 때문입니다. 그러므로 시작과정의 한 시기에 「라인」을 긋는 의의 외에 아무런 푸러스를 가져오지 않아도 무방하달 수밖에 없습니다.

……그러고 보면 당신의 시에 대한 견해는 한갓 잠꼬대에 끝날 수도 있겠고

유익한 시의 사조로서 남을 수도 있겠군요?

——동조자와 영향력에 따라서 잠꼬대가 되느냐 유익한 것이 되느냐 하는 것이 평가되겠지요. 지금 같애서는 현시단의 역량 있는 시인들의 비교적 우수한 작품 속에서 그들이 의식하건 못하건 간에 내가 이념하는 주지적서정의 시적 경향을 엿볼 수 있습니다만 좀더 이런 경향의 의식적인 작품이 나오게 되면 이론적인 시론(詩論)의 체계화가 가능해지리라고 생각하는 중입니다.

……당신의 시와 시론의 앞날에 발전적 개화가 있기를 바랍니다.

나의 詩, 나의 詩論
—〈꽃을 위한 序詩〉외

金春洙

경남 충무 태생(1922). 초기의 릴케에 경도되었던 시기를 시집 ≪부다페스트에서의 소녀의 죽음≫(59) 등에 이르러 극복하고 있다. 그가 초기의 전통적 서정시를 떠나, 중기에 이르러는 관념적 형이상학적인 존재탐구의 경향으로, 다시 60년대 중반이후 차츰 실험적인 경향으로, 그리고 70년대 이후 시에서 일체의 의미를 배제하는 이른바 무의미시라는 극단적인 실험을 보여왔음은 널리 알려지는 대로이다. 여기에 해설되는 작품 〈꽃을 위한 序詩〉나 〈不在〉는 중기의, 이른바 '관념적인 존재탐구' 계열의 시에 해당된다. (앞의 '意味에서 無意味까지―나의 詩作歷程'(金春洙) 참조)

나는 시방 危險한 짐승이다.
나의 손이 닿으면 너는
未知의 까마득한 어둠이 된다.

存在의 흔들리는 가지 끝에서
너는 이름도 없이 피었다 진다.
눈시울에 젖어드는 이 無名의 어둠에
追憶의 한 접시 불을 밝히고
나는 한밤에 운다.

나의 울음은 차츰 아닌 밤 돌개바람이 되어
塔을 흔들다가
돌에까지 스미면 금이 될 것이다.

······얼굴을 가리운 나의 新婦여.

—B兄에게

第一信

B형, 편지 보았습니다. 하루 스물 네시간 잠자는 시간을 빼놓고 늘 시를 생각하고 있는데 이런 현상을 어떻게 생각하느냐고 형은 질문하고 있습니다만 참 거북한 질문입니다. 나도 한 때 그러한 시절이 있었는지 없었는지 기억이 희미합니다만 설령 그러한 시절이 있었다고 하더라도 그에 대한 기억이 희미한 지금에 있어서는 뭐라고 대답 못할 것이 아닙니까. 그리고 지금 나는 시를 생각하는 시간이 다른 것을 생각하는 시간보다도 훨씬 줄어진 것 같은데 이러한 현상을 다행으로 여겨야 할 것인지 불행으로 여겨야 할 것인지도 잘 모르고 있는 형편입니다. 그 뿐 아니라 시를 생각하기가 귀찮고 싫증이 나는 때가 있는가 하면 반대로 시를 생각해 보고 싶어지는 때가 있는데 이러한 현상이 무엇을 말해 주는 것인가도 잘 모르고 있습니다. 또 한말하면 이상의 현상들에 대한 나는 나대로의 사고를 겪는 다음 내 자신에게 납득이 갈 만한 어떤 해답을 조만간 얻어야 할 것인지 어쩐지도 모르고 있습니다. 이리하여 지금 내가 말할 수 있는 것은 내가 시를 쓰고 있고 이따금씩 시를 생각해보기도 한다는 그 사실입니다. 좀 더 자세히 말하면 시작(詩作)의 경험과 그것을 토대로 한 얼마큼의 시에 대한 내 생각을 말할 수 있다는 것 뿐입니다.

시를 쓴다는 행위는 어디까지나 행위이지 다른 무엇은 아닙니다. 그러나 시를 쓴다는 행위는 가장 인간적인 행위이기 때문에 거기에는 인간적인 모든 것이 다 간직되어 있음은 다른 행위의경우와 마찬가지입니다. 시작행위한 단순한 의지(意志)만도 아니요, 단순한 지성만도 아니요, 단순한 정서의 힘만도 아니라고 생각됩니다. 시작(詩作)한다는 것은 이것들을 다 합친 위에 뭐라고 명명할 수 없는 것의 힘까지 곁들인 작자의 전인적 능력의 발동이라고 생각합니다. 시작은 의식적이면서 무의식 중에 진행되는 한 행위가 아닌가 하는 것입니다. 고금(古今)의 가장 지성적인 시인에게 있어서도 시작에 있어 무의식은 의식을 침범했던 것이 아닌가 합니다. 보우라교수(Maurice Bowra-)는 「靈感과 詩」(Inspiraation and poetry 1951)라는 논문(論文)에서 흥미있는 말을 하고 있는데, 내가 하고 싶은 말과 관련이 있기 때문에 몇군데 인용을 해 보겠습니다.

「한번 영감(靈感)이 시인을 붙들자 시인의 작업은 줄거움이 되고 모든 일은 순조롭게 나가 뭔가 확실히 피를 뒤끓게 하는 일이 뒤쫓아 오고 있다는 열광적인 확신으로 진행된다. 이 환희는 쉘리나 불레이크와 같이 망아(忘我)의 힘의 격류에 몸을 던져 시작(詩作)한 시인에게만 국한된 현상은 아니다. 착실한 훈련과 엄격한 비판정신으로 순간적인 영감을 통제해 가는 시인도 또한 이것을 느끼고 있는 것이다.」

내가 무의식(無意識)이라고 한 것을 보우라교수는 영감이라고 하고 있습니다만 이러한(보우라교수가 말한) 영감은 시작의 동기가 되는 동시에 시작이 진행되고 있는 도중에도 나타나게 되는 것입니다. 시의 동기가 된다고 하는 것을 좀더 자세히 말해 보기 위하여 보우라교수의 말을 한번 더 인용하는 것은 많은 도움이 될 것으로 생각합니다. 보우라교수는 말하는 것입니다.

「영감과 함께 나타나는 환전한 동화작용은, 다시 말하면 시인이 직접 눈 앞에 보고 있는 사물(事物) 이외는 모두 잊어 버릴 뿐 아니라, 시간의 관념을 잃고 있다는 그것이다. 과거와 미래는 이미 시인에게도 존재하지 않는다. 시인은 시간이 없는 세계에 노는 것이다. 이러한 상태는 소극적, 말하자면 단순한 나태나 부재(不在)의 상태는 아니다. 그것은 몹시도 적극적(積極的)인 것이다. 여기에 이르러 시인은 자기의 전존제(全存在)가 확대되어 반성과 위구와 혼란에 의하여 분열되고 있는 생명의 줄거움을 이 때 비로소 완전한 상태로 맛볼 수 있는 것을 실감하는 것이다.」

이러한 「자기의 전존재가 확대되어」 일상의 자기를 떠난 보다 고양(高揚)된, 어떤 법열(法悅)의 상태를 맛보지 못한 사람들을 시인이라고 할 수 있겠습니까? 그러나 시인은 이러한 일순이 지나고 나면 이전과 다름없는 일상인으로 되돌아가는 것입니다. 그렇다고는 하지만 이러한 일순의 긴장(法悅)을 이따금씩 맛볼 수 있는 시인은, 이러한 일순의 긴장에의 추억으로 말미암아 일상인으로 되돌아 갔을 때의 자기자신을 몹시도 초라하게 생각할 뿐 아니라 심한 혐오를 느끼는 때도 있을 것입니다. 반대로 심히 초라하고 혐오스러운 일상시의 자기 자신을 그 일순의 긴장상태의 주변으로 고양시키려는 노력을 하는 것이 아닌가도 합니다. 긴장—일상—긴장의 순환이 시를 낳아갈 뿐 아니라 시인의 「사람됨」을 만들어갈 것이지만 자칫 잘못하면 이 긴장상태와 일상상태와의 괴리(乖離)를 느끼지 않는 사람은 없을 것입니다. 형은 어떻습니까?

시작의 동기가 되는 영감은 일순에 일어나는 사건입니다. 그것이 습래(襲來)하는 속도란 어느 유성(遊星)보다도 더 빠른 것입니다. 일순에 우주(宇宙)의 가장 비밀에 육박(肉迫)할 수도 있는 것입니다. 그러나 일순이 지난 다음 그 속도는 점점 늘어지면서 긴장의 밀도도 점점 사이가 벌어지는 것입니다. 시인은 그 일순 (이미 지나가 버린)이 남긴 추억을 좇아 시를 써가는 것입니다. 시를 써가는 동안 시작의 동기로서의 영감에서 시간적으로 멀어져 가면 갈수록 의식이 참가할 농도는 짙어지는 것입니다. 보우라교수가 가장 영감에 의한 시작을 한 시인으로 예를 든 쉘리나 블레이크도 의식의 힘을 완전히 벗어난 일은 단 한번인들 있었을까 싶지 않습니다. 그러나 또 한편 시를 써가는 동안에 새로운 영감이 도중에서 간직히 일어났다 사라졌다 하는 것입니다. 처음 것을 전체적 통일적 영감이란 말로 쓸 수 있다고 하면 이것은 부분적 수시적 영감이란 말로 쓸 수 있다고 하면 이것은 부분적 수시적 영감이란 말을 쓸 수 있을까 합니다. 시작에 있어 가장 행복스러운 일은 전체적 통일적 영감과도 의식과 부분적 수시적 영감이 분열과 반동을 일으키지 않는 일입니다. 전체적 통일적 영감이 시작의 동기가 되는 그만큼 이것이 발동하는 순간에 시의 나아갈 방향이 파악되는 것입니다. 그러나 이 전체적 통일적 영감은 시가 나아갈 방향만 알려주고는 사라져버리는 것이 보통이고, 붓을 들어 시를 써가는 동안 어느새 의식이 눈을 뜰 것인데 이 의식이(정도의 차이는 있을 것이나) 한 귀절 한 행을 실지에 있어 종이 위에 수(繡)놓아 가는 것입니다. 이 때에 의식이 전체적 통일적 영감이 알려 준 시가 나아갈 방향을 잃었거나 그 방향에 따라 나아가는데 많은 곤난을 느꼈거나 했을 때는 고의(故意)로라도 그 방향에 반동하는 수가 있는 것입니다. 또 하나의 부분적 수시적 영감도 의식의 경우와 같이 한 귀절이나 한 행을 종이 위에 수(繡)놓아 갈 적에 발동하는 것인데 이것이 또한 전체적 통일적 영감이 알려준 방향에서 엇나가는 수가 있을 뿐 아니라 의식과도 잘 융합(融合)이 안 되어 분열을 일으키는 것입니다. 물론 이러한 반동과 분열이 두드러지게 되면 시작은 더 이상 계속해 갈 수가 없는 것이니까 시인은 이것들을 잘 다스려 상호간의 친화(親和)를 최대한 유지하도록 보살펴야 할 것입니다. T·S·엘리올이 「시가 이루어지기 전에는 시는 아무 데도 없다」고 한 말은 참 재미 있는 말이라고 생각합니다. T·S·엘리올은 시가 이루어지지 이전의 무슨 인생론적 아디어보다는 그러한 아이디어를 어떻게 시화했느냐 하는, 그 과정을 중요시한 제 입장을 이 말로써 보여준 것이라는 것은 우리가 다 알고 있는 사실입니다마는 나는 나대로 이 말을 내가 지금 하고 싶어하고 있는 말에 알맞도록 적당히 윤색해 볼 수가 있는 것입니다. 시작에 있어 전체적 통일적 영감(시작의 동기)을 시를 써가는 동안 의식이 배반(背反)하고, 부분적 수시적 영감이 배반하고 하여 애초에 시를 쓰게 한 동기에서 멀어져가는 것은 결과에 있어 다 써놓고 봐야 알 수 있는 일이지 그 전에는 어떤 것이 될는지 작자 자신도 잘 모르는 일이 아닌가고—시는 시작의 동기와는 별도로 존재할 수도 있다는 말입니다. 그러나 시작의 동기가 의식적인 경우에 있어서는 물론 문제는 달라질 것입니다.

형도 읽기에 피로할 것이지만 나도 글을 쓰기에 피곤해졌으니 오늘은 이만하고 다음 또 다른 것을 좀 얘기해 볼까 합니다.

第二信

B형, 형은 날더러 추고(推考)를 하느냐 안하느냐고 묻고 있습니다. 하면 어느정도로 퇴고를 하느냐고도 묻고 있습니다. 나는 대답합니다. 퇴고를 한다고. 그리고 상당히 많이 퇴고를 한다고. 그렇습니다. 나는 불과 이십행 내외의 시 한 편을 쓰는 내 원고지 오십매 내지는 육십매를 소비하는 수가 허다합니다.

……(이하 6행 생략)…… 퇴고란 행이나 한 연(聯)을 왼통 고치고 때로는 그 순서마저 바꾸는 일도 추고인 것은 또한 두말할 나위가 없는 일입니다. 「推」자를 「敲」자로 고치는 것은 「推」자가 가진 이미지나 어감이나 의미의 함축성보다는 「敲」자가 가진 이미지나 어감이나 의미의 함축성이 보다 호소하는 힘이 크다고 생각되기 때문인 것인데 그러나 어떤 언어는 다른 어떤 언어보다 원

래가 그 이미지나 어감이나 의미의 함축성에 있어 그 호소하는 힘이 더 큰 것은 아닙니다. 어떤 언어군 사이에 어떤 한 언어가 끼이면 갑자기 그 언어가 빛을 발하게 되고 따라서 전후의 언어군도 한층 살아나게 되는 경우에 그 언어는 제 자리를 얻었다 할 것입니다. 그러니까 제 자리를 얻게 되자 그 언어는 제 자리를 얻지 못한 언어보다 한층 이미지나 어감이나 의미의 함축성에 있어 호소하는 힘이 커지는 것입니다. 그러니까 언어는 어떤 언어든 모두 동등의 가치를 간직하고 있는 것입니다. 언어에 빛을 내는 것도 시인이고 언어의 빛을 죽이는 것도 시인입니다. 그것은 마치 색(色)과도 같은 것입니다. 어떤 색이 다른 어떤 색보다 더 아름답다는 것은 없습니다. 배합 여하에 따라서 빛을 내기도 하고 빛을 죽이기도 하는 것입니다. 그것은 전혀 화가의 손에 달린 것입니다. 색의 배합과 똑 같은 이치도 어떤 언어든 언어도 제 단독으로는 완전한 제 구실을 못하는 것입니다. 말하자면 언어는 제 단독으로는 아무것도 아니라는 말입니다. 가령 「꽃」이라는 말은 꽃 아닌 것, 이를테면 「잎」이라든가 「흙」이라든가 「봄」이라든가 혹은 「室內」나 「山野」라는 말들과 어울려 질 적에 비로소 제 구실을 하게 되는 것이 아닙니까? 시란 그러니까 언어 하나 하나를 제 자리에 배치하여 질서를 세워주는 것이라고 할 수 있겠습니다. 그 질서가 참신하고 황홀하면 할수록 그 시는 훌륭하다 할 것이고, 그 질서가 낡아 매력이 없다거나 질서가 잘 서 있지 않았다거나 할 적에 그 시는 졸렬해지는 것입니다.

　다음, 행이나 연도 제가 처할 자리가 반드시 있는 것입니다. 이들의 자리를 잘 못 마련해 주면 역시 질서는 파괴되어 호소하는 힘을 죽이게 됨은 두말할 나위가 없습니다. 한 행 또는 한 연의 언어들이 제각기 알맞은 제 자리를 차지하고 있다고 하더라도 행과 행 또는 연과 연의 선후가 적당치 못할 적에 시는 죽는 것입니다. 이것은 마치 사람의 얼굴과도 같은 것이라 할 것입니다. 눈 코 입을 하나 하나 떼놓고 보면 잘 생겼는데 그것들을 한 뭉치로 한 전체로서 바라볼 적에는 어딘지 초점이 흐려 있고 어울리지가 않는 얼굴이 있는 것과 같다고 하겠습니다. 다음에 드는 것은 한 십년이나 이전에 「不在」라는 제목으로 쓴 졸시(拙詩)입니다.

어쩌다 바람이라도 와 흔들면
울타리는
슬픈 소리로 울었다.

맨드라미 나팔꽃 봉숭아 같은 것
철마다 피곤
소리없이 져버렸다.

차운 한겨울에도
외롭게 햇살은
靑石 섬돌 위해서
낮잠을 졸다 갔다.

할일없이 세월은 흘러만 가고
꿈결같이 사람들은
살다 죽었다.

　이 시의 마지막 연에서 나는 상당히 고심을 했던 것입니다. 처음에는 제 一
행의 첫머리인 「할일없이」를 제 二행의 후반부에다 붙여 「할일없이 사람들은」
이라고 하였을 뿐 아니라 이것을 제 一행으로 삼았던 것입니다. 그리고 제 二
행의 첫머리인 「꿈결같이」를 제 一행의 후반부에다 붙여 「꿈결같이 세월은 흘
러만 가고」라고 하였을 뿐 아니라 이것을 제 二행으로 삼았던 것입니다. 한참
뒤에야 지금과 같이 고친 것인데 아직도 행과 행이 잘 배합이 된 것인지 어쩐
지를 나는 잘 모르고 있는 것입니다.
　내 자신의 경우를 말하면 나는 퇴고가 대단히 필요한 것으로 생각되는 것입
니다. 퇴고를 하는 동안의 감흥(感興)이란 이 또한 나에게 있어서는 초고(草
稿)때의 감흥에 못지 않을 만한 것이 있는 것입니다. 퇴고를 해가는 동안 나는
다시 한번 영감과 의식이 교차되는 야릇한 흥분을 맛보게 되는 것입니다. 퇴고
는 오로지 의식(知性)의 힘으로만 생각하는 폐단들이 있습니다만 실은 그렇지
가 않습니다. 퇴고를 해가는 동안 뜻 아니한 상과 이미지가 명멸(明滅)하는 것

입니다. 의식이 이들의 뒤를 좇아 이들을 잘 붙들기만 하면 좋은 언어들과 좋은 행과 좋은 연을 이룰 수가 있겠지만 번번히 잘 붙둘 수는 없는 노릇입니다. 어쩌다 놓지게 되면 다시 또 상(想)과 이미지가 아득한 미궁(迷宮)에서부터 나나타기를 기다려야 하는 것입니다. 나타났다가는 달아나는 상(想)과 이미지를 의식이 좇아가는 한동안의 스릴은 그것을 경험한 사람이 아니고는 쉬이 짐작 안되는 쾌감이 아닐까 합니다. 일, 발레리가 「시는 지성의 축제다. 시가 이미 축제인 이상 축제의 일순이 끝난 뒤에는 다만 재(灰) 이외는 아무것도 남지 않는다.」라고 한 말을 잘 생각해 봅시다. 그가 얼마나 시작과정을 중시하고 거기에 보람을 느꼈던가를 알 수 있는 일임과 함께 시작은 그에게 있어 법열(法悅)과 해탈의 동안이라는 것을 또한 알 수 있는 것입니다. 그에게 있어서는 이루어진 시(작품)의 문제가 아닙니다. 세속(世俗)의 모든 것을 다 잊을 수 있는 시작하는 동안의 차원 높은 스릴, 그것이 그를 즐겁게 해준 이상으로 그를 황홀케 한 것입니다. 그는 장시(長詩) 「젊은 파르크」를 삼년 동안이나 퇴고를 거듭한 끝에 세상에 내놓았다고 하지 않습니까? 퇴고는 하면 할수록 즐거움이 배가하는 것이 아닌가 하는 것입니다.

　퇴고는 반드시 글로 써서는 짓고 또 고쳐 쓰고 하는 것만을 뜻하지는 않을 것입니다. 마음 속으로도 우리는 얼마든지 퇴고를 할 수 있는 것이 아닌가 하는 것입니다. 마음 속으로 우리는 한 편의 시를 구성해봤다가 그 중 어느 부분을 무너뜨리고 다른 것으로 대치해 봤다가 하면서 시작의 즐거움을 맛볼 수 있는 것입니다. B형, 형에게는 그런 경험이 없습니까? 시작이 만약 무상(無償)의 행위라고 한다면 이러한 마음 속의 시작이야 말로 가장 그 말에 알맞는 행위일 것입니다. 그리고 아까 이미 말한 바와 같이 시가 언어와 언어와의 관계를 가장 이상적으로 맺어주면서 하나의 우주적인 질서를 세우는 것을 목적으로 한다고 하면 우리는 사전(辭典)을 뒤지면서 재미나는 언어가 발견되면 그에 대하여 명상하며 그 언어를 시발로 그와 가장 이상적인 관계를 맺을 수 있는 언어를 찾아 우리의 감각과 정서와 지성(知性)이 어깨동무하며 함께 즐거운 항해를 떠날 것이 아닙니까? 말하자면 사전은 시인에게 있어 시의 무진(無盡)한 보고(寶庫)가 아니겠습니까? B형, 시를 쓰는 사람에게는 중학생용의 조그만한

국어사전 한 권만 있으면 한평생 퇴고하고 또 퇴고해도 못다할 만큼 퇴고의 재료는 그것으로 충분한 것입니다. 한편 우리는 생생한 일상의 생활 속에서 그 때 그 때 살아 퍼덕이는 신선한 언어를 발견하여 사전을 두고 한 경우와 마찬가지의 즐거운 항해를 할 수가 있는 것입니다.

B형, 이렇게 하여 우리는 사전 속의 언어들에 생생한 생활의 입김을 불어넣어 주어야 하겠고, 일상의 용어에 사전을 통하여 명상한 깊이와 함축과 세련을 주어야만 하겠습니다. 이것은 시를 쓰는 사람들이 할 일입니다. 시를 쓰는 사람들의 유일한 임무일 것입니다. 국어에 생생한 입김을 불어넣어 주고, 국어에 깊이와 함축과 세련을 갈수록 주어가야 할 것입니다. B형, 나는 퇴고함으로써 나대로 이 일을 해볼 작정입니다.

남은 얘기는 틈 보아 또 다음으로 미루고 오늘은 이만 그칩니다. 형의 건필을 빕니다.

나의 詩, 나의 詩論

金顯承

광주 태생(1913~1975). 호 다형(茶兄). 시 〈쓸쓸한 겨울 저녁이 올 때 당신들〉(34)이 동아일보에 발표되면서부터 시작활동을 시작했다. 초기의 시편들은 일제 식민지 치하의 강인한 의지와 민족적 낭만주의 경향을 보였다. 대표적인 시집으로는 ≪옹호자의 노래≫(63), ≪견고한 고독≫(68), ≪절대고독≫(70) 등이 있으며 한국 현대시사에서 기독교적 주지적 시인으로서의 큰 봉우리를 이룬다.

꿈

내가 四月에 피는 水仙을 사랑함은,
내가 그대의 그 아름다운 눈동자
기억하여 잊지 못함도,

내 꿈의 影子를 어렴풋이나마
저 自然과 그대의 고흔 얼골에서 바라볼 수
있기에……

내 꿈이 사라질 때,
나의 사랑도 나의 言語도
나의 온갖은 비인 것 뿐

이렇듯 빛나고 아름다운 그 곳에 서서
언제나 내 갈길을 손짓하여 주는

내 꿈은 나의 영원한 깃발
내 꿈은 나의 영원한 품……

　내가 시에 대하여 제한된 지면에서 추려서 하고 싶은 말은 꼭 두가지가 있
다. 즉 시는 첫째 가치의 추구라는 말이다. 가치에는 두가지 종류가 있다. 공
리적가치와 본질적가치가 그것이다. 그런데 사람들은 흔히 공리적가치를 가지
고 인간들과 사물을 판단하는 것이 상식처럼 되어 있다. 그러나 시는 이 점에
서도 상식을 깨뜨린다. 시는 언제나 우주, 자연, 인간, 사물의 순수한 본질을
파악하려고 노력하여, 그것들에 부수되고 그것들을 외면적으로 현혹케 하는 일
체의 우연적인 조건들을 배제할 줄 알고 냉소까지 할 줄도 안다. 때문에 시인
들은 흔히 괴팍하고 비타협적이라는 비방을 듣는다. 그러나 그것은 사물을 현
상적인 조건으로서 밖에 바라볼줄 모르는 상식인들의 수의 힘에 의한 부당한
비난에 지나지 않는다. 시인이 고독한 이유도 주로 여기에 있다. 진리가 다수
인에 의하여 핍박을 받는 것과 마찬가지다.

擁護者의 노래

말할 수 있는 모든 言語가
노래할 수 있는 모든 선택된 詞藻가,
疏通할 수 있는 모든 침묵들이,
고갈하는 날,
나는 노래하련다.

모든 우리의 無形한 것들이 허물어지는 날
모든 그윽한 꽃향들이 解體되는 날.
모든 信仰들이 立證의 칼날 위에 서는 날,
나는 擁護者들을 노래 하련다!

띠끌과 常識으로 충만한 거리여,
數量의 허다한 信賴者들이여,

> 모든 사람들이 돌아오는 길을
> 모든 사람들이 結論에 이른 길을
> 바꾸어 나는 새삼 떠나련다!
>
> 아로사긴 象牙와 有限의 층계로는 미치지
> 못할
> 구름의 사다리로 꿈의 사다리로,
> 보다 광활한 世界를 가련다!
> 싸늘한 蒸落水의 시대여,
> 나는 나의 우울한 血液循環을 노래하지 아
> 닣지 못하련다.
>
> 날마다 날마다 아름다운 抗拒의 고요한 흐
> 름속에서,
> 모든 躍動하는 것들의 旋律처럼
> 모든 前進하는 것들의 수레바퀴처럼
> 나와 같이 노래할 擁護者들이어,
> 나의 同志여, 오오 나의 진실한 친구여!

나는 이 시에서, 참다운 본질적가치를 추구하는 시와 시인과, 또는 모든 그러한 인간들의 양심과 정의를 옹호하고 주장하여 본 것이다.

그러면 참다운 가치란 무엇인가? 그것은 하도 많다. 그러므로 그 수많은 가치를 정리하여 진(眞) 선(善) 미(美)의 가치로 나누고 있다. 그리고 이들 가치 중에서 시는 미적가치를 추구하는 세계인 줄로 말할법도 하지만, 그것은 전인격적가치를 모르는 편견이다. 진(眞) 아닌 것은 미(美)가 아니고, 미아닌 것은 진이 아니다라는 말은 역사상의 많은 시인들이 강조한 바이고, 이 말은 곧 진(眞)아닌 것은 선(善)이 아니고고, 선 아닌 것은 진이 아니라는 말과도 같은 뜻이 되고, 또 그것은 선(善) 아닌 미(美)가 아니고 미아닌 것은 선이 아니라는 말과도 통하게 된다.

그러면 이들 진, 선, 미를 결합하여 일체로 만들어 주는 근본적인 요소는 무엇이겠는가? 그것은 다름 아닌 생명감이다. 그것들은 생명을 느끼게 하는 근원적인 사실에 있어 능히 하나로 뭉칠 수 있다. 무릇 생명감이 없는 곳에서 우리는 진이나 선이나 미의 가치를 논할 수 없는 것이다.

생명을 말살하는 곳에는 오직 거짓과 죄악과 추함만이 남게 될 것이다.

그러므로 시의 궁극적가치는 진선미를 통하여 결국은 생명을 얻는 데 있다고 나는 생각한다.

눈물

더러는
沃土에 떨어지는 작은 生命이고저……
홈도 티도,
나의 全體는 오직 이것뿐!

더욱 값진 것으로
들이라 하올제,
나의 가장 나아종 지니인 것도 오직 이뿐!
아름다운 나무의 꽃이 시듦을 보시고
열매를 맺게 하신 당신은

나의 웃음을 만드신 후에
새로이 나의 눈물을 지어 주시다.

이 시에서 나는 진정한 눈물은 밝은 미소보다도 인생의 깊은 생명에 더 접근할 수 있는 것으로 생각하고, 이러한 인생의 입장에서 좀더 낳은 생명을 추구하여 본 것이다.

슬픔은
나를 어리게 한다.

슬픔은
罪를 모른다.
사랑하는 시간보다 오히려.

슬픔은
내가 나를 안는다.
아모도 介入할 수 없다.

슬픔은
나를 목욕시켜 준다.
나를 다시 한번 깨끗케 한다.

슬픈 눈에는
그 영혼이 비초인다.
고요한 밤에는
먼 나라의 말소리도 들리듯이…….

슬픔 안에 있으면
나는 바르다.
信仰이 무엇인가 나는 아직 모르지만,
슬픔이 오고 나면
풀밭과 같이 부푸는
어딘가 나의 영혼…….

　이 「슬픔」이란 나의 작품 역시 「눈물」과 같이 슬픔을 통하여 인생의 어떤 깊이와 가치를 계시하여 본 것이다. 내가 특히 눈물이나 슬픔과 같은 그늘진 면들을 통하여 인생의 가치를 구하고 그것의 심화를 의욕하는 것은, 십자가에 의한 속죄의 사상과 고통의 감미(甘味)를 형수하는 기독(基督)의 진지 열열한 신앙을 조금이라도 체득하여 보려는 모태로부터의 신앙이 있기 때문이다.

窓들이 아름다운 午前의 길 위에선
옷이라도 펼쳐 깔 듯하는
너이의 異國風景……

汽車에서 나려
처음 올라 온
낯선 鐵道에서도,
友情 짙은
너이

그늘……
우리는 어차피
먼 나라에 영혼을 두고 온
애트랑제,
肉體가 피로울제
異國種—너이 무늬에 기대어 본다.

봄도 가고
여름도 가고
또 一年이 지나면,
사는 것이 사는 것이 더욱 무거워지건만,
오가는
너이 어깨 사이 사이에서
찬 바람에 옷깃을 세우면,
어느듯
우리들의 友情도
古都처럼 깊어간다.

이 「街路樹」라는 나의 시를 가지고, 어떤 젊은 시인이 시문의 월평(月評)에
서, 국내보다 이국(異國)을 그리워하는 이 시인은 늙을 줄을 모르는 시인이라
고 호평한 것을 읽은 기억이 있다. 그리고 나는 그 호의에 호을로 미소하지 않

을 수 없었다. 나는 이 시에서

> 「우리는 어차피
> 먼 나라에 영혼을 두고 온
> 애트랑제,
> 肉體가 피로울제
> 異國種—너이 무늬에 기대어 본다」

라는 제三 연에다 중점을 두었다. 그리고 거기서는 이국이라는 지리적인 조건이 문제가 되는 것이 아니고, 現實과 對置하여 정신적인 본질의 세계를 암시하려 하였다. 본질의 세계를 떠나 육체와 물질에 사로잡힌 현실의 팍팍한 생활을, 무엇인가 내 눈에는 본질의 영상이 듯한 가로수의 풍부한 그늘에다 의탁하여 위안을 구하여 본 것이다.

시인의 인생관에 따라서는, 이 화려한 물질의 세계도 또는 과학으로 진보발달한 현대의 모든 문물도, 본질적인 가치에서는 멀리 떠나 공리(功利)와 불순과 황폐로 가득한 무가치한 세계일 수도 있다.

그러므로 이러한 진정한 가치를 만나지 못하는 현대에서 시인은 욕망미달의 감정으로 쎈치멘탈하게 될 수도 있다. 이 시「街路樹」는 다소 감상적일게다. 그러나 그 감상성은 결코 생명적인 가치와 배치(背馳)되는 것은 아니다. 그것은 오히려 생명에 대한 열애로부터 연유하는 감상이기 때문이다.

이와 같이 시의 본질을 가치의 추구에다 뿌리박아 놓으면, 시인의 내면에서 일어나는 온갖 희노애락의 사상과 감정은 이 가치를 중심하여 여러모로 이해되고 해석할 수 있을 것이다. 시가 한번 순수의 가치세계에다 자리를 잡으면, 인간과 현실의 온갖 문제에 대한 태도와 평가의 기준이 달라질 수밖에 없다.

> 畵意盾山無惡石
> 禪意疲江眞生魚

라는 예술의 세계를 표현한 말과 같이, 이러한 세계야말로 공리나 세속의 성질을 떠나 사물의 본연을 순수하게 바라보는 것이다. 이러한 시외 안목(眼目)과 시의 정신에만 이 세계는 살아 움직이고, 평범한 사물들은 빛을 얻고, 감초인 생명들이 현현(現顯)될 것이다. 괴테는 섹스피어를 읽고 나서, 세계가 새로이 창조된 것 같다고 경탄하지 않았던가? 시인은 가치의 발견자이며, 그 발견이 위대하리만큼 비상할 때, 창조자의 영예를 얻을 수 있을 것이다. 시인들이 발견해 내고 창조해 내는 가치들이란 사물의 본연이 가지는 순수한 가치이다. 이러한 신의(神意)에 통하는 가치란 높은 궁전이나 위대한 인물에서만 발견되는 것은 아니다. 그렇게 헌추레한 것들 속에만 가치가 존재하는 것은 아니다. 오히려 그러한 것들 속에는 의외로 무가치한 허위와 추악으로 가득 차 있는 경우가 많을지도 모른다. 진정하고 순수한 가치란 사물의 대소(大小), 수량의 다소(多少)에 의거하여 평가되지 않는다. 저 들가에 있는 한 덩이의 돌과 풀잎에서도 생명을 느낀다고 한 로댕의 말은, 순수한 가치를 추구하는 예술 곧 시의 세계를 잘 말하여 주고 있다.

시는 현실과 사물을 폭발시켜 새롭게 만들어준다고 항용 말하고들 있는데, 그것은 다른 까닭이 아니다. 그것은 공리성으로 밖에 사물과 인생을 바라볼 줄을 모르는 사람들에게 시인은 본질적인 가치를 보여주기 때문이다. 시는 공리적 견지에서는 막혀 버렸던 인생의 길도 열어 주고, 공리성에 멀어 버린 눈을 깨우쳐, 전혀 다른 새로운 가치의 세계를 게시하여 주기 때문이다.

때는 봄,
날은 아침,
아침도 일곱시,
언덕 위에 구슬 같이 맺힌 이슬,
종달새 높이 떠 노래 부르고,
달팽이는 덤불 위에 앉아 있고,
하느님은 天國에 계시오니,
세상은 모두 옳은 것 뿐이라.

「피파의 노래」의 일절인 부라우닝의 이 시가 우리의 감정을 새롭게 만드는 까닭이 무엇인가? 그것은 맑은 아침의 공기를 운률적으로 잘 묘사한 묘기(妙技)때문이기도 하지만, 마지막에 「하느님은 천국에 계시오니」의 한 구절로써, 이 시는 한층 빛을 얻고 조화를 얻게 된다. 우리의 눈은 항용 지상에서만 배회(徘徊)하기 쉽다. 그러나 이러한 상식을 깨뜨리고, 시인의 눈이 천국의 하느님을 께시할 때, 이 지상의 오월의 아침은 얼마나 더 풍부하여지는가? 만일 이 시가 지상의 묘사만으로 끝났다면, 그것은 아무라도 쓸수 있는 아주 평범한 시가 되었을 것이다. 그러나 시인의 눈은 좀 더 높은 곳에서 가치를 끌어냄으로써, 이 시를 훨씬 풍부하고 값있는 것으로 만들 수 있었다고 본다.

하늘에 무지개를 보면
내 가슴은 뛰노나!

이 평범한 듯한 위드위즈의 시 한 구절이 어찌하여 명시감상에서 언제나 빠지지 않게 되는가? 이 평범한 말 가운데는 가치세계의 혁신(革新)과 전환(轉換)이 의미되어 있기 때문이다. 문학사적으로 보면, 인공(人工)과 기교(技巧)에 찬 도회중심의 고전주의문학으로부터 청신한 낭만주의에로의 전환을 부르짖은 노래이다. 이 노래 속에는 지금까지의 상식을 깨뜨리는 새로운 가치의 추구가 자연을 상대하여 맹렬히 움직이고 있는 것이다.

물론 우리가 쓰는 모든 시가 전인격적 가치를 추구하는 시만은 아니다.

별은
耳順하고
이삭들
바람에 익는다.
아침 저녁
살갗에 묻는,

요즈막의 향깃한 차거움……
四月은 아직도 溫血動物인데,

오늘은
먼 하늘 빛
넥타일 매어 볼까.

　　나의 시 가운데도 이 「가을넥타이」라는 시는 단순한 가을의 서정이나 감각
을 노래한 것 뿐이다. 구태어 말하자면 단순한 정서에서 우러나오는 미적 가치
밖에 그 이상 바랄 것이 없는 시라고 말할 수 있다.

가을에는
기도하게 하소서……
落葉들이 지는 때를 기다려 내게 주신
謙虛한 母國語로 나를 채우소서

가을에는
사랑하게 하소서……
오직 한 사람을 택하게 하소서,
가장 아름다운 열매를 위하여
이 肥沃한 時間을 가꾸게 하소서.

가을에는
호올로 있게 하소서……
나의 영혼,
구비치는 바다와
릴슴의 골짜기를 지나,
마른 나무가지 위에 앉은 가마귀와 같이.

　　그러나 같은 가을의 시라도 이 「가을의 祈禱」라는 시에 이르면, 거기서는 단
순한 서정 이외에 좀더 깊은 생의 가치를 추구하고 싶어하는 흔적이 보이지 않
는가? 나는 이와 같이 그 오저(奧底)에 생명이 잠재하여 있는 전인격적가치의
추구로써 내 시정신의 이상을 삼고자 한다.

　그 다음 또 한 가지는 이 가치의 추구는 형상화를 기다려서만이 완전한 시가 될 수 있다는 말을 하고 싶다. 다시 말하면 지금까지의 이야기는 주로 시의 정신이나 내용에 관한 이야기였다면, 이제부터는 시의 형식이나 방법에 관한 나의 견지가 될 것이다. 아무리 훌륭한 가치의 세계라도, 그것이 시인의 머리 속에서 혼돈한 상대로 감돌고 있을때는 아직 시는 아니다. 시인은 그 혼돈한 상태를 요약정리하여 언어의 명확한 형태를 주어야만 비로서 시가 되는 것이다. 시상과 시는 아주 다르다. 엄격하게 말하면 천리나 만리의 차이가 있다고 할 수 있다.

　언어를 동반한 시상만이 시가 될 수 있는 것이다. 언어를 동반시켜 사상을 시가 되게 하는 데는 여러가지 방법이 있다. 언어의 음수(音數)나 억양이나 장단(長短)같은 것을 이용하여 시상을 시로 만드는 음악적인 방법도 있고, 그와는 반대로 시각에 호소하는 언어를 선택함으로서 회화적인 효과를 노리는 방법도 있는가 하면, 요즘은 전혀 산문적인 형식을 취하여 분렬파괴의 새로운 매력을 느끼게 하는 방법도 있다. 그러나 어떻든 이것들은 모두가 시의 형상화를 위하여 사용하는 방법과 기술의 일부분들인 것이다. 그러므로 시의 형상화는 방법은 일률적으로 또는 간단하게 말할 수 있는 성질의 것은 결코 아니다. 그것은 각자의 시적 천분(天分)이나 창작경험에 따라 각자가 해결하지 않으면 아니 될 과제인 것이다.

　그러나 시를 형상화하는데 있어, 가장 공통적이고 기본적인 조건으로서, 정서의 문제를 말할 수 있으리라고 생각한다. 추구의 결과로 얻은 아무리 가치 있는 세계이라 하여도 그것은 정서에 의하여 표현되지 않으면 시가 될 수는 없다. 그러나 다시 생각하여 할 것은 정서적인 표현이 모두 시가 될 수는 없는 것이다.

　「아! 인간은 고독하고나!」의 정서적인 표현이 시가 될 수 있다면 이 세상에 시인 아닌 사람은 거의 하나도 없을 것이다. 실은 이러한 정도의 시가 세상에 없지도 않은 것이다. 그러므로 정서만으로도 시가 되는 것은 아니고, 정서가 참다운 정서가 되기 위하여는 지성의 역할이 필요하게 된다. 그러하여 시에 있어 정서와 함께 지성의 문제가 등장되지 않을 수 없다. 그런데 시에 있어서의 지성의 문제는 현대에 이를수록 오해가 심하여졌다고 나는 생각한다.

　나는 생각하기를, 시의 전부가 지성적인 구절로 가득 찼다거나, 어떤 지성적인 문구가 두드러진 것을 가지고 지성적인 시라고 귀정할 것이 아니다. 그것은 오히려 비지성적인 시일 것이다. 왜냐하면 시를 시답게 만드는 것이 지성적인 사상이나 의식의 노출로써 시를 망치는 것이 지성적인 행동은 아니겠기 때문이다. 나는 「철학은 언제나 시의 권외에 있게 하라」는 괴테의 교훈과 「사상은 시에 있어 과일의 영양소와 같이 보이지 않아야 한다」는 바레리의 잠언을 언제나 명심한다. 지성의 시라는 것은 지성이 직접 시구절에 앞장을 서서 나서야 한다는 뜻이 아니다. 그것은 시가 만들어지기까지는 준엄한 활약과 지도의 역할을 담당하였으면서도 정작 시가 언어로 나설 때에는 될 수 있는 대로 그것은 무대 뒤에 숨어 버려야 한다. 그것은 언제나 권외에서는 감독자의 권위를 내세우면서도, 정서면에는 자취없이 스며들어 독자에게 보다 높은 의미의 영양과 영향을 주어야 한다.

　좀더 구체적으로 말하면 나는 시에 있어서의 지성의 역할을 이렇게 생각한다.

　　　팔구비에 닿는 것
　　　銀時計처럼 차다.

　　　세로팡으로
　　　싸는 밤……

　　　배암 무늬 손잡이
　　　雨傘을 받고 혼자 섰다

　　　전에는 더러
　　　이러기도 하였던
　　　뽀야다란 마음……

　나의 시 「가을비」는 앞서 말한 「가을넥타이」와 함께 단순히 계절감에서 우러나온 서정에 그치는 시다. 여기서 나는 별로이 전인격적가치를 느낄만한 그 무엇을 표현하려 하지 않았다. 그러나 내가 또는 아무런 시인이라도 이런 정도의 가벼운 서정이 아니고 좀더 인생의 근본적인 관계에서 시의 고양(高揚)과 심화를 의도한다면 그 때에는 시에 임하는 시인의 태도부터가 근본적으로 달라질 것이다. 그 경우를 일일이 예로 들 수는 없지만 그러한 경우에 어느 시인에게나 거의 공통적으로 갖추워질 일로는 인생관의 정립(定立)으로부터 자기의 시세계를 설정하는 정신의 문제로 이 문제를 사려있게 민족성과 시대성에 결부시켜 조절하는 힘, 그리고 그러한 문제를 해결하기 위한 언어의 취사선택 등― 다시 말하면 시를 조성하는 분위기부터가 주로 지성의 힘에 의지하여 성립되어야 하리라고 나는 생각한다. 그리하여 지성의 힘으로 시를 낳게 하여야지 산출된 시가 지성이어서는 아니될 것이다. 산출된 시는 정서의 성분이 많으면 많을수록 이를테면 우량아의 자격을 얻을 수 있다고 생각한다.

나는 지성에 대하여 이러한 지론을 갖기 때문에, 오늘날 항용 말하고 있는 공식적인 주장과 같이, 바레리류나 엘리어트류의 시를 썼다고 나는 그것을 지성적이라고 하지 않는다. 바레리나 엘리어트의 지성적인 이유는 바레리나 엘리어트에 한하여 충분하고 그 지성은 그들에게서 끝났다고 생각한다. 그들에게서 더 전진된 시대나 특수한 민족성을 고려에 넣지 않고 뒤따라 가는 일은 오히려 주지적인 태도가 아니라고 생각한다. 그보다는 사려분별 있게 자기의 위치를 설정하고 가치의 세계를 모색하여, 시의 영역을 더욱 풍부히 독자적으로 확장하거나 새롭게 하는 것이 보다 주지적인 태도가 아닐까 한다.

다른 말로 표현하면, 시를 생각하는 일은 주로 지성의 힘이어야 하고, 시를 쓰는 일은 주로 정서의 힘이어야 하리라고 생각한다.

슬픈 아버지

아버지는 흙벽을 핥으며 자랐고
너는 外人部隊의 깡통을 가지고 노는구나
라이프 誌에는 오늘도
장난감 없는 나라의 아기야 네 이야기가 쓰여져 있다.

그것이 반드시 生命의 根元에 窮乏을 가져 오는 것도 아니련만,
그러면 나는 장난감 없는 나라의 초라한 아버지—
아기야, 오늘따라 그 값진 장난감—경쾌한 에메랄드빛 세단차와
선연한 저 水銀빛 날개들을 갖곯아 조르는,
못구멍 난 깡통따위는 인제는 그만 실증 나버린
너 마음을 아버지는 알겠고나!
'그러나'라를 위하여 '라에게 먼저 剩餘의 '道具들보라
저 보라빛 산들에와 진달래빛 구름들을 가리키는 아버지의 마음—
그것은 떡을 달라 조르는 아들에게
돌을 쥐어 주는 모진 아버지의 쓰라림일지도 모른다.

그러나 아버지의 아들인 내 사랑하는 아기야,
너는 로마의 패허와 히로시마의 띠끌 위해서 딩구는
한낱 깨어져 바린 장난감—金屬性의 破片들을 사랑하기 전
너는 먼저 저 自然의 琓具들을 사랑할 줄 알아라!

(그의 一部)

나는 이 시가 내 의도를 만족시킬만큼 되었는지 못되었는지는 모르겠지만, 나는 어떻든 이것을 단순한 서정시만으로 쓰지는 않았다. 나는 이 시를 쓰기 전 나의 지력으로써 인간과 현대의 관계를 생각하고 인간의 나아갈 길을 어느 사상에서 찾을 것인가를 모색하여 보고, 내딴엔 어떤 결론을 현대에다 주려고 이 시를 생각했다. 그러면서도 이러한 사상들이 시행(詩行)에서 굳어지지 않게, 할 수 있는 대로 정서적인 언어를 고르려고 노력도 하였다. 그럼에도 불구하고 아무래도 관념적인 표현들이 많은 것을 나 스스로 인정한다. 말이 쉽지 지성과 감정의 조화된 묘(妙)를 얻기란 매우 힘든 일이다.

「꿈」은 가치의 세계를 추구하여 마지않는 나의 시론을 시로써 형상화하여 본 작품이기 때문에 잘 되었든 못되었든 내게는 의미가 있기로 참고가 될까 하여 첫머리에 실었다.

詩와 詩論

一〈午禱〉

朴斗鎭

경기도 안성 태생(1916). 호는 혜산(兮山). 1939년 시 〈香峴〉,
〈墓地頌〉 등 5편이 ≪文章≫에 정지용 추천으로 등단했으며, 이후
박목월, 조지훈 등과 3인 시집 ≪청록집≫(46)을 낸 세칭 청록파
시인이다. 초기의 참신하고 법열적인 경지에서의 이상향에 대한 승
화의 추구가, 해방 이후 대표작 〈해〉를 전후하면서부터 기독교적인
이상과 결부된 그의 시의 방향과 특색을 드러내기 시작했다. 시집으
로는 ≪해≫(49), ≪박두진 시선≫(56), ≪거미와 성좌≫(62), ≪하
얀 날개≫(67) 등이 있다.

百 千萬 萬萬 億겹
찬란한 빛살이 어깨에 내립니다.

작고 더 나의 위에
壓倒하여 주십시요.

일히도 새도 없고,
나무도 꽃도 없고,
쨍쨍, 求劫을 볕만 쬐는 나혼자의 曠野에
온 몸을 벌거 벗고
바위 처럼 꿇어,
귀, 눈, 살, 더럭,
온 心魂, 全 靈이

너무도 뜨겁게 당신에게 닿습니다.
너무도 당신은 가차이 오십니다.

눈물이 더욱 더 맑게하여 주십시요.
땀방울이 더욱 더 진하게 해 주십시요,
핏방울이 더욱 더 곱게하여 주십시요.

타오르는 목을 추겨 물을 주시고,
피흘린 傷處마다 만져 주시고,
기진한 숨을 다시
불어 넣어 주시는,
당신은 나의 힘.
당신은 나의 主.
당신은 나의 生命.
당신은 나의 모두……

스스로 버리랴는
버레같은 이,
나 하나 끓은것을 아셨습니까.
또약볕에 氣盡한
나 홀로의 피덩이를 보셨습니까.

나는 이렇게 시를 쓴다고 해서 시를 쓸 때는 꼭 이렇고 이렇다고 일률적으로 말할 수는 없는 것이겠습니다.

시에 임하는 마음의 태도나 정신적인 자세에 있어서도 그렇거니와, 이미 얻어진 시상을 시로서 익히는 과정이라든지, 정작 원고지 위에 옮기는 단계에 있어서의 미묘한 「컨디션」의 조절 방법이나 기술 같은 것이 그 때마다 서로 다르고, 또 그 경험하는 바가 독특하기 때문입니다.

시를 쓸 때의 감정 생리나 습관 동작 역시 어느 특정한 시에는 특정한 과정과 형타를 갖게 되어 매양 동일하지는 않습니다. 다시 말하면 시의 제작과정이

나 그 의도나 의욕으로 볼 때, 서로 같은 것이기보다는 오히려 서로 다르고 독특한 것일수록 더 묘미가 있고 의의가 있고 발전이 있고 보람이 있는 것이라 하겠습니다.

물론 오랜 동안의 수련을 쌓은 보람으로서 시의 제작 태도나 시를 쓰는 그 제작 과정이 저절로 몸에 익어서 어떠한 특이한 모습을 지닐 수 있다고 할 수도 있습니다. 그러나 그렇다고 하더라도 아마 대부분의 사려 있는 시인들은 늘 그러한 고정화의 경향을 내심으로는 반드시 경계하면서 나갈 것이 분명합니다.

하나의 시세계, 하나의 시정신을 줄기차게 추구하고, 그 옳다고 생각하는 시작태도나 방법을 고집해서 주장하고 실천하는 사람이라 할지라도, 그것이 늘 같은 가락 같은 수법이나 같은 형태로 천편일률적인 작품이 되어 나온다고 하면, 그 시인은 이미 시인된 참 가치를 상실하여 있는 것이며, 아무도 그러한 시인과 시를 값이 있게 보아 주지도 않고 기대해 주지도 않을 것입니다.

오히려 편마다 다르고 편마다 새롭고자 하는 것이 시인들의 공통된 염원이며 야심이라 아니할 수 없습니다.

하나의 사상 기반, 하나의 시정신을 끈덕지고 진지하게 추구하여 심화시키고 확대시키는 것을 목표로 할수록 시 한편 한편은 서로 다르고 새롭고 발전이 있어야 하는 것이라 생각합니다.

이렇게 써 놓은 시가 한편 한편 진전이 있고 변화가 있으려면, 쓰는 과정과 쓴 태도와 방법에도 다른 것이 요청될 수밖에 없습니다. 시인 서로가 각기 다른 개성과 생리를 갖듯이, 한 시인에게 있어서도 시 한편 한편의 됨됨이 서로 다르기를 요청 받고 있으며, 그것이 시 쓰는 사람의 이상이 아닐 수 없습니다.

똑 같은 「포오즈」와 동작을 자꾸만 연거푸 되풀이해 익힘으로써 일정한 기록에 도달하고자 하는 운동 경기에 있어서의 선수의 태도와는 시는 전연 다른 세계임이 분명합니다.

물론 그 사람의 사상의 바탕이나 시정신의 방향이나, 그 전개 방법이 세계가 서고 일관성이 있어야 하는 것이지만, 이것을 좁은 뜻으로 오해할 필요는 없습니다.

오히려 그 일관성의 일관된 보람을 나타내기 위해서는, 그 심화 과정과 영역의 확대 과정의 실증을 하나 하나의 작품의 발전과 변화에서 볼 수 있어야 한다는 말입니다.

서로 다르면서 하나의 거대한 세계를 이루고 하나의 세계이면서 온갖 다양한 모습을 갖는 것이라야 하리라고 생각하지 않을 수 없습니다. 맹목적인 잡다성의 추구와 나열이 아니라, 참말로 예지에 찬 미래에의 투시와 자기 자신에의 투철한 자각과 인식을 토애도 해서 꾸준하면서도 발랄하고 헌신적이고 모범적이면서도 저절로 통일된 질서를 이룩해 나가는 것이야말로 나의 가장 간절하게 희구하는 시작 태도가 아닐 수 없습니다.

번번히 다른 산을 타고 넘는 장한 기백이 필요하고 그 여러 체험을 토대로 해서 또하나의 목표인 목전에 솟은 미지의 시의 봉우리를 향해 돌진해 올라가는 것이 내 시작 생활의 태도요 자세입니다.

오던 길을 되돌아가거나 똑같은 타성적인 방법을 되풀이하는 것으로 만족하는 것은 절대로 용납될 수 없는 것입니다. 물론 나 자신 이 말을 확신시킬만한 아무런 입적을 갖지는 못했습니다만, 그럴수록 더 이 말은 내게 필요한 말이 아닐 수 없습니다.

다음엔 다듬어진 시상을 정작 원고지를 대해 앉아 시로서 옮기려 할 때의 마음 자세를 말씀하겠습니다.

기도를 드릴 때처럼 경건해진다고 하기는 너무 외람된 일이고, 순전히 인간적인 현세적인 이기적인 「앰비슌」만이라고 하기에는 나 스스로의 자아의 어느 한구석에서 그것을 용납하질 않습니다.

아직 그냥 담담한, 그러면서도 어떤 알 수 없는 높이로 승화되어 있는 감정, 조금은 자랑스럽고 조금은 신이 나고 조금은 신중해지고 조금은 자신에 찬 이러한 기분이라고 하는 것이, 아마 가장 가까운 이 때의 감정 상태의 표현이라 하겠습니다.

내가 참말로 신인일 수 있을까? 이렇게 나처럼 쓰는 것이 과연 시다운 시일 수 있는가? 하는 스스로에 대한 물음은 참으로 오랜 동안 시를 쓸 때마다 나에게 던져지는 무자비한 화살입니다.

나는 시인이로라 하는 긍지, 나도 시를 쓸 수 있을 것이라는 확신과, 나도 참말 시를 쓸 수 있을까 하는 담담한 겸허가 용하게 균형을 얻어야 한다고 생각합니다.

흔히 말하는 「뮤우즈」라는 말을 좋아하지는 않습니다마는, 만일 시에 임하는 내 태도가 지나치게 오만할 때 「뮤우즈」가 내 마음에 와주지 않을 것이고, 너무나 스스로를 낮출 때도 「뮤우즈」는 나를 믿고 자기를 맡기지 않을 것이기 때문입니다.

터무니 없이 「인스피레이슌」을 믿을 때 허망한 결과가 올 때도 있지만, 돌다리를 지팡막대기로 두들기며 가듯 하는 태도나, 벽돌을 한장 한장 공식적으로 쌓아 올리는 공쟁이의 태도로 그렇게 현명한 것은 못된다고 생각합니다.

경험으로 보아서는 오히려 무엇을 믿든 않든 자기의 시적 온 지감과 예지와 「쎈스」를 도거리로 집중해서 냅다 한번 과감하게 건너뛰는 것입니다.

앞에 놓인 것이 조용한 강이건 광란하는 파도이건, 성패에 주저 말고 깨끗한 자세를 갖춰 건곤일척의 「점프」를 감행하는 것입니다.

시의 제일 연, 시의 맨 첫 귀절에 있어서 그렇고, 시의 한 촛점에 있어서 그렇고, 시 전체의 귀절귀절의 진행에 있어서 그렇습니다.

시의 착상이나 그 연소 과정이나, 표현의 실제 과정에 이르는 제작 전체의 과정이 어떻게 하면 보다 더 자연스럽고 전폭적이고 전인적(全人的)일까, 그리고 시의 순수한 본질에 어떻게 하면 더 육박할 수 있을까 하는 것이 그 다음의 나의 큰 관심사입니다.

이것은 요새 말하는 소위 자연 발생적이란 말에서 풍기는 뜻과는 그 출발점을 근본적으로 달리합니다.

보다 더 영원하고 보다 더 시 그 자체의 본질에 투철하려는 의식적인 노력을 말하는 것입니다. 이것은 시의 목적이나 기능이나 그 효용이나 그 작용을 말할 때도 마찬가지입니다.

내게 있어서의 이러한 의식적인 노력은 자연성을 떠나는 노력이 아니라, 오히려 보다 더 자연적이고자 하는 노력을 말합니다.

여기에 내가 말하는 것은 물론 소박한 자연을 두고 하는 말이 아닙니다. 마음이 있는 자연, 사랑과 생명의 원리에 서 있는 자연, 다시 말하면 살아 있고 아름답고 생명이 있고 질서가 있는 한 실재—온 우주에 편만해 있고 그 속에 내재해 있고 그 위에 초월해 있는 한 법칙, 생명과 사랑의 본질과 그 속성과 그 실재성, 그 주재자의 의지, 그러한 섭리에 조화하고 참여하고 통일하고 귀일하고, 그것으로 꽃피워지는 것을 말합니다.

어쩌면 곧 이것은 영원에서 영원에 이르는 그것의 주재자요 생명이신 하느님의 사랑과 빛과 참과 선과 미이심 그 근원이요, 발현자이심에 대한 끊임없는 갈망과 찬탄과 경이와 호소와 감사와 법열가 기도를 위한 시로서 하는 탐구요 그 자세입니다.

이렇게 하는 데서만 나는 나의 앞에 가혹하도록 엄숙하고 진지하고 절실하게 맞다달아 오는 온갖 문제에 대한 해답을 얻을 수가 있습니다.

인간과 사회와 인류와 세계와 역사와 현실, 오늘의 문제와 내일의 문제, 심각하고 복잡하고 처절한 이 모든 문제에 대한 궁극적이고 완전한 해답을 얻을 수가 있습니다.

생각하고 느끼고 시를 쓰고 살고 일하고 나고 죽고, 무엇인가 바라고 무엇인가에 경도하는 그 의의와 가치를 비로소 인식할 수가 있습니다.

병적이 아닌 기형적이 아닌 감각이나, 퇴폐나 허무나 메마른 지성만에나, 발광적인 본능의욕이나, 맹목적인 추종으로만 기울어지지 않는 시에 있어서의 생명의 충전(充全)에서만 생활에 있어서의 자기 이념의 건실한 균형을 얻을 수가 있다고 생각합니다.

자기 스스로에게 뿐만 아니라, 그것을 읽어 주는 나와 더불어 사는 다른 사람의 정신에까지 할 수 있으면, 해독이 되지 않고 무의미한 것이 되지 않고 참 정신적이고 건강하고 생명이 있는 자양이 될 수가 있을까 하는 노력의 이유가 되는 것입니다.

나 하나의 느낌이 아니라, 많은 다른 사람의 느낌을, 나만이 감동할 뿐 아니라, 다른 최대다수의 사람이 감동할 시를 쓰고자 하는 마음, 지금과 오늘의 세대의 사람들만이 감동하는 데 그치지 않고, 다음 세대와 오고 오는 여러 세대의 사람들에게도 지금의 실정과 지향을 알릴 수 있도록 쓰로자 하는 데 목표를 두지 않을 수 없습니다.

이것은 나 하나만을 유명하게 한다거나 오래 이름을 남기겠다거나 하는 그런 이기적인 비근한 동기로서가 아닙니다. 그러한 것을 떠난 시 자체의 전속된 문제로서입니다.

여태까지 걸어 온 우리의 시의 자취를 더듬고 또 앞으로의 길을 내다볼 때 좀 더 튼튼한 터 위에서 좀 더 올바른 시의 정도(正道)를 개척해서 걸어가 보고자 하는 때문입니다.

정말 시대성을 띤 훌륭한 작품들은 늘 정말로 그 시대를 잘 표현하면서 또 초월해 있는 작품인 것을 잊고 싶지는 않은 까닭에서입니다.

나는 詩를 이렇게 생각한다
—〈작은 짐승〉

辛夕汀

전북 부안 태생(1907~1974). 보통학교 졸업 후 향리에서 한문을 수학했고, 중앙불교전문에서 1년여 수학했다. 1924년 시 〈기우는 해〉를 조선일보에 처녀발표, ≪시문학≫3호부터 동인으로 활동했다. 타고르와 만해의 영향을 많이 받은 것으로 평가되고 있으며, 전원적 목가적인 낭만주의 시풍이 주된 경향이다. 시집으로는 ≪촛불≫(39), ≪슬픈 목가≫(56), ≪산의 서곡≫(67) 등이 있다.

蘭이와 나는
산에서 바다를 바라다 보는 것이 좋았다.
밤나무
소나무
참나무
느티나무
다문 다문 선 사이사이로 바다는 하늘보다
푸르렀다.

蘭이와 나는
작은 짐승처럼 앉아서 바다를 바라다 보는
것이 좋았다.
짐승같이 말없이 앉아서
바다같이 말없이 앉아서
바다를 바라다 보는 것이 기쁜 일이었다.

蘭이와 내가
푸른 바다를 향하고 구름이 자꾸만 놓아가
는
붉은 珊瑚와 흰 大理山 층층계를 거닐며
물오리처럼 떠다니는 靑磁器빛 섬을 어루
만질 때
떨리는 心臟같이 자지러지게 흩날리는 느티
나무 잎새가
蘭이의 머리칼에 매달리는 것을 나는 보
았다.

蘭이와 나는
역시 느티나무 아래에 말없이 앉아서
바다를 바라다 보는 순하디 순한 작은 짐승
이었다.

〈나는 이렇게 시를 쓴다.〉는 제시된 문제를 밝히기 전에 〈나는 어찌하여 시를 쓰는가?〉 하는 것이 바로 제시된 문제의 해답에 대체(代替)될 수 있으리라 생각하고 붓을 옮기기로 한다.

과연 우리는 어찌하여 시를 쓰는 것일까? 이것은 시에 종사하는 사람이면 누구나 한번 씩은 부딪치게 되는 의혹이 아닐 수 없을 것이다.

이것은 무엇 때문에 또는 누구를 위해서 시를 쓰는 것이냐는 문제와 동일한 과제로 일찍이 〈폴·발레리〉는 〈내 자신을 위해서……〉라고 대답했다고 한다. 먼저 시인은 자기 자신을 위해서 쓴다고 가정해도 좋다.

한 시인이 자기 자신을 위해서 시를 쓴다고 그 길은 참된 미(美)를 포착하려는 끊임없는 노력과 제고된 정신 속에서만 이루어질 수 있는 것이다. 한 사람의 시인이 자기 자신을 통하여 얻은 미(美)—진리—는 바로 인류문화에 불멸의 광채를 던질 수 있는 것이기 때문이다.

그러면 〈발레리〉가 말한 〈내 자신을 위해서……〉란 결국 〈발레리〉와 같은 대상—독자를 가리켰다는 것을 우리는 쉽사리 이해할 수 있을 것이 아닌가?

모든 문학이 그렇듯이, 시—예술—도 인간 생활의 요구에서 발생한 것은 이미 원시 생활에서 밝혀진 바로, 어떤 종교적 의식이나 노동의 여가에 무용 음악과 더부러 시가 노래불리워졌다는 것은 한 유회로서보다도 어떤 일정한 실용성을 짊어지고 사회적 기능으로 등장되었다는 것이 원시사회 연구에서 천명되면서 있는 문제이다. 그렇다고 해서 오늘날 우리 생활에서 시—예술—가 생활 필수품 목록에 그 자리를 차지하기에는 너무나 요원한 일이 아닐 수 없지만, 인간은 항상 〈빵〉 이외의 욕망을 탐구하기에 불행하고 또한 행복한 것이 아닐까 생각한다.

우리들의 천재 시인 이상〈李箱〉은 일찍이 〈인간의 비극은 돼지가 아닌 데서 출발했다〉고 말했다. 인간 생활이 동물적 본능에서 영위되었던들 아마 오늘같은 인간의 비극은 없었을는지도 모른다.

그럼 이 말을 하게 된 〈이상〉 자신도 본능 이외의 것을 절실히 탐구하였기 때문에 터뜨린 〈아리러니〉임에는 틀림없을 것이다.

시를 쓴다는 것은 생에 대한 불타 오르는 시인의 창조적 정신에서 결실되는 것이니, 대상하는 인생을 보다 더 아름답게 영위하려고 의욕하고 그것을 추구 갈망하는 데서 제작된다면 그 시인의 한 분신(分身)이 아닐 수 없다.

이 분신이야말로 그 시인의 탐구한 미와 진실에서 이루어진 인간 정서의 순수한 표현이 아니면 아닐 것이다. 그렇다고 해서 이 분신의 고향인 〈창조〉 정신을 신성 불가침의 지역이나 되는 듯이 여겨서 마치 시를 들에서 피어나오는 꽃이나 되는 것처럼 생각하고, 일부 선발된 몇몇 사람만이 가꿀 수 있는 특수한 재산으로 여기는 것은 귀족적 고답파(高踏派)들이 범한 과오가 아니면 이미 무덤이 된지 오랜 귀족 문학에서 볼 수 있는 가장 치사스러운 일이 아닐 수 없다.

그러므로 이 등속의 시인은 막연한 환상이나 동경에서 빚어 나오는 가장 헐값의 정서를 시의 모태나 되는 것처럼 여길 뿐 아니라, 이 값싼 정서를 배설하는 것을 가장 자연스러운 〈창조 정신〉의 생리인 듯 가장하는 것을 우리들의 주변에서 종종 볼 수 있다는 것은 불행한 일이 아닐 수 없다.

그들의 진부한 작품이 어찌 우리들의 이웃이나 우리들의 사회에 새로운 정신적 영역을 개척할 수 있는 작업이 될 수 있을 것인가? 오늘날 우리들이 호흡하고 있는 현실은, 불안과 초조, 불합리한 만신창이의 의곡된 쇠사슬에 얽매어 있는 것을 너무나 통렬히 느끼는 것이다.

암담하고 불안정한 의곡의 와중에서 어떻게 해야 좀 더 숨을 돌릴 수 있을 것인가? 하는 문제는 몇몇 사람의 문제가 아니라 세계적인 문제인 것은 더 말할 필요도 없다.

갖고 싶어하는 내일, 가져야 할 내일의 세계, 이것은 좀 더 양심 있는 인간과 더불어 우수한 오늘의 시인들의 과제인 것이며, 또한 향수(鄕愁)인 것이다.

그러므로 시는 들에 피는 꽃의 세계에서 이미 타는 가슴과 뛰는 심장으로 그 배양토를 옮겨온지 오래다. 이라하여 시의 감흥은 우연히 하늘에서 내려온 선년도 아니요, 항상 우리 뜨거운 가슴에서 살고 부단히 움직이는 역사와 더불어 성장하고 응결하여 탄생된다는 것을 잊어서느 안될 것이다.

이런 역사성을 망각하고 시를 자연 발생적인 것처럼 사유하기 때문에, 시의 목적의식을 부정한다느니보다는 두려워하고 또 회피하는 것을 그들은 시에 대한 유일한 예의로 여기고 있다는 것은 얼마나 부질없는 잠꼬대이랴?

오늘도 우리들의 주위에서 생활과는 너무나 지리가 먼 지역에서 화조풍월(花鳥風月)을 읊조리는 시인이 있다는 것은 그렇게 반가운 일은 아니다. 필요 이상의 슬픈 표정도 거짓이거니와 필요 이상의 기쁜 표정도 거짓임에는 틀림없다. 이렇게 값싼 연기의 주책없는 감상(感傷)을 받아 들이기에는 오늘의 독자들의 지성은 너무나 냉혹한 것을 알아야 한다.

이 암담한 탁류 속에서 불안을 불안대로 받아 쓰기에도 시는 몸부림을 쳐야 할 지경이거늘 이 불안을 초극하는 치열한 정신을 가진 시를 쓰기에는 그 얼마나 무서운 정신의 소유가 요구될 것인가 말이다.

허두에서 언급한 바와 같이 〈어찌하여 시를 쓰는가?〉하는 문제는 서상(敍上)으로 애매하나마 해답이 되었을 것으로 생각하거니와, 오늘의 역사적 상황을 오늘의 시인은 그들이 가지고 있는 〈카메라〉의 〈앵글〉을 과연 어떻게 돌림으로써 새로운 가치를 발견할 것인가에 문제는 달려 있는 것이다.

그렇다. 시라는 거목(巨木)에는 무수한 새들이 와서 놀고 간다. 이 새들이 시인임에는 틀림 없다.

그 새들 가운데는 〈꾀꼬리〉도 〈귀촉도〉도 있는가 하면, 〈부엉이〉나 〈가마귀〉도 있고 〈비비새〉와 〈앵무〉도 있을 것이다.

그러나 누가 과연 〈꾀꼬리〉였더냐? 하는 문제는 역사가 한 바퀴 돌아간 뒤에 물어 보기로 하자.

그러면 한 편의 시가 형상화(形象化)되기까지에는 그 시인의 전 생명력을 기우리는 고된 작업이 아닐 수 없을 것이다. 곧 그 시인의 시론(詩論), 주제, 방법, 경험은 물론, 그 시인의 성격, 환경 내지 능력에 이르기까지 그 시인을 주도하는 내면생활의 모든 요소가 바로 참여됨으로써 그 시의 요소를 성립시킬 수 있는 것이라 생각하지 않을 수 없다.

이것을 좀 알기 쉽게 설명하기 위하여 건축에 비한다면 처음 건축가의 머리 속에서 설계된 것을 도면으로 옮기고 그에 알맞는 재료의 선택과 빈틈없는 구성을 고려하여 비로소 작업에 들어가는 것과 다름이 없는 것이다.

그리하여 이루어진 것이 우리가 살 수 있는 주택이듯이 시 또한 그 시인의 이상과 정서를 언어라는 재료로써 구성한 건축에 불과한 것이다. 그러기에 주택의 품질은 사람이 살수 있는 실질(實質)을 갖추는 것이 제일의적인 요소인 것을 망각해서는 안될 것이니, 실컷 지은 집이 사람이 살 수 없는 집이라면, 그 주택은 주택으로서의 의의를 상실할 것이다.

그러므로 무엇보다도 그 주택에 요구되는 것은 좋은 설계와 알맞는 재료와 빈틈없는 구성일 것이니, 그것이 결여되었다면 그 주택은 버려지거나 개축을 하지 않으면 안될 것이 아닌가.

이것을 서로 바꾸어 말하자면 주제에 대한 빈틈없는 구상과 거기 알맞은 언어라는 재료의 선택과 이 선택된 재료로써 구성하는 형식과 기교가 잘 조화되어야 할 것이므로 건축재료에 있어 벽돌과 시멘트와 목재와 철근이 제각기의 위치와 역할을 다하는 것과 다름이 없을 것이다.

여기서 한 가지 덧붙여 말하고 싶은 것은 주택이 인간이 살 수 있는 기구로서 그 시인의 사상과 정서를 형상화하는 데서만 의의를 부여하는 것으로 형식은 어디까지 내용을 위한 의상에 불과하다는 것을 강조하여 두고 싶다.

  그러면 자작시인 〈내 가슴 속에는〉의 창작노트를 펼쳐 되도록 남의 시를 대하는 듯한 태도로 붓을 옮겨 보기로 한다.

내 가슴 속에는

  〈제1장〉
내 가슴 속에는
대숲에 드는 햇볕이 아른거린다.
햇볕의 푸른 분수가 찰찰 빛나고 있다.
내 가슴 속에는
오동잎에 바스러지는 바람이 있다.
바람이 멀리 떠나는 발자취소리가 있다.

내 가슴 속에는
파초잎을 밟고오는 빗소리가 있다.
빗소리에 이어오는 머언 우뢰소리가 있다.

내 가슴 속에는
〈尹東柱〉의 시를 잘두 외우는 소년이 있다.
〈오피라아〉가 저희 누이라는 그 아리잠직한 소년이 있다.

  〈제2장〉
내 가슴 속에는
바람에 사운대는 꽃잎파리가 있다.
꽃잎파리가 마련하는 머언 세월이 있다.

내 가슴 속에는
오층탑을 넘어 석종을 스쳐간 하늘이 있다.
별들이 간직한 하늘의 착한 마음이 있다.

내 가슴 속에는
벗꽃 흐드러진 속에 젖먹일 업고 산채를 캐는 〈정상두〉아낙네가 있다.
그 아주머니의 싸늘한 젖꼭질 물고 땅을 허비던 어린것의 뭉개진 손톱
이 있다.

내 가슴 속에는
바다같이 울던 〈金山寺〉의 매미소리와 귀촉도가 있다.
항상 이방이라서 설리우는 귀촉도의 더운 피가 있다.

　〈제3장〉
내 가슴 속에는
파르르 날아가는 나비가 있다.
나비의 그 가녀린 나랫소리가 있다.

내 가슴 속에는
굽이굽이 흐르는 강물이 있다.
강물에 조약돌처럼 던져 버린 첫사랑이 있다.

내 가슴 속에는
하늘로 발돋움한 짙푸른 산이 있다.
산에 사는 나무와 나무에서 지줄대는 산새가 있다.

내 가슴 속에는
산같이! 산같이! 하던 〈내〉가 있다.
오늘도 산같이 산같이 늙어가는 〈내〉가 있다.

　먼저 이 작품의 착상을 하게 된 동기, 즉 어떻게 하여 그 모티브를 붙잡게
되었는가를 이야기하자면, 어느날 우연히도 뜰에 서 있는 벽오등 나무를 바라
보다가 그 초록색 수피(守皮)와 무뚝뚝하게 생긴 잎새가 손을 벌리듯하고 서
있는 것을 볼 때 불현듯 나는 고향에 있는 대숲과 대숲 옆에 서 있는 거의 아
람드리 되는 은행나무와 또 길이 솟는 파초를 생각하게 되었다.

대숲에 아른거리는 햇볕과 오동잎을 스쳐가는 바람소리와 파초잎을 밟고 오는 빗소리와 이 모든 상념이 자꾸만 머리속을 지내가는 것이었다.

그러나 그보다도 그 아람드리 은행나무에서 어쩌면 그렇게도 예쁘고 갸륵한 잎새가 돋아 나오고 열매를 맺는 것일까? 하는 데 생각은 멈추었던 것이다.

착상의 열쇠는 오직 이 은행나무에 있으니, 그 늙은 은행나무의 어디에 그렇게도 예쁜 초록색의 잎새와 연연한 엽록소와 또 깎아 만든 듯 아름다운 열매와 가을 하늘에 휘날리는 황금색으로 드는 단풍의 색소를 간직했을까 하는 데 상도하게 되자 나는 문득 내 가슴 속에도 이제까지 살아오는 동안 보아온 그리고 느낀 바 이 수다한 것들에 대한 경험 또한 저 늙은 은행나무의 그것과 다를 것 없이 쌓여 있으리라 생각하였다.

내 가슴 속에 누적된 그 삼라만상은 내 정신 세계의 전 재산이요. 이 재산으로 하여금 나는 부절히 발전하고 사유하고 욕망하고, 또 의욕하는 것이 분명하다.

결국 따지고 보면 모든 생물의 운동은 그들의 욕망을 표정하는 표현작업에 불과하고, 항상 이것의 균형을 상실하지 않기 위하여 부절히 그 운동을 계속하리라는 결론을 얻을 수 있지 않을까 생각한다. 그러므로 의의 있는 운동을 위하여 생물은 치열한 투쟁을 하는 것이 아니겠는가?

일단 착상이 이런 순서와 과정을 거쳐서 성립되면 이의 구성은 건축가가 머리 속에서 설계하듯이 세밀한 설계작업에 착수해야 된다. 이것이 불완전하면 도면에 손을 댈 수는 없는 것이다.

도면에 손을 옮길 때에는 이미 그 재료는 결정적으로 선택이 끝나야 된다. 이 재료를 시에 있어서는 〈시어(詩語)〉라고 부르는 것이니, 이 또한 알맞는 재료를 구해서 제자리에 놓기란 그리 용이한 것은 아니다. 건축재료에도 그 종류가 부수하듯이 우리 언어 역시 얼마든지 있는 것이다.

시멘트와 철근을 쓸 곳에 흙과 목재를 쓸 수 없듯 홍수같이 많은 어휘 속에서 꼭 맞는 말을 찾아 제자리에 놓기란 건축의 그것에 비할 바 아닐 것이다.

이것을 시에서는 〈시어〉의 발견이라고 하고 그것을 연마하고 가공하는데 우열은 바로 그 시인, 내지 그 작품의 우열(優劣)을 결정하는 중요한 관건이 되는 것이다.

졸작 제1장 제1연의 3행을 처음에는 〈햇볕의 푸른 분수가 반짝 빛나고 있다〉라고 하였으니, 〈반짝〉이란 부사(副詞)는 〈빛나고 있다〉는 동사에 덧붙여 너무나 상식적인 범주를 넘지 못한 평범한 것이다. 그 보다는 〈찰찰〉이라는 분수와 연결성을 가진 부사로 대체함으로써 분수의 이미지가 한결 선명해졌으니, 누구나 대숲에 들어가 보면 그 간드러진 댓잎파리에 흘러든 햇볕은 그대로 〈찰찰〉 넘치는 푸른 분수인 것이 틀림없다.

동장 제4연 3행도 처음에는 〈오피리아가 저희 누이라는 예쁘디 예쁜 소년이 있다〉고 썼으나 〈예쁘다〉는 형용사의 평범성을 제거하기에 여러번 생각한 끝에 〈아리잠직하다〉는 좀더 함축성 있는 형용사를 찾아 넣기까지 무진 애를 썼던 것이다.

제2장 제2연 3행 〈별들이 간직한 하늘의 착한 마음이 있다〉를 착기에도 힘이 들었으니, 〈별들이 간직한 하늘이 있다〉가 아니라 〈……하늘의 착한 마음이 있다〉하였으니, 착한 것을 지닐 수 있는 것은 착한 마음의 소유자에게만 허용되는 거룩한 세계이기 때문이다.

동장 제3연은 지난번 어느 신문에서던가 경상도 어느 드메에 사는 젊은 아낙네가 춘궁에 못이겨 어린 것을 업고 산에 올라가 산채를 뜯다가 기진 맥진해서 아사하고, 업고 간 갓난애마저 숨을 거둔 엄마 옆에 손가락이 뭉개지도록 흙을 허비다가 죽어 있었다는 기사를 보고 몹시 가슴 아파했던 일이 있다.

〈벗꽃 흐드러진 속에〉라는 귀절을 넣은 것은 벗꽃이 난만할 때 꽃놀이 하는 팔자 편한 족속들도 있는가 하면 〈그것이 옳고 그른 것은 별문제로 하고〉같은 벗꽃 밑에는 이렇게 비참한 우리 이웃이 있다는 것을 암시하기 위한 것으로 이런 불합리한 현실을 비판한 것으로 보아도 좋고, 이런 모순 속에서 인간들은 생을 영위하고 저대로 진리를 찾노라는 부질없음을 말한 것으로 결국 인간이란 영원히 돌아갈 수 없는 귀촉도처럼 이방에서 울다 지쳐 끝내는 숨을 거두는 것이나 아닐까 하는 것으로 촉나라보다 먼 인생의 이상하는 고향이 아득한 것을 읊은 것이 이 2장의 중심 테마일 것이다.

제3장, 제1, 제2, 제3연은 제각기 색다른 이미지의 연결로 이루어진 것이나

읽어서 알기에 힘들 배 아니기에 종련의 해설에 그치겠다.

산같이! 산같이! 하던 〈내〉가 있다.

오늘도 산같이 산같이 늙어가는 〈내〉가 있다. 2행의 산같이를 중복하게 된 것은 작자인 나뿐 아니라 모든 사람은 산을 바라볼 때마다 산같이 의젓하고 싶어하는 산같이 굳세고 싶어하고, 산같이 숭고하고 싶어하고, 산같이 조용하고 싶어하는 충동을 느낄 것이니, 이 의연한 심경을 나타내되 그것을 강조하기 위하여 〈산같이〉의 밑에 특히 감탄부〈느낌표〉를 붙인 이유가 여기 있다.

끝행 역시 〈산같이〉를 중복을 했으나 거기에는 느낌표를 넣지 않았으니, 그 까닭은 늙어가는 심경에는 산의 굳센 모습보다 산의 조용한 모습이 알맞았기 때문이다.

그리고 〈내〉가 있다는 〈나〉는 또 하나의 〈나〉를 지칭한 동시에 그런 의욕에서 사는 불멸의 〈인간상〉으로 보아 무방할 것이다.

끝으로 말하고 싶은 것은 구상한 시를 조급히 형상화시키기에 서둘 것이 아니라 오래 오래 가슴에 간직해 두었다가 어느 우연한 기회에 섬광을 보듯이 정신적 충동을 받았을 때 머리에 써 두었던 것을 붓을 들어 건축가가 마치 도면을 그리는 심경으로 비로소 종이에 차근 차근 옮기는 것이 좋은 방법이라고 하고 싶은 것은 나의 오랜 경험에서 얻은 바이다. 이 정신적 충동을 받을 때를 〈인스피레이슌〉이 떠오른다 하는데 이것을 일부에서 말하듯이 어떤 신의 계시 같은 것이 아니라 다만 정신적 통일을 얻은 순간을 말하기 때문에 영감이라고도 한다.

요컨대 과실은 익은 뒤에 수확할 수 있고, 파종한 종자가 발아하기에는 적당한 습도와 온도에서 일정한 시간의 경과가 필요한 것과 다름 없을 것이다.

구체적 부연(敷衍)을 더 했으면 싶었으나 제한된 장수가 넘어서 산만한 노트로 끝막는다.

수공업적 장인(匠人)
—〈낮석점〉

柳致環

경남 충무 태생(1908~1967). 호는 靑馬. 극작가인 형 유치진이 이끄는 토성회 멤버가 되어 동인지 〈土聲〉에 시를 발표하기 지작하다가, 작품 〈정적〉(31)을 문예월간에 발표하면서 정식으로 데뷔했다. 세칭 생명파 시인으로, 해방 이후 서정주와 쌍벽을 이루어 온 의지적 낭만주의 시인이었다. 시집으로는 첫시집 ≪靑馬詩抄≫(39)를 비롯하여 만주 방랑 때의 시편들을 주로 수록한 제 2시집 ≪생명의 서≫(47), 6·25전쟁 체험 시편들인 ≪보병과 더불어≫(51) 등 많으며, 수상집으로는 ≪예루살렘의 닭≫(53), 시인 이영도 여사에게 보냈던 연서집 ≪사랑했으므로 행복하였네라≫ 등이 있다.

화안한 대낮을 가는데
어디서 난데없는 한밤중 같은 시계소리냐
석점! 석점!
어쩌라고 알리는 석점이냐, 시간이냐,

—가기를 그만 두라는 게냐
—가도 헛탕이라는 게냐
—어디로 가느냐는 게냐
—나더러 거 누구냐는 게냐

이 明明한 白晝의 砂漠 한복판에서
어디서 뉘가 행하는 집행이냐
확대하는 空白이냐
두려운 두려운 時間의 氣絶이냐

C형의 재삼의 청탁으로 이 글을 쓰려고 원고지를 대하고 앉기는 하였으나 펜보다 쑥스러움이 스스로 앞서는 것이다. 불과 얇다란 시집 몇권쯤 낸 것을 무슨 문학적 일이랍시고 제 작업에 관한 이야기를 남에게 늘어놓을 거리가 되겠는가 말이다.

심히 외람된 말이지마는 지금 내가 읽고 있는 서구의 한 작가의 그 업적에 비겨 내 자신을 생각해 보곤 이것은 정히 부끄러움을 넘어서 치희(稚戱)에 속하는 일 밖에 아니니 이것도 또한 우리의 후진성의 소치라고나 할까?

흔히 소설을 쓰는 친구의 핀잔으로 그까짓 시나부랭이야 이불 밑에서 긁적 긁적 쓸 수 있는 게 아니냐는 말을 듣는다. 사실 기껏 길다 했자 수십행을 불과하는 그 돼지꼬리만한 시를 만드는 데 겪는 내대로의 고초에 비해, 실로 방대한 길이인 장편소설 같은 것은 어떻게 구상해서 어느쪽 귀퉁이부터 펜을 대어 나가는 겐지, 그저 신기할 만큼 지난한 일로만 여겨지는 것이다. 더구나 고금의 세계적 대작가들을 두고 생각해 보면, 설령 내게 그만한 천부의 자질이 있다손 치더라도 그 엄청난 양은 일평생 밥도 안먹고 잠도 안자고 쓴다 하더라도 나 같은 지필(遲筆)은 도저히 엄두도 못낼 불가능한 대사업임에 틀림없을 것이다.

대체로 나는 내가 시를 쓰는 것이 아니요, 시가 나를 쓰게 하는 편이다. 즉 시가 씌어질 때만 시를 쓰는 것이다. 이렇게 말하면 무슨 정작 시적 영감이라는 게 있어 그 신이 지펴야만 시를 쓰는 것 같이 들리겠으나, 나는 내가 어떤 착상(着想)을 얻었어도 그것이 내 안에서 절로 익어 떨어질 수 있을 때까지는 아무래도 손이 대지지가 않는 것이다.

시를 쓰는데 있어 어떤 부류에 속하는 시인들처럼 한 가지 테마를 두고 자신의 경험의 저장고에 쌓아 둔 많은 〈이마쥬〉의 〈스톡크〉속에서 필요한 것만을 골라내다가, 마치 영화 편집자가 〈필름〉을 자르고 붙이고 하듯 그렇게 〈몬타쥬〉해서 제작할 수도 있으리라만, 나는 그러한 재주를 가지지 못했다. 그리고 주어진 〈테제〉아래 작품을 써야만 하는 그런 전체주의적인 강요에 얽매였다고 할까, 또는 시로서 매문업(賣文業)을 삼는다고 할까, 그러한 환경에 놓여 있지 않은 다행으로, 나는 시가 씌어지는 흥미 외의 어떠한 외부적 조건으로 시를 지어야 하는 책임이나 의무가 씌워져 있지 않음으로 시 쓰기를 서두르지 않는 것이다. 이것은 어쩌면 한 편으로 글을 써서는 밥을 얻어 먹을 수 없는 불행이 덕분이라고나 할까?

그러므로 나는 한 가지 시상을 얻었더라도 조각가가 처음 굵다란 끌로서 작품의 윤곽을 대충 찍어 내듯이, 그것이 내 안에서 어느 정도 형상(形象)의 질서가 잡히도록 까지는 몇달이 몇해고 간에 내버려 둔다.

지금 기억하기로도 〈쓰탄 카멘왕의 뇌임〉이란 타작같은 것도 실히 五, 六년 동안은 변(胎)채로 지냈던 것이다. 그리하여 배고 있는 동안 어느 새 사그라져 없어졌으건 그것은 생겨나와 보았댔자 대수론 것이 아니리라 믿고 여한(餘恨) 하지 않는 것이다.

시를 쓰는 사람이면 누구나 다 그렇겠지마는, 우리들의 감성(感性)은 공중에 세워 둔 〈안테나〉같은 것일지도 모른다. 또는 저 벽락(碧落)에 드리워진 주사(蛛絲)같은 것인지도 모른다. 그리하여 언제나 무시로, 때로는 뜻하지 않게도 훌륭한 포착물이 그쪽에서 걸려드는 것을 두고 하는 것이다. 이것을 일러 시적 영감이라 말하는 것인지 모르나, 그것에 〈영(戀)〉자를 붙이기에는 너무나 생생한 현실적인 것이다.

왜냐하면 〈안테나〉가 음파를 감전(感傳)하고 거미줄에 벌레가 걸리는 것도 영감이라 하겠는가? 그리고 거나하게 미훈한 경우에는 더욱이 이 감수는 예민해지니 이상하다. 그리고 그것은 눈으로 통해서도, 귀로 피부로 또는 사색의 끄트머리를 타고서도 〈안테나〉로 오는 것이다. 그리하여 무엇이고 감수하자 내가 그 때 게으르지 않으면 곧 수첩에고 휴지쪽에고 〈메모〉를 해 둔다. 지극히 간단한 〈메모〉이다.

예를 들면

▲自由港—旗幅 · 線路 · 處女
▲南風—銀魚 · 植物性 · 弓家
▲五月—〈애드바룬〉· 仁旺山 · 世宗路 · 牧丹

따위 같은 것인데, 남이 보기에는 아무런 관련성 없는 몇개의 낱말 밖에 아닌 것이나, 내게는 이것이 책상머리 기둥에 붙여 둔 〈카드〉에 적혀진 아직 손 대지 않은 세개의 시제(詩題)로서 그 하나마다 몇개의 낱말들이 이를 데없이 혈맥(血脈)들을 상통하고 있어, 그것을 들여다볼 적마다 나의 상념(想念)속에 하나 하나 세계가 생생하게 되살아 번득이는 것이다.

무릇 어떤 예술성이고간에 그렇겠지마는, 주제만으로서 한 작품이 이루어지지 않음은 두말할 것 없을리라. 그러므로 내가 한 작품의 착상을 얻을 때는, 그 착상이라는 것이 어떤 작품의 주제가 아니요, 어떤 주제를 형상화하고 구체화할 수 있는 소재가 순간적으로 주제와 함께 부딪쳐 오는 것이다. 어쩌면 주제보다 그 소재가 먼저 뛰어드는 것인지도 모른다.

그리하여 내가 그 착상이 내 안에서 절로 익도록 배어 가지고 있다는 것은, 그 소재를 첨가(첨가)한다든지 살과 피를 더 보충한다든지 하는 내적 모색기를 두고 하는 말인 것이다.

정작 작품 제작의 고초는 펜을 든 때부터서이다. 불과 열 몇 행의 작품을 만드는 데 더구나 나같이 수사에 무잡하기 짝 없는 위인이면서도 몇 날을 두고 심지어는 몇 달을 두고 몇십 장을 고쳐 쓰고 하루에도 몇번을 자리를 바꾸는지 모른다.

책상에 앉아 쓰다가 엎드려 쓰다가 직장으로 들고 가서 쓰다가—그러면서도 겨우 발표 하고 보면 졸작 타작뿐이니 실로 한심 않을 수 없는 노릇인 것이다.

현대시는 주지적이어야 되고 주지적인 시는 방법론적으로서 써야 한다고 한다. 그런데도 불구하고 나는 아직껏 전세기 수공업시대의 장인바치처럼 시를 쓰고 있다.

나의 생리가 그래 먹지를 못하는 것이다. 그러니 내 작품이란 현대시의 범주에도 들어가지 못하는 시도 아닌 것인지도 모른다. 그래서 그까짓 시는 시가 아니라고 판결을 내린다면 나는 그대로 또 좋은 것이다.

왜냐하면 나는 결코 시라는 것을 쓰겠다고 고집하기 위해서 이 세상에 생겨난 것이 아니요, 나의 시란 내가 말하고 싶은 것을 말한 나의 말인 것 밖에 아니라 믿고 있는 때문에서이다.

그러나 이 같은 변명은 황혼에 선 노병, 아니 훌륭한 숙련공 앞에 선 장인바치의 슬픈 넋두리로 들릴는지도 모른다.

哀愁的인 美의 追求

張萬榮

황해도 연백 태생(1914~1975). 호는 초애. 전원적인 제재를 현대적 감성으로 노래한 이미지스트로, 30년대 모더지즘 시인의 일파로 분류되기도 한다. 그의 시풍을 말할 때 흔히 목가적이고 동심적이며 서정적인 면을 들어 辛夕汀과, 그리고 대상을 이미지화한 점에서 金光均 모더지스트들과 닮았다고도 한다. 시집으로는 ≪羊≫(37), ≪축제≫(39), ≪유년층≫(47) 등이 있다.

I

처음부터 뚜렷한 자기 시론(詩論)을 갖지 않고 시를 쓰는 사람과 그렇지 않은 즉 뚜렷한 시론 밑에서 제작하는 사람과, 이렇게 두 타잎의 시인이 있을 거라고 생각된다. 시 쓰는 태도로서 어느 편이 옳으냐? 또는 시를 쓰는 데 있어 어느 편이 좋으냐? 하는 문제는 잠시 제쳐 놓고 나의 경우를 말하면 전자에 속한다.

본시 나는 이렇다 할 시론을 갖지 못한 채 30년 가까이 시를 써 왔다. 그러면서도 시를 쓰는 데 시론 없는 것을 불편으로 여기지 않았으니 이상하다면 이상하다 아니 할 수 없다.

그러면 어떻게 해서 시를 써 왔는가? 좀 싱겁고 맥나간 대답일지 몰라도 그저 쓰고 싶으니까—뭣인가 쓰지 않을 수 없어 썼노라고 말할 수밖에 없다. 사실에 있어 그랬으니까—

그러나 오래 동안 시를 쓰며 살아오는 동안에는 몹시 방황도 하였고 고민도 컸지만, 그러는 동안엔 또 나도 모르게 어떤 〈나의 詩論〉같은 것이 자연 서게 되었다. 그 〈나의 詩論〉에 입각하여 이제는 시를 쓰고 있노라 말할 수는 없으나, 그러나 입각해 쓰지 않더라도 하나의 틀과 같은 것이 작품에 나타나게 됨을 부정하지는 않는다.

그것은 확실히 다년간의 체험과 사색과 실천에서 얻은 적지 않은 소득이다. 나는 그것을 역 피력하기에 앞서 시라는 것에 대한 나 개인의 소견을 먼저 말해 두고자 한다.

Ⅱ

〈너는 시를 어떻게 보느냐?〉고 혹자가 나에게 묻는다면 나는 서슴지 않고 다음과 같이 대답하리라.

나는 시를 〈哀愁的인 美〉라고 생각한다. 시를 읽고 우리가 느끼는 것은 〈美〉요, 그 〈美〉는 뭐라 형용키 어려운 〈哀愁〉를 지니고 있는 것이 사실이다.

시를 대할 때에 받는 커다란 감동은 감동으로서 그냥 그치지 않고, 반드시 어떤 〈哀愁〉를 뒷맛으로 남기곤 한다. 그렇기 때문에 나는 시를 〈哀愁的인 美〉라고 말하는 것이다. 남이야 뭐라든…….

여기 작고시인들이 남기고 간 몇 편의 대표적 작품들만 생각나는 대로 예기해 보더라도 나는 이들 작품에서 〈哀愁的인 美〉밖에 발견하지 못한다. 素月의 〈진달래 꽃〉이니 〈山有花〉니 〈금잔디〉가 그렇고, 相和의 〈마돈나〉가 또한 그렇다. 최근의 시인으로 天命의 〈남사당〉 〈길〉이 모두 그렇고, 永郞의 〈모란이 피기까지〉도 역시 그렇다.

현존해 있는 시인의 것들을 예로 들어도 마찬가지이다. 廷柱의 〈菊花 옆에서〉니 光均의 〈雪夜〉니 夕汀의 〈임께서 부르시면〉이니 하는 작품들이 우리에게 주는 느낌은 이 〈哀愁的인 美〉의 외 아무 것도 아니다. 그런지라, 시란 것을 나는 〈哀愁的인 美〉라고 보는 것이다.

Ⅲ

그런 시의 목적은 무엇인가?

나는 시뿐만 아니라 예술이란 예술에 어떤 목적이 있는지 어떤지를 잘 알지 못한다. 내가 보는 바로서는 예술에 목적 같은 것이 있을 것 같지 않다. 있을 수가 없는 것이다. 억지로 목적을 부여하는 공산당식의 선전물적 그 따위를 제쳐놓고는……. 허기야 엄정히 말해서 그 따위가 시가 될 수 없음은 말할 것도 없다.

그래도 누가 억지로 시에서 그 목적을 끄집어내려 든다면, 〈자기만족〉 정도가 발견될 것이다. 〈자기만족〉 말고 시를 쓰는 목적이란 도저히 있을 수가 없는 노릇이다. 이런 뜻에서 시를 쓰고 있는 것은 오직 〈자기 만족〉을 맛보기 위해서요, 어떤 공리적인 딴 목적이 있어서 이 고생을 하는 건 아니라고 말할 수 있다.

IV

혹자는 시를 사회비판이라고 말한다. 만일 시가 하나의 사회비판적이라면, 그 효용에 있어 도저히 저 산문을 따르지 못할 거라고 생각한다. 시인은 산문작가처럼 글을 통하여서의 내용의 통달을 목적으로 하지 않기 때문이니 말이다. 그러므로 시는 사회비판일 수가 없다.

나는 위에서 시를 〈哀愁的인 美〉라고 말하였다. 이 말을 좀더 알기 쉽게 설명하면 시란 연애와 같은 것—연애하는 사람만이 느낄 수 있는 무드라고 해서 연애시만이 시라는 뜻은 결코 아니다. 연애하는 모든 사람이 맛보는 형용키 어려운 그런 감정과 같은 것이라는 말이다.

〈연애와 같은 것〉이기 때문에 시는 항상 현실 위에 서 있게 마련이다. 현실을 떠난 시는 존재하지 않는다. 그런지라, 시를 두고 비현실적이니 초현실적이니 하는 말은 당치 않다.

V

〈사람은 처음 쓸 때와 꼭 같은 시밖에 쓰지 못한다〉고 말한 쟌·꼭또의 이 말을 나는 전적으로 긍적하는 사람의 한 사람이다. 그야 오래 동안 시를 써내려 오느라면 시세계도 다소는 달라질 것이요, 또 기교면에 있어서도 처음 같지는 않을 것이다. 좋은 의미로는 나쁜 의미로든 어떤 변화를 가져올 것임은 분명하다.

　그러나 시를 쓰는 사람이 각자 지니고 있는 어떤 본질적인 것, 생리적인 것
―이것만은 어쩔 수 없을 것이다. 이 본질적인 것, 생리적인 것 때문에 처음에
쓴 시와 뒤에 와서 쓴 시가 별다를 것이 없게 된다.

　혹자 탈피라는 말을 쓴다. 탈피하였다든가, 탈피하려 한다든가, 탈피하지 않
으면 안 된다든가……. 그러나 그야말로 탈피하였음에 불과할 뿐, 그 본질적인
것, 생리적인 것까지 탈피하지는 못한다. 탈피란 거의 불가능한 일이다. 적어
도 시에 있어서만은…….

VI

　시의 직접 목적이 쾌감이라고 한다면, 이 쾌감을 만족시킬 수 있다든가, 만
족시키지 못한다든가 하는 것은 모두가 위에 말한 생리적인 문제이다. 생리적
으로 만족할 수 있느냐 없느냐에 따라서 자기가 쓴 시를 발표할 수도 있고, 발
표하지 않을 수도 있을 것이다. 이렇게 생리적인 것으로 보게 되면 처음에 쓴
시와 나중에 쓴 시와의 차이란 뻔한 것이 될 것이다.

　위에서 말한 것과 같은 이유에서 이제부터 내가 쓰는 시라고 과거의 그것과
별다를 것이 없으리라고 생각한다. 언제나 거기엔 〈나〉가 있고, 나의 〈시〉가
있을 것이다.

　과거에 내가 촛불을 램프등으로 바꾸었고, 램프등을 전등으로 했듯이 어쩌
면 그 전등을 이후는 형광등으로 바꿀지도 모른다. 물론 촛불과 램프등과 전등
과 형광등이 우리에게 주는 그 음영의 심도·인상·정서의 차이를 전혀 계산에
넣지 않고 하는 소리가 아니다. 다만 그 불빛따라 나의 생리에게까지 그렇게
격심한 변화가 일어날 것 같지는 않다는 말을 하고 싶을 따름이다.

VII

　―시는 무엇을 쓸 것인가?

　―시에 의미를 부여하라!

　―시는 현실과 대결하여야 한다.

따위의 무슨 슬로강 같은 말들을 나는 좋아하지 않을 뿐더러, 오히려 내심 비웃고 있다. 시는 필요해서 있는 것이 아니기 때문이다. 시는 〈있어도 좋고 없어도 좋은 것〉이 아니겠는가.

나는 그 무엇을 쓰고, 그 무엇에 만족하면 그만이다. 내 팔목에 채여 있는 어느 친구로 부터의 선물인 이 ELGIN시계나, 이 원고를 쓰는 데 사용되고 있는 U·S·A·made의 포올펜이 그 모양대로 여기 있듯이 내가 써내는 시는 본연의 자태대로 나에게 쾌감을 주면 될 뿐, 그 이상의 그 무엇을 바라지 않는다. 그러면 됐지, 그럼 그 이상의 그 무엇을 요구할 것인가. 만일 그 이상의 무엇을 요구하는 사람이 있고, 또 요구할 수 있다고 믿는 사람이 있다면 나는 그의 두뇌와 지성을 의심하리라.

VII

지금까지도 그랬지만 이제부터는 더욱 시를 쓸 때 쉬운 말을 골라 쓰리라. 그리고 극히 소박한 말만을 쓸뿐, 모든 장식적인 말을 일소하리라. 한자와 같은 표의문자를 완전히 피하고, 오로지 한글만으로서 명료히 표현토록 노력하리라.

내가 쓴 시를 두고 동심적이니 감상적이니, 또는 단순하니 소박하니 등의 말을 들어 왔다. 타당한 비평일지 모른다. 그러나 나는 이제부터 좀더 동심적인 세계를 창조할 것이요, 감상적이라느니보다 좀더 애수적인 것이요, 더욱 더 단순해지고 소박해지고자 한다.

누구나 자기가 쓴 시를 완전무결하다고 생각치는 않을 것이다. 적어도 겸손한 태도로 말하는 사람이라면. 모르긴 모르되 이후도 그럴 것이다.

그러나 완전치 못한 대로 나의 시에서 나는, 그리고 독자는 다소나마 애수를 느끼리라. 뽀오드레르는 우울한 시의 세계를 만들어냄으로써 우울을 욕구하는 그의 마음을 만족시키고자 하였다는 말을 들었다. 그는 우울한 마음으로 산다는 그 자체에 어떤 쾌감을 느꼈는지도 모를 일이다.

나는 애수를 느끼고 싶은 것이다. 지금 이상으로 보다 깊은 애수의 밑바닥에 침몰하여 살고 싶은 것이다. 애수를 느낌으로써 받는 쾌감—이것은 나의 생리

적 문제이다. 나의 생리엔 애수만이 필요하고 적합하다. 새새끼한테 저 푸른
하늘만이 즐겁듯이—.

현대시 노우트
—〈餘章〉

鄭漢模

충남 부여 태생(1923~1991). 동인지 ≪백맥≫(45)에 〈귀향시편〉을 발표했고, 이어 전광용 등과 ≪주막≫(47) 동인으로 활동했다. 그의 시적 태도는 휴머니즘에 바탕을 두고 세계의 순수 본질을 탐구, 전달하려는 태도를 견지한다. 시집으로는 ≪카오스의 시족≫(58), ≪여백을 위한 서정≫(59), ≪아가의 방≫(70) 등이 있다.

무엇이 지나가고
또 무엇이
돌아오고 있는가

멀리
하나씩
나는 잃고 있다

눈부신 나래로
白鷺가
여름의 記憶을
하나 하나 접어서

몰고 간
하늘 끝

뜨겁던 알몸들이

撤收한 砂場에
딜대와 발자욱만이
디역내음에 씻기고 있을
海邊

그렇게 나도
남아 있다

잃어버린 空間을
지금은
짙어가는 빛갈이
맑게 채워준다

줄을 지으며
이마의 銳角으로
빛을 가르며
기러기가 밀려오는
고요한 波狀

그것은
잃어진 이름들의
메아리라
다만
다시 씻어갈 밀물이라
네 이름도

맑은 摩擦音의 餘韻으로
입술을 스쳐가는
……

이미 지나간 主題다
熱띤 意味는
그러나

　·

타는 그늘 속
너만이 알고 있는
우물

넘칠 줄 모르는
물이 고인다

메아리 같이 맑은
가을물이 고인다.

　우리가 살고 있는 지금 이 시대에 우리의 주변에서 쓰여지고 있는 여러 시 작품을 우리는 현대시라는 이름으로 부르고 있으며 또한 그렇게 부른다 하여 이의를 말할 사람도 없을 것이다.

　그러므로 이 시대에 쓰여지는 시는 모두가 현대시라고 간단히 말해 버릴 수도 있으나, 그것으로는 현대시에 대한 설명이 충분하지 못하며 더욱이 현대시의 본질은 무엇이냐라는 문제에 대해서는 그렇게 간단히 처리래 버릴 수는 없다.

　현대시란 무엇이냐 하는 문제에 대해서 여기서는 우선 시의 본질론보다도 시에 있어서의 현대성이란 무엇인가 하는 점을 밝히는 일이 문제의 핵심에 접근하는 길이 아닐까 생각한다. 현대시란 시인과 현대와의 상호 감응의 관계 위에 이루어지는 것이기 때문이다.

　급진적으로 발달한 기계주의는 이십세기에 이르러 특히 제二차대전 이후 가공할만한 경향으로 발달하고 있나.

　기계에 의한 인간의 지배가 이미 진행되고 있는 것이다. 인간과 기계와의 관계는 인간에게 유용(有用)한 것이 기계가 아니라 기계를 위하여 유용한 것이 인간이라는 관계를 이루어 가고 있다.

　인간은 자신들의 물질적인 행복을 위하여 바랐던 것이 도리어 인간자신을 위축시키고 위협하는 결과를 가져왔다. 이러한 속에서 어떻게 하면 개인을 수호(守護)하는가 하는 데 커다란 문제가 있다. 시인은 직관적(直觀的)으로 그러한 현대문명 속에서의 개인이란 것을 의식하고 있다. 인간성에 침입(侵入)해 온 기계주의 집단주의의 소용돌이 속에서 인간으로 시의 개인을 지키고 유일한 창조자 또는 존재하는 자로서의 경험적 직관으로 그것을 받아들이고자 하는 것이 현대에 살고 있는 시인들의 자각이라고 생각한다.

　다음으로 현대의 언어에 대한 자각을 들지 않을 수 없다.

　〈오늘날 언어는 이미 정신이나 주체의 하나의 행위에 의하여 발생하는 것이 아니고…… 그리하여 참다운 언어가 아니라 소음으로서의 언어가 발생한다〉고 말한 사람도 있지만, 〈태초(太初)에 말씀이 있었느니라〉하던 〈말씀〉의 생명력에 비하여 오늘날의 언어가 얼마나 소음에 지나지 않는 언어이랴. 〈언어는 다만 자각과 자유를 가질 수 있는 존재만이 소유할 수 있다〉고 〈훔볼트(Humboldt)〉가 말하고 있으나 언어가 지저분한 소음에 지나지 않는 현대의 상황 속에서 자각된 시인들은 정신과 개인과의 필요한 자유를 시에 요구함으로써 또한 참다운 언어의 진정한 소유자이고자 하는 것이다.

　〈C·D루이스(Lewis)〉가 말하고 있는 것처럼 〈도회문명의 산물의 모든 것이 왜 저주되어야 하는가 하면 창조하는 인간의 주체가 도리어 인간 자신이 만든 물건의 정교함에 의하여 파괴된다는 점에 있기 때문이다. 그러나 시인은 그 위협을 벗어날 수 없다. 왜냐하면 생으로부터 도피하는 것은 원하는 바도 아니며 설사 도피할 수 있다 하더라도 우리는 살아 있으면서 죽음의 상태에 빠질 수밖에 없다〉는 것이다. 그러므로 이 불균형을 어떻게 해서든지 파괴로부터 구출하기 위해서도 시인은 〈사랑〉을 출점으로 하여 〈무엇보다도 먼저 인간과 인간과의 사이에 진정한 산 접촉〉이란 것을 회복하여 현대사회의 재창조에 힘써야 한다는 것이 〈루이스〉의 신조이다.

　이러한 속에서 이루어지고 있는 현대시란 즉 현대적 관점에서 현대어를 사용하여 현대적 문제에 대하여 쓰여진 〈시〉인 것이다. 현대적 관념이란 현대의 눈 혹은 현대의 각도에서 우리들의 환경 속에 현대적 의미를 발견하려는 태도이다. 현대어란 물론 언어의 문제이며 세계와 연결된 우리말의 이미지와 리듬의 문제이다. 현대적 문제란 그 소재가 무엇이든 간에 그 배경에 현대적 성격을 반영하고 있는 것이어야 한다.

현대사회의 불균형을 지탱해 나가고자 하는 노력과 시인이 현대시에 스스로 요청하고 있는 것이 접근해 가고 있음은 사실이다.

현대시라는 개념에는 현대라는 시간적인 의미와 현대인의 생활의식 또는 문화의식이 포함되어 있어서 그것이 시적이라는 것과 결부되어 일정한 시정신을 형성한다. 현대라는 시간적인 면에서는 시의 전통문제가 생겨날 것이며 생활의식의 면에서는 현대인으로서의 자각적 입장이라는 문제가 생긴다. 이 양자의 관계를 하나의 접점에 맺어 놓고 생각해 보지 않고는 현대시의 본질을 찾아내기 어려울 것이다.

五十년의 역사도 가지지 못한 우리 시에서 시의 전통의 문제를 말할 수 있을는지 두려운 바이며 또한 그 짧은 역사에서도 하나의 뚜렷한 주류의 형성도 보지 못한 채 요즘 겨우 현대시의 개념을 형성해 가고 있는 우리 시의 역사에서 전통을 찾아 보기란 힘들 것이다. 그러나 요즘에 와서나마 현대시에 대한 논의가 어느 정도 가능하다는 것은 그래도 축적된 전통같은 것이 배경이 되고 있다고 말할 수 있지 않을까 한다.

서양에서도 시를 서정시에 국한해서 말하게 된 것은 로망주의의 이후의 일이다.

〈아리스토텔레스〉의 「시학」의 시대는 시라는 말이 당시의 문학적 표현의 전부를 가리키고 있었다. 그러나 시(韻文)에 대하여 산문의 형식이 대립적으로 의미하게끔 되자 시는 스스로의 지배권을 좁게 한정함으로써 그 순수성을 지키려 하였다. 서사시는 소설에 그 위치를 양도하고 시극은 산문극에 지배권을 위임함으로써 시는 다만 서정시의 아성(牙城)에 들어 박혔다.

물론, 그 본질로 생각되던 것도 크게 변질하여 서사시와 시극과 분리된 운문이라는 형식보다도 시 그 자체를 구별하게 된 내부적인 성격을 더 주요한 것으로 의식하고 자유시라든가 산문시라든가 하는 고전적 시관에서 보면 역설로 밖에는 생각될 수 없는 시형을 분비(分泌)하기에 이르렀다.

이것을 제일 처음·또한 가장 뚜렷하게 의식하고 밝힌 것이 〈포오(Edgar Allan Poe)였다. 그는 〈순수시〉의 교의(敎義)를 내세웠고 또한 〈시작이론〉(The philosophy of Composition)에서 시적 영감에 상대되는 것으로서 의식적인 시적 조작(操作)의 이념을 내세움으로써 근대시의 획기적 출발점을 마련해 놓았다.

시는 서정시 이전의 것이 있을 수 없으며 서정시는 또한 최고의 토운(tone)으로 지속되어야만 한다는 것이다. 시가 필연적으로 서정시여야만 한다는 생각은 서정시는 정밀한 제작 원리에 의하여 의식적으로 만들어낸다는 방법의식을 갖게 하여 시의 순수성의 추구에 박차를 가하게 되었다. 이런한 〈포오〉의 적극적인 발언과 작업은 프랑스의 상징주의 시인들에 의하여 계승되었다. 〈포오〉에서 〈보오들레에르(Baudelaire)〉 〈말레르메(Mallarme) 〈봘레르(Valery)〉로 연할 한줄기 시적 의식의 심화(深化)의 과정은 근대시의 정통 같은 것을 이루어 놓았다.

상징주의에서 순수시라는 생각에 도달하기까지의 흐름은 시로부터 시 이외의 불순한 요소를 제거하는 역사였으며 그 시도였고 그것이 또한 시의 목표이며 시의 원리라고 생각되어 왔다.

이러한 서구의 근대시의 혈통을 더듬어 보더라도 우리의 근대시의 출발점이 어디인가를 알 수 있다. 우리도 이제 시의 역사나 전통에 대하여 하나의 자각 같은 것을 가져도 좋을 것이다. 우리의 근대시는 과거 유산에 대한 부정에서부터 출발하였다.

······(중간 2페이지 정도를 생략함. 편저자)······

〈봘레리〉의 말과 같이 〈시인의 쓰라린 운명〉인 언어에 대한 시인의 과업은 〈이 일상용도와 실용과의 일제품(一製品) 언어으로써 예외적인면서 비실용적인 여러 가지 궁극목적을 위하여 이용하는 일에 있다. 그것은 자기의 가장 순수하고도 득자적인 점에 있어서 자기 인격을 높이면 표현하기 위하여 이 통계적이며 또한 이름 없는 기원의 제 수단을 빌려 오지 않으면 안 되는 것이다.〉 여기에 따라 〈발레리〉가 무용과 보행으로써 시와 산문의 언어의 특질을 설명한 말은 너무도 유명하지만 공동생활의 무질서의 과실이며 조잡하기 짝이 없는 일종의 물질적 재료에 지나지 않는 언어를 가지고 시를 구성하는 특수한 임무를 맡김으로써 실용적인 현실과는 전혀 다른 새로운 질서—새로운 세계를 만드는 것이다. 이 일을 위해서는 시인의 특수한 창조정신과 커다란 노력이 얼마나 필요한가 알 수 있다.

이러한 노력은 이미 〈포오〉에 의하여 시적 영감이 아니고 의식적인 시적 조작으로서 수행되어야 한다는 방법의 제시가 있었거니와 이러한 지향으로 발작해 온 것이 현대시가 지나온 과정이었다. 그것은 언어가 지니는 일상적인 의미를 말소하고 음악이 갖는 순수성을 시에 끌여 들이려는 시도로 나타나기도 했고 이에 대한 반대방향으로서 음악성을 배제하고 시각적 영상을 위주로 하는 운동으로 나타나기도 하였다. 어쨌든 일상생활의 실용적 언어가 뒤집어쓰고 있는 굳은 외피(外皮)를 파괴함으로써 언어를 고정된 개념의 껍질에서 끌어내어 그 언어에 무한한 활동력을 주고 그 무한한 활동에 의하여 자기가 의욕하는 세계를 창조하고저 하는 노력이 현대시에서 언어에게 주어진 절실한 문제이다. 이와 같이 현대시에서 차지하고 있는 언어의 위치로 보아 현대시를 〈언어에 의하여 만들어진 장치〉라고 말한 시인이 있지만 이 〈언어의 장치〉앞에 서는 사람들은 거기에서 비로소 그들을 〈사회의 수인(囚人)〉으로 감금하고 있던 낡은 관념의 벽이 무너지는 것을 의식할 것이다. 그리하여 전혀 신선한 의식의 세계에 들어가게 된다. 일찍이 상상해 보지도 못했던 사물이나 현상에 부딪치기도 하고 지금까지의 인식의 세계에 혁명적인 변화를 주는 것이다. 그것은 시인이란 인간이 발명한 기적의 세계이다. 그리고 그것이야말로 현대의 생생한 리얼리티인 것이다. 시가 이와 같이 낡은 관념의 장막을 걷어 올리고 습관이라는 베일을 찢어 버리고 모든 사물이나 현상 위에 신선하고도 자유로운 눈을 사람들에게 찾아 줌으로써 시인은 영원히 사랑받는 존재일 것이며 시의 가치는 현대는 물론, 언제까지나 값비싼 것으로서 읽혀질 것이다.

시의 언어가 현대시의 경우처럼 중요시된 때도 없었다. 그러나 언어가 현대시 속에서 시어로서의 기둥을 발휘하기 위해서는 이를 지원해 주는 다른 여러 요소가 동반되어야 할 것은 다시 말할 필요도 없다. 언어가 현대의 시어가 될 수 있도록 지원해 주고 있는 다른 요소를 현대시란 위치에 살펴 나가는 일을 현대시의 이해를 더욱 도움이 되리라고 생각한다.

현대시에서 이미지의 문제는 과거의 시에서 음악적 정서의 문제보다 더 중요한 자리를 차지하고 있다. 〈현대시인이 자기의 시민세를 지불하고 있는 것은 이미지로서이다〉라고 〈아이싹(Isac)〉이 말하고 있지만 이미지를 다만 시각적 영상으로 생각하기 쉬운 데 대하여는 이미지스트인 〈에즈라 파운드(Ezra Pound)〉의 간명한 해답이 필요하다.

〈이미지란 지적 정적 복합체(Complex)를 일순간에 제시하는 것이다.〉

〈이미지란 용융상태(熔融狀態)에 있는 관념의 소용돌이 또는 덩어리이며 따라서 에너지를 지니고 있다.〉

지적 정적 복합체이며 용융상태에 있는 에어지를 지닌 소용돌이 같은 것이 이미지라는 설명을 들을 필요도 없이 〈T·E흄(Hulme)〉 이래로 〈T·s·엘리오(Eliot)〉에 이르는 동안 영국을 중심하여 발전해 온 현대시는 우리에게 많은 선물을 주었다.

현대시가 노래하는 시로부터 일고 생각하는 시로 그 매력의 중심을 이행해 온 것도 이러한 시들의 영향이 크다 할 것이다. 현대시의 대부분은 읽는 시이지 애송할 수 있는 시가 아니다. 노래하는 시에서는 반복이 생명력이며 언어의 형식이나 음률적 요소가 사람들의 기억 속에서 반복되기 쉬운 형태로 존재한다. 그러나 생각하는 시인 현대시는 그 기억의 성질이 전연 다른 것이다. 노래하는 시의 경우엔 그 기억이 언어의 음에 더 많이 의존하지만 읽는 시는 이미지 혹은 의미로서 마음에 남은 성질의 것이다. 이리하여 노래하는 시로 시의 전달성은 잃었지마는 그 대신 읽는 시로서의 전달성이 획득되었다. 즉 생각하고 느끼고 보고 지각하고 하는 기능을 현대시는 갖추게 된 것이다. 따라서 시의 기능과 효용은 그폭을 넓혔고 또한 그 전달성에 있어서도 단순했던 과거의 시보다 복잡해졌으므로 자연 난해해진 것만은 사실이다. 작자의 기술의 미숙이나 경험의 부족에서 생긴 혼란 때문에 난해해진 것까지 포함시킨다는 말은 아니지만 현대시의 난해성은 이렇게 필연적인 원인을 가지고 있는 것이다.

아무리 알기 쉬운 시라 하더라도 완전히 이해하기란 어려운 일이며 또한 아무리 난해한 시라 할지라도 완전히 불가해한 시란 없을 것이라고 생각한다. 좋은 시는 반드시 이해될 것이며 충분히 전달될 것이라고 본다.

시는 언어에 의한 표현활동의 최고의 형식이다. 시인들은 이것을 믿고 있으므로 여러 각도에서 끊임없이 언어에 대한 시도를 해 나가고 있는 것이다. 시인의 경험이 새로우면 따라서 언어표현도 달라질 것이다. 그러므로 표현을 달리하고자 하는 시인의 의욕은 생활을 새롭게 하고자 하는 지향과 근본적으로 결부되고 있다. 시인들이 그 표현에서 특이한 형식 리듬 신기한 이미지 혹은 의미가 풍부한 메타포어에 의하여 또는 리듬을 뒤바꾸거나 이미지나 의미를 고의로 축소 내지 확대하거나 탈락, 단절(斷絶)시키거나 하여 그것 때문에 대단히 난해한 표현이 되는 경우가 생긴다. 난해성과 전달(Communication)이 현대시에서 결정적인 문제가 되는 것은 이것 때문이다. 여기에 대한 해답처럼 〈엘리오트〉는 다음과 같이 말하고 있다.

〈진정한 시는 이해되기 전에 전달할 수가 있다〉라고.

현대시는 그 구성에서부터 긴장과 갈등의 균형으로 된 것이기 때문에 잘 째여진 시라면 미묘한 색채의 아름다운 조화 또는 불협화음의 아름다운 화음의 매력을 지니게 된다. 그러나 잘못 꾸며진 경우엔 그것은 산란된 단편들의 어지러운 모습이 지나 참으로 무엇인지 전연 짐작할 길 없는 그야말로 난해한 것이 되고 말 것이다.

〈시의 빈곤〉이란 말이 어느 시대에도 잘 쓰여지는 말 같지만 오늘날 역시 〈시의 빈곤〉이란 말은 자주 논의되고 있다. 현대라는 시대와 현대의 인간성이 그 원인이 되고 있다면 현대만큼 절실하게 시가 필요한 때도 없을 것이다. 그러나 또 〈현대의 버쓰〉를 미처 타지 못한 지참한 인간이 자기의 낡은 시의 개념과 그에 따르는 낡은 시의 방법과 기술로 쓰거나 이해하려고 하는 것과 같은 과거의 세계를 현대에 찾고 있는 사람들로 인하여 〈시의 빈곤〉을 재래하고 있는 면도 적지 않다. 이러한 사람들의 희극은 시의 빈곤의 원인이 자기의 낡아 빠진 머리에 있다는 것을 언제나 잊고 있다는 점에 있다.

현대만큼 시가 절실하게 요구되는 때는 없을 것이다. 현대의 절망과 불안을 거쳐서 그래도 시인을 있게 하고 그들로 하여금 인간의 책임과 양심을 실증(實證)케 하는 용기를 갖게 하는 것은 무엇인가.

〈하이딕거(Heidegger)〉는 〈시인의 배려가 취하는 길은 다만 다음의 한 가지 뿐이다. 즉 신이 없다는 외관에 대하여 두려워하지 않고 〈신의 부재〉의 가까이에 머물러 있는 것이다. 그리하여 부재에 근접함으로써 높은 존재자의 명증을 말하는 시원의 언어가 생겨나는 일이 허락될 때까지 부재의 수태적(受胎的) 근접 속에 가만히 참고 끝가지 기다린다는 것이다.〉라고 말하고 있는 것처럼 기다려지는 시원의 언어야말로 구원없는 세개의 저 밑바닥으로부터 들려나오는 적극적인 〈소리〉일 것이다. 이 적극적인 〈소리〉를 얻기 위하여 시인은 존재의 은폐성에 대하여 끊임없이 도전함으로써 시행동의 본원적인 발판을 갖고자 하는 것이다.

현대와 같이 인간의 본질이 붕괴와 매몰이란 커다란 위기에 처해 있을 때 〈신의 부정〉가까이에서부터 우러나오는 용기—니히리즘의 밑바닥에 잠긴 정열을 가지고 시를 다만 지성이나 정서의 표현으로서만이 아니라 위기에 처해 있는 인간을 근원으로부터 떠받치는 힘으로 생각하여야 할 것이다.

시적 감동이란 인간이 습관화된 인식의 세계로부터 벗어나서 실재와 리얼한 접촉을 했을 때 일어나는 것이다.

대상의 실재적 본질에 접촉했을 때, 인간도 또한 무한 속에 놓여 있는 한 개의 실재라는 의식을 갖게 된다.

여기에서 나와 사물과의 신선한 관계—새로운 본래적인 질서를 창조할 수 있는 것이다. 현재의 시인들에게 가장 필요한 것은 나와 실재와의 사이를 차단하는 무감각의 무거운 장막을 찢어 버리는 일이다. 즉 실재를 덮고 있는 인습적인 인식을 파괴하고 새로운 생명을 끌어내는 것이다.

시가 이와 같이 〈실재하는 것〉〈실존하는 것〉에 대한 동경에서부터 출발한 것이므로 〈영원히 변질하지 않는 실존〉과의 리얼한 접촉의 가능성을 위한 끊임없는 실천이 곧 시인의 행위이며 또한 쓰라린 운명의 길인 것이다. 이러한 실천은 물론, 언어를 통하여 이루어지는 것이다. 현대의 시인들이 얼마나 언어를 통한 실재와의 보다 생생한 접촉을 위하여 피나는 노력을 하고 있는가는 현대시에 나타난 언어표현의 자취에서 역력히 알아 볼 수 있을 것이다.

실재에의 끊임 없는 동경과 접촉을 위한 시적 실천은 현대인의 생활의식과 밀접하게 결부되어 있다. 현세적인 모든 위만과 광증에서 벗어난 존재—인간 본연의 존재에 대한 향수는 영원한 우주감각과 통하는 것이다. 우리가 얼마나 성실하게 현대를 살아 나가는가 얼마나 정면에서 현대와 맞서는가에 따라서 우리의 시도 또한 충실한 내용을 담게 될 것이다.

시의 비밀

―〈僧舞〉

趙芝薰

경북 영양 태생(1920~1968). 1939년 전후 〈고풍의상〉, 〈승무〉, 〈봉황수〉 등의 작품으로 ≪文章≫지에 정지용의 추천으로 등단, 이후 박목월, 박두진과의 3인 시집 ≪청록집≫(46)을 낸 세칭 청록파 시인이다. 회고적 에스프리와 고전적 소재(archeism), 전아하고 세련된 시풍으로 데뷔 당시 시단의 주목과 찬사를 받았다. 민족적 정서, 전통에의 향수, 불교적 선미(禪味) 등을 조탁된 서정으로 표현했으며, 민족의 역사적 현실에 대한 깊은 관심을 보였었다. 시집으로는 ≪풀잎단장≫(52), ≪역사 앞에서≫(59), ≪여적≫(64) 등이 있으며, 시론집으로 ≪시의 원리≫(59) 등을 남겼다.

한 편의 시가 이루어지기까지느 어떠한 과정을 밟는가. 그건 사람에 따라 다르다. 이제 졸시 〈僧舞〉의 작시체험을 말함으로써 내 시의 비밀을 토로하기로 하자.

내가 〈僧舞〉를 시화(詩化)해 보겠다는 생각을 가진 것은 열아홉살 때의 일이다. 나는 이 〈僧舞〉로써 나의 시세계의 처녀지를 개척하려고 무척 고심하였으나 마침내 이 보다 늦게 구상한 〈古風衣裳〉에게 그 자리를 양보하지 않을 수 없었다. 이 난산(難産)의 시를 회잉하기 까지는 세 가지의 승무(僧舞)를 사랑하였다. 첫번은 한성준(韓成俊)의 춤, 두번째는 최승희(崔承喜)의 춤, 세번째는 어떤 이름 모를 승려(僧侶)의 춤이 그것이다.

나는 무용비평가가 아니므로 그 우열을 논할 수 없으나, 앞의 두분 춤은 그 해석이 나의 시심(詩心)에 큰 파문을 던지지는 못했다. 그러나 나로 하여금 승무에의 호기심을 일으키게 하여 기녀(妓女)가 추는 승무에까지 몇번을 이끌어

갔던 것이니 승무를 시화(詩化)케 한 최초의 모멘트가 된 것은 사실이다.

내가 〈참 僧舞〉를 보기는 열아홉살적 가을이다. 그 가을 어느날 수원(水原) 용주사(龍珠寺)에는 큰 재(齋)가 들어 승무 밖에 몇가지 불교전래의 고전음악이 배풀어지리라는 소식을 거리에서 듣고 난 나는 그 자리에서 곧 수원(水原)으로 내려가지 않을 수 없었다. 그 밤 나의 정신은 온전한 예술정서에 싸여 승무 속에 용입(溶入)되고 말았다.

재(齋)가 파한 다음에도 밤 늦게까지 절 뒷마당 감나무 아래서 넋없이 서있는 나를 깨닫지 못하였던 것이다. 지금도 그렇지만 나는 시정(詩情)을 느낄 때 뜻모를 선율(旋律)이 먼저 심금에 부딪침을 깨닫는다. 이리하여 그 밤의 승무가 준 불가사의한 선율을 안고 서울에 돌아온 나는 이듬해 늦은 봄까지 붓을 들지 못하고 지내 왔었다. 춤을 묘사한 우리 시가로 본보기가 될만한 것이 아직 없을 때이라 나에게는 오직 우울밖에 가중되는 것이 없었다.

이와 같이 한마디의 언어 한 줄의 구상도 찾지 못한 채 막연한 괴롬에 싸여 있던 내가 승무를 비로소 종이 위에 올리게 된 것은 스무살되던 해의 첫여름의 일이다. 미술 전람회에 갔다가 김은호(金殷鎬)의 〈僧舞圖〉 앞에 두 시간을 서있은 보람으로 나는 비로소 7,8매의 스캐취를 가질 수 있었다. 움직임을 미묘히 정지태(靜止態)로 포착한 이 한폭의 동양화에서 리듬을 찾을 수 있는 것은 당연한 발견이었으나, 이 그림은 아마 기녀(妓女)의 승무를 모델로 한상 싶어 내가 찾는 인간의 애욕갈등(愛慾葛藤) 또는 생활고의 종교적승화 내지 신앙적 표현이 결여되어 그 때의 초고(草稿)는 겨우 춤의 외면적 양자(樣姿)를 형상하는 정도의 산만한 언어의 나열에 지나지 않았다 그러나 이 그림을 통해서 내가 잡지 못해 애쓰던 어떤 윤곽을 잡을 수 있었던 것만은 사실이다.

나는 이 초고(草稿)를 몇날 만지다 그대로 책상 위에 버려 둔 채 환상이 가져오는 소위 시수(詩瘦)에 빠지게 되었으니 이 승무로 인하여 떠오르는 몇개의 시상을 아낌없이 희생하기까지 하였으나 종시 뜻을 이루지 못 하였던 것이다. 그러면 나는 용주사의 춤과 김은호의 그림을 연결시키고도 왜 시를 형성하지 못했던가? 이는 오직 춤을 세밀하게 묘사하면 혼(魂)의 흐름의 표현이 부족하고 혼의 흐름에 치중하면 춤의 묘사가 죽는, 말하자면 내용과 형식, 정신과 육체, 무용과 회화의 양면성을 초극하지 못하기 때문이다. 내가 이것을 초극하고 한 편 시를 만들기는 또다시 몇달이 지난 그 해 십월이다. 구왕궁(舊王宮) 아악부에서 〈靈山會相〉의 한가락을 듣고 난 다음날이었다. 아악부(雅樂部)를 나서면서 나는 몇개의 플랜을 세우게 되었으니 이것이 곧 이 시를 이루는 골자가 되는 것이다.

먼저 초고(草稿)에 있는 서두의 무대묘사를 뒤로 미루고 직입(直入)적으로 춤추려는 찰나의 모습을 그릴 것,

그 다음 무대를 약간 보이고 다시 이어서 휘도는 춤의 곡절(曲折)로 들어갈 것,

그 다음 움직이는 듯 정지하는 찰나의 명상의 정서를 그릴 것, 관능의 샘 솟는 노출을 정화시킬 것,

그 다음 유장한 취타(吹打)에 따르는 의상(衣裳)의 선을 그리고 마지막 춤과 음악이 그친뒤 교교(皎皎)한 달빛과 동 터오는 빛으로써 끝막을 것.

이것이 그 때의 플랜이었으니 이 플랜으로 나는 사흘동안 퇴고를 거듭하여 스무줄로 된 한 편의 시를 겨우 만들게 되었다. 퇴고하는 데에도 가장 괴로웠던 것은 장삼(長衫)의 미묘한 움직임었다. 나는 마침내 여덟줄이나 되는 묘사를 지워버리고 나서 단 두줄로

소매는 길어서 하늘은 넓고
돌아설듯 날아가며 사뿐이 접어 올린 외씨보선이여

라 하고 말았다. 이리하여 나는 전편 십오행의 다음과 같은 시 하나를 이루었던 것이다.

얇은 紗 하이얀 고깔은 고이 접어서 나빌레라

파르라니 깎은 머리 薄紗 고깔에 감추오고
두볼에 흐르는 빛이 정작으로 고와서 서러워라

빈 臺에 黃燭불이 말없이 녹는 밤에
오동잎 잎새마다 달이 지는데

소매는 길어서 하늘은 넓고,
돌아설듯 날아가며 사뿐이 접어 올린 외씨
보선이여

까만 눈동자 살포시 들어
먼 하늘 한개 별빛에 모두오고

복사꽃 고운 뺨에 아롱질듯 두방울이야
세사에 시달려도 煩惱는 별빛이라

휘어져 감기우고 다시 접어 뻗는 손이
깊은 마음 속 거룩한 合掌인양 하고

이밤사 귀또리도 지새우는 삼경인데
얇은 紗 하이얀 고깔은 고이 접어서 나빌레라

　오래 앓던 작품을 완성하였을 때의 즐거움은 컸다 하지 않을 수 없었으나, 처음 의도에 비해서 너무나 모자라는 자신의 기법에 서글픈 생각이 그에 못지 않게 컸던 것도 사실이다. 어떻든 구상한지 열한달, 집필한지 일곱달 만에 겨우 이루어졌다는 이야기로써 나의 승무의 비밀을 끝난다. 써 놓고 보니 이름모를 승려의 춤과, 김은호(金殷鎬)의 그림과 같으면서도 다른 또 하나의 승무를 만들게 되었던 것이다. 말하자면 이 춤은 내가 춘 승무에 지나지 않는다. 춤추는 승려(僧侶)는 남성이더랬는데 나는 이승(尼僧)으로, 그림의 여성은 장삼(長衫)입은 속녀(俗女)였으나 나는 생활과 예술이 둘 아닌 상징으로 서의 어떤 탈속(脫俗)한 여인을 꿈꾸었던 것이다.
　이것이 곧 이 승무는 나의 춤이 되는 까닭이 된다. 그 때 어떤 선배는 나의 시에서 언어의 생략을 충고하였으나, 유장(悠長)한 선을 표현함에 짧고 가벼운 언어만으로서는 도저히 뜻할 수 없어 오히려 리듬을 위해서는 부질없는 듯한 말까지 넣지 않을 수 없었다 자연한 해조(諧調)를 이루는 빈틈 없는 부연(敷衍)은 생략보다 어렵다는 것을 나는 여기서 절실히 느꼈다.

意味에서 無意味까지 외

金春洙

金春洙는 무의미시(nonsense poetry) 개념을 우리 현대시문학사에 제기한 시인, 또는 드물게 실험적인 시를 쓰는 시인 등으로 받아들여진다. 여기 수록된 일곱 편의 글 중 〈意味에서 無意味까지〉는 '나의 詩作歷程'이라는 부제가 말해 주듯이 시인 자신의 시적 변모과정에 초점을 맞추고 있는, 詩論 성격의 글이다. 그의 시가 어떻게 意味(관념)의 단계에서 묘사의 단계로, 다시 대상을 재구성하고 혹은 대상이 소멸되는 無意味詩에까지 이르게 되는가를 자신의 작품들을 들어 설명하고 있다.

그밖의 나머지 글들은 각각 구체적인 작품을 들고, 그 작품이 완성되기까지의 제작의도와 구상, 개작과정과 첨삭의 문제 등을 자세하게 설명한 것이다. 그의 詩作이 '두레박' 곧 自動記述이라는 실험적인 방법과도 연관됨을 알 수 있다(〈〈존재를 길어올리는 두레박〉〉).

意味에서 無意味까지
—나의 詩作歷程

　자기가 해 온 일을 스스로 회고해 보는 것은 그 자신에게 있어 의의있는 일이 될는지도 모른다. 그러나 그것을 남 앞에 공개한다는 것은 자칫하면 허영같이 보일 염려도 있고 하여 쑥스러운 일이 아닐 수 없다. 쑥스러움을 무릅쓰고라도 자기를 남 앞에 내놓고 싶어하는 그런 허영을 참지 못할 만큼 나는 아직 어리지는 않다. 내가 이 글을 쓰는 것은 나의 作詩過程이 남과 어떤 대화를 나눌 수 있는가를 알고 싶어서다. 이것마저 허영이라고 한다면, 나는 시에 대하여 일체의 말을 삼가야 하고, 시를 쓰는 일까지도 그만두어야 한다. 그러나 그것은 너무나 쓸쓸한 일이다. 그 쓸쓸함을 참을 수 있을 만큼은 나는 지금 어른이 돼 있지도 못하고, 용감하지도 못하다.

　나는 이 글에서 나의 詩作過程을 그냥 회고하는 것이 아니라, 지금의 나의 입장에서 과거의 나의 詩作을 다소 批判的으로 따져 보려는 것이다.

구름과 장미

　1947년에 낸 나의 첫시집의 이름이 『구름과 장미』다. 이 詩集名은 매우 상징적인 뜻을 지니고 있다. 구름은 우리에게 아주 낯익은 말이지만, 장미는 낯선 말이다. 구름은 우리의 고전시가에도 많이 나오고 있지만, 장미는 전연 보이지가 않는다. 이른바 舶來語다. 나의 내부는 나도 모르는 어느 사이에 작은 금이 가 있었다. 구름을 보는 눈이 장미도 보고 있었다. 그러나 구름은 감각으로 설명이 없이 나에게 부닥쳐왔지만, 장미는 관념으로 왔다. 장미도 때로 감각으로 오는 일이 있었지만, 양과자를 먹을 때와 같은 〈손님이 갖다 주는 선물〉로서 왔지, 祭床에 놓인 시루떡처럼 오지 않았다. 장미를 노래하려고 한 나는 나의 생리에 대한 반항으로 그렇게 한 것이 아니라, 그것은 하나의 이국취미에 지나지 않았다. 나는 반항의 自覺을 지니지 못했다. 몇 년 뒤에 그것은 관념에의 기갈과 함께 왔다. 그때로부터 나는 장미를 하나의 類推로 쓰게 되었다.

山은 모른다고 한다.
물은 모른다 모른다고 한다.

내가 기다리고 있는 것을
내가 이처럼 너를 기다리고 있는 것을

山은 모른다고 한다.
물은 모른다 모른다고 한다.

─「모른다고 한다」

경이는 울고 있었다.
풀덤불 속에서 노란 꽃송이가
갸우뚱 내다보고 있었다.

그것 뿐이다.
나는 경이가 누군지를 기억치 못한다.
구름이 일다 구름이 절로 사라지듯이
경이는 가 버렸다.

바람이 가지끝에
울며 도는데
나는 경이가 누군지를 기억치 못한다.

경이,
너는 울고 있었다.
풀덤불 속으로 노란 꽃송이가
갸우뚱 내다보고 있었다.

─「경이에게」

> 너도 아니고 그도 아니고, 아무 것도 아니고 아무 것도 아니라는데……
> 꽃인 듯 눈물인 듯 어쩌면 이야기인 듯 누가 그런 얼굴을 하고 간다. 지나
> 간다. 환한 햇빛 속을 손을 흔들며……
>
> 아무 것도 아니고 아무 것도 아니고 아무 것도 아니라는데, 왼통 풀냄새
> 를 늘어놓고 복사꽃을 울려 놓고 복사꽃을 울려만 놓고……환한 햇빛 속을
> 꽃인 듯 눈물인 듯, 어쩌면 이야기인 듯 누가 그런 얼굴을 하고……
>
> ―「西風賦」

이것들은 모두 내 觸覺이 더듬어 가며 짚어 가며 暗中에서 쓰여진 시들이
다. 내 체질의 빛깔은 원색이 아니고 중간색인 듯하다. 방법을 정립하지 못하
고 거의 觸覺 하나를 밑천으로 시를 쓰고 있었다. 그러니까 말(意味)보다 먼
저 토운이 있다. 나의 無意識에는 베르렌느와 未堂이 있었는 듯하다. 이 무렵
내 가까이에 늘 靑馬가 계셨지만 靑馬의 말은 나에게는 너무 무겁고 거북하기
만 하였다.

類推로서의 장미

나의 사춘기는 너무 늦게 온 것이 아니라 너무 일찍 와서 너무도 오래 머물
다 간 것 같다.

나이 서른을 넘고서야 둑이 끊긴 듯 한꺼번에 관념의 무진 기갈이 휩쓸어
왔다. 그와 함께 말의 의미로 터질 듯이 부풀어 올랐다. 나는 비로소 청년기를
맞은 모양이다. 나의 〈自己內 세계〉의 시절이다.

나는 나의 관념을 담을 類推를 찾아야 했다. 그것이 장미다. 이국취미가 철
학하는 모습을 하고 부활한 셈이다. 나의 발상은 서구 관념철학을 닮으려고 하
고 있었다. 나도 모르는 사이 나는 플라토니즘에 접근해간 모양이다. 이데아라
고 하는 非在가 앞을 가로막기도 하고 시야를 지평선 저쪽으로까지 넓혀 주기
도 하였다. 도깨비와 귀신을 나는 찾아 다녔다. 先驗의 세계를 나는 遊泳하고
있었다.

세상 모든 것을 還元과 第一因으로 파악해야 하는 집념의 포로가 되고 있었다. 그것이 實在를 놓치고, 감각을 놓치고, 지적으로는 不可知論에 빠져들어 끝내는 허무를 안고 딩굴 수밖에는 없다는 것을 눈치챈 것은 50년대도 다가려고 할 때였다. 30대의 10년 가까이를 나는 그런 모양으로 보내고 있었다. 어떻게 보면, 청년기를 보내는 사람들이 흔히 겪는 하나의 사치요 허영이었는지도 모른다. 그러나 그러한 겉도는 체험 끝에 사람은 또한 뭔가를 조금씩 깨달아 가는지도 모른다.

나는 시방 危險한 짐승이다.
나의 손이 닿으면 너는
未知의 까마득한 어둠이 된다.

存在의 흔들리는 가지끝에서
너는 이름도 없이
피었다 진다.

는시울에 젖어드는 이 無名의 어둠에
追憶의 한 접시 불을 밝히고
나는 한밤내 운다.

나의 울음은 차츰
아닌밤 돌개바람이 되어 塔을 흔들다가
돌에까지 스미면 金이 될 것이다.

……얼굴을 가린 나의 新婦여,

— 「꽃을 위한 序詩」

이데아로서의 新婦의 이미지는 릴케와 平溪 李正鎬의 詩에서 얻은 것이다. 이 非在(新婦)는 끝내 詩가 될 수 없는 深淵으로까지 나를 몰고 갔다. 그 심연을 앞에 하고는 어떤 말도 의미의 옷이 벗겨질 수밖에는 없었다. 平溪의 침묵을 단지 나는 그의 게으름으로만 돌리지 못한다.

나는 이 시기에, 어떤 관념은 詩의 形象을 통해서만 표시될 수 있다는 것을 눈치챘고, 또 어떤 관념은 말의 彼岸에 있는 것을 나는 알고 싶었다. 그 앞에서는 말이 하나의 물체로 얼어붙는다. 이 쓸모없게 된 말을 부수어 보면 의미는 粉末이 되어 흩어지고, 말은 아무것도 없어진 거기서 제 무능을 운다. 그것은 있는 것(存在)의 덧없음의 소리요, 그것이 또한 내가 발견한 말의 새로운 모습이다. 말은 의미를 넘어서려고 할 때 스스로 부숴진다. 그러나 부숴져 보지 못한 말은 어떤 한계 안에 맡겨 보고 싶은 충동이 팽팽해졌지만, 간헐적으로 반동이 일어나 말을 아주 제구실의 가장 좁은 한계 안으로 되돌려 보내곤 하였다. 「부다페스트에서의 少女의 죽음」과 같은 詩가 일종 그런 것이다.

늦은 트레이닝

아이들이 장난을 익히듯 나는 말을 새로 익힐 생각이었다. 50년대의 말에서부터 60년대의 전반에 걸쳐 나는 의식적으로 트레이닝을 하고 있었다. 데상時期라고 해도 좋을 듯하다. 「打令調」라고 하는 詩가 두 달에 한 편 정도로 쓰여지게 되었다. 일종의 言弄이다. 의미를 일부러 붙여 보기도 하고 그러고 싶을 때에 의미를 빼 버리기도 하는 그런 수련이다.

이 시기의 부산물로서 「샤갈의 마을에 내리는 눈」·「겨울밤의 꿈」 등이 있다.

저녁 한동안 가난한 市民들의
살과 피를 에워 주고
밥상 머리에
된장찌개도 데워 주고
아버지가 食後에 夕刊을 읽는 동안
아들이 食後에
이웃집 라디오를 엿듣는 동안
연탄가스는 가만가만히

주라紀의 地層으로 간다.
그날 밤
가난한 서울의 市民들은
꿈에 볼 것이다.
날개에 산호빛 발톱을 달고
앞다리에 세개나 새끼 恐龍의
純金의 손을 달고
西洋 어느 學者가
Archaeopteryx라 불렀다는
주라紀의 새와 같은 새가 한 마리
煉炭가스에 그슬린 서울의 겨울의
제일 낮은 지붕 위에
내려와 앉는 것을.

—「겨울밤의 꿈」

　　묘사의 연습 끝에 나는 관념을 완전히 배제할 수 있다는 자신을 어느 정도
얻게 되었다. 관념공포증은 필연적으로 관념 도피에로 나를 이끌어 갔다. 나는
寫生을 게을리하지 않았다. 이미지를 敍述的으로 쓰는 훈련을 계속하였다. 比
喩的 이미지는 관념의 수단이 될 뿐이다. 이미지를 위한 이미지—여기서 나는
시의 일종 순수한 상태를 만들어 볼 수가 있을 것으로 생각했다. 그래서 나는
이러한 나의 의도상의 기대를 글로써 공개하기도 하고, 작품도 만들어 보았다.
그러나 그 처음 나타난 결과는 실패였다.

　　눈 속에서 초겨울의
붉은 열매가 익고 있다.
서울 近郊에서는 보지 못한
꽁지가 하얀 작은 새가 그것을 쪼아 먹고 있다.
越冬하는 忍冬 잎의 빛깔이
이루지 못한 人間의 꿈보다도
더욱 슬프다.

—「忍冬 잎」

이 시의 후반부는 관념의 설명이 되고 있다. 관념과 설명을 피하려고 한 것이 어중간한 데서 주저앉고 말았다. 매우 불안한 상태다. 나의 창작 심리를 그대로 드러내 주고 있다. 여태까지의 오랜 타성이 잠재 세력으로 나의 의도에 저항하고 있었다는 사실을 알게 되었다. 갈등의 해소책을 생각 아니할 수 없게 되었다. 나는 의식과 무의식의 詩作에서의 상관관계를 천착하게 되었다. 타성(無意識)은 의도(意識)를 배반하기 쉬우니까 詩作과정에서나 시가 일단 완성을 본 뒤에도 타성은 의도의 엄격한 통제를 받아야 한다.

寫生에 열중하다 보면 자기도 모르는 사이에 설명이 끼이게 된다. 긴장이 풀어져 있을 때는 그것을 모르고 지나쳐 버린다. 한참 뒤에야 그것이 발견되는 수가 있다. 〈id〉는 〈ego〉의 감시를 교묘히 피하고 싶은 것이다. 〈ego〉는 늘 눈 떠 있어야 한다. 이러한 트레이닝을 하고 있는 동안 寫生에서 나는 하나의 확신을 얻게 되었다.

세잔느가 寫生을 거쳐 추상에 이르게 된 그 과정을 나도 그대로 체험하게 되고, 사생은 사생에 머무를 수만은 없다는 확신에 이르게 되었다. 리얼리즘을 확대하면서 超克해 가는 데 詩가 있다는 하나의 사실을 알게 되고 믿게 되었다.

사생이라고 하지만, 있는(實在) 풍경을 그대로 그리지는 않는다. 집이면 집, 나무면 나무를 대상으로 좌우의 배경을 취사선택한다. 경우에 따라서는 대상의 어느 부분은 버리고, 다른 어느 부분은 과장하나. 대상과 배경과의 위치를 실지와는 전연 다르게 배치하기도 한다. 말하자면 실지의 풍경과는 전연 다른 풍경을 만들게 된다. 풍경의, 또는 대상의 재구성이다. 이 과정에서 논리가 끼이게 되고, 자유연상이 끼이게 된다. 논리와 자유연상이 더욱 날카롭게 개입하게 되면 대상의 형태는 부숴지고, 마침내 대상마저 소멸한다. 무의미의 詩가 이리하여 탄생한다.

타성(無意識)은 매우 힘든 일이기는 하나 그 내용을 바꿔갈 수가 있다. 무슨 말인가 하면, 말을 아주 관념적으로 비유적으로 쓰던 타성을 극복하기 위하여 卽物的으로 서술적으로 써 보겠다는 의도적 노력을 거듭하다 보면, 그것이 또 하나 새로운 타성이 되어 낡은 타성을 압도할 수가 있게 된다는 그 말이다. 이렇게 되면 이 새로운 타성은 새로운 무의식으로 등장할 수도 있다. 이것을 나는 前意識이라고 부르고자 한다. 60년대 후반은 나는 이 전의식을 풀어놓아 보았다. 이런 행위는 물론 내 의도, 즉 내 의식의 명령 하에서 생긴 일이다. 무의미한 자유연상이 굽이치고 또 굽이치고 또 굽이치고 나면 詩 한 편의 草稿가 종이 위에 새겨진다. 그 다음 내 의도(意識)가 그 草稿에 개입한다. 詩에 리얼리티를 부여하는 작업이다. 前意識과 의식의 팽팽한 긴장관계에서 詩는 완성된다. 그리고, (말할 필요도 없는 일일는지 모르나) 나의 自由聯想은 현실을 일단 폐허로 만들어 놓고 非在의 세계를 엿볼 수 있게 하겠다는 의지의 旗手가 된다.

「處容斷章」 제1부는 나의 이러한 트레이닝 끝에 쓰여진 連作이다. 여기서 나는 印象派風의 寫生과 세잔느풍의 추상과 액션 페인팅을 한꺼번에 보여 주고 싶었으나 내 뜻대로 되어졌는지는 의문이다.

> 눈보다도 먼저
> 겨울에 비가 오고 있었다.
> 바다는 가라앉고
> 바다가 있던 자리에 軍艦이 한 척
> 닻을 내리고 있었다.
> 여름에 본 물새는 죽어 있었다.
> 죽은 다음에도 물새는 울고 있었다.
> 한결 어른이 된 소리로 울고 있었다.
> 눈보다도 먼저
> 겨울에 비가 오고 있었다.
> 바다는 가라앉고
> 바다가 없는 海岸線을
> 한 사나이가 이리로 오고 있었다.
> 한쪽 손에
> 죽은 바다를 들고 있었다.

— 「處容斷章 第1部」에서

虛無, 그 論理의 逆說

自覺을 못 가지고 詩를 쓰다 보니 남은 것은 토운뿐이었다. 이럴 때 나에게 불어닥친 것은 걷잡을 수 없는 관념에의 기갈이라고 하는 강풍이었다. 그 기세에 한동안 휩쓸리다 보니, 나는 어느새 허무를 앓고 있는 내 자신을 보게 되었다. 나는 이 허무로부터 고개를 돌릴 수가 없었다. 이 허무의 빛깔을 나는 어떻게든 똑똑히 보아야 한다. 보고 그것을 말할 수 있어야 한다. 意味라고 하는 안경을 끼고는 그것이 보여지지가 않았다. 나는 말을 부수고 의미의 粉末을 어디론가 날려 버려야 했다. 말에 의미가 없고 보니 거기 구멍이 하나 뚫리게 된다. 그 구멍으로 나는 요즘 허무의 빛깔이 어떤 것인가를 보려고 하는데, 그것은 보일 듯 보일 듯하고 있다. 그래서 나는 「處容斷章 제2부」에 손을 대게 되었다.

이미지란 대상에 대한 통일된 전망을 두고 하는 말이라면 나에게는 이미지가 없다. 이 말은 나에게는 일정한 세계관이 없다는 것이 된다. 즉 허무가 있을 뿐이다. 이미지 콤플렉스 같은 것은 두말할 나위도 없이 나에게는 없다. 시를 말하는 사람들이 흔히 이미지를 修辭나 기교의 차원에서 보고 있는 것은 하나의 폐단이다.

나에게 이미지가 없다고 할 때, 나는 그것을 다음과 같이 말할 수 있다. 한 行이나 또는 두 개나 세 개의 行이 어울려 하나의 이미지를 만들어 가려는 기세를 보이게 되면, 나는 그것을 사정없이 처단하고 전연 다른 활로를 제시한다. 이미지가 되어 가려는 과정에서 하나는 또 하나의 과정에서 처단되지만 그것 또한 제 3의 그것에 의하여 처단된다. 미완성 이미지들이 서로 이미지가 되고 싶어 피비린내나는 칼싸움을 하는 것이지만, 살아 남아 끝내 자기를 완성시키는 일이 없다. 이것이 나의 修辭요 나의 기교라면 기교겠지만 그 뿌리는 나의 自我에 있고 나의 의식에 있다. 書道나 禪에서와 같이 동기는 고사하고, 그러한 그 행위자체는 액션 페인팅에서도 볼 수 있다. 한 行이나 두 行이 어울려 이미지로 응고되려는 순간, 소리(리듬)로 그것을 처단하는 수도 있다. 소리가 또 이미지로 응고하려는 순간, 하나의 장면으로 처단하기도 한다. 連作에 있어서는 한 편의 詩가 다른 한 편의 詩에 대하여 그런 관계에 있다. 이것이 내가 본 허무의 빛깔이요 내가 만드는 무의미의 詩다. 잭슨 폴록의 그림에서처럼 가로세로 얽힌 軌桂들이 보여 주는 생생한 단면—현재, 즉 영원이 나의 詩에도 있어 주기를 나는 바란다. 허무는 나에게 있어 영원이라는 것의 빛깔이다.

> 불러다오.
> 멕시코는 어디 있는가.
> 사바다는 사바다, 멕시코는 어디 있는가,
> 사바다의 누이는 어디 있는가,
> 말더듬이 一字無識 사바다는 사바다,
> 멕시코는 어디 있는가,
> 사바다의 누이는 어디 있는가,
> 불러다오.
> 멕시코 옥수수는 어디 있는가.

—「處容斷章 第2部」에서

말에 의미가 없어질 때 사람들은 절망하고 말에서 몸을 돌린다. 그러나 절망의 몸짓을 참으로 보고 사람들은 그러는가? 팽이가 돌아가는 현기증나는 긴장 상태가 바로 의미가 없어진 말을 다루는 그 순간이다. 사람들은 그것을 말의 장난이라고 하지만, 잭슨 폴록은 그러는 그 긴장을 이기지 못해 자기의 몸을 자살로 몰고 갔다.

〈말의 긴장된 장난〉말고 우리에게 또 남아 있는 행위가 있을까? 있을지도 모르지만, 내 눈에 그것은 月下의 감상으로밖에는 비치지 않는다. 고인이 된 金洙暎에게서 나는 무진 압박을 느낀 일이 있었지만 지금은 그렇지도 않다.

관념·의미·현실·역사·감상 등의 내가 지금 그들로부터 등을 돌리고 있는 말들이 어느땐가 나에게 복수할 날이 있겠지만, 그때까지 나는 나의 자아를 관찰해 가고 싶다. 그것이 성실이 아닐까? 그러나 나는 언제나 불안하다. 나는 내 생리 조건의 약점을 또한 알고 있기 때문이다. 벌써 나의 이 생리 조건이 나의 의도와 내가 본 진실을 감당 못하고 그 긴장을 풀어 달라고 비명을 지르

고 있다. 나의 생리 조건에 나는 동정한다. 다음과 같은 나의 근작에서 그것은
잘 나타나고 있다.

세브린느,
오후 두시에서 다섯시 사이
네 살은 열린다.
비가 내리고
비는 꽃잎을 적신다.
꽃잎은 시들지 않고 더욱 꽃핀다.
—이건 사랑과는 달라요.
세브린느,
네 추억은 너를 보지 못한다.
세브린느 세브린느,
부르는 소리 등 뒤로 흘리며
오후 다섯시
네 살은 시들고
사랑을 찾아
너는 비 개인 거리에 선다.
너 보고 싶은 마음
안개 속에 있고 진흙 속에 있다.
희멀건 하늘에 있고
연못 바닥에 모로 누워있다.
세브린느,
너 꽃잎으로 피었다 지면서
바람 부는 날 코피 쏟고
눈 감으면 또 아침과 만난다.
눈이 눈을 덮고 겨자씨를 덮는
그런 겨울밤에
나는 죽는 꿈을 꾸었지만
죽음은 없고, 없는 것이 너무 좋아
갈잎에 듣는 이슬방울을

세브린느,
나는 그만 꿈에서 보고 만다.

— 「두 개의 꽃잎」

이 詩는 나의 생리 조건과 나의 의도, 또는 의식과의 타협 끝에 생긴, 나로서는 매우 불성실한 제품이다. 나로서는 말의 장난이라고 하는 긴장상태를 견디어 내는 데 있어 생리적인 압박을 느낀다. 便秘가 도졌다가 설사를 하다가 한다.

말에다 절대자유를 주고 보니, 이번에는 말이 나를 놓아 주지 않는다. 말이 그러한 자유에 길들지 못했기 때문에 불안해지고, 불안하니까 나를 자기의 불안 속에 함께 있자고 했다. 노예에게 자유를 주어서는 안된다. 주인이 봉변을 당하게 된다 .말은 수천 년 동안 자유를 모르고 살아왔다.

허무가 나에게로 오자 나는 논리의 역설을 경험하게 되었는지도 모른다.

處容, 그 끝없는 變容

1

處容에 대한 관심은 20수년 전부터 가지고 있었다. 『三國史記』의 처용 설화는 하나의 알레고리지만, 나에게는 특히 현대적인 의의를 띠우고 있다. 나는 현대의 특색을 暴力과 性行爲의 애너키즘이라는 측면에서 보고 있었다. 한국 동란이 끝나자 나는 30대의 나이로 접어들고 있었는데 그때 나는 그런 관점에 서 있었다.

내가 폭력을 특히 염두에 두게 된 것은 2차 세계대전이 나에게 미친 압력 때문이라고 생각된다. 나는 20세가 조금 넘자 일제 군국주의의 압력을 직접으로 경험하게 된, 나로서는 우연이라고 밖에는 할 수 없는 어떤 사건에 휘말리게 되었다. 헌병대와 경찰서 고등계의 지휘 하에서 몇 달의 영어 생활을 하게 되었지만 나는 참으로 억울했다. 그들이 함부로 내 몸과 자존심을 짓밟아 버린 것도 그랬지만, 내 자신 어이없이 무너지고 만 내 자존심을 눈 앞에 보았을 때 한없이 억울하기만 했다. 그들은 한 개의 竹刀와 한 가닥의 동아줄과 같은 하잘 것 없는 물건으로 나를 원숭이 다루듯 다루고 말았다. 내 입장에서 볼 때 그것은 명분이 서지 않는 저희들만의 일방 통행이었다. 그거 미물 같은 나 하나쯤 장난처럼 깔아 뭉개고 가 버렸을 뿐이다. 누구에게 이 억울함을 호소할 수 있었던가? 동포들도 외면하고 몇 안 되는 벗들도 그저 그러고만 있었다. 일제말 이런 바람이 한번 스쳐간 뒤로 한참 동안 나는 내 자신을 가누지 못하고 있었다. 20대의 말에 6·25가 왔지만, 끝없이 쫓겨다닌 나는 왜 내가 그래야만 했는지 그 명분을 찾아낼 수가 없었다. 폭력은 나에게 그런 모양으로 왔다. 당한 삶은 실신할 정도로 억울하지만, 폭력은 그 자체 어떤 명분을 세워놓고 있었는지도 모른다. 역사를 말하는 어느 선배의 흥분된 얼굴에 침을 뱉고 싶었지만 그러지는 못 했다. 나는 이때 역사의 相對性과 역사가 쓰고 있는 탈이 이데올로기라는 것을 똑똑히 본 듯했다. 역사가 絶對的이라고, 그리고 그것은 탈이 아니라 진짜 자기 자신의 얼굴인 것처럼(자기의 진짜 얼굴이 있는 것처럼) 억지떼를 쓰는 꼴이 내 눈에는 바로 폭력 그것으로 비쳤다. 그렇다. 한동안 나에게 있어 역사는 그대로 폭력이었다. 역사의 이름으로 지금 짓밟히고 있는 것은 누구냐?

2

현대가 폭력의 시대라고 했지만, 그 폭력은 별로 솔직하지 못했다. 이데올로기의 앞잡이 노릇을 늘 해왔기 때문이다. 이데올로기의 입장에서 보면 그것이 폭력이 아닌 것 같은 인상마저 줄 수도 있는 가장 폭력의 男性的이고 건강한 일면을 거세해 버린 어둡고 축축한 것이었다. 내 눈에 歷史=이데올로기=暴力의 3각 관계가 비치게 되면서부터 나는 도피주의자가 되어 가고 있었다. 왜 나는 싸우려고 하지 않았던가? 나에게는 역사·이데올로기·폭력 등은 거역할 수 없는 숙명처럼 다가왔다. 나는 나 혼자만의 탈출을 우선 생각했다. 생각하지 않을 수 없었다. 그때 또 다른 모양을 하고 處容이 나에게로 왔다.

處容은 나의 幼年의 모습이었다. 그의 이런 탈바꿈은 나에게는 필연적이다. 10수년의 處容과의 惡戰을 버리고 드디어 나는 내 자신을 새삼 찾아나선 셈이다. 나는 누구냐? 하나의 處容과는 이별하고 하나의 또 다른 처용과 만나게 되었을 때 나는 「處容斷章 第1部」를 쓰고 있는 내 자신을 발견하게 되었다. 실은 이 連作은 조심조심 한 달에 한 편 정도 완성되어 갔다. 1년 하고도 한 달이 걸려 13편의 斷章으로 나타났다. 그러고는 나는 얼마 뒤에 쓰러지고 말았다. 胃가 엉망이 되어 있었다. 손바닥 반쯤이나 위를 잘라내고 말았다. 그 뒤로 나는 斷章의 다음을 계속 못 하고 있다. 벌써 10년 가까운 세월이 흘러 버렸다.

10년 전에 處容은 어떻게 나에게로 왔을까? 그는 東海龍의 아들이다. 그렇다. 나는 바다가 되어 버린 것이다. 동해가 아니라, 한려수도로 트이는 남쪽 바다. 다도해. 봄에 유자가 익고, 겨울에 죽도화가 피는 그러한 바다. 바다는 자라고 있었고 자라는 동안 죽기도 하고 깨어나기도 했다. 죽은 바다를 어떤 사나이가 한쪽 손에 들고 있기도 하고, 山茶花가 지기도 하고, 어떤 때는 크나 큰 해바라기 한 송이가 져서는 점점점 바다를 다 덮기도 했다.

　다리를 뽑힌 게가 거품을 내뿜으며 가고 있었고, 개나리가 수렁에 노랗게 피어 있었다. 호주 선교사네 집에는 겨울에 나비가 날고, 한밤중에 청동의 벽시계가 廻廊을 하염없이 걸어다니곤 했다. 나는 그 무렵 마귀란 말을 처음 들었다. 꿈에 마귀를 보았다. 마귀는 몸집이 큰 쥐만한데 천정에 매달려 있었다. 어느 서슬엔가 뛰어내리더니 내 가슴에 걸터앉아 목을 조르는데 나는 소리를 낼 수도 없었다. 그대로 까무라치고 말았다.

　어떤 때는 은종이로 마든 천사가 콧수염을 달고 있었고, 얼룩암소가 새끼를 낳으면서 새벽까지 울고 있었다. 그 해 겨울은 그 언저리에만 눈이 내리고 있었다. 바다는 내 손바닥에서 눈을 뜨기도 하고 숲 속에서 잠이 들기도 했다. 이러한 내 幼年의 가지가지 필름은 하나같이 빛깔이 선명했다. 處容은 어느새 나와 화해하고 있었다. 그런 처용에게는 윤리도 논리도 심리의 음영조차도 없었다. 그는 다만 훤한 빛이었다. 때로 그 빛에 쓸쓸한 그늘이 지는 수는 있었지만, 그러나 그 그늘도 곧 흔적을 지우곤 하였다. 나는 보았다. 내 속에 있는 한 사람의 타인을 ! 그 정답고도 낯선 '얼굴, 그는 또 가고 말았다. 處容은 新羅王에 사로잡혀 그의 신하가 되어 벼슬을 하고 아내를 얻게 되었다. 그에게 현실이 나타나고 육체가 나타나고 그 아픔이 지각되었다. 處容은 또 한번 탈바꿈을 해야 하지만, 그 탈바꿈은 가장 위험한 탈바꿈이다. 幼年의 얼굴을 완전히 지워 버릴 수는 없기 때문이다. 이 탈바꿈은 하나의 화학 변화라고 할 수 있다. 말하자면 지양되는 탈바꿈이다. 그러나 그것은 아직은 과정에 있고, 무엇으로 어떻게 지양되는지를 아직은 알 수 없는 그런 기나긴 과정에 있다. 잘못하면 좌절과 단념으로 망가질 위험을 지닌다. 불투명한 것이 끝없이 의식의 밑바닥을 흐르고 있다. 그것을 자각할 뿐이다.

　　불러다오.
　　멕시코는 어디 있는가.
　　사바다는 사바다, 멕시코는 어디 있는가.
　　사바다의 누이는 어디 있는가.
　　말더듬이 一字無識

　　사바다는 사바다
　　멕시코는 어디 있는가.
　　사바다의 누이는 어디 있는가.
　　불러다오.
　　멕시코 옥수수는 어디 있는가.

「處容斷章 제2부」에서 나는 이런 모양으로 시를 쓰고 있었다. 이것은 거의 草稿 그대로다. 그 뒤로 나는 處容으로부터 고개를 돌리고 있다. 그를 보기가 민망하고, 보다는 숨이 차다. 내 건강이 유지 안 될 것 같은 그런 느낌이다. 지금은 다음과 같은 장난기 섞인 處容을 그리고 있다. 숨을 돌리기 위한, 긴장을 좀 풀어 보는 뜻으로 해보는 뎃상이다.

　　하나님은 언제나 꼭두새벽에
　　나를 부르신다.
　　달은 西天을 가고 있고
　　많은 별들이 아직도
　　어둠의 가슴을 우비고 있다.
　　저쪽에서 하나님은 또 한번
　　나를 부르신다.
　　나를 부르시는 하나님의 말씀 가까이
　　가끔 千里香이
　　홀로 눈 뜨고 있는 것을 본다.

　　이 시의 제목이 「잠자는 處容」이다. 處容과 일단은 관계가 없다고 봐야 한다. 시적 트릭을 생각하고 붙인 제목이다. 그러나 그렇다. 어떤 측면으로는 處容은 지금 잠자고 있는 셈이다. 그의 의식은 몽롱하다. 그러나 때로 새벽녘에 눈 떠서 보는 한겨울의 千里香처럼 보이는 때가 있다. 그만 홀로 눈 뜨고 있는 것처럼 보이는 때가 있다. 그는 누구일까?

*存在*를 길어 올리는 두레박

수삼년 내로 세 권의 詩選集을 내게 되었다. 民音社의 『處容』, 正音社의 문고판 『金春洙詩選』, 三中堂의 문고판 『꽃의 素描』가 그것들이다. 문고판 두 권은 작년에 각 삼천 부씩 찍었는데 금년 모두 再版이 나왔다. 『處容』은 4년 동안에 무려 10版을 돌파하여 만 부쯤 팔렸으리라고 짐작한다. 그러니까 내 詩選集이 그동안 2만부 가량이 팔렸다는 것이 된다. 놀라지 않을 수가 없다. 나는 내 시의 독자는 극히 소수로 국한돼 있으리라고 생각하고 있었다. 그런데 이쯤 詩選集이 나간다면 내 시의 독자도 예상 외로 많다고 봐야 하겠다. 이런 사실을 그러나 나는 별로 달갑게 받아들이지 않고 있다. 왜냐하면, 내 詩選集 중에서 비교적 초기에 속하는(40세 전후까지) 시들이 읽히고 있고, 그 이후의 것들은 敬遠되고 있지 않을까? 그러니까 내 독자들은 주로 초기의 내 시를 보기 위해서 내 시선집을 사는 것이 아닐까? 이렇게 나는 생각하고 있기 때문이다. 그만한 이유가 나에게 있다.

내가 늘 대하고 있는 문과 학생들이나 간혹 미지의 독자들로부터 보내 오는 편지나, 또는 후배 시인들이나 일부 비평가들까지 내 近作을 포함한 십년 남짓한 내 시작들을 아주 난해한 것으로 치부하고들 있는 것 같다. 최근에는 모 신문의 해방 후 시단 30년을 말하는 대담에서 내 또래의 모 시인과 생소한 어느 젊은(?) 시인이 다 함께 내 시를 난해시의 표본처럼 취급하고 있었다.

나에게는 難解에의 취향이라고 할까 그런 것이 있는 듯하다. 시를 써놓고 간혹 아내에게 보이고는 아내가 쉽게 이해한 듯한 기색을 나타내면 오히려 불안해진다. 뭔지 잘 모르겠네요 라는 독후감이 아내 입에서 나와야 어쩐지 안심이 되곤 한다.

독자 중에는 다음과 같은 질문을 해 오는 수가 있는데 매우 난처해진다. 그런 질문 편지를 나에게 보내 온 사람을 가령 A라고 하면 A는 말한다.

선생님 안녕하세요 ? 저는 선생님의 시를 무척 좋아해요. 그 중에서도 선생님의 시 「꽃」이 제일 좋아요. 선생님, 「꽃」은 누구를 두고 한 말일까요 ? 선생님의 사랑의 얘기가 좀 듣고 싶군요.

물론 이런 독자는 나이 어린, 아직은 소녀티가 가시지 않은 여학생일 것이다. 그러나 사춘기를 훨씬 지난 여자일는지도 모른다. 그런가 하면 같은 시를 두고 B라는 독자는 대조적으로 딱딱한 말들만 골라서 보내오고 있다.

귀하의 시 「꽃」은 存在論을 담고 있다고 보는데 어떨는지요 ? 世界內存在, 저 후서를의 現象學을 거쳐 메를로 퐁티에 이르는 實存主義를 방불케 하는군요. 요컨대 存在와 世界와의 함수 관계 말입니다. 귀하의 시는 나와 같은 哲學徒에게는 하나의 示唆가 됩니다.

미국에서 석사 과정을 밟고 있는 어느 학도는 R・M・릴케와 내 시와의 연관성을 비교문학적인 측면에서 다루어 보고 싶다는 편지를 보내 왔다. 그 뒤에 인쇄된 碩士論文을 부쳐 보냈는데 그 쪽의 교수들이 그 논문을 어떻게 취급했는지가 궁금했지만, 논문의 작성자는 그걸로 학위를 딴 모양이다. 거기서도 「꽃」은 존재론적으로 다루어지고 있었다. 내 시에 관심을 가져 주고 이따금 내 시에 대한 의견을 편지로 적어서 보내 주는 후배 시인들이 몇 있는데 나는 그들의 말에 귀를 기울인다. 黃東奎・李昇薰・吳圭原 등인데, 특히 李詩人은 長文의 글이 되기도 한다.

선생님의 詩選을 처음부터 다시 읽으면서 가장 최근의 것들로 여겨지는 「너라 抄」其他에 많은 주의를 기울였습니다. 언젠가 선생님의 「해파리」기타를 짧게 評할 기회가 있어서, 저는 최근 선생님의 작업을 原型 혹은 生의 原形質같은 낱말로 풀이했습니다. 超現實主義 화가 이브 탕기가 본 세계를 문득 선생님의 「해파리」같은 작품에서 읽을 수 있었습니다. 이제까지 선생님의 작품을 저는 詩에 의해서만 가능한 認識의 세계로 풀이해 본 적이 있었고, 마침내 초기 詩篇에서부터 최근 詩篇까지를 일단 詩的 認識의 命題로 좀더 다부지게 해명하고 싶은 욕심이 일었습니다.

　　선생님의 작품을 중심으로 한 편의 詩的 認識論을 써 보았습니다. 발표
되는 대로 선생님께 보여드리고, 많은 지도의 말씀 기다리겠습니다마는 저
로서는 요즈음 가장 큰 문제는 詩的 인식과 科學的 인식의 상호 관계인 것
같습니다. 과학적 인식에도 主觀的 오류가 지나치게 개입하고 있다고 바실
라르 같은 이론가는 말합니다. 그렇다면 모든 인식의 뿌리는 주관적 오류,
바실라르式으로는 無意識 혹은 콤플렉스에 의하여 지탱되는 것이 참인지
하는 문제입니다. 이러한 문제는 구체적으로 선생님의 경우, 꽃의 詩篇에
서 드러났던 인식의 방향이 왜 최근에 李仲燮 시리즈나 해파리 詩篇에서
無意識의 명제와 만나는가를 어렴풋이 示唆하기도 했습니다. …(後略)…

　　그렇다. 이런 글은 나에게는 퍽 시사적이다. 인식론에서 정신분석학, 또는
분석심리학으로—은화식물처럼 꽃을 감추고 胞子로 번식해 가고 있는 것이 그
동안의 내 시의 전개 과정이었는지도 모른다.

　　프로이트와 융의 無意識은 결국은 가장 멀고 깊은 곳으로부터 숨어 있는 내
자신을 길어 올리는 그런 작업을 뜻하는 것이 된다. 이때 두레박의 역할을 하
는 것은 자동 기술이다. 자동 기술로 길어 올려진 것에 이름을 붙이는 일은 현
대와 한국이라고 하는 時空이다. 내 자신 무엇으로 이름 불리워져야 하는가는
내가 살고 있는 시대의 사회 현실이 책임을 져야 한다. 나는 다만 내 자신이
무엇인 줄도 모르면서 길어 올리고 있을 뿐이다. 끝내는 내 자신에 이름을 붙
여 呼名하는 것도 내 자신의 책임으로 돌아갈는지도 모른다. 내가 내 자신을
어떻다고 말해야 하나! 이런 따위를 존재론이라고 할 수 있을까? 그러나 존재
의 비밀은 이름 붙일 수 없는 데에 있다. 이런 확신은 나를 禪의 세계로 데리
고 간다. 不立文字·敎外別傳·直指人心·見性成佛—어느 하나를 떼어놓고 바
라보아도 언어가 발디딜 틈은 없다. 말이 존재의 집이라고 한 것은 로고스를
神으로 모신 유럽인들의 착각일는지도 모른다. 神은 그것이 인간의 능력밖에
있는 이상은 인간의 말 속에 완전히 담아질 수는 없다. 언제나 신의 많은 부분
은 말(인간이 만든) 밖으로 비어져 나가도 있다. 우리는 결국 신을 말 속에서
가지지 못한다는 것이 된다. 그것은 결국 하나의 사물도 말 속에서는 가지지
못한다는 것이 된다. 그런 안타까운 표정이 곧 말일는지도 모른다. 시는 그런

표정의 精粹일는지도 모른다. 누가 시를 산문을 쓰듯, 자연과학의 논문을 쓰듯 쓰고 있는가? 시는 이리하여 영원한 설레임이요, 섬세한 애매함이 된다. 어떤 고매한 도덕의 입장도 시의 이러한 속성을 죽일 수는 없다. 만약 죽인다고 하면 결국은 도덕 그 자체도 멍이 들 수밖에는 없다. 왜냐하면 도덕의 이름으로 어떤 진실이 지워져 갔기 때문이다. 도덕이 돌을 보고 돌이라고 하며 의심하지 않을 때, 시는 왜 그것이 돌이라야 할까 하고 現象學的 망설임을 보여야 한다. 시는 도덕보다 더 섬세하고 근본적일는지도 모른다. 나는 시를 쉽게 쓸 수가 없다. 남들이 제멋대로 쉽게 해석해 버리는 일이 있을는지는 모르지만.

〈處容·其他〉에 대하여

處容

人間들 속에서
人間들에 밟히며
잠을 깬다.
숲 속에서 바다가 잠을 깨듯이
젊고 튼튼한 상수리나무가 서 있는 것을 본다.
남의 속도 모르는
새들이 금빛 깃을 치고 있다.

봄바다

毛髮을 날리며
오랜만에 바다를 바라고 섰다.
눈보라도 걷치고
저 멀리 물거품 속에서
제일 아름다운 人間의 女子가
誕生하는 것을 본다.

忍冬 잎

눈 속에서 초겨울의
붉은 열매가 익고 있다.
서울近郊에서는 보지 못한
꽁지가 하얀 작은 새가
그것을 쪼아먹고 있다.

越冬하는
忍冬 잎의 빛깔이
이루지 못한 人間의 꿈보다도
더욱 슬프다.

1

　시는 언어를 떠나서는 제 구실을 할 수가 없다. 이것은 상식이다.

　언어는 제 자신의 질서와 세계를 가지고 있다. 그러니까 〈한편의 詩가 쓰여지기 전에는 시는 아무데도 없다〉고 한 詩人의 말은 그의 경험에서 나온 실감 있는 말이다. 생활에서 하는 경험이 그대로 詩가 될 수 없음은, 그것(생활에서 하는 체험)이 언어의 질서와 세계 속으로 들어갈 때는 어떤 屈折을 일으키거나 방향감각을 잃는 일이 예사이기 때문이다. 이리하여 〈시를 쓴다는 행위는 다른 또 하나의 경험의 세계에 들어서는 일이 된다〉고 한 詩人의 말 또한 옳은 말이라 아니할 수 없다. 왜 그럴까?

　詩作은 어떤 詩人에게 있어서는 흐르는 강이고, 다른 어떤 시인에게 있어서는 벽돌을 쌓아 올리는 建築의 일종이다. 어느 쪽이건 一瞬에 이루어지는 일은 거의 없다고 단언해도 좋다. 그러니까 시작은 江물처럼 흐르면서, 혹은 벽돌을 쌓아 올리듯 순간순간을 연결하는 일이 된다. 이 때에 詩人은 실은 언어체험을 한다. 언어는 사물을 제시하면서 세계를 형성하는 기능적・창조적 그 무엇이지만, 생활에서의 체험은 다만 체험일 뿐이지 기능적・창조적은 아니다.

　詩作은 세계를 開示하는 하나의 意識이다. 그 의식은 흐르는 수도 있고, 머뭇거리며 계산하는 수도 있기는 하지만—생각해 보라. 언어의 세계에 삼여하는 사람치고 어찌 언어의 질서를 무시할 수 있다는 것인가 ? 꽃이라고 누가 발음하면 거기에는 수십 개의 다른 언어가 모여들어 그것(꽃)과 어떤 관계를 맺고자 한다. 이상적인 관계는 시인이 맺어 준다. 더 정확하게 말한다면, 시인의 의식이 맺어 준다. 그러나 시인에게 언어는 언어 그 자체의 질서가 있다는 데 대한 이해와 그것(언어는 언어 자체의 질서가 있다)에 대한 감동이 없을 때 언어와 언어는 이상적인 관계를 맺지 못한다.

2

나의 경험으로는 〈詩를 쓴다는 行爲는 다른 또 하나의 경험의 세계로 들어서는 일이 된다〉는 말을 액면 그대로 받아들일 수도 없다. 왜냐하면, 그 대답은 간단하다. 나는 人間이기 때문이다. 詩作은 인간적 행위이기 때문이다. 다르게 말하면, 나의 詩作은 나의 체험의 總和요 綜合이기 때문이다. 詩作은 이리하여 언어체험이 생활에서 하는 體驗에 겹치는 일이요 새로운 次元으로 생활에서의 체험을 이끌어 주는 일이 된다. 아니, 나의 경우, 나의 詩作은 나의 생활에서의 체험이 언어를 불러 언어의 질서 속으로 자기를 變容케 하려는 노력이 되고 있다는 것을 의식한다. 詩作하면서 나는 나의 인격을 본다. 그렇지 않다면 나는 詩作과 같은, 功利와는 인연이 먼 無償의 행위를 훨씬 이전에 포기했을 것이다. 나는 나의 詩作을 통하여 나의 현재를 보고, 나의 과거와 미래도 본다. 내가 얼마나 하잘 것 없는 엉터리인가 하는 것을 똑똑히 보는 동시에 인간이 얼마나 지혜로운 생물인가 하는 것도 뚜렷이 본다. 그리고 언어 하나에 인류의 유구한 꿈이 서려 있다는 것도 아울러 절실히 느끼게 된다.

3

處容

이 詩는 내가 오래 전부터 長詩로 쓸 것을 생각해 오다가 이런 모양의 것이 되고 말았다. 이 시에서 독자들은 스토이시즘을 알아볼 수가 있을까 ? 아마 없을는지도 모른다. 내 자신 생각해 보아도 그것이 선명하게 나타나 있는 것 같지가 않다. 제 3行과 제 4行에서 내가 보기에도 想이 흐려져 있기 때문이다. 제 4行은 처음에는 다음과 같이 되었던 것을 고쳤다.

늙고 病든 상수리나무가 서 있다.

이것을〈젊고 튼튼한〉이라고 하고, 〈서 있는 것을 본다〉로 한 데 대한 理由를 내 자신 뚜렷이 의식하지 못하고 있는 것이 아니라, 흐르고 있었는지도 모른다.

봄바다

제3行에서 상당히 망설였다. 처음에는 다음과 같이 되어 있었다.

　　마지막 흩뿌리던 꽃눈보라도 걷치고

그러나 생각 끝에 다음과 같이 고쳐 보았다.

　　꽃눈보라도 걷치고

그러나 〈꽃눈보라〉의 〈꽃〉이 또한 俗된 느낌이라 이것을 떼어 버렸다. 훨씬 淸潔해졌다고 생각한다. 이 詩는 이 부분 외는 推敲를 하지 않았다. 자연스럽게 쓰여졌다고 하겠다. 끝의 두 行인

　　제일 아름다운 人間의 女子가
　　誕生하는 것을 본다.

는 베꼬나아의 꽃잎과 같은 빛깔을 연상하면서 썼다. 이 부분이 이 시의 結論이라고 하기 보다는 이 부분을 위한 다른 행들은 前奏曲의 역할을 하고 있다고 나는 생각한다.

忍冬 잎

이 詩는 상당히 시일을 두고 苦心 끝에 된 詩다. 일단 완성이 되었다고 생각되었던 몸꼴을 여기 소개하면 다음과 같다.

　　거기까지 가는데 나는
　　발가락의 티눈에 神經을 쓰며
　　등골에 땀도 좀 흘려야 했다.
　　눈 속에서 초겨울의
　　붉은 열매가 익고 있었다.
　　서울近郊에서는 보지 못한

꽁지가 하얀 작은 새가
그것을 쪼아먹고 있었다.
저녁床을 물리고
초저녁에 잠깐 눈을 붙이고 나니
기다리고 있었는 듯
내가 묵은 집의 젊은 아낙은
아무것도 대접할 것이 없다면서
맹물에 잘 물이 든
忍冬 잎을 한 잎
띄워 주었다.

그러나 이렇게 써 놓고도 안심은 되지 않았다. 두고두고 생각하던 끝에 敍述的인 부분을 싹 깎아 버렸다. 그래놓고 보니 제 4行 에서부터 제 8行까지의 다섯 行 만이 남게 되었다. 이것만으로는 한 편의 완성된 작품치고는 역시 불안했다. 그러나 더 이상 서둘지 않고 한동안 덮어두었다. 얼마 뒤에 다시 이 詩의 제목인 「忍冬 잎」을 생각하다가 끝머리 4行을 얻어 완결을 짓게 되었다.

越冬하는
忍冬 잎의 빛깔이
이루지 못한 人間의 꿈보다도
더욱 슬프다.

처음과는 사뭇 다른 내용의 것이 되어 버렸다. 그러나 하는 수 없는 일이라고 나는 생각하고 있다. 이 끝머리 4行은 哲學 비슷한, 어떻게 보면 衒學的인 느낌까지 줄는지도 모르나, 내 자신에게 있어서는 精書의 표현이었을 뿐이다. 정서의 표현으로는 좀 설명이 지나쳤는지도 모른다.

4

비교적 短形인 詩만 세 편을 모아 보았다. 그리고 가장 자연스럽게 내 資質이 드러나고 있는 듯이 나에게는 여겨진다. 技巧面도 그렇고, 趣味나 人生을 보는 눈에 있어서도 그렇다. 나는 어느쪽이냐 하면, 이중인격적이고 人格分裂的인 데가 있다. 詩에서 그것이 가장 잘 나타난다. 이번의 이 세 편에도 그것을 볼 수가 있다. 이미지를 상징으로 사용하고 있는 데가 있는가 하면, 순수하게 사용하고 있는 데도 있다. 이미지를 상징으로 사용하는 것은 彼岸意識이 작용하고 있는 증거라고 할 것이다. 즉, 事物의 의미를 探索하는 태도다. 이미지를 순수하게 사용하는 것은 사물의 그 자체로서 보고 즐기는 태도다. 이 두 개의 태도가 나에게 있어서는 석연치가 않다. 混合되어 있다 .나는 그것을 의식한다. 이러한 自意識은 시작에 있어 나를 몹시 괴롭히고 있다. 이러한 자의식이 없는 詩人이 있다면 그는 행복한 사람이다.

현실에 대한, 역사에 대한, 문명에 대한 관심이 한쪽에 있으면서 그 것들을 초월하려는 도피적 자세가 또 한쪽에 있다. 이것들이 또한 내 내부에서 分裂을 일으킨다. 이 현상을 나는 심리적으로 고찰해 봐야 하겠지만, 지금은 趨勢에 맡기고 있다.

때로 나는 시에서 發散을 못 한 울분을 散文으로 하는 수 가 있고, 시로써 發散을 하고 나면 그 다음 얼마 동안은 散文에는 별로 그런 면이 나타나지 않는다. 현실에 대한, 역사에 대한, 문명에 대한 관심은 나에게 있어서는 知的·批評的이라고 하기보다는 감정적이다. 더 정확하게 말하면, 감정이 비평을 가장한다고나 할까―나쁜 버릇이지만 울분을 나는 이런 모양으로 發散한다. 그러나 이번의 이 세 편의 시에는 그것(울분·發散)이 전연 보이지 않는다. 그렇다고는 하지만 얼마 전에 발표한 한두어 편의 詩는 순전히 그것을 위하여 쓰여졌던 것이다.

나에게 있어 거듭 말하거니와 詩作은 인격의 발견이요 인격의 형성이요 또한 그 破壞요 再形成이기도 하다.

〈幼年時〉에 대하여

孤獨의 三部曲

1
濠洲아이가
한국의 참외를 먹고 있다.
濠洲 宣敎師네 집에는
濠洲에서 가지고 온 뜰이 있고
뜰 위에는 그네들만의
여름하늘이 따로 또 있는데,

길을 오면서
행주치마를 두른 天使를 본다.

2
누군가의
돌멩이를 쥔 주먹이 어디선가
나를 노리고 있다.
꿈 속에서도 부들부들 몸을 떨면서
한껏 노리고 있다.
銀錢 두 개를 다 털어
나는 용서를 빈다.

3
그해의
새 눈이 내리고 있다.
눈은 山茶花를 적시고 있다.

山茶花는
魚缸 속의 금붕어처럼
입을 벌리고 있다.
山茶花의
명주실 같은 肋骨
수없이 드러나 있다.

또 詩가 짧아졌다. 하는 수 없는 일이다. 무리해서 길게 쓸 것은 없다.

이번의 3篇은 비교적 단시일에 쓰여졌고, 推敲도 그다지 하지 않았다. 이러한 短形의 트레이닝이 어느 정도 손에 익어가고 있는 모양이다.

제1장은, 주위의 사물에 대하여 경이의 눈을 뜨게 되는 그런 시절의 한 스냅을 찍어 본 것이라고 생각될는지 모르나, 그러나 이러한 경이의 눈은 詩人이면 언제까지나 간직하고 있어야 할 것이라고 생각한다. 항상 사물을 신선하게 받아들일 것—이것은 詩가 주는 하나의 해방감일 수 있다.

제1行의 첫머리 〈濠洲의 아이〉를 처음에는 〈西洋아이〉라고 했다가 고친 것과 時制를 과거로 했다가 현재형으로 고친 것 외는 달리 손을 본 데는 없다. 마지막 2行은 첫머리 2行과 대응한다. 濠洲아이가 한국의 참외를 먹고 있는 장면은 신기한 일일 수 있고, 천사가 행주치마를 두르고 있다는 것도 그렇게 말할 수 있다. 마지막 2行을 聯을 구분한 것은 바로 앞의 行과의 의미상의 飛躍돼 있는 느낌일 것이다. 그러나 이 2行은 첫머리 2行과 대응한다. 濠洲아이가 한국의 참외를 먹고 있는 장면은 신기한 일일 수 있고, 天使가 행주치마를 두르고 있다는 것도 그렇게 말할 수 있다. 마지막 2行을 聯으로 구분한 것은 바로 앞의 行과의 의미상의 비약을 고려하여 한 것도 있지만 詩로서도 하나의 경이감을 주기 위함이다. 혹은 긴장감이라고 해도 될 것이다.

제2장은 被害意識—존재를 위협하고 있는 정체불명의 것으로부터의—을 다룬 것이다. 그것(被害意識)은 無形의 폭력이라는 형태로 다가온다. 이러한 피해의식은 보다 근원적인 것이라서 詩에서 늘 취급해온 주제이기도 하다. 이 詩에서도 마지막 2行이 당돌한 느낌일 것이다. 이 2行에 이 詩의 액센트가 놓여 있다. 〈銀錢 두 개〉는 소유의 전부를 의미하는 동시에 욕망과 그것은 충족을

의미한다. 그런 것들을 희생하고 피하고 싶은 것이다. 이렇게 되면 인생이란 플러스마이너스이지만, 인간에게는 죽고 싶은 충동도 있다고 어느 정신분석학자로부터 듣고 있다. 이 2行도 제1章에서와 같이 詩에 어떤 긴장감을 주기 위한 作法上으로는 한 트릭이기도 한다. 이 詩는 草稿 때보다는 몇 行 깎이어 있다. 제2行에 이어

    돌아보면 그것은
    뒤로 와서 있다.

이런 行들이 끼어 있었고, 〈나를 노리고 있다〉가 처음에는 〈나의 뒷통수를 노리고 있다〉로 되어 있었다. 그리고 이 시도 처음에는 時制가 과거형으로 되어 있었다.

제3장은 凄絶할 정도로 〈생에의 慾求〉—이런 것을 느낀 순간을 微視的으로 풀어본 것이다. 눈을 맞아 山茶花가 입을 벌리고, 그럴 때 그 가냘픈 肋骨이 드러난다는 이미지가 그것을 말하려고 한 것이다. 이러한 순간을 경험할 때 〈孤獨〉이란 말이 실감으로 다가서는 것은 아닌지 ?

이 시도 시제가 과거형으로 되어 있었던 것을 현재형으로 고쳤다. 제3行에 이어 처음에는,

    하나님이 없는 이반 카라마조프처럼 옆구리로 기침을 하고 있었다.

이렇게 왜 있었던 것을 지금 모양으로 고쳤다. 너무 차가와 보였기 때문이고, 그 다음의 行들과 어울리기도 어려울 것으로 생각되었기 때문이다.

▶ 蛇足
이 3편의 시는 과거의 어떤 사실들의 모사가 아니다. 그럴 수는 없다. 시에는 언제나 현재만이 자기를 주장한다. 과거가 현재와 포개져 있는 것도 아니다. 과거는 나에게는 알 수 없는 어둠일 따름이다. 제목을 「幼年時」라고 한 것은 하나의 제스처에 지나지 않는다. 〈孤獨의 三部曲〉이라고 한 副題가 이 경우

참의 제목으로 의미상으로는 훨씬 더 어울릴 것이다. 그러나 이것을 그대로 제목으로 내세우는 것은 너무 촌스러울뿐 아니라, 시의 장난을 모르는 것이 된다. 그렇다고는 하지만, 제스처가 詩의 次元에까지 올라서야만 한다. 이 3편의 시가 제목을 그렇게 끌어올리고 있는지의 여부는 스스로 단정할 수는 없는 일이다.

인생을 산다는 것은 고독을 되씹는다는 것이다. 이것은 幼年이고 靑年이고 老年이고를 가릴 것이 없이 그러리라. 〈濠洲아이〉는 나에게 끝없는 고독을 안겨 준다. 그들의 가정과 그들의 〈여름하늘〉과 그들의 〈뜰〉은 나의 영원한 고독에 연결될 적에 비로소 무슨 의미를 가지게 된다. 나를 威脅하는 힘이 나를 또한 더욱 고독으로 빠뜨린다. 나를 응시케하고 나에게 어떤 의미를 준다. 山茶花 한 송이가 얼마나 그의 고독한 意志에 따라 피었다가는 지고 있는가 ? 物理的인 힘으로만 그가 이 세상에 태어났다면 그는 아무것도 아니고 앞으로도 그 무엇일 수는 없다. 진화론의 대상이 될 뿐이다.

아무리 群衆을 말하고 사회를 말하더라도 말하는 그 사람은 고독이다. 煽動者는 고독을 모른다고 한다. 이 말은 나에게는 수수께끼와도 같은 말로 들린다. 그럴 수가 있을까 ?

죽음이 없다고 하더라고 인간은 고독할 것이다. 갈 데가 없다는 것은 얼마나 무서운 고독인가 ? 갈 데가 있고, 갈 날이 있다는 것은 인간의 고독에 어떤 해방감을 준다. 이리하여 죽음은 그의 고독의 산 증거가 된다. 아무리 평범한 죽음일 지라도 한 죽음은 가지가지의 影像을 남기고 간다. 그것들이 우리의 고독을 더욱 실감케 한다. 한 血緣의, 한 벗의, 한 애인의 죽음을 생각해 보라. 얼마나 모든 것이 나의 고독과 연결되어 있는가를 알 것이다.

이 短詩 3篇을 따지고 들면 엄청난 관념을 내포하고 있을 것이다. 그러나 제2장을 제외하고는 전연 그 관념이 밖으로는 고개를 내놓지않고 있다. 詩가 하나의 전달방법이라고 한다면, 나는 이런 현상에 불안해진다. 나의 意圖(觀念)를 독자에게도 알리고 싶기 때문이다. 그러나 시를 대하는 나의 眼目이 관념을 시어서 완전히 배제해 버리는 것을 좋다고 생각하는 쪽으로 점점 기울어져 가고 있다. 극단의 경우 시는 넌센스가 되어도 좋은 것으로 생각하고 있다. 그러나 그런 짓을 나는 대담하게 詩에서 하지 못하고 있다. 나의 시의 밸런스는 이러한 모순에 오히려 있는지도 모른다.

『現代詩學』7月호에 내가 잘 모르는 폴 스데라는 사람의 말로 다음과 같은 시에 대한 의견이 나 있었다.

〈가장 높은 철학적인 시에 있어서도 본래의 시적인 매력은 의미 속에 존재하지 않는다. 더욱이 나는 플로베르와 더불어 ≪아무것도 의미하지 않는 아름다운 詩句는 무엇인가를 의미하는 보다 아름답지 않는 詩句보다 낫다≫는 사실을 인정한다. 따라서 나는 어떤 詩句가 無意味하기를 바라는 것이 아니고, 다만 어떤 詩句를 詩的인 것으로 만드는 것은 그 詩句가 표현하는 의미가 아니라는 것을 결론한다.〉

여기서의 〈意味〉는 내가 말하는 관념과 그대로는 통할 수 없는 말이지만, 시에서 〈無意味〉가 차지하는 重量을 잘 지적해 주고 있다고 하겠다. 그러나 시는 다양할 수가 있고, 그 경향이 다양할수록 시의 體格을 튼튼하게 할 것이다. 하나만의 경향을 절대시하는 것은 詩의 샘을 마르게 할 우려가 없지 않다. 나의 시에 대하여는 나의 과제일 것이지만, 나의 기대이기도 하고—보다는 즐거운 기대이기도 하다.

〈處容三章〉에 대하여

1
그대는 발을 좀 삐었지만,
하이힐의 뒷굽이 비칠하는 순간
그대 純潔은
型이 좀 틀어지긴 하였지만,
그러나 그래도
그대는 나의 노래,
나의 춤이다.

2
六月에 失踪한 그대,
七月에 山茶花가 피고
눈이 내리고, 暖爐위에서
酒煎子의 물이 끓고 있다.
西村마을의 바람받이 西北쪽
늙은 홰나무,
맨발로 다려 간 그날로부터 그대는
내 발가락의 티눈이다.

3
바람이 인다. 나무잎이 흔들린다.
바람은 바다에서 온다.
生鮮가게의 납새미 도다리도
시원한 눈을 뜬다.
그대는 나의 지느러미,
나의 바다다.

> 바다에 물구나무 선 아침하늘,
> 아직은 나의 純潔이다.

　處容의 說話와 處容이 읊은 한 曲의 노래와 處容을 모델로 한 또 한 曲의 노래—이런 것들을 材料로 長篇 敍事詩를 구상해 본 것은 벌써 7~8년이나 전이다. 그동안 이 재료를 잊고 있었던 것은 물론 아니다. 뿐 아니라, 2년 전에는 이 재료를 현대의 상황 속에 풀어놓고 長篇小說을 試圖 한 일도 있다. 그 첫머리 약 100枚를 발표까지 하였다.

　고려가요인 「處容歌」에는 處容을 〈羅睺羅處容아비〉라고 하고 있다. 〈羅睺羅〉는 梵語 Rahula의 借音인 듯한데, 그것은 忍苦行의 보살을 의미하는 듯하다. 疫神에게 아내를 빼앗기고도 되려 춤과 노래로 자기를 달랬다는 설화의 주인공을 고려의 불교가 그렇게 받아들이고 命名했다는 것은 당연한 일이다. 그리고 이 處容說話가 실린 『三國遺事』의 著者가 僧一然인 이상 布敎나 說敎의 뜻을 은연중 가미했으리라는 것도 짐작할 수 있다.

　내가 이 재료에 관심을 가지게 된 동기는 윤리적인데 있다. 즉, 惡의 문제—惡을 어떻게 대하고 처리해야 할 것인가에 있었다. 그러나 이 문제는 날이 갈수록 나에게는 벅차기만 하고, 어떤 해결의 실마리조차 쉬이 얻어지지 않았다. 그동안 단편적으로—소설형식으로, 혹은 詩로 표현하여 세상에 내놓은 일은 있다.

　이번의 이 「處容三章」은 각각 독립된 세 편의 詩로 쓰여진 것이다. 물론 거기 어떤 유기적 관련이 없다는 것은 아니다. 處容을 두고 내가 생각해 온 한둘의 생각을(그러니까 同一體의 異質的 面)정리해 본 것이다.

　제1장은 純潔을 잃은 者와 純潔을 빼앗은 者를 함께 놓고 양쪽의 입장을 서로 비교해 보려고 처음에는 생각했던 것이지만, 잘 되어지지가 않아서 지금 모양으로 純潔이 무엇을 의미할 수 있을까 하는 측면으로 각도를 돌렸다. 순결을 잃는다는 것은, 특히 그를 사랑하는 사람에게 커다란 인간적인 고뇌를 안겨 준다. 실상 處容의 아내의 배신은 육체적으로는 조그만한 하나의 事件에 지나지 않는다. 이 시의 제1行부터 제4行까지가 그것을 말하려고 한 것이다. 그러나 제3行과 제4行은 단순히 육체적인 事件만을 지적하여 말한 것이라고는 볼 수

없다. 정신의 아픔이 비유되고 있기도 하다. 마지막 두 行에서 나의 의도는 드러나고 있다고 하겠지만, 이것까지 밝힌다는 것은 詩를 너무 全裸로 벗기는 것이 된다. 그렇게까지 鐵面皮가 되고 싶지는 않다. 다만 한 가지 밝혀둘 것은, 이 마지막 두 行은 괴테의 서정시에서 따온 것이라는 것이다. 이 패러디가 살았는지 죽었는지? 그리고 이 부분은 處容이 아내의 醜行을 목격한 뒤에 취한 행동과 으버랩되지만, 심리적인 차원은 전연 다르다.

제2章은 처음부터 處容을 염두에 두고 쓴 것은 아니다. 제목도 「西村마을의 徐夫人」으로 되어 있었다. 같은 제목의 詩를 한 편 이미 발표한 일이 있지만, 그것의 連作으로 처음에는 쓰여진 것이다. 그러나 이 詩의 주제가 喪失感에 있고, 그것을 단순하게 드러내 놓고 있다고 한다면, 내가 생각한 「西村마을의 徐夫人」(이 詩는 오히려 사회비평적인 냉소적인 요소를 상당히 염두에 둔 것이다)과는 어딘가 어울리지가 않는다. 그래서 이번의 이 제1章과 제3章 사이에 끼어 보니까 훨씬 詩로서 생기를 얻고 있는 듯하다. 이 詩는 草稿 때는 前半部, 즉 제4行까지와 後半部의 순서가 거꾸로 되어 있었다. 어느 쪽이 더 效果的일지? 이 詩에서 드러난 감정은 단순할는지 모르나 技巧面에서는 결코 단순하지가 않았다는 것을 밝혀두는 것은 蛇足이 될까?

제3章의 첫머리는 말라르메의 詩의 1節이 연상되어 좀 어떨까도 했으나 그냥 두기로 했다. 이 부분도 일종 패러디가 될는지? 상처의 治癒를 말하려고 한 점에서 이 詩는 제1章과는 그 意圖가 다르다. 얼른 보아 거의 같은 意圖를 느낄지는 모르나 아주 다르다. 〈바다〉는 물론 상징으로 쓰인 것이고, 〈純潔〉이란 마지막 行에 보이는 낱말은 의도를 설명해 주고 있는 것 같은 느낌이라 내 자신 안심이 안 되기는 하나, 이 낱말을 빼어 버리면 詩의 긴장이 상당히 죽을 것 같기도 하다.

▶ 蛇足

純粹詩 쓰려면 쓸 수 있을 것인데 나는 끝내 그것(순수시)에 안심이 안 된다. 관념은 蒸發하든지 排泄되든지 하여 투명한 어떤 정경만이 원고지 위에 전개되어가는 일에 불안해진다. 그러니까 나의 詩는 비유가 되는 일이 많다. 부

분적으로도 그러하거니와 전체적으로도 그렇다. 이른바 텍처와 스트랙처가 다 그렇다는 말이다. 끝내 휴먼한 것을 떠나지 못한다는 말이 되겠다. 그러나 이 휴먼한 것을 벗어나고 싶은 이를테면 解放되고 싶은 願望은 늘 나에게 있다. 말하자면 꿈과 같은 상태—라고 해도 정확한 기술은 못 된다—즉, 꿈에서 현실적인 의미를 控除해 버린, 그러한 상태 —초현실주의의 어떤 시에서 그런 상태를 본 일이 있다. 한 시인의 관념과 인격과 학식과 경험이 한 줄의 情景 속에 서술적으로 溶解되어 있는 그러한 시를 쓰고 싶으나 되어질 듯하면서 끝내 잘 되어지지가 않는다. 하잘 것 없는(아주 초라한) 설명이 붙거나 한다. 세계와 인생을 情景을 통하여 추구하고 음미하는 것이 아니라, 文字를 통하여 혹은 思辨을 통하여 추구하고 있는지도 모르는 일이다. 한때 폴 발레리를 읽고 깜짝 놀랜 일이 있다. 그의 詩가 순수하지 못했기 때문이다. 도도한 思辨의 大河였기 때문이다. 그는 자기의 詩와 詩論의 틈바구니에 끼여 괴로운 辨明을 하고 있는 듯하나(순수시는 도달해야 할 목표지, 도달할 수는 없는 것으로 치부한다), 순수시는 있다.

　「處容斷章」은 이상과 같은 나의 願望과 나의 實相이 잘 드러나 있을 것으로 생각한다. 이 말은 詩가 잘 되었다든가 못 되었다든가 하는 말과는 아무런 상관이 없는 말이다. 「處容三章」이 詩人으로서의 나의 포인트를 다른 詩人들과의 비교하여 찍어 본다면 그렇다는 이야기에 지나지 않다는 그만 정도의 의미로 한 말이다. 그러나 두말할 것 없이 한 詩人이 자기를 어떻게 인식하고 있느냐 하는 것은 당사자에 있어서는 가볍게 취급될 일은 아니다. 따라서 나는 나대로 언제나 심각해 왔고 지금도 심각하다. 제1章의 이 제5行에,

　　　잘 익은 사과알이 碧空에서 떨어지듯
　　　떨어지는 것은 때로
　　　멋일 수가 있다.

이런 귀절을 揷入했다가 깎아 버린 것이라든지, 그 다음

　　　그대 발목에 繃帶를 감는

ㄴ의 손은
ㄹ러한 손이고 싶다.

이러한 구절까지 삽입했다가 깎아 버린 것은, 이것들이 모두 구차스런 설명이 되겠기 때문이었다. 말하자면, 이러한 귀절들에 나타난 情景들이 지나치게 관념의 노예가 되어 버린 듯한 인상이었기 때문이다. 만약 이러한 귀절들을 처리하지 못했다고 하면 이 詩는 가장 좋지 못한 관념시가 되지나 않았을까 하는 두려움이 있었다. 그리고 의미의 含蓄과 긴장도 관계가 있다고 생각했다. 이런 모양으로 관념의 설명이 詩에서 머리를 들려고 할 때, 나는 최대한으로 警戒를 한다. 詩의 緊張狀態를 위태롭게 하지 않는 한도 내에서 설명을 붙이기도 한다. 이미 말한 바 있는 제3章의 끝머리 〈純潔〉과 같은 낱말이 그 예가 될 것으로 생각한다.

관념이 노출되기 쉬운, 또는 설명을 해야 될 그러한 詩일수록 短形이 되어가는 이유도 이상에서 밝힌 셈이 되겠다. 이런 경향은 오래 전부터 나에게는 있었는 듯하다. 관념적인 경향이 지금보다 훨씬 더 심했던 10수년 전의 詩들을 보면 거의가 평시조 한 首의 字數에 미칠까 말까 한 정도의 것들이다. 그러나 앞으로는 이러한 트레이닝을 졸업하고 보다 더 長形이면서도 詩의 緊張이 흐려지지 않는 大作을 써야 할 것이 아닌가 한다.

處容이 관한 재료는 두고두고 다루어 볼 작정이지만, 원컨대 斷片的이 아닌 한 편의 統一된 長詩를 얻었으면 한다.

〈수박〉에 대하여

네가 뿌리고 간 씨앗은 자라
茱松花가 낮에는 마당을 덮고 있다.
가장 키큰 해바라기 하나는
해가 다 질 때까지
네 있는 쪽으로 머리를 박고 있다.
수박은 잘 익어 살이 연하다.
바다로 눈을 씻고
오늘밤은 반딧불을 보고 있다.

―「수박」

〈意圖의 誤謬〉란 말이 있다. 作者의 의도와 작품에서 독자가 받아들이는 그 작품 자체의 의도와는 다를 수가 있는데, 그것을 달라져서는 안 된다고 우기는 것은 잘못이란 뜻이다. 미국의 신비평가들이 하고 있는 말이지만 이제 너나 할 것 없이 다 알고 있는 말이기도 하다. 독자란 千差萬差의 식별능력을 가지고 있기 때문에 어떤 讀者(批評家)가 자기 작품을 두고 무슨 말을 했다고 하더라도 심한 경우가 아니라면 묵살하는 것이 좋다. 한편, 훌륭한 독자는 작자가 모르고 한 일까지 지적해 주어 작자에게 어떤 암시와 자극을 주는 법이다.

나는 누구에게 긴 편지를 쓰고 싶은 심정이다. 한 15매 정도로 말이다. 그러나 그렇게 길게 쓰자니 자꾸 긴장이 풀어져 가는 듯한 느낌이었다. 누구는 길게 쓰는 것은 정력적이고 짧게 쓰는 것은 체력이나 정신력이 허약해서 그런 것처럼 여기고 있는 듯하지만 내 경험으로는 그렇지가 않다. 짧게 쓰는 것이 더 체력과 정신력을 갉아먹는다. 왜냐하면 내 경우는 처음부터 짧게 쓰는 것이 아니기 때문이다. 처음에는 길게 썼다가 자꾸 깎아내고 보면 몇 줄 안 되는 글이 되고 만다. 길게 쓰는 사람은 길게만 쓰면 되지만, 나는 한 번 길게 썼다가 그 대부분을 깎아 버려야 하기 때문에 그 깎아 버리는 시간만큼 체력과 정력이

소모된다. 이런 일을 해본 사람이면 알 것이다. 나는 되도록이면 침묵하고 싶은지도 모른다. 요설은 내 성미에 안 맞는지, 내 論理에 안 맞는지 모르지만 나에게는 달갑지가 않는 모양이다. 雄辯도 삼가키로 한다. 간결하고 단순한 것—그러나 결과가 이렇게 되기까지에는 복잡한 의식의 과정을 겪어야 한다—에 이르려고 한다. 베토벤보다는 모짜르트를 나는 좋아한다. 모짜르트처럼 나는 때로 일상생활에서 아주 요설적이 되는 수가 있다. 작품에서 깎아 버린 부분을 생활에서 지껄이게 된다. 그러나 생활에서도 되도록이면 말을 적게 하려고 한다. 말을 많이 하다 보면 그것처럼 공허한 일도 없기 때문이다.

　이 시의 장면은 다음과 같다. 내가 지금 바다에 와 있다. 내 생가에 머무르고 있다. 거기서 멀리 떨어져 있는 아내나 누구를 생각하면서 편지를 쓴다. 물론 이것은 실지가 그렇다는 것은 아니다. 허구의 한 장면일 따름이다. 이 허구의 한 장면을 위하여 나는 많은 것을 썼다가 지워 버렸다. 여름 바다의 생태와 그에 따른 내 심리의 陰影을 상대방의 반응을 생각해 가면서 묘사를 지리하게 해갔지만 바다(내 - 이쪽)와 그 反應(너 - 저쪽)에 있어 좀처럼 하나의 對立法에 이르지 못할 것을 깨달았다. 사정없이 깎아 버리고 오히려 바다를 죽이면서 바다를 살리는 방법을 따랐다. 바다가 제 7行에 잠깐 등장할 정도로 바다를 멀리 밀쳐 버리고 말았다. 그러나 이것이 오히려 액센트가 되고 있지 않나, 나는 나대로 그렇게 생각한다.

　「수박」이라는 재목은 좀 당돌한 느낌일는지 모른다. 내가 제목을 이렇게 붙일 때 나 스스로 어떤 장난기를 느낀다. 독자와 더불어 수수께끼풀이 같은 장난을 해보고 싶은 그런 심정이다. 시를 쓰는 재미의 하나, 시를 음미하는 즐거움의 하나가 여기에 있다. 이 당돌한 제목이 한 편의 시 속에서 어떤 작용을 하고 있으며, 어떠한 연상으로까지(시에서는 얼굴을 드러내 놓고 있지 않는) 이끌어 갈 수 있는가? 생각하면 참 즐거운 일이 아닐 수 없다. 제목이 시의 설명이 되어서는 따분하다. 제목도 시의 한 부분이고, 보다는 시 속의 가장 강한 액센트가 되기도 한다. 두말할 것도 없이 시의 리얼리티와 굳게 손을 잡고 있어야 한다.

　이 시에는 다섯 개의 대상이 나오고 있다. 茱松花·해바라기·수박·바다·

반딧불이 그것들이다. 漁村이 곧 연상될 것이다. I.A. 리쳐즈는 시의 의미를 잘못 파악하는 경우를 열 가지나 들고 있는데 그 중의 하나에 〈過去의 記憶에 방해되어 詩의 의미를 잘못 파악하게 되는〉 일이 있다고 한다. 수박을 먹을 때는 대개 여럿이 모여 있게 된다. 그때의 분위기 여하에 따라 오래 기억에 남는 장면도 있고 기억에서 사라져 가는 것도 있다. 이 시는 수박을 중심으로 반딧불과 바다와 해바라기와 茱松花가 모여들고 있다. 잘 익은 수박의 살이 연하다는 味覺에 대한 敍述은 이미 말한 대로 수박이라는 과일을 상이한 몇 개의 情景을 어쩔수 없이 가져오게 한다. 여름의 낮과 밤이 기억 속에서 한 장면의 光體로 떠오르게 된다. 이때 작자는 실제로 수박을 먹고 있지 않아도 된다. 아니, 먹고 있을 필요는 없다. 수박 그 자체가 기억 속에서 떠오른 하나의 光體일 것이니까…… 독자는 이 시의 장면을 독자의 기억에 따라 읽을 것이지만, 따라서 해바라기나 반딧불이 喚起케 하는 感覺이나 情緒의 기억과 어울려 해바라기의 속성에서는 벗어난 연상을 가져오게 한다면(이 시에서는 별로 그런 일은 없겠지만) 이 시를 잘 읽지 못한 것이 된다. 그러나 그러한 착각이나 비약이 그 시보다도 훨씬 더 아름다울 수도 있고, 더 좋은 시가 될 수도 있다. 좋은 독자는 오히려 얼마큼씩 빗나가게 시를 읽는 사람일는지도 모른다. 말하자면 시에서 缺하고 있는 점을 補完해 주는 사람일는지 모른다. 보들레르가 포우를 옳게 읽지 못했다는 것은 매우 多幸한 결과를 가져오기도 했다.

　시를 쓰는 일이 매우 괴로울 때가 있다. 시에 대한 신념, 시를 어떻게 써야 하나에 대한 올바른 자세가 서 있지 않을 때, 말하자면 시에 대한 懷疑를 거듭하고 있을 때 그렇다. 요즘 내 눈에는 모든 시가 다 시로 보이기도 하고 모든 시가 하나같이 시 아닌 것으로 보이기도 한다. 이 회의를 뚫기 위하여 나는 시 그 자체를 써 보려고 한다. 이 詩에도 얼마큼 그런 데가 있다.

덧없음에의 感覺

바람아 불어라,
西歸浦에는 바다가 없다.
남쪽으로 쏠리는
끝없는 갈대밭과 강아지풀과
바람아 네가 있을 뿐
西歸浦에는 바다가 없다.
아내가 두고 간
부러진 두 팔과 멍든 발톱과
바람아 네가 있을 뿐
가도 가도 西歸浦에는
바다가 없다.
바람아 불어라,

— 「李仲燮」

　제주도에는 수년 전에 학생들을 데리고 이른바 수학여행이란 것을 다녀온 일이 있다. 바다의 물빛이 매우 아름답고, 해안선 도처에 깔려 있는 油菜花 꽃밭이 인상적이었다. 濟州市의 어느 다방에서 高씨 姓의 이국적인 풍모를 한 女主人과 釜山을 얘기하면서(그녀는 부산에서 수년을 살면서 내가 알고 있는 부산의 몇 인사들과도 손님으로 사귀고 있었는 듯하다)가벼운 향수를 달래기도 하고, 학생들의 부주의로 類似 실종사건을 빚어 경찰과 보도기관을 긴장케 한 일이 있었을 뿐, 제주도는 기대한 만큼의 관광효과도 별로 거두지를 못했었다. 제주도의 생선은 크기만 했지 맛이 없었다. 생선을 좋아하는 나로서는 이 점에 있어서도 기대 밖이었다.

　西歸浦는 눈여겨 보지도 못했는 듯하다. 깎은 듯한 벼랑이 바다에 뿌리를 내리고 있고 갈매기떼가 한가로이 날고 있었다는 기억뿐이다.(어쩌면 이 기억은 다른 때에 다른 곳에서 본 다른 기억과 엇갈리고 있는지도 모른다). 밀감밭도 내 눈에는 보이지 않았다. 벼랑 위 풀밭에 草屋 한 채 짓고 가보고 싶을 때에 거기서 파도 소리나 들으며 지냈으면 하는 그런 생각을 막연히 해봤는지도 모른다.

뱀 蛇字가 붙은 무슨 굴인가 하는 곳을 다녀오다가 툭 트인 바다를 보게 되어 거기 백설 같은 모래사장에서 한나절을 났다는 기억이 지금 되살아난다. 거기서(모래사장) 보는 물빛은 3층으로 층이 져 있었다. 가장 가까운 곳은 淡綠色, 중간층이 靑色, 가장 먼 곳이(수평선 가까이)짙은 남빛(검은 빛이 도는)이었다. 그야말로 지도의 바다 빛깔을 보고 있는 듯하였다. 나는 고향에서의 어린 시절을 생각하곤 하였는지도 모른다. 나에게 문득 지질학적 감각이 살아났었는지도 모른다. 모래사장에 수없이 깔린 자갈과 조개 껍질의 파편들을 주워 손바닥에 얹어놓고 하염없이 바라보면서 나는 悠久한 시간의 물결에 잠겨 있었는지도 모른다. 내 한 몸의 덧없음과 그 덧없음의 슬픔을 全身으로 느끼고 있었는지도 모른다.

서귀포는 온통 갈대밭이 뒤덮고 있었는지도 모른다. 멀리서 보면 갈대밭 사이로 구름이 몇 점 흐르고 있었는지도 모른다. 그런 느낌이다. 미크로네시아의 열렬하고 슬픈 피(血統)가 서귀포의 어딘가에 서려 있을 것이다.

畵家 李仲燮이 한때 서귀포에서 살았다고 한다. 한국의 화가 중에서는 지질학적 감각 및 구조를 畵面에 보여 준 唯一人者라고 나는 생각하고 있다. 그의 순수와 그의 슬픔은 역사적으로는 효용가치가 없는 것이지만, 지질학적인 어떤 패턴을 간직하고 있다. 따라서 누구의 그것보다도 훨씬 더 견고하고 본질적이다. 地層에 선명하게 드러난 어떤 化石을 보는 듯하다. 그런 덧없음과 덧없음의 슬픔이 순수하게 다가온다. 원천적으로 나는 그를 예술가라고 믿고 있다. 그의 생애 자체가 그것의 좋은 자료이기도 하다. 構造主義(특히 문화인류학이나 사회인류학의 측면에서의)는 이런 형의 예술가들에게서 많은 시사를 받아야 하리라, 그들에게는 文明(歷史)에 대한 감각이 없다. 李仲燮을 素材로 나는 3편의 連作詩를 지금까지 썼다. 이것은 그 중의 하나다.

詩作 노우트

金洙暎

金洙暎은 60년대의 이른바 참여시를 주도한 대표적인 시인이자 시론가이다. 그의 시는 4·19를 경계로 이전의 모더니즘적 경향과 이후의 참여적 민중시로 확연히 구분된다는 것이 통념인데, 여기 수록한 해설들은 주로 참여시 계열 작품들에 대한 것이다.

이 중 〈시작 노우트(2)〉는 구체적인 작품 해설이 아닌, 그의 시적 신념 전반에 걸쳐 단편적으로 피력한 글이다. 〈시 곧 행동〉의 등식을 신념으로 하며, 사후 백년 뒤에 남을 시보다 반년 정도 뒤를 예언할 시를 생각한다는 구절에서 민중시인으로서의 그의 면목을 확인할 수 있다.

1968년 6월 교통사고로 사망(48세)할 때까지 시집 ≪달나라의 장난≫(59), 시선집 ≪거대한 뿌리≫(74), 산문집 ≪시여, 침을 뱉어라≫(75) 등을 남겼다.

詩作 노우트 ①

瀑布

瀑布는 곧은 絶壁을 무서운 기색도 없이 떨어진다

規定할 수 없는 물결이
무엇을 向하여 떨어진다는 意味도 없이
계절과 주야를 가리지 않고
高邁한 精神처럼 쉴사이없이 떨어진다

金盞花도 人家도 보이지 않는 밤이 되면
瀑布는 곧은 소리를 내며 떨어진다

곧은 소리는 소리이다
곧은 소리는 곧은
소리를 부른다

번개와같이 떨어지는 물방울은
醉한 瞬間조차 마음에 주지 않고
懶惰와 安定을 뒤집어놓은 듯이
높이도 幅도 없이
떨어진다

　　살아가기 어려운 세월들이 부닥쳐올 때마다 나는 피곤과 권태에 지쳐서 허
수룩한 술집이나 기웃거렸다.
　　거기서 나눈 우정이며 현대의 정서며 그런것들이 후일의 나의 노우트에 담

겨져 시가 되었다고 한다면 나의 시는 너무나 불우한 메타포의 단편들에 불과
하다.

　우리에게 있어서 정말 그리운 건 평화이고 온 세계의 하늘과 항구마다 平和
의 나팔소리가 빛나올 날을 가슴졸이며 기다리는 우리들의 오늘과 내일을 위하
여 시는 과연 얼마만한 믿음과 힘을 돋구어 줄 것인가.

詩作 노우트 ②

시

행동을 위한 밑받침. 행동까지의 운산(運算)이며 상승. 7할의 고민과 3割의 시의 총화가 행동이다. 한 편의 시가 완성될 때, 그때는 3할의 비약이 기적적으로 이루어질 때인 동시에 회의의 구름이 가시고 태양처럼 해답이 나오고 행동이 나온다. 시는 未知의 정확성이며 후회 없는 영광이다.

과학이 우주정복을 진행하고 있다고 해도 시인은 조금도 놀라지 않는다. 그는 오히려 그의 주변의 쇄사에 만족하고 있을 수 있다. 따라서 시의 제재만 하더라도 세계적이거나 우주적인 것을 탐내지 않아도 될 듯하다. 우리나라의 국내적인 제사건이 이미 충분히 세계성을 띠우고 있기 때문이다. 요즈음 보라. 신문독자들은 우선 국내 기사부터 보고 그 다음에 해외 기사는 매우 요긴치 않은 표정으로 훑어보고 있지 않은가. 이런 새 현상은 4·19를 분수령으로 해서 확 달라졌고, 5·16후에 더 자심해졌다. 시의 서정면도 동일. 우선 우리나라가 가지고 있는 서정을 찾아보자는 경향이 자연히 짙어지고 8·15 후까지도 농후하던 보헤미안적인 기분은 많이 탈피되었다. 이제 우리나라의 시는 어떻게 하면 멋진 세계의 村夫가 되는가 하는 일이다.

시의 형식

나는 시의 형식문제에 대해서 지극히 둔한한다. 나의 경험으로 비춰볼 때 형식은 〈投身〉만 하면 간단히 해결될 수 있는 것이기 때문이다. 형식상의 모방도 있을 수 있는 일인데, 한 가지 주의할 점은 심각하게 모방하면 실패하지만 유쾌하게 모방하면 성공할 수 있다는 것을 알아야 한다. 이와 유사한 소리를 엘리어트가 한 것 같고 또 실천하고 있다고 보는데 엘리어트의 古詩로부터의 인용은 훨씬 의식적인 것이라고 생각된다. 사람마다 모양을 내는 법이 각각 다르지만 나의 취미로서는 모양을 전혀 안내는 것이 가장 모양을 잘 내는 법이라고 생각된다. 물론 5·16 이전의 우리 사회의 통속성에 대한 반발도 있었겠지만 나는 거지꼴을 하고 다니는 것이 퍽 좋았던 것만은 사실인데, 실은 일반사회가 건전하고 소박해야지만 시인도 색깔고운 수건쯤 꽂고 싶은 생각이 들 것이다.

시의 내용

종교적이거나 사상적인 도그마를 시 속에 직수입하고 싶은 충동을 느껴본 일은 없다. 시의 어머니는 어디까지나 언어. 따라서 나는 시의 내용에 대해서 고심해본 일이 없고, 나의 가슴은 언제나 無. 이 無 위에서 파괴와 창조가 동시에 이루어진다. 앞으로 남은 문제는 어떻게 하면 생활을 더 심화시키는가 하는 것. 그러나 다음 작품에 대한 기대는 언제나 어그러진다. 이러한 기대가 어그러질수록 작품의 질은 더 좋아질 수 있는 것이 아닐까. 그렇게 속으면서도 기대는 콘능적으로 생겨나게 마련이고 창조를 위해서는 이 기대란 놈은 우주로케트가 벗어버리는 투껍과 흡사하다.

시어

내가 써온 시어는 지극히 평범한 일상어뿐이다. 혹은 서적어와 속어의 중간쯤 되는 말들이라고 보아도 될 것이다. 古語도 연구해본 일이 없고 시조에 대한 취미도 없다. 어느 서구시인이 시어는 15세까지 배운 말이 시어가 될 것이라고 한 말을 기억하고 있는데, 나의 시어는 어머니한테서 배운 말과 신문에서 배운 時事語의 범위 안에 제한되고 있다.

스승

없다. 국내의 선배시인한테 사숙한 일도 없고 해외시인 중에서 특별히 영향을 받은 시인도 없다. 시집이고 일반서적이고 읽고나면 반드시 잊어버리는 습관이 있어서 퍽 편리하다. 시인이라는, 혹은 시를 쓰고 있다는 의식을 가지고 있는 것처럼 큰 부담이 없다. 그런 의식이 적으면 적을수록 사물을 보는 눈은 더 순수하고 명석하고 자유로와진다. 그런데 이 의식을 없애는 노력이란 똥구멍에 빠질 정도로 무척 힘이 드는 노력이다.

환경

시의 환경을 만들려고 노력하는 친구도 있는 모양 같은데 나는 오히려 그런 친구들을 경멸한다. 시를 쓸 때는 색색이 잉크를 사용하거나 사치스러운 원고지를 쓰거나 해서 기분을 내는 사람도 옛날에는 있었다고 하지만 나는 그런 장난은 해본 일이 없다. 나의 기벽이라면 나는 절대로 원고지에 시의 초고를 쓰지 않는다는 것이다. 대체로 휴지에 가까운 종이에 쓰는 것이 편하고 거의 습관처럼 되어 있다. 한말로 말해서 나의 환경은 지극히 평범하다. 평범한 남편이요, 평범한 아버지요, 평범한 국민이요, 평범한 경제상태요, 평범한 옷차림이요, 평범한 隣人이다.

독자

시의 독자. 가장 곤란한 존재는 피리스틴들이다. 소위 대학교육이나 받았다는 친구들, 시를 쓴다는 친구들, 시를 사모한다는 친구들, 글줄이나 쓴다는 친구들, 이들이 시를 교살하고 있다. 신문사의 문화부, 라디오의 시감상 시간, 하물며 문학지의 편집인들이나 대학의 문학과 선생님들까지. 그리고 시의 월평. 시를 가장 이해한다는 축들이 사실은 밤낮으로 어떻게 하면 시를 가장 합법적으로 독살시킬 수 있을까 하고 구수회의(鳩首會議)를 열고 있다. 그렇지만 그들은 나를 볼 때에는 누구보다도 자기가 가장 많이 시에 대한 이해력을 가지고 있는 것같은 은근한 추파를 던진다. 나도 모르는 나의 시에 대해서까지도.

비평

나는 여지껏 나의 작품에 대해서 정확한 판단을 내린 비평을 본 일이 없다. 거기다가 우리나라의 소위 월평이라는 것이 전부가 한결같이 심미적인 것뿐이다. 우리나라의 비평가들처럼 사회성을 과도히 주장하고 이끈 사람들도 없지만 우리나라처럼 심미적인 시평이 산적한 나라도 세계에 그 유례가 없을 것이다.

그런데 기들이 실천하는 심미주의가 어떠한 것이냐 하는 문제……. 좌우간 시단 월평이라는 것이 10년 동안만 신문이나 잡지에서 완전히 자취를 감춘다면, 나의 생각같아서는 시의 질이 에누리없이 한 백년은 진보할 것같다.

시

아아 행동에의 계시. 문갑을 닫을 때 뚜껑이 들어맞는 딸각소리가 그대가 만드는 시 속에서 들렸다면 그 작품은 급제한 것이라는 의미의 말을 나는 어느 海外詞華集에서 읽은 일이 있는데, 나의 딸각소리는 역시 행동에의 계시다. 들어맞지 않던 행동의 열쇠가 열릴 때 나의 시는 완료되고 나의 시가 끝나는 순간은 행동의 계시를 완료한 순간이다. 이와같은 나의 전진은 세계사의 전진과 보조를 같이한다. 내가 움직일 때 세계는 같이 움직인다. 이 얼마나 큰 영광이며 희열 이상의 狂喜이냐!

예언

시의 예언성. 나는 사후 백년에 남을 시를 쓰려고 노력할 수는 없지만, 작품이 끝난 후 반년 정도의 앞을 예언할 만한 시는 쓰고 싶다.

반년 정도의 예언이지만 여기에도 피해가 많다. 원래가 예언자란 들어맞을 때는 상을 안 주고 안 들어맞을 때는 火刑을 받는다. 아냐 그는 들어맞을 때도 안 들어맞을 때도 한결같이 화형을 당하게 마련이다.

長詩

장시같은 것은 써보려고 한 일도 없다. 시는 되도록 짧을수록 좋다는 것이 나의 지론이고, 장시를 써낼만한 역량도 제재도 없다. 장시를 쓸 바에야 희곡을 쓰고 싶다. 희곡에는 고료가 정해져있지만 장시에는 지정된 고료가 없으니 우선 이것부터 불편하다. 또 우리나라에는 몇매 이상이 장시라는 상식조차도 없다. 얼리어트가 우리나라에서 「황무지」를 발표하였다면 원고료는 역시 잘해야 삼천환밖에는 못 받았을 것이고, 그것도 매우 떳떳하지 못하게 받았을 것이다. 나의 동료 중에는 시의 고료는 일체 받지 않기로 작정하고 있는 드문 미덕을 가진 분도 있어서 나도 한번쯤은 흉내를 내본다 하면서 아직까지는 실행을 해본 일은 한번도 없다.

시를 쓰는 시간

일정하지 않다. 성북동에 셋방살이 할 때 그 집 주인이 李殷相씨와 동경에서 같은 하숙에 있었다고 하면서 씨의 미담을 많이 들려주었는데, 씨는 꼭 밤을 파가면서 詩作을 하였다고 해서 나도 흉내를 내볼까 했는데 한번도 성공해본 일은 없다. 이유는 내가 씨보다 몸이 약한 탓이라고 생각하고 있다. 나의 버릇으로는 술을 마시고난 이튿날 시를 쓰는 기회가 비교적 많았다. 물론 시를 써보려는 불순한 동기로 술을 마신 일은 한번도 없었고 나는 시보다는 술을 더 좋아한다. 술은 우리집 내력이라 아버지는 소주로 돌아갔고 증조할아버니는 마나님이 술을 못 마시게 하느라고 옷을 감추어놓았더니 마나님의 속곳을 입고 나가서 술을 마셔서 별명이 〈베바지〉이었다고 한다. 나한테는 무슨 별명이 붙을지 모르겠다.

詩作 노우트 ③

후란넬 저고리

낮잠을 자고나서 들어보면
후란넬 저고리도 훨씬 무거워졌다
거지의 누더기가 될락말락한
저놈은 어제 비를 맞았다
저놈은 나의 勞動의 象徵
호주머니 속의 소눈깔만한 호주머니에 들은
물뿌리와 담배부스러기의 오랜 親近
의호주머니나 혹은 속호주머니에 들은
치부책노릇을 하는 종이쪽
그러나 돈은 없다
―돈이 없다는 것도 오랜 親近이다
―그리고 그 무게는 돈이 없는 무게이기도 하다
또 무엇이 있나 나의 호주머니에는?
연필쪽!
옛날 추억이 들은 그러나 일년내내 한번도 펴본 기억이 없는
죽은 기억의 휴지
아무것도 집어넣어본 일이 없는 왼쪽 안호주머니
―여기에는 혹시 휴식의 갈망이 들어있는지도 모른다
―휴식의 갈망도 나의 오랜 친근한 친구이다……

　내 시는 〈인찌끼다〉. 이 「후란넬 저고리」는 특히 〈인찌끼〉다. 이 시에는 결
구가 없다. 〈낮잠을 자고나서 들어보면 후란넬 저고리도 훨씬 무거워졌다〉에
基幹的인 이미지가 걸려있기는 하지만 이것이 과연 결구를 무시한 흠점을 커버

해 줄만한 강력한 투영을 가졌는지 의심스럽다. 나는 이 시의 후반은 완전히 절단해버렸고 총 40여행의 초고가 청서를 하고났을 때는 19행으로 줄어 버렸다. 너무 짧아진 것이 아깝고 분해서 고민을 한 끝에 한 행씩 떼가면서 청서를 할까 하다가 너무 장난이 심한 것같아서 그만두었다.

다음에는 〈親近〉이란 말이 세번 나오는데 이것이 두번이 아니고 세번 나오는 게 도무지 불만스럽다. 세번째의 〈나의 오랜 친근한 친구이다……〉는 완전한 타성이다. 도대체 친구면 친근한 것인데 구태여 〈친근한 친구〉라고 불필요한 토를 박은 것이 싱겁다. 이것도 궁여지책으로 〈친구〉를 꼬딕체로 할 까 하다가 비겁한 것같아서 그만두었다.

그러면 이 시의 基幹的인 이미지인 벽두의 제1, 2행 자체는 완전한 것이란 말인가? 그러나 그것도 장담할 수 없다. 맨처음에는 〈낮잠을 자고나서 들어보니/후란넬 저고리도 무거웁다〉로 되어있던 것이, 〈보니〉가 〈보면〉이 되고, 〈무거웁다〉가 〈무거워졌다〉라는 과거로 변하고, 게다가 〈훨씬〉이라는 강조의 부사까지 붙게 되었다. 그러고 보니 이 이미지의 OK 교정이 나왔을 때는 이것은 교정이 아니라 자살이 되고 말았고, 본래의 〈이데아〉인 노동의 찬미는 자살의 찬미로 화해버렸다. 그래서 나는 에스키스의 윗란에다 아래와 같은 낙서를 했다.

更生 變貌 生理의 變更(自己改造) 力 生 自意識의 滅 愛情

그러나 내 시가 그래도 〈인찌기〉인 줄 모르는 〈인찌끼〉 독자들에게 참고로 몇마디 더 해둘 말이 있다. 나의 후란넬 저고리는—정확하게 말해서 후란넬이라는 양복기지—색이 변하지 않는다. 적어도 6년 이상을 입어서 팔뒤꿈치가 허발창이 났는데도 색만은 여전히 푸르다. 그리고 여전히 가벼웁고 여전히 보드럽다. 당신들의 구미에 맞게 속시원히 말하자면 후란넬 저고리는 결코 노동복다운 노동복이 못된다. 부끄러운 노동복이다. 그러면 그런 고급양복을—아무리 누더기가 다 된 것일망정—노동복으로 걸치고 무슨 변변한 노동을 하겠느냐고 당신들이 나를 나무랄 것이 뻔하다. 그러나 당신들의 그러한 모든 힐난 이상으로 소중한 것이 나의 고독, 이 고독이다.

詩作 노우트 ④

敵(二)

저일 피곤할 때 敵에 대한다.
비위의 아량이다
날이 흐릴 때 정신의 집중이 생긴다
敵의 아량이다.

二는 四肢의 관절에 힘이 빠져서
특히 무릎하고 大腿骨에 힘이 빠져서
사람들과
특히 그가 가장 사랑하는 사람과의 관련을 解體시킨다

敵는 쨍쨍한 날씨에 晴朗한 들에
歡樂의 개울가에 바늘돋친 숲에
버려진 우산
忘却의 想起다

聖人은 妻를 敵으로 삼았다
ㅇ 韓國에서도 눈이 뒤집힌 사람들
틈에 끼여사는 妻와 妻들을 본다
오 결별의 신호여

李朝時代의 장안에 깔린 개왓장 수만큼
나는 많은 것을 버렸다
그리고 가장 피로할 때 가장 귀한
것을 버린다

흐린 날에는 演劇은 없다
모든 게 쉰다
쉬지 않는 것으 妻와 妻들뿐이다
혹은 버림받은 愛人뿐이다
버림받으려는 愛人뿐이다
넝마뿐이다

제일 피곤할 때 敵을 대한다
날이 흐릴 때면 너와 대한다
가장 가까운 敵에 대한다
가장 사랑하는 敵에 대한다
偶然한 싸움에 이겨보려고

　　　絶望

風景이 風景을 반성하지 않는 것처럼
곰팡이 곰팡을 반성하지 않는 것처럼
여름이 여름을 반성하지 않는 것처럼
速度가 速度를 반성하지 않는 것처럼
拙劣과 수치가 그들 자신을 반성하지 않는 것처럼
바람은 딴 데에서 오고
救援은 예기치 않은 순간에 오고
절망은 끝까지 그 자신을 반성하지 않는다

　　　敵(一)

우리는 무슨 敵이든 敵을 갖고 있다
敵에도 가벼운 敵도 무거운 敵도 없다
지금의 敵이 제일 무거운 것같고 무서울 것같지만
이 敵이 없으면 또 다른 敵―來日
來日의 敵은 오늘의 敵보다 弱할지 몰라도

오늘의 敵도 來日의 敵처럼 생각하면 되고
오늘의 敵도 來日의 敵처럼 생각하면 되고

오늘의 敵으로 來日의 敵을 쫓으면 되고
來日의 敵으로 오늘의 敵을 쫓을 수도 있다
이래서 우리들은 태평으로 지낸다

　　　　　　·

세계여행을 하는 꿈을 꾸었다. 김포비행장에서 떠날 때 눈을 감고 떠나서, 동경, 뉴욕, 런던, 파리를 거쳐서(꿈 속에서도 동구라파와 러시아와 中共은 보지 못하게 되어있었기 때문에 착륙하지 못했다) 홍콩을 다녀서, 다시 김포에 내릴 때까지 눈을 뜨지 않았다. 눈을 뜬 것은 비행기와 기차와 자동차를 오르내렸을 때뿐, 그리고 호텔의 카운터에서 돈을 지불할 때 뿐 그 이외에는 일절 눈을 뜨지 않았다. 말하자면 나는 한국에서도 볼 수 있는 것만은 보았지만 그 이외의 것을 일절 보지 않았다.

꿈에서 깨어서, 김포에서 내려서 집에 올 때까지의 일을 생각해보았다. 꿈에서와는 달리 나는 여간 마음이 흐뭇하지 않았다. 요컨대 나는 이런 속물이다. 역설의 속물이다.

시에서도 이런 稚氣가 아직 가시지 않고 있다. 여편네를 욕하는 것은 좋으나, 여편네를 욕함으로써 자기만 잘난 체하고 생색을 내려는 것은 稚氣다. 시에서 욕을 하는 것이 정말 욕이 되는 것은 아니지만, 하여간 문학의 惡의 언덕거리로 여편네를 이용한다는 것은 좀 졸렬한 것같은 감이 없다. 이불 속에서 활개를 치거나, 아낙군수노릇을 하기는 싫다. 대개 밖에서 주정을 하는 사람이 집에 들어오면 얌점하고, 밖에서는 샌님같은 사람이 집안에 들어오면 호랑이가 되는 수는 많다고 하는데 내가 그짝이 아닌지 모르겠다.

아무튼 요즘은 집에 들어앉아있는 시간이 많고, 자연히 신변잡사에 취재한 것이 많이 나오게 된다. 그래서 그 반동으로 〈우리〉라는 말을 써보려고 했는데, 하나도 성공한 것이 없는 것같다. 이에 대한 자극을 준 것은 C. 데이 루이스의 시론이고, 《詩文學》지 9월호에 발표된 「미역국」이후에 두어 편가량 시도해 보았는데, 이것은 〈나〉지 진정한 〈우리〉가 아닌 것같다. 엘리어트가 〈나〉도 여러가지 〈나〉가 있다는 말을 어디에서 한 것을 읽은 일이 있는데, 지금의 나의 경우에는 그런 말은 糊塗之策도 되지 못한다. 진정한 해답은 좀더 시간을 두고 기다려봐야겠다. 그런 의미에서는 「잔인의 초」(漢陽지에 발표)가 作爲가 없이 자연스럽게 나온 것 같지만 역시 小品이다.

아직도 한 1, 2년 침묵을 지키고 준비를 갖출만한 환경도 안 되어있고 용기도 부족하다. 한달이나, 기껏해야 두 달의 간격을 두고 쓰는 것이 큰 작품이 나올 수가 없다. 나는 보통 한 달이나 달 반에 한 편은 쓰는 꼴인데, 어쩌다 한달이 못되어서 나오는 작품이 있고, 이런 작품은 후에 보아도 그 무게가 드러난다.

요즘 시론으로는 졸쥐 바타이유의 「文學의 惡」과 모리스 브랑쇼의 「불꽃의 文學」을 일본번역책으로 읽었는데, 너무 마음이 들어서 읽고나자마자 즉시 팔아버렸다. 너무 좋은 책은 집에 두어두고 싶지 않다. 집의 書架에는 古本屋에서도 사지 않는 책만 꽂아두면 된다. 이왕 속물근성을 발휘하려면 二流의 책이나 꽂아두라.

나는 한국말이 서투른 탓도 있고 신경질이 심해서 원고 한 장을 쓰려면 한글사전을 최소한 두어서너 번은 들추어 보는데, 그동안에 생각을 가다듬는 이득도 있지만 생각이 새어나가는 손실도 많다. 그러나 시인은 이득보다도 손실을 사랑한다. 이것은 역설이 아니라 발악이다.

노상 느끼고 있는 일이지만 배우도 그렇고, 불란서놈들은 멋있는 놈들이다. 영국사람들은 거기에 비하면 촌뜨기다. 바타이유를 보고 새삼스럽게 그것을 느낀다. 그러나 당분간은 英美의 시론을 좀더 연구해보기로 하자.

詩作 노우트 ⑤

잔인의 초

한번 잔인해봐라
이 문이 열리거든 아무 소리도 하지 말아봐라
터연히 조그맣게 인사 대꾸만 해두어봐라
마루바닥에서 하든지 마당에서 하든지
하다가 가든지 공부를 하든지 무얼 하든지
말도 걸지 말고—저놈은 내가 말을 걸줄 알지
아까 점심때처럼 그렇게 나긋나긋할 줄 알지
시금치 이파리처럼 부드러울줄 알지
암 지금도 부드럽기는 하지만 좀 다르다
초가 쳐있다 잔인의 초가
요놈—요 어린놈—맹랑한 놈—六학년 놈
이미 없는 놈—생명
나도 나다—잔인이다—미안하지만 잔인이다—
콧노래를 부르더니 그만두었구나—너도 어지간한 놈이다—요놈—죽어라

포기의 소리가 들린 뒤에 시작된다. 〈한번 잔인해봐라〉의 첫 글자, 〈한〉이전에 포기의 소리가 들렸다. 죽음의 총성과 함께 스타트한 詩.

요 시초의 계시가 들리기 전에, 다음과 같은 글이 나의 초고에 적혀 있는 것이 있다—

으리는 아무것도 안하고 체바퀴 속에서 돈다
뜨 다른 머리카락이 튀어든다
그럼 그렇지

殘忍의 末端—용케 내가 서있다
그럼 그렇지
敵은 벌써 저렇게 죽어있다—콧노래를 부르고 있다
殘忍도 絶望처럼 끝까지 그 자신을 반성하지 않는다

　말하자면, 〈한번 잔인해 봐라〉 이전의 말살된 부분이다. 말살의 직접적인 원인은 〈敵〉이라는 낱말과 〈잔인도 절망처럼 끝까지 그 자신을 반성하지 않는다〉이다. 〈敵〉이라는 낱말이 不可한 이유는 이 「敵」이라는 제목으로 된 작품이, 이 「잔인의 초」의 前작품으로, 지난 2개월 내에 두 편 된 것이 있다. 그러니까 다시 이 이미지를 사용하는 것이 시들해졌다. 그리고, 〈잔인도 절망처럼 끝까지 그 자신을 반성하지 않는다〉의 귀절이 불가한 이유는—이것은 좀 복잡하다. 「잔인의 초」전작품이 「敵」이고 「敵」의 전작품이 「절망」이라는 것인데, 이 「絶望」이라는 작품속의 끝줄이 〈絶望은 끝까지 그 자신을 반성하지 않는다〉로 되어 있다. 그런데 「잔인의 초」의 초고의 말살된 부분의 최종행이 〈殘忍도 絶望처럼 끝까지 그 자신을 반성하지 않는다〉로 되어있으니까, 이 다른 두 작품의 비슷한 두 詩行間에는 나의 비밀의 통화가 있다. 아니 이것은 비밀의 통화이기도 한 동시에 비밀의 통화의 공개이기도 하다. 그리고 〈비밀의〉〈공개〉는 자살을 뜻한다. 그것은 〈절망〉을 죽이고 지금 진행되는 작품(즉, 「잔인의 초」가 되려다가 만것—그러나 「잔인의 초」라는 제목은 먼저 붙인게 아니라, 작품을 다 쓴 뒤에 붙인 제목이고, 나는 작품의 제목에 대해서는 그다지 신경을 쓰지 않는 사람이다)을 죽이고 나 자신을 죽인다. 아니 죽여야 한다. 그런데 이 초고의 詩行, 〈殘忍도 절망처럼……〉은 나 자신을 죽이지 못했다.

　여기에서 막혀서 고민하고 있는 나를 구제해 준 것이 이웃집에서 공부하려 오는 6학년 놈이다. 이 6학년 놈은 자기 집이 시끄럽다고 저녁 6시부터 9시까지 우리집에 와서 공부를 하다가 가는, 우리 여편네의 사업관계의 친구의 조카뻘 되는 아이이다. 이놈이 들어왔다. 나는 또 난도질을 당한다. 난도질의 난도질이다. 포기의 소리는 이때 들렸다. 엄격히 말하자면 이것도 포기를 포기하라는 소리, 포기의 포기다. 포기의 포기의, 또 포기가 되고 그 뒤에 〈……또 포기〉가 무수히 계속될 수 있는 마지막 포기다. 이것을 金春洙같은 사람은 〈역설)이라구 간단히 말해버리지만 그는 현대에 있어서의 역설의 진정한 의미를 모른다. 역설의 현대적 의미를 아는 사람이 우리 評壇에는 한 사람도 없다. 내가 보기에는 직접 문예평론은 안했지만 이것을 알고 있는 건 죽은 朴琦俊이 정도였다.

그러나 나는 이 「잔인의 초」에 대해서는 사실 자신이 없다. 이 작품은 지옥에서 천사를 만난 것처럼 일사천리로 써갈겼다. 약간 막힌 곳은 12행의,

어미 없는 놈—생명

의 〈생명〉에서 하고, 맨 끝줄의 〈죽어라〉 뿐이다. 그리고 〈생명〉보다도 〈죽어라〉에서 좀더 오래 망설인 것 같다. 그리고 〈죽어라〉의 뒤에 또 한 2행가량(가량이라고 한 것은 이 말살된 2행 이외에 〈……이 시를쓰고나서〉 운운의 전혀 알아볼 수 없는 말살된 글자가 몇 자 더 있기 때문이다)이 있는데, 이것은 상당히 망설인 끝에 지워버렸다. 그리고 〈생명〉과 〈죽어라〉를 對峙시키려는 內心이 있었다. 이것으로 이 작품의 리얼리즘의 뼉 본을 삼으려는 음흉한 내심이 있었다. 내가 싫은 것은 이것이다. 이 공리성이 싫다. 그러나 풋나기 평론가들과 나의 敵들은, 사실은 나를 보고 이 공리성이 모자란다고 탓하고 있는 것이다. 말하자면 나의 작품에는 〈詩〉가 없다는 것이다. 그리고 나는 〈대담한〉〈試圖〉를 하고 있다는 것이다. 이 〈시도〉라는 말이 얼마나 의미심장한 말인가! 그리고 이 〈시도〉라는 말이 우리 평단에서는 얼마나 헤프게 씌어지고 있는가. 아무래도 이것은 선의의 낱말은 아닌 것같다. 미안하지만 나는 좋은 의미에서나 나쁜 의미에서나 시도를 하고 있다는 생각이 없다. 이것이 이 작품으로 됐느냐 안됐느냐 그것 뿐이다.

이 「잔인의 초」는 나의 최신작이다. 아직 運算의 시기가 미흡하다. 그러나 나는 이 미흡한 시간 동안이 가장 행복하다. 작품이 되었는지 안되었는지 모르는 이 불안의 시간은 나의 궁극의 용기를 필요로 한다. 하지만 이 궁극의 용기도 지나친 용기가 되어서는 안된다.

몇년 전의 「만용에게」라는 제목의 작품을 쓴 것이 있는데, 생명과 생명의 대

치를 취급한 주제면에서나, 호흡면에서나, 이 「잔인의 초」는 그 작품의 계열에 속하는 것이라고 생각된다. 너와 나는 〈牛牛〉이라는 의미의 말이 그 「만용에게」의 모티브 비슷하게 되어있는데 그러한 1대 1의 대결의식이 이 「잔인의 초」에도 들어있다. 그리고 「만용에게」를 쓰고나서 이 대결의식이 마야꼬프스끼의 「새로 1시에」라는 작품에서 온 것이라고 생각했는데 이 「잔인의 초」에서 무의식 중에 그것이 또 취급된 것을 보니 그것은 아무래도 나의 본질에 속하는 것 같고 시의 본질에 속하는 것같다.

그러나, 물론 이런 대결의식이 시의 본질에 속한다고 해서 이 「잔인의 초」가 성공을 했다는 말은 아니다. 「만용에게」와 비교해볼 때, 이 작품은 리얼리즘의 냄새가 상당히 엷게 되었다. 공리성이 상당히 희박해졌다. 성공이라면 이런 점이 성공이다. 불안의 책임—이제 나는 이 책임을 정면으로 지고 혹은 딛고 일어설 단계에 와있다.

이 「잔인의 초」는 나의 가장 아끼는(출판사에서 〈가장 아끼는 자작시 한 편〉이라고 요구한 것은 나의 해석으로는 가장 자신있는 시라는 뜻으로 생각되지만) 작품도 아니고 가장 자신있는 작품도 아니고, 가장 불안한 작품도 아니다. 다만 가장 최근에 쓴 작품이기만 할 뿐이다. 「잔인의 초」의 〈초〉는 醋, 즉 식초의 뜻이라는 것을 노파심에서 적어둔다.

詩作 노우트 ⑥

이　韓國文學史

지극히 시시한 발견이 나를 즐겁게 하는 야밤이 있다
오늘밤 우리의 現代文學史의 변명을 얻었다
이것은 위대한 힌트가 아니니만큼 좋다
또 내가 〈시시한〉발견의 偏執狂이라는 것도 안다
중요한 것은 야밤이다

우리는 여지껏 희생하지 않는 오늘의 문학자들에 관해서
너무나 많이 고민해 왔다
金東仁 朴勝喜같은 이들처럼 私財를 털어넣고
文化에 헌신하지 않았다
金裕貞처럼 그밖의 위대한 선배들처럼 거지짓을 하면서
소설에 골몰한 사람도 없다……

그러나 덤삥出版社의 二十원짜리 나 二十원 이하의 고료를 받고 일하는
十四원이나 十三원짜리 번역일을 하는
불쌍한 나나 내 부근의 친구들을 생각할 때
이 죽은 순교자들을 어떻게 생각해야 하나
우리의 주위에 너무나 많은 순교자들의 이 발견을
지금 나는 하고 있다.

나는 광휘에 찬 新現代文學史의 詩를 깨알같은 글씨로 쓰고 있다
될수만 있으면 독자들에게 이 깨알만한 글씨보다 더
작게 써야 할 이 고초의 時期의
보다더 작은 나의 즐거움을 피력하고 싶다

덤삥出版社의 일을 하는 이 無意識大衆을 웃지 마라
지극히 시시한 이 발견을 웃지 마라
비로소 충만한 이 韓國文學史를 웃지 마라
저들의 고요한 숨길을 웃지 마라
저들의 무서운 放蕩을 웃지마라
이 무서운 浪費의 아들들을 웃지 마라

H

H는 그전하곤 달라졌어
내가 K의 詩애기를 했더니 욕을 했어
욕을 한 건 그것뿐이었어
그건 그의 인사였고 달라지지 않은 것은 그것뿐
그밖에는 모두가 좀 달라졌어

우리는 격하지 않고 얘기할 수 있었어
훌륭하게 훌륭하게 얘기할 수 있었어
그의 약간의 誤謬는 문제가 아냐
그의 誤謬는 꽃이야
이 무엇이라고 말할 수 없는 나라의 首都의
한복판에서

우리는 그 또 한복판이 되고 있어
그도 이 寬容을 알고 이 마지막 寬容을 알고 있지만
吟味癖이 있는 나보다는 덜 알고 있겠지
그러니까 그가 나보다도 아직까지는 더 순수한 폭도 되고
우리는 월남의 중립문제니 새로 생긴다는 혁신정당 얘기를
하고 있었지만
아아 비겁한 민주주의여 안심하라
우리는 정치 얘기를 하고 있었던 게 아니야

우리는 조금도 흥분하지 않았고
그는 그전처럼 욕도 하지 않았고
너찻값까지 합해서 百원을 치르고 나가는
그의 표정을 보고
나는 그가 필시 속으로는 나를 포기하고
있다는 것을 알았어

그는 그전하곤 달라졌어
그는 이제 조용하게 나를 경멸할 줄 알아
석달전에 결혼한 그는 그전하고 모두가 좀 달라졌어
그리고 그가 경멸하고 있는 건 나의
정치문제뿐이 아냐

눈

눈이 온 뒤에도 또 내린다
성각하고 난 뒤에도 또 내린다
응아 하고 운 뒤에도 또 내릴까
한꺼번에 생각하고 또 내린다
한줄 건너 두줄 건너 또 내릴까
廢墟에 廢墟에 눈이 내릴까
There is no hope of expressing my
vision of reality. Besides if I did,
it would be hideous something to
look away from

내 머리는 쟈꼬메띠의 이 말을 다이어먼드와 같이 둘러싸고 있다. 여기서
hideous의 뜻은 몸서리나도록 싫다는 뜻이지만, 이것은 가령〈보이지 않는다〉
라는 뜻으로 해석하여 to look away from을 빼버리고 생각해도 재미있다. 나

를 비롯하여 凡百의 사이비 시인들이 기뻐할 것이다. 나를 비롯하여 그들은 말할 것이다. 나는 말하긴 했지만 보이지 않을 것이다. 보이지 않으니까 나는 진짜야, 라고. 이에 대해 심판해줄 자는 아무도 없다. 貞洞의 지방법원에 가서 재판을 받는 것과 비슷하다. 말도 되지 않는다. 그 증거로는 신문사의 新春文藝應募作品이라는 엉터리 시를 500편쯤 꼼꼼히 읽은 다음에 그대의 시를 읽었을 때와, 헤세나 릴케 혹은 로예스키의 명시를 읽은 다음에 그대의 시를 읽었을 때와는 그대의 작품에 대한 인상·감명은 어떻게 다를 것인가. 그대는 발광해 버릴 것이다. 그러나 이 발광을 노래하라.

오즘 보브왈의 「他人의 피」를 읽으면서 그 중에서 가장 감격한 문구는 이것이다.

> 요 몇해 동안 마르세르는 生活을 위한, 他人의 눈을 즐겁게 해주는 그런 그림을 그리는 일을 중지해버렸다. 그는 참된 創造를 하고싶어 했다……

이것을 읽고 그대는 말라르메와 간조를 상기할 것이다. 이런 때에는 너무나 많은 想念이 한꺼번에 넘쳐나와 난처하다. 나는 자본주의보다도 妻와 출판업자가 더욱 싫다. 그대는 사실주의적 문체를 터득했을 때 비로소 비사실에로 해방된다. 웃음이 난다. 이 웃음의 느낌. 이것이 양심일 것이다. 나는 또 쟈꼬메띠에게로 돌아와버렸다. 마라르메를 논하자. 독자를 무시하는 詩. 마랄르메도 독자를 무시하지 않았다―단지 그만이 독자였었지 않았느냐는 저 수많은 평론가들의 정석적인 이론에는 넌더리가 났다. 제기랄! 정말로 독자를 무시한 시가 있다. 콕토類의 분명히 독자를 의식한 아르르칸의 시도―즉 속물주의의 시도―독자를 무시하는 시가 될 수 있는 성공적인 경우가 있다. 그러나 정말 독자를 무시한 시는 불성실한 시일 것이다. 침묵의 한 걸음 앞의 시. 이것이 성실한 시일 것이다.

나는 이 詩노우트를 처음에는 Susan Sontag의 「스타일의 論」을 抄譯한 아카데믹한 것을 쓰려 했다. 그리고는 쓰지 않으려고 했다. 다시 Sontag를 抄譯하려고 했다. 그러나 Sontag가 싫어졌다. 게다가 잊어버렸다. Sontag의 「스타일 論」은 한마디로 말한다면 Style is the Soul이다. Mary McCarthy는 이를 Style-non style이라 말하고 있다. 나는 번역에 지나치게 열중해 있다. 내 시의 비밀은 내 번역을 보면 안다. 내 시가 번역냄새가 나는 스타일이라고 말하지 말라. 비밀은 그런 천박한 것은 아니다. 그대는 웃을 것이다. 괜찮아. 나는 어떤 비밀이라도 모두 털어내보겠다. 그대는 그것을 비밀이라고 생각할 것이다. 그것이 그대의 약점이다. 나의 진정한 비밀은 나의 생명밖에는 없다. 그리고 내가 참말로 꾀하고 있는 것은 침묵이다. 이 침묵을 지키기 위해서라면 어떤 희생을 치르어도 좋다. 그대의 박해를 감수하는 것도 물론 이 때문이다. 그러나 그대는 근시안이므로 나의 참뜻이 침묵임을 모른다. 그대는 기껏 내가 일본어로 쓰는 것을 비방할 것이다. 친일파라고, 저어널리즘의 적이라고. 얼마 전에 小山@@子(고야마 이도꼬)가 왔을 때도 한국의 잡지는 기피했다. 여당의 잡지는 야당과 학생데모의 기억이 두려워서, 야당은 야당의 대의명분을 지키기 위해서. 東亞日報라면 전통 때문이라고 할 것이다. ≪思想界≫지도 사장의 명분을 위해서. 이리하여 排日은 완벽이다. 군소리는 집어치우자. 내가 일본어를 쓰는 것은 그러한 교훈적 명분도 있기는 하다. 그대의 비방을 초래하기 위해서이기도 하다. 그러나 인기 때문만은 아니다. 어때, 그대의 機先을 제하지 않았던가. 이제 그대는 일본어는 못 쓸 것이다. 내 다음에 사용하는 셈이 되니까. 그러나 그대에게 다소의 기회를 남겨주기 위해 일부러 나는 서투른 일본어를 쓰는 정도로 그쳐두자. 하여튼 나는 해방 후 20년만에 비로소 번역의 수고를 덜은 문장을 쓸 수 있었다. 독자여, 나의 휴식을 용서하라.

그러나 생각이 난다. T.S. 엘리어트가 시인은 2개 국어로 시를 쓰지 말아야 한다고 말한 것을. 나는 지금 이 노우트를 쓰는 한편 李箱의 일본어로 된 시 「哀夜」를 번역하고 있다. 그는 2개 국어로 시를 썼다. 엘리어트처럼 조금 쓴 것이 아니라 많이 썼다. 이것을 어떻게 생각해야 할 것인가. 내가 불만스럽게 생각하는 것은 이상이 일본적 서정을 일본어로 쓰고 조선어 서정을 조선어로 썼다는 것이다. 그는 그 반대로 해야 했을 것이다. 그는 그렇게 할 수 있었을 것이다. 그러함으로써 더욱 철저한 역설을 이행할 수 있었을 것이었다. 내가 일본어를 사용하는 것은 다르다. 나는 일본어를 사용하고 있는 것이 아니라 妄靈을 사용하고 있는 것이다. 아무도 사용하지 않는 것에도 동정이 간다. 그것도 있다. 순수의 흉내, 그것도 있다. 한국어가 잠시 싫증났다, 그것도 있다. 일본어로 쓰는 편이 편리하다, 그것도 있다. 쓰면서 발견할 수 있는 새로운 현상의 즐거움, 이를테면 옛날 일영사전을 뒤져야 한다, 그것도 있다. 그러한 변모의 발견을 통해서 시의 레알리떼의 변모를 자성하고 확인한다(쟈꼬메찌적 발견), 그것도 있다. 그러나 가장 새로운 집념은 상이하게 되는 것이 아나라 동일하게 되는 것이다. 약간 빗나간 인용처럼 생각키울지 모르지만 보브왈 가운데에 이러한 一節이 있다.

「쁘띠 블의 패들은 모두 獨創的으로 되려는 버릇이 있다.」라고 보올이 말했다. 「그것이 역시 서로 닮는 방식이라는 것을 모르고 있어.」그는 차근차근히 또한 기쁜듯이 자기 생각을 되풀이하고 있었다.
「勞動者는 獨創性같은 건 문제삼지도 않고 있어. 나는 내가 그치들과 닮아 있다고 느끼는 것이 오히려 기쁜단 말이야.」

발뺌을 해두지만 나는 정치사상을 이야기하고 있는 것은 아니다. 시의 스타일에 관해 이야기하고 있는 것이다. 相異하고자 하는 작업과 心勞에 실증이 났을 때, 동일하게 되고자 挺身의 용기가 솟아난다. 이것은 뱀 아가리에서 빛을 빼앗는 것과 흡사한 기쁨이다. 여기 게재한 3편 중에서 「눈」이 그것이라고 생각된다. 이 시는 〈廢墟에 눈이 내린다〉의 八語로 충분하다. 그것이 쓰고 있는 중에 쟈꼬메띠적 변모를 이루어 六行으로 되었다. 만세! 만세! 나는 언어에 밀착했다. 언어와 나 사이에는 한 치의 틈사리도 없다. 〈廢墟에 廢墟에 눈이 내릴까〉로 충분히 〈廢墟에 눈이 내린다〉의 宿望을 달했다. 낡은 형의 시이다. 그러나 낡은 것이라도 좋다. 혼용되어도 좋다는 용기를 얻었다. 완전한 희생. 아니 완전한 희생의 한 걸음 앞의 희생. 독자여, 우쭐거려 미안하다. 그러나 내가 의외로 〈낡은 것〉만은 확실하다. 이 시에서도, 그밖의 시에서도 나는 알렌 테이트의 시론을 충실히 지키고 있다. tenison의 시론이다. 그러나 그의 시론은 검사를 위한 시론이다. 수동적 시론이다. 眞僞를 밝히는 도구로서는 우선 편리하지만 위대성의 여부를 자극하는 발동기의 역할은 못한다. 이것은 시론의 숙명이다. 이런 때는 시를 읽는 게 최상이다. 예를 들자면 보들레르의 「고양이」를 읽어보라, 「파리의 憂鬱」도 「고양이」도 둘 다 모두 tenison의 시론의 두레박으로 퍼낼 수 있지만, 「고양이」는 「파리의 憂鬱」보다도 팔이 아프도록 퍼내지 않으면 바닥이 보이지 않는다.

독자여, 시의 이야기를 생각하면서 지금 비로소 내가 이것을 일본어로 쓰는 진정한 의의를 발견한 것을 끝으로 보고하지 않으면 안된다. 나는 詩노우트를 쓰기가 쑥스러운 것이다.

※ : 이 詩노우트의 원문은 英字와 고딕(한국어로 되었음) 부분을 제외하고는 일본어로 씌어진 것인데 독자의 편의를 생각해서 잡지에 발표할 때 잡지사측에서 우리말로 옮겨 실었던 것이라 함.

詩作 노우트 ⑦

풀의 影像

고민이 사라진 뒤에
이슬이 앉은 새봄의 낯익은 풀빛의 影像이
떠오르고 나서도
그것은 또 한참 시간이 필요했다
　　시계를 맞추기 전에
　　라디오의 時鐘이 나오기를 기다리는 것처럼
　　안타깝다

봄이 오기 전에 속옷을 벗고 너무 시원해서 설워지듯이
성급한 우리들은 이 발견과 실감 앞에 서럽기까지도 하다
　　전 아시아의 후진국 전아프리카의 후진국
　　그 섬조각 반도조각 대륙조각이
　　이 발견의 봄이 오기 전에 옷을 벗으려고
　　뚜껑을 열렸다 닫히는 소리

라디오의 時鐘을 고하는 소리 대신에 西道歌와
牧師의 열띤 설교소리와 심포니가 나오지만
　　이 소음들은 나의 푸른 풀의 가냘픈
　　影像을 꺾지 못하고
　　그 影像의 전후의 苦憫의 歡喜를 지우지 못한다

나는 옷을 벗는다 엉클 쌤을 위해서
아시아와 아프리카의 무거운 겨울옷을 벗는다.
　　겨울옷의 影像도 충분하다 누더기 누빈 옷

　　가죽옷 융옷 솜이 몰린 솜옷……
그러다가 드디어 나는 越南人이 되기까지 했다
엉클 샘에게 학살당한
越南人이 되기까지도 했다

　　엔카운터誌

빌려드릴 수 없어. 작년하고도 또 틀려.
눈에 보여. 냉면집 간판 밑으로—육개장을 먹으러—
들어갔다가 나왔어—모밀국수 전문집으로 갔지—
매춘부 젊은애들, 때묻은 발을 꼬고 앉아서
유부우동을 먹고 있는 것을 보다가 생각한 것
아냐. 그때는 빌려드리려고 했어. 寬容의 미덕—
그걸 할 수 있었어. 그것도 눈에 보였어. 엔카운터 속의 이오네스꼬까지
도 희생할 수 있었어. 그게 무어란 말이야. 나는 그 이전에 있었어. 내 몸.
빛나는 몸.

　　그렇게 매일 믿어왔어. 방을 이사를 했지. 내 방에는 아들놈이 가고 나
는 식모아이가 쓰던 방으로 가고. 그런데 큰놈의 방에 같이 있는 가정교사
가 내 기침소리를 싫어해. 내가 붓을 놓는 것까지 자리에서 일어나는 것까
지 문을 여는 것까지 알고 防禦作戰을 써. 그래서 안방으로 다시 오고, 내
가 있던 기침소리가 가정교사에게 들리는 방은 도로 식모아이한테 주었지.
그때까지도 의심하지 않았어. 책을 빌려드리겠다고. 나의 모든 프라이드를
재산을 연장을 내드리겠다고.

　　그렇게 매일을 믿어왔는데, 갑자기 변했어. 왜 변했을까. 이게 문제야.
이게 내 고민야. 지금도 빌려줄 수는 있어. 그렇지만 안 빌려줄 수도 있어.
그러나 너무 재촉하지마라. 이 문제가 해결되기까지 기다려봐. 지금은 안
빌려주기로 하고 있는 시간야. 그래야 시간을 알겠어. 나는 지금 시간과
싸우고 있는 거야. 시간이 있었어. 안 빌려주게 됐다. 시간야. 시간을 느꼈
기 때문야. 시간이 좋았기 때문야.

시간은 내 목숨야. 어제하고는 틀려졌어. 틀려졌다는 것을 알았어. 틀려져야겠다는 것을 알았어. 그것을 당신한테 알릴 필요가 있어. 그것이 책보다 더 중요하다는 걸 모르지. 그것을 이제부터 당신하테 알리면서 살아야겠어—글게 될까? 되면? 안되면? 당신! 당신이 빛난다.
　우리들은 빛나지 않는다. 어제도 빛나지 않고,
　오늘도 빛나지 않는다. 그 연관만이 빛난다.
　시간만이 빛난다. 시간의 인식만이 빛난다.
　시간만이 빛난다. 시간의 인식만이 빛난다.
　빌려주지 않겠다. 빌려주겠다고 했지만
　빌려주지 않겠다. 야한 선언을
　하지 않고 우물쭈물 내일을 지내고
　모레를 지내는 것은 내가 약한 탓이다.
　야한 선언은 안해도 된다. 거짓말을 해도 된다.

　안 빌려주어도 넉넉하다. 나도 넉넉하고,
　당신도 넉넉하다. 이게 세상이다.

電話 이야기

　여보세요, 앨비의 아메리칸 드림예요. 절망예요.
　八월달에 실려주세요. 절망에서 나왔어요.
　모레면 다 돼요. 二백매예요. 特種이죠.
　머리속에 特種이란 자가 보여요 여편네하고 싸우고 나왔지요. 순수하죠. 앨비 말예요.
　살롱 드라마이지요. 半島호텔이나 朝鮮호텔에서
　공연을 하게 돼요. 절망의 여운이예요.
　미해결이지요. 좋아요. 만족입니다.
　新聞會館 三층에서 하는 게 낫다구요. 아네요. 거기에는 냉방장치가 없어요. 장소는 二백명가량
　수용될지 모르지만요. 절망의 연료가 모자

란다구요. 그래요! 半島호텔같은 데라야
미국놈들한테서 입장료를 받을 수 있지요.
여편네하고는 헤어져도 되지만, 아이들이
불쌍해서요, 미해결예요.

코리안 드림이라구요. 놀리지 마세요.
아이놈은 자구 있어요. 구원이지요. 나를
방해를 안하니까요. 절망의 물방울이
된 거지요.
내주신다면, 당신의 잡지의 八월호에 내주신다면,
특종이니깐요, 극단도 좋고, 당신네도
좋고, 번역하는 사람도 좋고, 나도 좋은 일을
일을 하는 폭이 되지요.
앨비에요, 앨비에요, 에이 엘 삐 이 이. 네.
그래요. 아아, 그렇군요.
네에, 그러실 겁니다. 아뇨. 아아, 그렇군요.
이런 전화를, 번역하는 친구를 옆에 놓고
생색을 내려고, 하고나서, 그 訃告를
그에게 전하고, 그 무지무지한 騷亂 속에서
나의 소란을 하나 더 보탠 것에 만족을
느낀 것은 절망에 지각하고 난 뒤이다.

　騷音에 대해서 한 편의 논문은 너끈히 쓸 수 있을 것 같다. 소음이라면 너무
점잖다. 시끄러운 것이다. 시끄럽다는 것도 추상적이다. 우리집 바로 옆의 철
창 만드는 공장의 땜질하는 소리다. 이 공장이 무허가로 선 지가 자유당 말기
때니까 여러해 된다. 그동안에 소음의 철학을 얻었다. 소음에 초연할 수 있는
사람은 참 드물다. 땜질하는 소리는 매미 우는 소리보다 좀더 큰데, 그것이 계
속적으로 들리기 대문에 골치가 아프다. 여름에는 바깥 창문을 열어놓기 때문
에 더 크게 들린다. 지잉―지이일―지이이잉―잉잉잉. 이 소리가 나면 문학하

지 말라는 소리로 들어야 한다. 이 소리를 듣고도 안 들릴만한 글을 써야 한다.

나의 시 속에 饒舌이 있다고들 한다. 내가 소음을 들을 때 소음을 죽이려고 요설을 한다고 생각해주기 바란다. 시를 쓰는 도중에도 나는 소음을 듣는다. 한 1초나 2초가량 안 들리는 순간이 있을까. 있다고 하기도 없다고 하기도 말하기 어려운 문제다. 이것을 말하면 〈문학〉이 된다. 그러나 내 시 안에 요설이 있다면 〈문학〉이 있는 것이 된다. 요설은 소음에 대한 변명이고, 요설에 대한 변명이 〈문학〉이 된다고 말할 수 있다. 「詩노우트」같은 것을 원수같이 생각하는 이유가 여기 있다.

그들은―그들이란 출판업자나 잡지편집자나 신문기자들―우리들이 얼마큼 시를 싫어하는지를 모른다. 공연히 겸손해서 하는 말로 생각하고 있다. 현대의 작가들은 자기들의 문학을 불신한다는 까뮈의 선언은, 시를 절대적으로 현대적이어야 한다는 랭보의 말만큼 중요하다. 이것이 오늘의 척도다. 그러나 이런건 말로 하면 싱겁다. 그냥 혼자 알고 있으면 된다. 이런 고독을 고독대로 두지 않기 때문에 〈문학〉이 싫다는 것이다. 침묵은 履行(enforcement)이다. 이 이행을 용서하지 않는다. 이오네스꼬는 이것을 〈미친 文明〉이라고 규탄하고 있다. 좀 비약이 많은 것을 용서해준다면, 나에게 있어서 소음은 훈장이다. 그래도 수양이 모자라는 나는 글쓰는 친구들이 우리집에 간혹 놀러와서 너의 집도 조용하지 않구나 하는 소리를 하면 본능적으로 부끄러워진다. 불안해지는 것이다. 역시 내 머릿속에는 내가 글쓰는 사람이라는 선입견이 뿌리깊이 들어있는 모양이다. 아직도 나는 이 정도로 허영이 있고 속물이다.

「電話이야기」에 나오는 〈절망에 지각〉한다는 말은 이런 속물의 변명이다. 글을 쓰는 것과 돈벌이를 혼돈하지 않은 지이드같은 문인에 대한―즉 돈에 대한―선망은 피상적이다. 글을 써서 돈을 벌 필요가 없을만큼 돈이 있다 해도 편안하지 않을 것이다. 그 돈은 어디서 생겼는가? 누가 어떻게 해서 번 것인가? 그러니까 역시 글을 써서 돈벌이를 하면서, 글을 써서 돈벌이를 하는 자기 자신과 싸워가는 수밖에 없다. 요는 휴식을 바라서는 아니되고, 소음이 그치는 것을 바라서는 아니된다. 싸우는 중에, 싸우는 한가운데에서 휴식을 얻는다. 이 말도 말로 하면 싱겁게 된다.

「엔카운터誌」중의 스피이커소리는 〈엉클 쌤에게 학살당한 越南人〉이다. 로 버트 프로스트의 시론에 이런 말이 있다. 『More than once I should have lost my soul to radicslism if it had been the originality it was mistaken for by its young converts.』나도 이런 과오를 많이 저지른 셈이다. 그러나 그렇다고 앞으로 이런 과오를 다시 저지르지 않겠다는 장담은 할 수 없고, 그런 과오를 더 저지르게 될 것을 두려워하지도 않는다. 어떻게 하겠다, 이런 말이 시의 제작에서는 일체 통하지 않기 때문이다. 다만 프로스트가 말한 이런 말은 기억해둘 필요가 있다. 『For myself the originality need be no more than the freshness of a poem run in the way I have described: from delight to wisdom.』여기에서 〈喜悅에서 知慧로—라는, 내가 말한 방식으로〉가 어떤 방식인지는 그의 시론의 앞부분을 읽어보지 않은 독자에게는 이해가 안 가겠지만, 그런 독자는 〈신선(freshness)〉이라는 말만 보아두면 된다. 여기의 〈신선〉이라는 것이 감각적인 의미가 아닌 것은 물론이다. 시에 있어서의 진정한 신선은 직관과 감동이 분리되지 않은 신선이다. 그때에 그것이 독창적인 것이 될 수 있다.

나는 아직도 나의 詩論을 전개할 만할 준비가 되어있지 않다. 나의 運算은 내 작품을 검토하기 위한 것인데 시론을 꾸밀만한 주밀한 운산이 되어 있지 않다. 시론도 문학이다. 그런데 나의 운산은 침묵을 위한 운산이 되기를 원하고, 그래야지만 빛이 난다. 시론이 빛이 나는 것이 아니라 시가 빛이 난다. 이런 말도 해서는 아니되는 말이다.

하나 더 프로스트의 말을 인용하면, 이런 것이 있다. 『Our problem is, as modern abstractionists, to have the wildness pure; to be wild with nothing to be wild about.』이런 말을 「풀의 影像」의 스피이커 소리에 적용해 볼 때. 어떨까? 독자 여러분의 감정을 바랄 뿐이다.

그러나 아직도 나는 떠있다. 가라앉아 있지 않다. 문학에 시에 진정으로 절망하고 있지 않다. 진정으로 절망해야겠다는 것조차가 벌써 야심이 있어서 하는 말이다. 우리들은 발가벗어야 한다. 부단히 발가벗어야 한다. 이 부단히 발가벗어야겠다는 욕구조차도 없어질 때까지 발가벗어야 한다. 이것은 이오네스

꼬의 말이다. 나에게 있어서는 역시 다음의 작품을 쓰기 위한 몸부림 정도로 그치는 것이 고작이다.

보라빛 素描

朴木月

　　'나의 시는 나의 삶과 길을 함께 한다'(자선 ≪박목월시선≫의 서문, 정음문고, 1970)는 시인 자신의 시론은 여기 수록한 자작시 해설의 글을 일독할 때 비로소 그 의미를 확인할 수 있게 된다. 시인의 이 말(명제)은 얼핏들어 그의 중기시 이후, 그러니까 이 편저의 '산도화 이후' 시기의 작품들에나 해당되는 것으로 이해할 수도 있겠다. 왜냐하면 생활 자체가 그대로 시에 수용되고 실제의 人名・地名이 그대로 시에 드러나는 중・후기 시편들과 주로 관련되는 것으로 생각할 수도 있을 것이기 때문이다. 그러나 이 해설집은, 앞의 시인의 말이 목월 초기시까지도 모두 포괄하는 것임을 알게 한다.

　　목월의 이 해설서에는 한 편의 시가 완성되기 까지의 改作의 과정이나, 창작과정에서의 특정 리듬의 차용 이유, 허사 '를(을)'의 구사나 조사법 등이 다양하게, 그리고 성실하게 설명되고 있다. 또한 한 시인에 있어 시의 형태적 전개가 어떻게 펼쳐지고 있고, 시기적으로 이행되어 가는가를 살피는 기회가 될 것이다. 여기서는 본래의 ≪보라빛 소묘≫(58) 중 '초기—童詩를 중심한 해설', '別章, 문학적 자서전' 등을 제외하고 수록했다.

　　이 시인이 남긴 대표적인 시집으로는 ≪청록집≫(46), ≪산도화≫(55), ≪난・기타≫(59), ≪청담≫(64), ≪경상도의 가랑잎≫(68), ≪무순≫(76) 등이 있다.

推薦 시기
—〈「文章」의 추천작품을 중심한 해설〉

내가 문단에 데뷔한 것이 1939년 9월. 〈文章〉이라는 잡지에 〈그것은 年輪이다.〉와 〈길처럼〉 등 두 편의 작품이 추천되고서 부터이다. 그 두 편을 소개하면,

　　머언 산 구비구비 돌아갔기로
　　산 구비마다 구비마다
　　절로 슬픔은 일어……

　　뵈일듯 말듯한 산길

　　산울림 멀리 울려나가다
　　산울림 홀로 돌아나가다
　　…어쩐지 어쩐지 울음이 돌고

　　생각처럼 그리움처럼…

　　길은 실낱 같다.

— 〈길처럼〉

　　어릴적 하찮은 사랑이나
　　가슴에 백여서 자랐다.

　　질곱은 나무에는 자주빛 年輪이
　　몇차례나 감기었다.

　　새벽꿈이나 달그림자처럼
　　젊음과 보람이 멀리간 뒤

　　…나는 자라서 늙었다.

　　마치 세월도 사랑도
　　그것은 애달픈 年輪이다.
　　그것은 年輪이다

— 〈그것은 年輪이다〉

　　이 두 편을 一九三九年 봄에 썼던 것이다. 〈길처럼〉이라는 작품을 쓰게 된
동기는, 〈뵈일듯 말듯한 산길……〉이라는 구절이다. 그 가냘픈 꿈과 그런 꿈이
자아내는 한가락의 애수, 그것은 인생의 개화기(開花期)를 맞이한 나 자신의
젊음의 하염없는 동경과 고독이 뒤설레며 얽힌 심정이다. 그 심정이 불러이르
킨 한갖 심상으로서 〈뵈일듯 말들한 산길〉은 청춘의 쓸쓸하고 고적하고 그런대
로 조용한 나의 꿈에 잦아진, 그 가엾은 모습(映像)이었다.
　　그 영상을 중심으로해서 첫 연은, 청춘의 〈산 모롱이를 구비구비 돌아가는〉
외로움과, 둘째 연은 〈멀리 울려나가는 산울림〉의 속절없는, 다만 〈젊음〉 탓으
로 하염없는 동경이 가슴에 부푸는 그 서러운 기도일 것이다.
　　이 고독과 기도의 심정을,

　　생각처럼 그리움처럼
　　길은 실낱같다.

　　〈실낱같은 길〉의 연연한 그림움으로 싸안아 본 것이다. 이 끝 연의 〈생각처
럼 그리움처럼〉은, 〈생각〉이 곧 〈그리움〉이요, 〈그리움〉이 곧 〈생각〉이라는 뜻
이다. 당시에 나는 〈생각〉이라는 말을 사랑했다. 〈나는 임을 사랑한다.〉는 말
대신에 〈나는 임을 생각한다〉라는 뜻에서 〈생각〉이라는 말이 지니는 그 내성적
인 사모감. 그것은 나의 성격적인 것이다. 〈사랑〉이라는 말이 지니는 불타고,

정열적이고, 떠벌리는 감정을 극도로 싫어했다. 안으로 모우고, 간직하고, 그리고 어느 정도의 여유를 갖는 사랑, 그것은 감정적인 것이기보다 오히려 종교적인 정서라고 믿었던 것이다.

나는 위에서 생각이라는 〈말을 사랑했다〉고 말했다. 참으로 당시에 나는 한 개의 어휘(語彙)로서 모든 감정을 단적으로 표현하고 상징하는 습성이 있었다. 또한 한 편의 시상을 다만 한 개의 낱말 안에서 발견하고 구현시키는 일이 있었다. 이런 〈말〉 혹은 〈낱말〉에 대한 집착—집착이기보다 〈말〉에 대한 애착이 때로는 나자신 조차 의아할 정도로 강했다.

〈그것은 年輪이다〉라는 作品은 가을이 이르면 〈먼 수풀 質고운 나무에 감기는 샛빨간 年輪〉의 이메지를, 어릴적에 어느 소녀를 사모한 애틋한 연정과 그 연정이 내 가슴에 색여놓은 아련한 상처를 노래한 것이다.

이 작품을 후에 다시 〈年輪〉이라는 제목으로 改作해서 〈靑鹿集〉에 수록했다.

> 슬픔의 씨를 뿌려놓고 가버린
> 가시내는 영영 오지를 않고……
> 한해 한해 해가 저믈어 質고운
> 나무에는 가느른 가느른 피빛
> 年輪이 감기었다.……
> (가시내사 가시내사)
>
> 목이 가는 소년은 늘 말이
> 없이 새까만 눈만 초롱초롱
> 크고…귀에 쟁쟁쟁 울리듯 참아
> 못 잊는 웃녘사투리
> 年輪은 더욱 샛빨게졌다.
> (가시내사 가시내사)
>
> 이제 소년은 자랐다.
> 구비구비 흐르는 은하수에
> 슬픔도 세월도 흘렀건만……

먼수풀 質고운 나무에는 상기
가느른 가느른 피빛 年輪이
감긴다……
(가시내사 가시내사 가시내사)

—〈年輪〉, ≪青鹿集≫

　지금 이 글을 쓰기 위해서, 옛날 작품을 뒤져보니, 개작한 것이 첫 작품보다
산만한것 같다. 다만 〈귀에 쟁쟁쟁 울리듯 참아 못 잊는〉이라는 귀절 중에
〈듯〉이 지니는 〈呼吸의 屈折〉과 〈감동의 기복〉—이런 수사적인 묘미를 살린 것
만이 대견해 보일 뿐이다. 그러나, 작품으로서 〈그것은 年輪이다〉라는 편이 제
목이 좀 거치장스럽기는 하나, 역시 개작보다 한결 이메지가 뚜렷하다.
　두번 째 추천을 받은 것은 〈산그늘〉이다.

장독 뒤 울밑에
도란꽃 오무는 저녁답
木果木 새순밭에
산그늘이 나려왔다.
　워어어임아 워어어임

길 잃은 송아지
구름만 보며
초저녁 별만 보며
밟고 갔나베
무찔레밭 藥草길
　워어어임아 워어어임

휘휘휘 비탈길에
저녁놀 곱게 탄다.
黃土. 먼 산길이사
피먹은. 허릿띠
　워어어임아 워어어임

젊음도 안타까움도
흐르는 꿈일레
애달픔처럼 애달픔처럼 아득히
상기 산그늘이 나려간다.
　　워어어임아 워어어임.

— 〈산그늘〉, ≪文章≫

〈민요에 떨어지기 쉬울 시가 시의 지위에서 顚落(전락)되지 않았습니다. 근대시가 「노래하는 정신」을 사실치 아니하면 朴君의 敍情詩를 얻을 것으로 생각합니다. 충분히 묘사적(描寫的)이고, 색체적(色彩的)이기도 합니다. 이러한 詩에서 경상도 사투리를 保留할 필요가 있는 것이다. 〈산그늘〉은 敍情詩가 제련되기 전의 石金과 같아서 돌이 금보다 많았습니다. 서정시에는 말 한 개 밉게 놓이는 것을 용서할 수 없습니다〉

〈산그늘〉에 대한 選者의 말이다. 과연 선자의 말대로 이 작품이 〈시적인 지위〉에서 떨어지지 않았다면, 그것은 민요의 일반적이고, 보편적인 서정성을, 한결 개성적인 면에서 파악한 것이며, 또한 三聯과 四聯에서, 〈충분히 描寫的인 표현〉과 더브러, 謠的인 형태를 지니면서 4·4조나, 7·5조의 정형률을 밟지 않는, 그 형식의 자유로운 리듬 때문일 것이다.

이 작품의 초점은 〈애달픔처럼 애달픔처럼 아득히 상기 산그늘이 내려간다〉라는 끝 연이다. 그래서 이 〈산그늘〉을 쓸 무렵에 〈이매지를 실은 물결〉로서의 가락—그 가락이 〈謠體의 律몸〉이기보다는, 형식의 필연적인 整頓과 호흡의 자유로운 결과로서 일종의 언어의 순환과 반복과 나아가서는 〈정돈된 音數律〉을 지니려 했던 것이다.

어떻던 이 작품은 산그늘이 오월의 해질 무렵에 산 그 자체에서 일어, 산기슭으로 산기슭의 푸른 보리밭으로 들로 木果木 새순밭으로 그리고 마을에 이르고 모란꽃이 오무는 뒤안을 덮어 이윽고 건너 마을로 강물처럼 흐르는것, 그것이야말로 〈젊음도 안타까움도 꿈처럼 흐르는〉 흐르는 것의 애달픔이오, 슬픔이기도 했다.

이 〈文章〉의 추천을 받은 초기의 작품들은 주로 나 자신의 젊음이 갖는 꿈과 슬픔과 고독한 사모감을 주제로 삼은 것이다. 그러나 그 정서를 〈나의 것〉으로 이룩하기 위한 노력으로써 혹은 정화하려는 뜻에서 시를 쓴 것이리라.

〈산그늘〉에서 〈밟고 갔나베〉 혹은 〈꿈일레〉하고 사투리를 의식적으로 써 본 것은, 사투리에 대한 애착과 더불어 내 안에서 나와 얘기하고 속삭이는 영혼의 소리—사투리에 귀를 기우리려는 노력의 소치인 것이다.

워어어임은, 경상도지방에서 멀리 송아지를 부르는 그 흙으로서 구은 아기의 일종인 오카리나처럼 구슬픈 소리다.

그래서 젊음의 애상에 젖은 심정이 오월의 해질무렵 풍경을 점철하면서, 〈워어어임〉의 송아지를 부르는 구슬프게 아득한 소리를 나는 외로운 청춘의 슬픈 통곡의 메아리같은 것이라 여겼다. 참으로 나의 청춘을 이끄러간 애절한 멜로디를, 뒤에서 받쳐가는 운명의 반주를 나는 그 먼 송아지 부르는 소리에서 들은 것이다.

젊음은 애잦은 통곡의 아른한 메아리같은 것이 또한 메아리가 어느 산모롱이에서 제물에 슬어지듯 슬어져버리는 것이다.

이 작품은 스스로 청춘의 아름다운 회상처럼 마음에 간직해 두는 것이기는 하나, 二聯의 수사가 부족해서 늘 꺼림직하다.

지금 같으면, 〈구름을 보며〉나, 혹은 〈초저녁별을 보며〉 중 어느 하나를 생략해 버렸으리라. 그렇게 되면, 五行 四聯의 균형이 잡힌 작품이 되었을 것이다.

작품집에 수록할 무렵, 추고할 수도 있었으나, 미숙한대로 한번 발표한 것에 손을 대는 일이, 그것이 결정적인 험이 아닌이상 삼가기로 했던 것이다.

三回재 추천작품이 〈가을어스름〉이었다.

서늘한 그늘 한나절
저물을 무렵에
머언 산 오리木 산길로
살살살 날리는 늦가을 어스름

숫한 콩밭 머리마다
가을바람은 타고

        靑石돌담 가으로
        구구구 저녁비둘기

        김장을 뽑는 날은
        저녁밥이 늦었다.
        가느른 가느른 들길에
        머언 흰 치마자락
        사라질듯 질듯 다시 뵈고
        구구구 구구구 저녁비둘기

— 〈가을어스름〉, 《文章》

〈가을 어스름〉은, 추천이 두번 끝나고, 최후의 추천을 받기 위해 무척 노력
한 작품이다. 그러나 감정을 기르어 자연스럽게 낳게 되는 시기를 기다려 이룩
한 작품이 아니다. 추천을 받으려는 조바심이 앞서서, 시를 쓰기 위한 노력이
오히려 시를 상실한 시기에 빚은 것이다.

그 조바심과 무리한 노력이 작품에 지금도 엿보인다.

一聯과 三聯은, 실은 다른 세계이다. 첫 연은, 가을의 풍경을 간결하게 단적
으로 그린 것이나, 셋째 연은 한결 서술적인 표현이 강하다. 그러므로 〈靑石 돌
담 가으로 구구구 저녁비둘기〉하고, 명사로서 끝을 맺음으로 謠的인 語律의 긴
축감을, 셋째 연에서는 〈저녁밥이 늦었다.〉 하고 산문적인 어미를 달게 되었다.

그럼에도 나는 〈가을어스름〉으로서 청춘적인 애상감보다, 한결 〈韓國的 情
緒〉라는 것을 깊이 추구해 본 작품이다. 〈핏줄이, 속삭이는 것을 노래하자〉하
고, 그 무렵의 일기에 적혔는 구절이다. 또한 〈산그늘〉에서 〈머뭇거리던 謠的〉
인 것을 자유스럽게 표현형식을 풀어보려는 노력이 엿보인다는 작품이다.

이것으로, 나의 추천시대가 끝나는 것이다. 選者는, 내 작품에 대한 종합적
인 講評을 내린 것이다.

〈北에는 素月이 있었거니, 南에 朴木月이가 날만 하다. 素月의 툭툭 불거지
는 朔州龜城調는 지금 읽어도 좋더니, 木月이 못지잖어 아기자기 섬세한 맛이
좋다. 民謠風에서 시에 발전하기까지 木月의 苦心이 더 크다. 素月이 天才的이

었던 것이 신경, 감각, 묘사까지 미치기에는 너무나 「民謠」에 시종하고 말았더니, 木月이 謠的 뎃상 연습에서 詩까지의 콤포지숀에는 謠가 머뭇거리고 있다. 謠的 修辭를 충분히 정리하고 나면 木月의 詩가 바로 韓國詩다〉

　選者가 말한대로 나는 그 시형식이 〈謠體의 律呂〉를 띄우고, 〈노래調〉를 띄운 것이나, 포에지를 파악(把握)하는 밑바닥이 늘 회화적인 〈描寫〉의 한결 구체적인 형상성에 기우려져 있었음도 그 당시의 한 경향이었다.

　　〈사실은 이런 소란한 시대의 한 餘白—사진없는 필림만이 도라가는 것 같다 할까. 그 히멀건 餘白가운데 멍하니 나 자신이처한 것 같기도 하다.
　　이건 비단 나혼자, 생활에서 느끼는 것이 아니라, 적어도 우리나라에서 문학적으로도 현시가 餘白의 한페이지일 것이다. 餘白은 흰 沈默이며, 역시 그것은 슬픈 얼굴이다〉

　이것은 추천을 끝낸 소감의 일절이다. 그 후로 해방되기까지 4, 5년 동안에 겨우 2,3편의 작품을 발표했을 뿐이다.

　대밭에는 비단안개다.

　달이 구름에서 나오면
　동내 가느른 골목이
　흰 다님 같다.

　앞산자락에
　적은 松籟 일어 잔잔하고
　들밖으로 달빛감고
　사람 그림자 밤길 가고……

　아랫웃마을 휘영청 달 밝다.

—〈月夜〉, ≪新時代≫

〈들밖으로 달빛 감고 달빛감고 밤길을 가는 사람 그림자〉 이 서글프게 유정한 세계야말로 어두운 세대의 구름짱 사이로 얼굴을 내미는 달과 같이 〈밤길은 시대〉에 청춘을 마지한 고달픈 넋의, 한많은 넋두리 같은 것이라 여겼었다.

이 작품에 가장 표현에 고심한 대목은 〈적은 松籟 일어 잔잔하고〉라는 귀절이다. 앞산자락의 그윽한 솔바람 소리가 나직히 일어오면서 한깃은 이미 쇠잔해 지는 것. 그 안타깝게 그윽한 諧調를 어린 내 힘으로서 표현할 길이 없었다. 다만 〈적은 松籟 일어 잔잔하고〉하고, 이는 것과 잔잔해 지는 것을 한호흡 안에 두고, 이는대로 잔잔해지는 것의 안타까움을 살려보려고 노력했던 것이다. 또한 〈일어 잔잔하고〉의 그 諧調는 그대로 그 시대의 리듬이기도 했다.

　　　　보리 누름 한철은
　　　　黃土 진흙 마르는 내음새
　　　　함뿍 핀 모란꽃을
　　　　꽃가루…꽃가루…숨이 맥켜
　　　　목안에 감기는 엷은 渴症

　　　　아아 목말러라 목말러라

　　　　보리누름 한철은
　　　　누나내음새 엄마젖내음새
　　　　엄마젖내음샛사
　　　　큰아기 살결내음새
　　　　목안에 감기는 엷은 渴症

　　　　아아 외로워라

　　　　　　　　　　　　　　　　　— 〈보리누름〉, 《文章》

〈文章〉이 폐간될 무렵에 실렸던 작품이다.

나는 이미 스믈 셋. 나대로 청춘의 절정에서 그러나 〈無爲의 세월〉이 흐를 따름이다. 막연한 동경이 막연한대로 부풀뿐, 우리에게는 생활뿐만 아니라, 사랑에서도 길이 없었다. 그 안타까움, 괴로움, 또한 그 절망감. 그러나, 徐廷柱 씨처럼 〈이빨이 허옇게〉 웃어버릴 수도 혹은 〈짐승같은 울음은 달더라. 달더라〉하고, 짐승스러운 통곡도, 〈짐승, 짐승 속으로〉하고 관능적 세계로 몰입할 수도 없는 나에게는 겨우 〈목안에 감기는 엷은 渴症〉같은 그야말로 〈영혼이 여위지는〉 고독감에 늘 〈아아 배만 고팠던〉것이다.

나는 이 관능적이고, 감각적인 작품을 그후 작품집에 수록하지 않았다. 나의 본질적인 세계와 거리가 먼 것 같기 때문이다.

이제 이차대전도 무르익고, 또한 그 종말이 가까워지게 되었다. 일제도 수단 방법을 가리지않고, 마지막 발악을 했다. 〈文章〉도 폐간 되고, 우리에게는 글을 발표할 자리뿐만 아니라 우리 글 그 자체도 빼앗기고 〈世紀의 深淵〉은 완전히 〈밤〉이 되었다.

그러나, 나는 꾸준히 작품을 썼다. 그것으로써 나를 달래고 위로하고, 또한 시를 쓰는 그 사실 안에서 삶의 길을 고눌 수 있는 등불을 밝혔을 것이다. 그 작품들을 다만 몇몇 친구에게 돌려 보였을 뿐이다.

이 외로운 환경이, 한결 나를 향토적인 세계로 몰아넣고, 그것에 깊은 애착을 갖게 하며, 그 세계 안에서 나를 기루어 준 것이리라. 그 무렵에 사귄 詩友로는 芝薰 한 분 뿐이다.

芝薰도 사귀었다기 보다 〈만났다〉함이 적합한 표현일지 모른다. 그 무렵 하루는 서울에 있는 芝薰에게서 두툼한 封書가 왔다. 지훈의 그 字劃하나를 소홀히 하지 않는 단정하면서도 멋있는 글씨가 엮은 긴 사연의 편지를 받았다. 〈文章〉에 추천 받은 詩友와 서신왕래를 갖는 것이 첨이었다. 그리고 얼마 후에 본인이 그 당시 내가 살던 경주(慶州)로 나타났다. 그의 설레는 물결같은 장발을 바람에 휘날리며, 산을 건너다 보던 모습과 후리후리한 키에 히멀겋게 시원한 얼굴과 長者之風이 있는 너그러운 몸가짐, 우리는 어두운 여관방에서 날이 새는 줄 모르고 시를, 시대를, 얘기하고 서울시단 소식을 들었다.

밭을 갈아 콩을 심고
밭을 갈아 콩을 심고
꾹구구구 비둘기야

白楊잘라 집을 지어
초가삼간 집을 지어
　꾹구구구 비둘기야

대를 심어 바람 막고
대를 쩌서 퉁소 뚫고
　구구우꾹 비둘기야

장독 뒤에 더덕 심고
장독 앞에 모란 심고
　구구우꾹 비둘기야

웃말 색시 모셔두고
반달색시 모셔두고
　꾹구구구 비둘기야

해별나면 밭을 갈고
달빛나면 퉁소 불고
　꾹구구구 비둘기야

— 〈밭을 갈아〉, ≪現代詩集≫

이것은 그 여관방에서 지훈에게 읊어들려 준 작품이다. 〈白楊잘라 집을 지어 초가삼간 집을 지어 꾹구구구 비둘기야〉 이 소박한 꿈. 그러나, 그 꿈은 조국도 글도 성(姓)도 다 잃어 버린 젊은 청년의 가슴에 어리는 체념과 비탄이 얼렸는 슬픈 소망이 꿈꾸는 꿈일 것이다. 또한 일부러 4·4조의 정통적인 민요의 형식을 따른 것은, 우리 겨레가 닦아 논 〈너르고 정돈된 呼吸〉안에서 한결 정신적인 너그러운 안도감을 얻으려 했던 것이다.

또한 서민의 애절한 생활 속에서 울음처럼 이루어진 민요의 애조—그것이 일제말기에 내 꿈을 울음으로써 읊을 수 있는 자연스러운 〈가락〉이였음도 당연하리라.

芝薰이 경주를 다녀간 후에, 서울에서가 아니고, 강원도 접경인 〈英陽〉에서 작품을 곁드린 편지가 왔다. 그 작품이 바로 〈꽃이 지기로소니 바람을 탓할소냐〉로 시작하는 구비구비 서러운 영탄조의 〈落花〉이었다.

묻쳐서 사는 이의
고운 마음을
아는 이 있을까
저어하노니
꽃이 지는 아침을
더욱 설어라.

〈落花〉의 일절이다. 그는 그 후에 〈山〉으로 들어갔다. 그가, 〈山桃花〉의 跋文에 보낸 글의 일절을 전재하고, 이 시대의 어설픈 졸작해설을 마치리라.

우리가 시단에 처음 등장하던 시절은 민족적 수난이 그 절정에 이르렀을 때라 그립고 아쉬운 정에 목이 마른데다가 같은 자리에 함게 나온 詩友들의 詩心에도 일맥이 통하는 바가 있어 서로 그리워하는 마음이 남다른 바가 있었다. 더구나 木月이 그때 노래하던 현대적 세련의 민요조는 그때 다루던 민족정서의 새로운 고전미와 志向하는 바가 매우 가까워서 그의 시에 스며있는 사투리까지도 매력을 느꼈다. 그러나 어려운 세월은 우리들의 만날 인연을 쉽사리 허락하지는 않았었다. 내가 木月을 처음 만난 것은 一九四二년 이른 봄이었다. 그 전해 가을에 나는 절간에서 日本의 진주만공격의 소식을 들었고 〈文章〉 폐간호를 받았다. 그해 겨울 過飮한 탓으로 瀕死의 몸이 되어 서울로 와서 소위 〈國民文學〉이 발간된 것을 보았고 몇달을 누어 있다가 이듬해 봄에 〈조선어 학회〉의 〈큰 사전〉 편찬을 돕고 있을 때였다. 日本서 돌아오는 初面의 시인이 하나 花洞에 있는 〈조선어학회〉를 찾아와서 오는 길에 木月을 만나고 왔다는 말을 전했었다. 그 때까지 慶州를 못보았을뿐 아니라 겸하여 木月도 만나고 싶고해서 나는 그 이튿날 木月에게 편지를 썼다. 무슨 말을 썼는지 지금은 모르지만 매우 긴 편지였다는 것만을 기억하고 있다. 얼마 뒤에 木月에게서 답장이 왔었다. 그 짧으면서도 綿綿한 情懷가 서려있는 편지는 다음과 같았다.

〈慶州博物館에는 지금 노오란 山茱黃 꽃이 한창입니다. 늘 외롭게 가서 보곤 하던 싸느란 玉笛를 마음속에 그리던 임과 함께 볼수 있는 감격을 지금부터 기다리겠습니다. 오실 때 미리 電報 주시압〉

이 짧은 글을 받고 나는 이내 電報를 쳤었다. 철에 이른 봄옷을 갈아 입고 飄然히 慶州에 내린 것은 저녁어스름 紛紛한 눈송이와 함께 봄비가 뿌릴 때였다.

木月은 初面의 서울나그네를 맞으려 〈朴木月〉이란 깃대를 들고 乾川까지 마중을 나왔었다는 것이다. 그밤 旅舍에서 木月이 나에게 보여준 시는 〈밭을 갈아 콩을 심고〉란 시였다. 〈장독 앞에 모란 심고 장독 뒤에 더덕 심고〉이 구절과 〈꾹구구구 비둘기야〉라는 後斂句는 아직도 기억에 남아있다.

외롭고 슬픈 내 노래의 마음을 세상에 알아주는 이가 木月이라는 처음보는 눈이 크고 맑은 詩人밖에 없는상 싶어 미덥고 서럽던 생각—木月이 출장다닐때 걸어가는 길가에서 들은 비둘기울음, 혹은 살살 날리는 어스름과 산그늘도 그의 소개로 나는 듣고 보았다. 石窟庵 가던 날은 대숲에 복사꽃이 피고 진눈개비가 뿌리는 희한한 날씨었다. 佛國寺 나무그늘에서 나눈 찬술에 취하여 떨리는 봄옷을 外套로 덮어 주던 木月의 體溫도 새로이 생각난다. 그리하여 나는 보름 동안을 慶州에서 머물렀고 玉山書院의 獨樂堂에 눕기도 하였으며 〈玩花衫〉이란 拙詩를 木月에게 보내기도 하였다. 木月의 시 〈나그네〉는 이 〈玩花衫〉에 和答하여 보내준 시이다. 押韻이 없는 현대시에는 이렇게 너 절실한 心韻이 있다는 것을 보여준 시였다.

붓을 꺽고 떠돌며 살던 오년간을 우리는 이렇게 편지로 서로의 마음을 하소연하며 해방을 맞았던 것이다.〈中略〉

스무해 가까운 우리의 시도 많이 달라졌다.

그러나 처음 시를 쓸 때 그 마음은 다름이 없으며 서로 아는 본래의 그 詩觀에도 아무런 변함이 없음을 이 글을 쓰면서 다시 깨닫는다. 시 때문에 우리의 청춘이 병들었더니 시로하여 우리의 뜻이 다시 서게 되었구나.

〈靑鹿集〉 시기
—〈靑鹿集〉의 작품해설

〈靑鹿集〉은 해방된 다음해인 1946년 6월에 발간되었다. 朴斗鎭·趙芝薰과 함께 열다섯편씩 모아, 세사람이 어울려 낸 삼인 시집이다. 물론 세사람이 모두 일제시대에 써 두었던 작품들이었다.

> 냇사 애달픈 꿈꾸는 사람
> 냇사 애달픈 꿈꾸는 사람
>
> 밤가다 홀로
> 눈물로 가는 바위가 있기로
>
> 기인 한밤을
> 눈물로 가는 바위가 있기로
>
> 어느날에사
> 어둡고 아득한 바위에
> 절로 임과 하늘이 비치리오.
>
> —〈임〉, ≪靑鹿集≫

가위에 눌린 것처럼 억압만 느끼던 절망적인 일제말기의, 언제 밝을지 모르는 〈기인 밤〉같은 시절에 몇 줄의 시를 써 스스로 자기를 달래던 이 〈애달픈 꿈을 꾸는 사람〉. 그것은 가련한 나의 모습이었다.

그리고 〈밤마다 홀로 바위를 가는〉것이야말로 이 작품의 초점이다. 〈밤마다〉는 낮이 기울고 오는 밤이 아니라 오히려 낮이 없는 영원한 밤—바로 〈暗黑한 時代〉 그것이다. 그 암흑한 시대에 〈하늘과 임〉을 희구하는 꿈을 지님으로써 한결 절망은 짙었고 또한 한결 높이 솟은 절벽같이 느껴지는 그 시대와의 아득한 거리감 그것이 〈바위〉라는 것이다.

그 바위에 절망과 눈물이 비벼 새긴 꿈.

〈어느날에사 어둡고 아득한 바위에 절로 임과 하늘이 비치리오.〉하고, 영혼의 자유로운 나라, 임―조국의 광복을 애절하게 바랐던 것이다. 그러므로 그당시의 나 자신은 둔중한 바위를 갈아, 그것에 아름답고 섬세한 무늬를 피어나게 하는 磨石師련듯 암흑한 시대의 절망 〈하늘과 임〉 안에서 나를 이룩하게 하는 것이라 믿었다. 또한 〈절로 임과 하늘이 비치리오〉라는 끝절에, 〈절로〉라는 것을 첨 노오트에는 〈스스로〉였다. 그래서 〈어둡고 아득한 바위에 스스로 임과 하늘이 비치리오〉했다가, 〈스스로〉보다 〈절로〉라 함은 임과 하늘을 어둑한 바위에 비치게 하는 것은 인간의 힘 이상의 능력―〈하느님의 섭리나, 천지를 운행하는 힘〉이 이룩하여 주시리라는 것. 그 자연의 힘에 대한 믿음을 뜻한 것이다. 또한 절로 이루어지리라는 것을 믿으면서 〈비치리오〉하고 自嘆的인 반문을 하게 됨은 자연히 이루어 주실 것이며 스스로 이루어질 것을 확실히 믿기는 하나, 허나 언제쯤 이루어주실 것인가 하는 안타까움의 심정이 깃든 구절이다.

진정, 나는 그 당시 〈절로〉라는 말을 무척 좋아했다. 그야말로 시적인 표현을 빌리면 이 〈절로〉라는 한 개의 어휘 안에 내가 의지해 산 것이리라. 왜냐하면, 〈절로〉가 지닌 체념의 경지와 자연에 대한 소망, 이것이 그 어둡고 답답한 시대 속에서 나를 고누어 주고, 이끌어 간 것이리라. 이것은 나만의 문제가 아니고, 어쩌면 그 시대를 건너온 〈우리〉들이 자기를 고누고 의지해 간 것은 이 체념과 소망의 〈절로〉 안에서가 아닐 것인가 하고 생각해 보았다.

이 작품에서 시 형식의 특이한 것이 없다. 외곬으로 뻗친 기도―그 기도의 호소이기 때문이다. 다만 〈가는 바위가 있기로〉를 반복한 점이다. 이런 반복은 쉽사리 뜻을 강조하고, 감정을 세차게 나타내는 것이다. 동질적인 감동의 重疊的인 파동―그것이 뜻과 느낌을 강조하는 대신에 때로는 시를 단조롭고 가난하게 하기도 쉬운 것이다. 그래서 이것과 대차적인 표현으로 〈廢園〉같은 졸작(拙作)을 들 수 있다.

눈이 오는데

실은 옛날의 나즉한 종이 우는데

하고, 감동의 파동을 되풀이하면서, 그 물결의 구비 위에 이메지만 변화시켜, 실리는 것이다. 이런 표현형식은 나로서는 후기에 이르러, 이메지를 가락보다 소중히 여길무렵에 깨닫게 된 문제이다.

松花가루 날리는
외딴 봉우리

윤사월 해 길다
꾀꼬리 울면
산직이 외딴집
눈 먼 처녀사

문설주에 귀 대이고
엿듣고 있다.

— 〈閏四月〉, 《象牙塔》

이 작품에서 중요한 모티브는, 〈閏四月〉과 〈눈 먼 처녀〉다. 그냥 사월이나, 오월이 아니고, 〈윤사월〉이라함은 〈사월〉보다 〈윤사월〉이 한결 정서적인 달같기 때문이다. 閏달은, 月曆上 거듭되는 달이며 거듭되기 때문에 덤으로 얻은것처럼 너그러운 느낌이 들기도 한다. 그러나 젊은 날에 마지한 애절한 〈또 하나의 사월〉은, 햇볕이 두터워지고 꽃에서 잎으로 바뀌는 그 사월과는 거리가 먼 계절적인 착오감을 느끼게 되는 무슨 회상적인 세계에서 솟아나는 서름같은 것이 어리는 달이다.

그 정서적인 〈윤사월〉과 〈눈 먼 처녀〉……이 관련을 설명하기는 어려운 노릇이다. 또한 설명하면 할수록 설명에 빠져버리는 것이리라. 과년(過年)하게 자란 블구자인 처녀의 내면적인 고뇌를 윤사월의 이상한 흐느낌이라 생각했다.

그 흐느낌이 나의 핏줄의 어느 한줄기에 스민 것이며, 또한 가늘고 길고 아득
한 흐느낌이 영원히 우리들 핏줄에 스며 흐르는 것이라 여겼다.
　이 작품에 대하여 장만영씨의 친절한 풀이가 있기로 그대로 실리면

　　송화가루를 날리는 소나무가 그득 들어 차 있는 외따른 봉우리가 있습
니다. 때는 마침 윤사월입니다. 해가 퍽 긴 때입니다. 그 외따른 봉우리 나
무 수풀 속에서 꾀꼬리란 놈이 한종일 울어댑니다. 그 울음 소리를 산 지
키는 산지기네 외따른 집에 사는, 눈이 먼 처녀가 문설추에 귀를 갖다 대
고 엿듣고 있습니다. 무슨 행운이라도 찾아 오나 하고…….
　　이 시는 이처럼 어린이의 동화를 읽는 것 같은 느낌을 주는 작품입니다.
사실 동화를 쓸 줄 아는 이라면, 이 짧은 시 한 편을 가지고 책 한 권이
될 수 있는 긴 줄거리의 이야기를 능히 써 보일 수도 있을 것 같습니다.
과거 동요를 많이 써 온 이 시인만이 이런 동심의 세계를 보여 줄 수 있지
않을가 생각됩니다. 퍽 곱고 아름다운 작품입니다.
　　이 시 「윤사월」은 이행(二行) 네 연으로 구성되어 있습니다만, 연마다
7·5, 또는 6·5의 정형률(定型律)을 밟고 있습니다. 첫째 연이 7·5, 둘
째 연과 셋째 연이 6·5, 그리고 끝 연이 7·5—이렇게 되어 있습니다.
이 시를 가만히 분석해 보십시요. 첫째 연에다 「외딴 봉우리」를 놓고 그
외딴 봉우리를 볼 수 있는 가까운 거리에다 「산지기 외딴 집」을 배치해 놓
은 것을 알 수 있습니다. 그리고 그 외딴 봉우리에다가, 한종일 울고 있는
「꾀꼬리」를, 외딴 집에다가 「눈먼 처녀」를 또한 배치해 놓고, 윤사월을 배
경으로 한 편의 시를 구성한 것을 발견하게 됩니다.
― 〈현대시의 감상〉에서

　다만 〈동화를 읽는 느낌을 주는 것이라〉함은 이 작품이 위에서 말한 그 흐
느낌의 바탕 위에서 이루어진 것을 참작하지 않고, 너무나 피상적으로 본 때문
이 아닐까 여긴다.
　이것을 쓸 무렵에 나는 무척 메테링크(Maurice Maeterinck)를 좋아했다.
더구나 그의 〈群盲〉같은 작품을. 〈눈먼 처녀〉는 그 영향에서 끌어 온 것인지
모른다.

　　그러나, 장만영씨의 말대로 〈무슨 행운이라도 찾아 오나〉해서, 눈 먼 처녀가 〈문설주에 귀를 갖다대고 엿듣고 있는〉것이라 생각하지 않았다. 눈먼 처녀가 문설주에 귀를 대이고 무엇을 엿듣고 있는 그것대로의 포오즈가 주는 인상을 〈松花가루가 날리는 외딴 봉우리〉의 풍경에 오버·랩 시키면서 〈윤사월〉의 이상한 흐느낌을 하나의 영상으로서 잡으려 했을 것이다.

　　혹은, 〈松花가루 날리는 외딴 봉우리〉의 그런 풍경에 〈윤사월 해 길다 꾀꼬리가 우는〉―그 윤사월. 다시 말하면 느긋하고 아름답고 애절한 자연과 맞서서, 그 자연에 융합할 수 있는 길(환경)을―가령 임을 갖는다던가, 무슨 공허감이 채워지는 일이 있다던가. 혹은 애절한대로 너그러운 자연의 가락에 스스로의 생명이 몰입된다던가―발견하지 못하고, 자연과 대립한 자리의 고독감. 그 나자신의 생명적 고독한 입지에서 다시 자연에 대한 동경을 갖는 것. 그런 착종된 심정이 불러일으키는 이메지로서 〈산직이 외딴집 눈먼 처녀가 문설주에 기대이고 엿듣는〉것을 표현했으리라.

　　좌우간 나로서는 애절한 윤사월의 계절감과 그것과 조화되지 않는 또하나의 심정―어둡고 괴로운 고적감이 꿈 꾸는 서러운 동경 등 이런 여러가지 착종된 심정으로 〈윤사월〉을 노래한 것만은 사실일 것이다.

　　이 작품에 대해서 지금도 불만히 여기는 것은, 〈윤사월 해길다 꾀꼬리 울면〉하고, 〈길다〉라고한 점이다. 이왕이면 〈해 길어〉 혹은 〈윤사월 긴 해를〉 꾀꼬리 울면 했더라면 한결 어감이 가볍고 맑을 것을……그러나 그 시절에 〈외딴 봉우리〉하고 명사로써 귀절을 끊는 버릇이 있었다. 이것은 〈윤사월〉뿐만 아니다. 〈나그네〉같은 작품에서는 유독히 심했다. 이 문제는 〈나그네〉에서 자세히 설명하려니와 〈해길어〉하고 〈길어〉로 감정을 가볍게 굴러 넘겨버리기는 너무나 심정이 답답했으리라. 그래서 〈길다〉하고 「다」의 둔한 어감을 살려둔 것이리라.

　　더구나, 이 작품에서 표현에 망설이며, 애를 쓴 곳이 〈엿듣고 있다〉라는 대목이다. 윤사월은 7·5조의 정형률을 밟은 소박한 시형이다. 그러나, 내게는 정형률이 그리 안이한 것이 아니었다. 시상(詩想)을 정리함에 그것을 형식으로서 나타내기 위한 막다른, 다른 방법으로서는 불가능한 필연적인 무엇이었었다. 쉽사리 읊기 위한 안이한 방법으로 7·5조를 잡은 것이 아니다. 언어와 언

어, 혹은 귀절과 귀절 사이의 움직일 수 없는 유기적인 관련성의 막다른 방법
으로써 시상을 가다듬어 정리하고보면, 3·3조나, 4·3·2·3의 음수률(音數
律)을 띠우게 되는 것이다. 그럼으로 〈엿듣고 있다〉대신 〈엿듣네〉하면, 한결
어감이 경쾌하고, 노래적인 것이 된다. 그러나 시형으로서 감정적인 비중과 형
식적인 균형이 후반에서 너무 뜨는 것 같기 때문에 〈있다〉를 붙쳤다. 요즈음
흔히 정형률을 천히하고 가볍게 보는 경향이 있으나, 나는 이해하기 어려운 일
이다. 그래서 〈山挑花〉에 이 작품을 수록할 무렵에 〈엿듣고 있네〉하고 다만
〈다〉를 〈네〉로 고쳐보았다. 그러나, 지나치게 맑은 어감이 과하게 노래로 흘러
버리는 것 같아, 이번에 원시를 살려서 〈다〉로 되바꿈으로 끝을 눌러 두려고
생각한 것이다.

> 머언 산 靑雲寺
> 낡은 기와집
>
> 山은 紫霞山
> 봄눈 녹으면
>
> 느름나무
> 속잎 피는 열두구비를
>
> 청노루
> 맑은 눈에
>
> 도는
> 구름.

— 〈靑노루〉, ≪象牙塔≫

　작자가 자기 작품에 아무리 구구한 해설(解說)을 한다더래도 소용없는 짓이
리라. 작품에 표현된 이상의 해설은 수법의 부족을 자인하는 짓이며, 해설이
부족하면, 작품이 오해를 받게 되리라. 그러나, 어느 분이 이 작품을 예로 들

어서, 〈花鳥風月〉을 노래한 것이라 했다. 과연 〈花鳥風月〉으로 노래할 것일가?

　　청노루
　　맑은 눈에

　　도는
　　구름

　이 체념과 자연몰입의 세계를 시대적인 배경 아래서 봐 주었으면 뜻이 달라 졌으리라. 일제말기의 암흑(暗黑)한 시대에 생명을 다스려나갈 막다른 길에서 〈청노루 맑은 눈에 도는 구름〉와 세계를 이룩한 것이다. 시대적인 상징적 의의 가 탈색된 지금에 와서, 작품만을 보는 것은 좀 가혹한 일이다.

　다만 그것에 대한 金東里씨의 말을 인용하리라, 〈그들의 심안은 어느듯 「自 然」으로 기울어 오늘날 정치청년들이 「花鳥風月」 운운하고, 애써 무시하려는 「自然」의 發見도 남이 몸으로 지키는 세기적 심연에 직면하여 絶對絶命의 窮境 에서 불러진 神의 이름이었던 것이다.〉

　이 작품이 교과서에 실렸을 무렵, 흔히 〈靑雲寺〉가 어디 있는 절이냐고 질문 을 하는 사람이 있었다. 또한 어느 해설서(解說書)에 〈경주지방의 산중에 있는 절 이름〉이라고 친절하게 주해(註解)를 가한 것을 보았다. 그러나, 이것은 내 가 명명(命名)한, 내 판테지(Fantasy)의 산에 있는 절이다.

　나는 그 무렵에 나대로의 지도(地圖)를 가졌다. 그 어둡고 불안한 세대에서 다만 푸근히 은신하고 싶은 〈어수룩한 천지〉가 그리웠다. 그러나, 한국의 천지 에는 어디에나 일본치하의 불안하고 바라진 땅이었다. 강원도를, 혹은 태백산 을 백두산을 생각해 보았다. 그러나 그 어느 곳에도 우리가 은신할 한치의 땅 이 있는 것 같지 않았다. 그래서 나혼자의 깊숙한 산과 냇물과 호수와 봉우리 와 절이 있는 〈마음의 자연〉―지도를 간직했던 것이다.

　〈마음의 지도〉 중에서 가장 높은 산이 太母山・太態山 그 줄기아래 九江山 ・紫霞山이 있고 紫霞山 골짜기를 흘러내려와 잔잔한 호수를 이룬 것이 洛山湖 ・永郎湖・영랑호 맑은 물에 그림자를 잠근 봉우리가 芳草峰. 방초봉에서 아득히 바라뵈는 紫霞山의 보랏빛 아지랑이에 아른거리는 낡은 기와집이 靑雲寺다.

나는 〈마음의 지도〉라 했으나, 오히려 내 〈영혼의 자연〉이라는 것이 옳을지 모른다. 그러나, 지금 다시 그 지도를 펴보면 다만 정서가 아른거리는 꿈의 세계다. 그러므로 〈靑雲寺〉는 나의 서러운 이메지에 떠오른 절이다. 〈靑노루〉도 마찬가지다. 〈靑〉은 〈玄〉과 〈黑〉에 통하는 뜻에서 꺼뭇한 노루라고 설명한 분이 있다. 나는 그런 실상에서 노루를 노래한 것이 아니다. 그 누름하고 꺼뭇한 그야말로 동물적인 노루에 〈靑〉빛을 주어서 한결 정신화(精神化)한 노루를 생각했던 것이다. 〈靑노루〉도 완전히 나의 판테지 속에 사는 노루다. 그리고, 〈靑노루〉하고, 일부러 漢字를 쓴 것은, 〈靑雲寺〉〈紫霞山〉과 더부러 〈푸른 빛〉의 그 색감(色感)을 주조로 하여 서럽고 은은한 것을 이루려 했으며 또한 시각적으로 靑色感을 강조하려는 뜻에서 〈靑〉字를 漢字로 썼던 것이다. 〈靑노루〉〈靑雲〉〈紫霞〉〈맑은 눈〉〈흰구름〉 등 푸른 빛깔을 띄운 것이 서러운 정서의 분위기를 빚어내게 하는 것이라 믿었던 것이다.

이런 색감적인 것의 배열과 조화가 작품에 구체적인 분위기를 암시하고 마련하는 것이 아닐까.

그리고, 이 작품의 〈느름나무 속잎 피어가는 열두구비〉라는 귀절에 특별한 뜻을 두려고 했었다. 〈누름나무〉는 결코 태산준령에 자라는 나무가 아니다. 오히려 속취(俗趣)가 분분한 야산수목이다. 그러므로 〈먼 산 靑雲寺〉〈山은 紫霞山〉 등, 그 고고하고 우아한 세계로 통하는 속세적인 길에 〈느름나무 속잎이 피어가는 열두구비〉가 있고, 그 길 위에서 〈청노루 맑은 눈에 도는 구름〉을 보았던 것이다. 이 미급한 해탈(解脫), 이것은 나의 몸부림이기도 했으리라. 그런 심뇌의 한 표현이 〈누름나무 속잎 피는 열두구비〉었다.

　　江나루 건너서
　　밀밭 길을

　　구름에 달 가듯이
　　가는 나그네

　　길은 외줄기
　　南道 三百里

　　술 익는 마을마다
　　타는 저녁놀

　　구름에 달 가듯이
　　가는 나그네.

— 〈나그네〉, ≪靑鹿集≫

　〈나그네〉는 靑鹿集에 수록한 내 작품들의 가장 바탕이 되는 세계다.

　그 지음, 나는 〈강나무 건너서 밀밭과〉과 〈술 익는 강마을〉과 길은 외줄기 南道 三百里〉의 그 향토적이며, 한국적인 정서가 어린 풍경을 묵화적(墨畵的)인 고담(枯談)한 필치로 표현하려고 애를 썼으며, 묵화에서 점 하나를 소중히 하듯 말 하나를 아꼈다.

　〈나그네〉의 주제적인 것은, 〈구름에 달 가듯이 가는 나그네〉 였다. 그야말로 혈혈단신 떠도는 나그네를 나는 억압된 조국의 하늘아래서, 우리민족의 총체적인 얼의 상징으로 느꼈으리라. 나그네의 깊은 고독과 애수, 혹은 나그네의 애달픈 향수 그 나그네가 우리 고장에 봄가을이면 드나드는 〈過客〉들이거나 혹은 신라때부터 맥맥히 내려오는 우리의 구슬픈 핏줄에 젖어드는 꿈이거나, 혹은 한평생을 건너가는 인생행로의 과객으로서 나 자신이거나, 그것을 헤아리지 않았다.

　다만, 생에 대한 가냘픈 꿈과 그 꿈조자 오히려 체념한, 바람같이 떠도는, 절망과 체념의 모습으로서 나그네가 내게는 너무나 애달픈 꿈(영상)이었다. 더구나, 우리는 세상을 다 버리고 떠도는 자를 나그네라 부르는, 그 버리는 정신, 그것은 모든 소망을 잃은 자가 살 수 있는 유일한 〈길〉이었다.

　〈버리는 것〉으로서 스스로를 충만하게하는 그 허전한 심정과 그 심정이 꿈꾸는 애달픈 하늘. 그 달관의 세계.—이런 뜻의 총화적인 영상으로서 나그네를 꿈꾸었을 지 모른다.

그러나. 이것은 설명하기 위한 설명일지 모른다. 내가 〈나그네〉를 쓸 무렵에는 오히려 뜻을 따져서가 아니다. 다만 막연하게 답답한 심령의 세계가, 〈나그네〉로 말미아마〈울음〉이라는 구원의 통로를 얻게된 것이며, 통곡함으로써 얻는 후련한 위안을 이 작품에서 느꼈으리라 믿는다.

위에서 〈나그네〉의 주제적인 모티브가 〈구름에 달 가듯이 가는 나그네〉라 했다. 그러나, 사실은 구름 사이로 빠져나가는 그 맑은 달의 모습이라함이 정확하리라.

새까만 구름장 사이로 달은 씻은 듯 말갛게 건너간다. 바람이라도 불어, 구름이 빨리 흐르면 흐를수록 날개가 돋친 듯 날아가는 달의 그 황홀한 정경. 그 달의 모습에서 나는 세상을 버린 자의 애달프게 맑은 정신을 느낀 것이다. 그러므로 〈구름장 새로 흐르는 달〉이 곧 나그네며, 나그네가 구름을 건너가는 달이었던 것이다.

이 체념과 달관의 세계에서 오히려 일말의 애수를 띠운 것을, 〈강나루를 건너, 퍼런 밀밭머리의 길〉이나 혹은 〈술이 익듯 저녁놀이 타는 마을〉같은 향토적인 풍경 위에 수를 놓아 보려고 애를 썼다.

과연, 그것이 어느 정도로 성공했는지 나 자신은 모르거니와, 어떻던 〈나그네〉는 내게 한 편의 작품으로서가 아니라, 〈靑鹿集〉에 수록한 작품들과 모조리 통하는, 그 무렵의 내 정신의 전우주같은 느낌이다. 이것은 작품으로서의 좋고, 나쁜 것을 따지는 것이 아니다. 〈나그네〉에 잠겨있는 세계가 그렇다는 뜻이다.

이 〈나그네〉에서 표현의 특이한 점은, 〈구름에 달 가듯이 가는 나그네〉〈길은 외줄기 南道 三百里 〉혹은 〈술 익는 마을마다 타는 저녁놀〉 등, 구마다 명사로 끊은 점일 것이다. 그것은 〈나그네〉에서만 아니라 나의 다른 작품에서 흔히 볼 수 있는 나대로의 독특한 표현방법이다.

이것을 쉽게 설명하면, 구를 고정시키고, 구에 어린 정감량을 확립시키기위한 것이다. 가령,

구름에 달 가듯이
가는 나그네

이 한 구로 예를 들면, 이 구의 실린 의미와 감동이 〈가는 나그네〉라는, 그 〈나그네〉에 짐중되는 것이다. 만일 〈나그네가 가네〉하면, 〈나그네가 가는 것〉에 의미와 감동이 실리게 되므로, 〈나그네〉에 쏠리는 감동의 집중감이 희박해지기 쉽다. 이렇게 구마다 끝에 주어를 놓고 그것에 〈의미와 감동의 악센트〉를 쏠리게 함으로 구마다 감동의 집중감을 돋구게 한다. 또한

길은 외줄기
南道 三百里

술익는 마을마다
타는 저녁놀

처럼, 〈길은…〉하는 구를 〈三百里〉로서 끊어 실렸는 정서가 다음 구로 유동하는 것을 막아, 고정화시키는 것이다. 이것은 〈閏四月〉에서도

松花가루 날리는
외딴 봉우리

윤사월 해길다
꾀꼬리 울면……

역시 첫구를 〈봉우리〉로 끊음으로써 다음 구로, 의미나 감동이 번지는 것을 막는 것이다. 그래서 한 구는, 구로서의 독자성을 강하게 하고 구간의 여백을 절연(絶緣)시키는 것이다. 구간의 절연이 강하면 강할수록, 그 절연을 넘어서 정서나 의미의 암시가 깔리게 되면 한결 〈생략의 여음〉이 돌게되는 것이다.

시의 구간에 깃드는 〈생략과 여음〉이야말로 시를 더욱 생기가 돌고, 함축이 강하게 이루는 것이리라.

또한, 가락으로서도, 명사로 끊는 것이 보다 오묘한 것을 이룰 수 있는 것이다. 〈나그네〉는 7·5조의 안이성을 만일 이 작품에서 느끼지 않는다면 그것은,

조사를 달지 않는 명사로서 구를 끊는 그 효과일 것이다.

〈나그네〉를 읊는 경우에 〈강나루건너서-밀밭길을-구름에 달 가듯이-가는 나그네/길은-외줄기남도삽백리/술익는마을마다-타는 저녁놀/구름에달가듯이-가는 나그네〉하고, 〈건너서〉〈길은〉〈가듯이〉〈길은〉〈타는〉〈가듯이〉 등에서 길게 뽑아 이렇게 호흡을 늦추더라도, 〈가는 나그네〉〈三百里〉〈저녁놀〉에서는 완전히 호흡을 멈추었다가 새로 모아서 다음 구를 시작하지 않을 수 없을 것이다.

이렇게 호흡이 면면히 이어지지 않고, 구마다 다급하게 끊어지는, 심한 호흡의 굴곡이 구마다 정감을 모으게 하는 것이 아닐가. 그래서 작품이 가락에 쉽사리 유동 융합되는 출렁거리는 가락으로서 흘러버리게 되는 것이 아니라, 〈읊으면서 안으로 새겨지는 힘〉이 깃드는 것이 아닐까. 그것은 이렇게 구절구절이 제대로 뚜렷이 살아나게 함으로 〈가락에 맡겨버려지는 것〉을 거부하고, 그 의미나 회화적인 이메지를 한결 확립시키는 소임을 할 수 있는 또 하나 길이 될 것이리라.

실로 〈나그네〉는 가락에 맡겨서 이룬 것만이 아니다. 〈구름에 달 가듯이〉를 반복한 것은 음악적인 조화만을 위한 것이기보다 한 편의 작품에 〈정감의 균등과 그 비중을 살펴서 구성상의 配意〉에 유의한 것이리라.

그리고, 〈南道 三百里〉라는 구의 〈三百里〉가 말썽이다. 〈南道 三百里〉가 어디서 어디까지냐고 묻는 이가 있기도 했다. 그러나, 이 〈三百里〉는 원노오트에 〈南道 八百里〉로 되었던 것을 발표때 三百里로 고친 것이다. 이것은 〈三百里〉혹 〈八百里〉하는 것이 문제가 아니다. 예이츠(W.B.yeats)의 〈이니스프리이〉라는 작품 중에,

나는 일어나 바로 가리, 이니스프리이로 가리,
외 엮고 흙을 발러 조그만 집을 얽어
아홉니랑 콩을 심고, 꿀벌은 한통
숲 가운데 비인 땅에 벌 잉잉거리는 곳
나 홀로 거기서 살으리

— 〈朴龍喆 編〉

라는 구절이 있다. 이 경우에 〈아홉니랑 콩을 심어〉의 〈아홉니랑〉은 아홉개의 밭이랑이라는 뜻이 아니다. 평화로운 그 꿈의 섬에서 가난하게 충만히 살 수 있는 〈가난한 충족을 꿈꾸는 그야말로 가난한 행복의 면적이다. 다시 말하면 가난하게 행복된 감정이 실감하는 수량-그것이 아홉이랑이다. 〈나그네〉에서 南道 三百里도, 내 서러운 정서가 감정으로써 받아들일 수 있는 거리-그것이 三百里일 따름이다.

끝으로, 이 〈나그네〉를 내가 첨 썼을 무렵의 노오트를 그냥 抄하면 다음과 같다.

나루를 건너서
외줄기 길을

구름에 달 가듯이
가는 나그네

길은 달빛 어린
南道 三百里

그비마다 여울이
우는 가람을

바람에 달가듯이
가는 나그네

첫구는 설명이 지나친 것 같아 〈밀밭 길〉로, 〈달빛 어린 길〉은 진부한 것 같아, 수정했고, 〈구비마다....〉는, 지훈의 〈玩花衫〉에서, 화답시를 이루고, 〈바람에 달가듯이〉는 이미 〈구름에 달 가듯이〉와 중압된 것 같아 고쳤다.

이렇게 작품에 손을 댈적마다 생각나는 것은, 추천을 받을 때, 그 선자가 한 말이다. 옥에 티와 미인의 이마에 사마귀 한낱이야 버리기는 아까운 점도 있겠으나, 서정시에서 말 한 개 밉게 놓이는 것은 용서할 수 없다.

산이 날 애워싸고
밭이나 갈며 살아라 한다
씨나 뿌리며 살아라 한다

어느 짧은 산자락에 집을 모아
아들 낳고 딸을 낳고
흙담 안팎에 호박 심고
들찔레처럼 살아라 한다.
쑥대밭처럼 살아라 한다

산이 날 애워싸고
그믐달처럼 사위어지는 목숨

그믐달처럼 살아라 한다
그믐달처럼 살아라 한다.

— 〈산이 날 애워싸고〉, ≪靑鹿集≫

〈밭을 갈아〉와 같은 무렵에 쓴 것이다. 〈밭을 갈아〉에서는, 조국을 상실하고, 모든 희망을 잃은 막다른 길에서 발견한 것이 핏줄이었다. 다만 핏줄의 그 가냘프며 나직하게 따뜻한 것-부모 형제라는 것, 혹은 일가 친척이라는 것, 또는 이웃이라는 것들의 혈연적인 친분과 핏줄이 얽힌 것에 대한 신뢰와 그 신뢰를 토대로한 소망아래, 겨우 꿈을 걸고 살아가려는 인류의 실낱같은 희망을 발견한 자의 애달프게 가냘픈 꿈이 〈밭을 갈아 콩을 심고〉였다.

그 핏줄에 대한 소망을 발견하게 한 꿈의 밑바닥이 〈산이 날 애워싸고〉다. 〈그믐달처럼 사위어지는 목숨〉하고, 생명의 무상을 느낀 것이야말로, 모든 것에 삶의 보람을 잃어가는 자가 그 절망에서 다시 삶의 눈을 뜰 수 있는 길이기도 했다. 이런 스스로 삶을 포기하고, 비로소 깨닫는 조그마한 긍정의 바탕. 또한 그 바탕을 토대로 해서 〈밭이나 갈며 살고〉〈씨나 뿌리며 사는〉 가난한 한줄기 삶의 길. 이것이 〈산이 날 애워싸고〉다.

〈산이 날 애워싸고〉의 〈산〉은 자연을 뜻하는 것이리라. 〈人間〉으로서 모든 것을 포기하고 상실하고 겨우 꽃이나, 수목이나 한덩이 흙으로 자기를 인식하는 것. 이것은, 도사가 세상을 버리고 山林으로 들어가버리는 것과는 사뭇 다르다.

그래서,

〈산이 날 애워싸고 씨나 뿌리며 살아라 한다. 밭이나 갈며 살아라 한다〉하고, 산(자연)의 속삭임을 들을 수 있는 그 〈자연에의 融合〉이나, 혹은 〈자연에 대한 開眼〉은, 밤처럼 암흑한 시대에서 모든 것을 상실하고, 그 막다른 길 위에서 이루워진 것이다. 다만 그것을 박두진은, 그의 종교적인 신앙에서 예수의 재림을 기다리는 그 자세로, 혹은 묵시록의 계시적인 영감으로 〈墓地頌〉에서처럼 〈살아서 설던 주검 죽었으매 이내 안서럽고, 언제 무덤속 화안히 비춰줄 그런 태양만이 그리우리.〉라는, 오히려 삶의 피안에서 새로히 삶 그것의 구극의 보람을 노래했던 것이다.

〈어느 짧은 산자락에〉하는, 〈짧은〉이란 말에는 짧은 것으로 충족시키는 이 애달픈 꿈이 깃들어 있는 것이다. 〈흙담 안팎에 호박 심고〉는, 그야말로 〈소박하고 구스한 전원 취미〉라는 것이 아니다.

모든 것을 잃음으로 그 상실한 것을 고누려는 눈물겨운 마지막 혼신의 노력, 그 애절한 꿈이 엮는 구슬픈 사연-혹은 넋두리의 한가락이다.

보람 없는, 도저히 견디어 내기가 어려운 세상이기 때문에 무너지려는 삶에의 의욕을 고누려는 심정이 부르짖는 발악같은 심정에서 〈들찔레처럼, 혹은 쑥대밭처럼〉 아무렇게나 끈기 있게 살아보려는 것이다.

그래서, 그것을 산의 속삭임으로 들을 수 있는 이 자연과의 교감이 나를 구원하고, 또한 그것이 나아가 중기의 필자의 세계를 이룬 것이리라.

끝으로, 경주-신라의 향수를 노래한 작품을 두어개 소개하리라.

여기는 慶州
新羅 千年……
타는
저녁놀

아지랑이 아른대는
머언 길을
봄 하로 더딘날
꿈을 따라 가며는

石塔 한채 돌아서
鄕校 門 하나
丹靑이 낡은대로
닫쳐 있었다.

―〈春日〉, ≪文章≫

경주 시가에서 남으로 나가면 校村에 이른다. 그곳에 향교가 있고, 향교문은 단청이 퇴색된 채 언제나 열릴 듯 안타깝게 넓다란 문짝이 맞닫쳐 있었다. 〈열리듯 늘 닫쳤다는 것〉이 이 작품의 내용이다. 그것이야말로 아득한 세월이 이처럼 〈新羅〉를 눈에 그리듯 생생하게 느끼는 것에 〈열릴듯 열리듯 감추는〉 신비스러운 〈默秘의 베일〉을 씌우는 것이다.

그 꿈이 현실로 화할듯 하면서 꿈은 꿈에 불과한 것을 나는 열릴듯 닫쳤는 향교문에서 느낀 것이다.

첫절, 〈新羅 千年……타는 저녁놀〉을 〈新羅千年을 타는 저녁놀〉하면, 멋없는 설명이다. 〈은〉이 빠지고, 〈新羅 千年〉과 〈저녁놀〉을 이는 그 점선 〈……〉이야말로 〈新羅 千年〉이 곧 저녁놀이요, 그 활활 타는 저녁놀에서 新羅 千年의 세월 바로 그것을 느끼는, 황홀한 세계가 깃든 것이리라.

잠자듯 고운 눈섭 위에
달빛이 나린다
눈이 쌓인다
옛날의 슬픈
피가 맺힌다

어느 江을 건너서

　　다시 그를 만나랴
　　살눈섭 길슴한.
　　옛사람을

　　산수유꽃 노랗게
　　흐느끼는 봄마다
　　도사리고 앉인채
　　도사리고 앉인채
　　울음 우는 사람
　　귀밑사마귀

— 〈귀밑사마귀〉, ≪靑鹿集≫

　신라에 대한 향수는 滅한 것에 대한 회상만이 아니다. 상실한 조국에 대한 연모의 정으로 우리의 심정에 깃드는 것이다. 신라 중에서도 애련한 낙랑공주. 마의태자를 사랑하면서, 늘 저버림을 당해야할 운명에 처한 비련의 눈물겨운 공주〈어느 江을 건너서 다시 그를 만나랴 살눈섭 길슴한 옛사람을.〉그 옛 삶은 〈樂浪公主〉다. 낙랑공주에 대한 안타까운 꿈은, 〈밝은 신라〉에 대한 그리움이며 그것은 내가 어두운 시대에 처했기 때문에 한결 강렬했으리라. 〈살눈섭 길슴〉함으로써 막연한 인물의 영상에 구체적인 것을 인상시켜 표현하려 했다. 그러나 그것보다, 어둔운 그늘을 지닌 사람의 모습을 그리려 했으리라. 〈어느 江〉은 세월의 아득한 장벽을 뜻했다.

　〈잠 자듯 고운 눈섭〉이라는, 이 한 귀절로, 온 천지에 어렸는 그의 모습을 그리려 했으리라.

　〈잠자듯 고운 눈섭 위에 달빛이 어린다. 눈이 내린다.〉함은 그의 모습이 어렸는 천지에 달빛이 어리고 눈이 내린다는 뜻. 시에서 생략과 생략의 함축을 짐작하면, 이 귀절을 쉽사리 이해하리라.

　나는, 이것으로써 〈靑鹿集〉에 실린 자작해설을 그치리라. 그러나, 〈靑鹿集〉을 이룩하는 동안에 사귄 벗 한 분에 대한 이야기를 피력하지 않을 수 없다.

　해방 되던 이듬해. 나는 대구에서 K라는 고등학교에 교편을 잡으며, 서울

출입이 잦았다. 그 당시 E출판사에, 어느 선배가 계셨고 그분이 주간인 어린이 잡지에 나도 동인 비슷이 관계하고 있었다.

그 무렵의 2월 어느 날이다. 아침차로 서울에 도착하여, 종로에 있는 그 출판사에 들렀다. 사무실에 들어서자, 얼굴이 바싹 마르고, 콧날과 아랫턱이 날카로운 우리 연배의 신입사원이 책상 앞에 앉았다가, 고개를 돌리며 나를 건너다 보는 것이다.

그가 斗鎭이었다.

우리는 서로 인사를 건느지도 않았으나, 이내, 누구라는 것을 직각 알아냈던 것이다. 〈文章〉의 추천 同人이며, 그러나 서신 왕래조차 없는, 생부지 초면이었던 것이다.

『목월!』하고, 손을 내미는 그의 눈매는 얼굴과는 사뭇 다르게 이상한 광채가 돌고 있었다. 신앙생활을 오래한 사람만 지니는 그 독특한 仁慈로운 빛.

우리는 급속도로 가까와졌다. 터무니 없는 친분을, 누구에나 지닐 수 있던 해방 직후의 부푼 감정도 영향했으리라 생각되나……

나는, 흰 무명두루마기에 전이 넓은 검은 비로오드중절모자를 제껴 쓰고, 그와 나란히 혹은 지훈과 얼려서, 서울의 밤거리를 얼마나 허다녔으랴. 길에서도 화제는 거의 시에 대한 것뿐이다. 아직 서울 지리에 밝지 못한 나는, 〈和信〉앞과 옆이 딴 세상 같았고, 〈화신〉앞에서 길을 꺾어돌아오면, 전혀 색다른 먼 지방에 온듯 거리의 착각을 느꼈던 것이다.

그 후, 두진이 상관하는 출판사에서 우리 시집 이야기가 시작되었다. 우리는 지훈과 얼려 3인집을 내기로 하고, 작품을 추려서 모았다.

셋은 첫 시집을 갖게되는 흥분으로 약간은 마음이 흥거워, 원고보따리를 들고, N가 교편을 잡고 있던 돈암동 산바라지에 섰는 어느 여학교 숙직실에서 밤을 새다시피하며, 작품 배열과 책이름을 의론했다.

그때, 〈靑鹿〉이 결정되었다.

그러나, 그렇게 제법 마음이 부푼 밤에도 두진은 항시 말이 없다. 다만 그야말로 〈빙그레〉웃는 것으로 답을 대신하고, 우정을 표현하는 것이다. 이것은 3월초. 인왕산에 연기처럼 이상한 봄빛이 감돌무렵이며, 또한 그날 밤은 꽤 쌀

쌀한 날씨기도 했다.

　그 후, 〈青鹿集〉이 책이 되어 나왔을 때, 이미 두진은 그 출판사를 물러나온 뒤였다. 그리고 생활이 어려웠으리라. 그래서 시 한 편의 고료라는 것이 허잘 것 없음에도 그에게는 보탬이 되는 모양. 우리가 얼려서-지훈과 세 사람은 그림자처럼 물려 다녔다-신문사로 가서 그는 詩稿를 전하고, 고료를 直席에서 받지 못하면 다른 신문사로 전번치 고료를 받으러 가야 하는 것이다. 그 신문사와 신문사 사이를 그는 우리보다 반자죽쯤 뒤따르며 줄곧 시를 읊으며 다듬는 것이다.

　이것은 두진만이 아닐 것이다. 지훈은 지훈대로 베레모를 제껴 쓰고, 고개를 약간 치켜든채 눈을 인왕산 마루쯤에 두고, 어깨로 거니르듯한 걸음걸이로 세종로로 가겨 입안에 시를 중얼거리고……나는 나대로 쉴새없이 시를 이야기하고.

　〈青鹿集〉이 나오고 3·4년 동안. 우리는 시에 열중하고, 우정에 취하고, 또한 일제 때 묻어 버린 청춘을 새삼스러히 어느분의 말대로 〈接神〉해서 살았다.

　그러나, 그러는 동안에도 나는 〈青鹿〉의 세계에서 탈피하려는 〈엉뚱한 야심〉을 가졌던 것이다. 해방이 준 〈門이 열린 現實〉의 황홀감, 또한 소란스러움을 나는 그 협소한 시형과 짙은 정서의 세계 안에 단정히 앉았기에는 너무나 괴로웠기 때문이다.

　당시에 東里가 쓴, 내 작품에 대한 評을 抄하면

　　박목월이 발견하는 자연의 육체는 향토성에서 온다.

　　그의 고독과 애수에 찬 인간적 본질은 그것이 시로서 표현되려할 때 그러나 과거의 「시문학파」들처럼, ××처럼 슬프고 ××같이 외롭고……할수는 없었다. 「人生詩」들에서처럼 천지와 신명과 운명을 향해 울부짖을 수도 없었다. 그는 어떠한 의미에서든지 신의 육체를 찾지 않고는 배길 수 없었다. 이러한 욕구에서 향토의 세계는 그에게 자연의 비밀과 신비를 속삭이었다.

　　三人詩集 속에 수록된 열 다섯편의 시는 篇篇이 모다 이것을 증명하고 있다.

松花가루 날리는
외딴 봉우리

산직이 외딴집
눈먼 처녀사

— 〈閏四月〉에서

길은 외줄기
南道 三百里

구름에 달 가듯이
가는 나그네

— 〈나그네〉에서

갑사 댕기 남 긑동
삼삼 하고나

— 〈갑사댕기〉에서

山수유꽃 노랗게
흐느끼는 봄마다

— 〈귀밑사마귀〉에서

靑石돌담 가으로
구구구 저녁 비둘기

— 〈가을어스름〉에서

이 모두 향토적 정서에서 발견된 자연의 빛깔이요 자연의 소리 아닌 것
이 없다.
이와 같이 향토적 정서가 빚어내는 자연의 신비감에다 作詩의 기조를
두는 것은 자연의 육체를 탐삭하는 가장 정확한 방법이요 또 시예술의 具
體面과 「이메이지」를 찾는데도 큰 도움이 될 수 있으나, 그와 반면에 너무

특이성에 사로잡혀서 자연의 일반적 보편적 성격과 거리를 멀리하는 결과를 면할 수 없었던 것이다. 특이성이란 본래 편협과 단조에 통하는 길이다. 목월의 시가 몇편을 읽던지 모다 같은 가락을 느끼게 하는 것은 이에 기인하는 것이다. 가락뿐 아니라 어휘까지 지극히 간단한 범위에 제한되어서 어느 편을 읽든지 동일한 가락과 동일한 어휘가 느껴지는 것이다. 여기에 목월시의 약점이 있다. 문학이란 원체 개성의 산물인 이상 원칙적으로 특이성 그 자체가 나쁜 것은 결코 아니지만 그 특이성이 일반성이나 보편성을 배반해야 할 때 우리는 이 특이성에 대하여 곧 반감을 가지게 될것이다.

목월에게 있어서는 「노란 山수유꽃」 한 송이가 名山 大海나 無邊 蒼空보다도 더 많은 자연의 비밀을 속삭일른지도 모른다. 그러나 「외딴 봉오리」와, 「눈먼 처녀사」와, 「갑사댕기 남끝동」과…… 이 모든 것을 합쳐도 바다의 물결소리 한번을 낼 수 없다면, 자연이 가진, 보다 더 큰 비밀을 목월은 무엇으로 탐삭하려 하는가. 같은 한길이라도 구멍 한길이 깊어 뵌다는 격으로, 목월의 「노란 山 수유꽃」도 구멍 한길의 신비감이어서는 안된다.

목월에게 아직 바다의 시 한 편이 없음은 무슨 까닭인가.
— 自然의 發見. 〈文學과 人間〉에서

〈山桃花〉 시기
—시집 〈山桃花〉의 작품을 중심한 해설

　〈山桃花〉가 출판된 것은, 靑鹿集이 세상에 나온지, 십년 가까운 세월이 지난, 1959년 12월이다. 그 10년동안, 靑鹿集에 실린 작품들의 세계에서, 탈피하려고 노력한 시기일 것이다. 〈靑鹿集〉의 순수한 정서의 세계에서 벗어나 한결 인생을 정면에서 바라보고 생각하려고 애를 썼고, 또한 급격하게 변천하는 현실에 관심을 지녀온 것이다. 그동안에 〈6·25〉 동란이 던져준 엄청난 체험. 그러나, 그렇게 나의 시세계가 변하면서, 그 변하는 것의 밑바닥을 고누는 것은 역시 내가 첨 출발한 정서의 세계라함을 부인할 도리가 없었다. 또한 그것에서 벗어날 길도 없었다.

　어떻던 나의 시세계가 다소간 변하는 일면, 나는 〈靑鹿集〉에 수록하지 못한 작품들의 추고와 그 세계를 틈틈히 발전시켜 보았다. 그것을 모은 것이 〈山桃花〉다. 〈靑鹿集〉과 같은 계열에 속하는 것을, 정리하여 그것과 얼려 수록한 것이다.

　　배꽃가지
　　반쯤 가리고
　　달이 가네

　　慶州郡 內東面
　　或은 外東面
　　佛國寺 터를 잡은
　　그 언저리로

　　배꽃가지
　　반쯤 가리고

　　　　　달이 가네.

　　　　　　　　　　　　　　　　　　― 〈달〉, ≪山桃花≫

　　〈배꽃가지 반쯤 가리고 달이 가는〉 이메지를, 나는 어릴 때부터 지닌 것이
다. 또한 이런 이메지야말로, 내가 신의 전설과 꿈과 그 꿈에 젖은 산천 속에
자라난 탓이리라. 물론 〈자라남〉은 육신의 성장만을 뜻하는 것이 아니다. 그
서라벌의 꿈과 정서 속에 얼려 〈영혼〉이 성장한, 〈서라벌의 품 속에 자라난 소
년〉으로서의 핏줄 속에 스민 환상일 것이다.

　　나는 어려서, 황폐한 서울(慶州)의 하늘 위에 높다랗게 떠 있는 달을 무엇에
홀리듯 바라보곤 했었다. 때로는 그 달에 비단보다 가늘고 부드러운 한오리의
구름이 떠 있는 달을 무엇이라 표현하랴. 흔히 수심을 띄운 여인의 얼굴의 아
름다움을 말하나, 그 달 모습은 요염하며 청초하고, 수지움을 타듯 감추며 나
타나고, 눈을 가리며 눈여겨 보는 그 신비로움. 또한 달을 가린 구름도 환하게
밝으며 어둡고 은은하게 푸르며 또한 하얗게 밝고…… 그 〈한가락 구름에 가린
달 모습〉이 내가 성장할수록, 또한 갖은 감정에 눈을 떠서 그 감정을 겪을수록
마음 깊기 잠겨지는 것을 느꼈다.

　　그 〈한오리 구름에 가린 달 모습〉이 〈배꽃가지로 가린 달〉의 판테지로 이루
어진 것은, 〈배꽃〉의 아름다움 때문이다. 달빛 아래 핀 배꽃을 보았는가. 그
신비로은 푸르고 흰 꽃을 보았는가. 그 꽃이 핀 가지의 은은한 그늘과 밝음의
조화를 보았는가. 하고 묻고 싶다. 날이 활짝 봄으로 열리기 전, 이른 봄에 하
얗게 핀 배꽃…… 그것은 정서적인 것이기보다 오히려 온통 정신적인 아름다움
이기도 했다. 그 차고 단정한 것. 가벼운 수심에 겨운 여인의 반쯤 감긴 길다
란 살눈섶 가에 떠도는 그것 같은…… 배꽃의 청초하고 서러운 아름다움.

　　나는 배꽃이야말로 〈梨花에 月白하니 銀漢이 三更인데……〉 등속의 古時調
어느 구석에 깃들인 설움의 강물줄기에 뿌리를 잠근 정서 위에 피어난 꿈같은
꽃이라 생각했을 것이다.

　　그리고 佛國寺가 자리를 잡은 곳이 〈慶州邑 內東面〉과 〈外東面〉 地境이다.
그 내동면이나 외동면이 우리 왕고모님이 계시는 곳이라 상상하면 어떨지. 혹

은 내가 소꿉장난 때부터 정들인 어느 소녀가 시집간 곳이라 여기면 어떨지. 혹은 우리 외조모님이나, 또는 내가 죽게 되면 묻히게될 그런 무덤이 있을 곳이라 여기면 어떨지. 그것은 독자의 상상에 맡기는 것이나……

나는, 이 작품을 몇 십번 고쳐 쓰고 쓰고 했다. 때로는 〈짙은 꿈〉으로 화려하게 꾸미기도 하고, 또는 이 이메지를 아주 다른 작품 속에 짜 넣기도 하고. 그러나, 마침내 이 작품에서 처럼 단출하게 다만 〈한개의 이메지〉로써 세워본 것이다. 線하나로서 오묘한 조화를 부리는 어느 화가를 생각하면서…… 물론 엄청난 욕심이지만.

그리고, 〈배꽃가지 반쯤 가리고 달이 가네〉를 첫 연과 끝 연에 반복했다. 이 것은, 같은 이메지를 되풀이한 것이라고, 나 자신은 생각하지 않았다. 위에서 이 이메지를 어릴적에 얻은 것이라했지만, 또한 하나의 이메지를 고누는 그 감정이라는 것이 이메지를 지속해 가지는 동시에 변하는 것이라함도 위에 말한 것이다.

첫 연의 〈배꽃가지……〉는, 순진한 소년적의 〈구름에 가린 달〉을 보던 그 황홀한 감탄이 고누어 주는 것이며, 끝 연의 〈배꽃가지……〉는, 오랜 세월이 흐른 후, 어느 소녀를 사모하고, 또는 생에 시달린 나머지의 〈성장한 후의 감정〉이 고누어 주는 것이다. 그 감정이 다르면서 한 개의 동일한 이메지를 고누고 있는 소위 깊은 공간에 제2연을 세워본 것이다.

물론 이것은, 무리한 이야기다. 이런 감정의 변천이 시에 표현되어 있어야 하리라. 그러나, 그것이 표현되었건 말건 다만 이것을 이룬 자의 처지에서 생각한 것을 말했을 뿐이다. 이 글을 쓰는 동안에, 이 책머리에 있는 로디의 말이 머리에 떠오르는 것이다.

이 작품이 여러분에게 내가 설명한 대로의 것이 어느정도 전달되었다면,

배꽃가지

반쯤 가리고

달이 가네

〈반쯤〉이라는 말이 큰 소임을 한 것이라고 생각한다. 달의 〈態〉를 구체적으로 표현해서 그것에 실감을 자아내게 한 것이다.

> 山은
> 九江山
> 보라빛 石山
>
> 山桃花
> 두어송이
> 송이 버는데
>
> 봄눈 녹아 흐르는
> 三월은
> 물에
>
> 사슴은
> 암사슴
> 발을 씻네.

— 〈산도화1〉, ≪山桃花≫

〈핏발이 한가락도 서지 않는 눈을 하고, 그를 사모하리라〉 그 당시(1941년) 어느 수필에 쓴 내 말이다. 핏발이 한가락도 서지 않는 〈영롱한 눈〉이라는 것이, 내게는 큰 소망이었다.

나는 이 작품에서 첫 두 聯을 좋아했다. 보라빛 石山과 가지만 앙상하게 빳빳한 山桃花의 淡淡한 풍경에 紅白의 꽃송이를 두어點 띄어 동양화적인 정취를 풍기려 했으며 이 〈餘白의 함축〉은 내 시의 본질적인 일면이다. 나대로는 차고 담담한 것 속에 생동하는 생명의 자태가 여겼으리라.

그러나, 이 〈山桃花〉의

〈山은 九江山 보라빛 石山〉 등속의 措辭를 나중에야 우리의 더운 호흡이 깃들기에는 〈지나치게 생략〉된 문장표현이라함을 느꼈다. 이런 표현은 〈문장을 위한 문장)을 이루기 위한 것이며, 우리들의 부드럽고 더운 핏줄에서 울어난 호흡이 스며흐르기에는 너무나 차고, 굳기 때문에 오히려 도를 지나친 것이려니 생각했었다.

그러나, 이 작품에 어린 〈맑은 정서〉와 〈여백의 함축〉을 요즈음은 내가 갖지 못한 것이리라.

<blockquote>

石山에는
보라빛 은은한 기운이 돌고

조용한
盡終日.

그런날에
山桃花

산마을의
물소리

짖어귀는 새소리 묏새소리
山麓을 내려가며 잦아지는데

三月을 건너가는
햇살아씨.

</blockquote>

— 〈山桃花2〉, ≪山桃花≫

초봄에 산골 마을에 비치는 햇빛의 신비로운 황홀감을, 가벼운 기분으로 읊은 작품이다. 〈햇살아씨〉라는 말로써 나는 샤마니즘이 지니는 햇빛에 대한 원시적 신앙을 풍기려 했다. 다만 이 작품을 여기에 내세운 것은 표현에 대해서 몇가지 얘기하고 싶은 까닭이다.

나는 이 작품 속에 이른 봄, 산골짝 개울로 눈이 녹은 물이 맑게 골짝을 울리며 다급하게 흐르는 그 개울물 소리를 표현해 보려고 노력한 것이다.

조용한
盡終日.

그런날에
山桃花

산마을의
물소리

〈盡終日〉에서 호흡을 머물게 하고, 이어 〈그런날에 산도화〉하고, 짧게 행을 끊으면서 맑은 어감으로 가락을 경쾌하게 이끌게 한 것은 개울물 소리의 맑고 급하게 흐르는 탬포며, 또한 〈그런날에〉하고 한번 감아본 것은 산기슭을 감겨 흐르는 물소리의 그 느낌이다. 동시에 〈그런날에 山桃花 산마을의 물소리〉로써 〈산〉의 두운을 밟은 것은 산골 물소리의 경쾌한 가락을 살리려는 저의, 또 〈짖 어귀는 새 소리 묏새 소리〉는 잦아지게 우는 새소리의 그 소란스러움, 〈山麓을 내려가던 잦아지는데〉는 산기슭 마을로 내려올수록 새소리가 잦아지는 산촌의 실감을 그려본 것이다.

흰달빛
紫霞門

달안개
물소리

大雄殿
큰 菩薩

바람소리
솔소리

泛影樓
뜬그림자

흐는히
젖는데

흰달빛
紫霞門

바람소리
물소리

— 〈佛國寺〉, 《山桃花》

이 작품은
動詞 1 〈젖는데〉
副詞 1 〈흐는히〉
形容詞 4 〈흰, 큰, 뜬, 흰〉
名詞 12 〈달빛, 紫霞門(2), 달안개(2), 물소리(2), 大雄殿, 菩薩, 바람
소리(2), 솔소리, 泛影樓〉
의 품사로 조직되었다. 이것은 의식적으로 서술어를 피하고, 체언만으로 한 편
의 작품을 이루려는 뜻에서 시도해 본 것이다.
낱말 하나 하나의 뜻의 암시를 확대시키고, 음향적인 뉴앙스와 색감적 조화
로써 한갈레의 이메지를 끌어나가며, 그것을 표현해 보려 했었다.

흰달빛
紫霞門

이 귀절은, 푸르고 흰 달빛에 〈紫霞門〉의 〈紫霞〉의 보라빛 아지랑이를 배치
시켜 색감적인 配意가 일종의 정서적인 분위기를 깔게하고, 그 서적인 바탕에
〈달빛이 어린 紫霞門〉의 실상을 그려보려고 의도한 것이다. 과연 어느 정도 표

현에 성공한지 필자로서 짐작하기 어렵다. 그러나, 다만 시에서 어휘 하나하나의 함축성과 그것의 職能을 확대시키려는 작자의 의도는 전달된 것이라 믿는다.

이런 경우에 한 개의 어휘가 다른 것과 接合하는 그 관련의 정서적인 깊이라는 것과, 시에 서술성의 그 완만한 것을 어떻게 다스리는 것일까. 생각해 볼 문제이다. 만일 이 작품을 聯으로 구분한다면, 첫째 句와 둘째 句가 어울려 한 연을 이루는 것이리라. 〈흰달빛 紫霞門 달안개 물소리〉 이것이 한 연의 행세를 하게 되리라는 뜻이다.

달밤에 높이 피어오르는 안개의 그 무한감이나 물소리의 속삭이듯 은은한 울림은, 〈흰달빛 紫霞門〉의 묘사적인 것을 정서적인 정경으로 화해주리라. 또, 〈大雄殿 큰菩薩 바람소리 솔소리〉도, 한짝을 이루는 것이다. 이런 경우에 밤바람에 쓸려 잔잔하게 수런대는 솔소리의 그 한가롭게 소란스럽고 그윽하게 諧調를 이룬 깊은 松籟는, 菩薩의 내면적인 세계를 상징하는 것이다.

나는 위에서 체언에 치중해 한 편의 작품을 이루려고 시도한 것이라 했다.

그것은 달빛에 퍼렇게 젖어 고요하게 갈앉인 佛國寺의 정경이 곧 잠잠한 사색에 잠긴 나의 詩心에 떠오르는 영상이며, 그 영상을 먹음은 내 심정의 〈침묵의 짖어귐〉을, 서술로써 풀어버리지 않고, 〈침묵의 발언〉을 그 상태에서 표현하려는 의도이었다. 그래서 체언마다 여운을 깔게 하고, 다만 〈여운의 뜻〉으로 말을 다룬 것이다. 그러나, 이런 움직이지 않는 분위기만의 세계에 〈흐는히 젖는다〉하고 한 개의 동사만으로 한가락의 그윽한 움직임을 주어-그것이 조용한 사색에 잠긴 정지된 심적상태에 가늘게 흔들리는 내 생명의 의식이라 여긴 것이다.

이 작품을 〈흰달빛/ 紫霞門/ 달안개/ 물소리/ 大雄殿/ 큰 菩薩/ 바람소리/ 솔소리/ 泛影樓/ 뜬그림자/ 흐는히/ 젖는데/ 흰달빛/ 紫霞門/ 바람소리/ 물소리.〉 하고 소리를 내어 읊어보면, 3·3이 기조가 된 빠른 템포를 느낄 것이다. 또한 〈소리〉라는 말이 든 句에서 〈音響的 餘韻〉을 남게하여 우리의 정감을 풀리게 하고, 이어 다음 句의 둔중하면서 빠른 가락이 시작되는—감미로운 소나타의 한절을 鍵盤 위에서 이룩해 보려는 음악적인 효과를 거두려 했다. 그런 효과를 어느 정도 거두게 되었다면, 이 3·3을 주조로한 빠른 템포로 흐르는 가락의

효과이나, 그것만이 아니리라. 모든 句에 〈ㄴ〉과 〈ㅁ〉〈ㄹ〉의 어운을 둔 탓이
리라.

　　　〈흰달빛/ 자하문/ 달안개/ 물소리/ 대웅천/ 큰 보살/ 바람소리/ 솔소리/
범영루/ 뜬그림자/ 흐는히/ 젖는데/ 흰달빛/ 자하문/ 바람소리/ 물소리.〉

우리말의 어감과 운율을 이룩함에 받침의 힘이 큰 것이다. 장만영씨가 〈현대
시의 감상〉에서 졸작 〈祝靈山〉의 예를 들어 상세하게 이 문제에 언급하였다.

이 시 〈축령산〉의 Ⅱ는 따로 연(聯)을 두지 않고 잇달아 써 내려간 십이행
시입니다만, 이것을 자세히 읽어 보면 다음과 같은 것을 발견할 것입니다.
즉 이 시엔 불규칙한대로 정형적인 운율이 있고, 같은 말의 반복이 보입니
다. 이제 그것을 표시해 보겠습니다만, 먼저 정형적인 것부터 들겠습니다.

　　　┌──7──┐ ┌─4─┐ ┌─4─┐ ┌─5─┐ ┌──5──┐
　　　서울은 멀고 멀고/ 산은 높이/ 아득한데/ 달은 휘영청/ 밝기도 하고/
　　　┌──7──┐ ┌─5─┐ ┌─4─┐ ┌──6──┐ ┌─5─┐
　　　눈은 희기도 하고/ 노루 한마리/ 이런 밤에/ 불빛이 그리워/ 마을로 온다.

숫자가 말하듯이 4·5·6의 정형률로 노래하였음을 알 수 있을 것입니다.
그리고 「멀고」니 「하고」니 하는 말이 반복되어 있는 것도 곧 알아 볼 것입니
다. 뿐만 아니라, 이 시는 〈ㄴ〉음이 나는 운을 밟고 있는 것을 찾아내게 됩니
다. 다음에 그것을 표시해 드리겠습니다.

　　　서울은/ 멀고/ 멀고/ 산은 높이/ 아득한데/ 달은 휘영청 밝기도 하고/
눈은 희기도 하고/ 노루 한마리/ 이런 밤에/ 불빛이 그리워/ 마을로 온다.

이렇게 많습니다만, 위에서 표시하였듯이 어느 정도로 정형적인 데다가 〈ㄴ〉
발음을 내는 운이 있어 이 시는 더욱 〈음악의 상태〉에 가까운 것이 되었다고
봅니다. 이제부터 시를 쓰려는 이는 이와 같은 표현의 기법을 세심히 주의해

봄이 좋을 줄 압니다.

　　　산빛은
　　　제대로 풀리고

　　　꾀꼬리 목청은
　　　티는데

　　　달빛에 木船 가듯
　　　조는 菩薩

　　　꽃그늘 환한 물
　　　조는 菩薩

　　　　　　　　　　　— 〈山色〉, 《山桃花》

　나의 작품 중에서 가장 표현에 고심한, 그리고 가장 오랜 시일을 두고 매만져 본 것이다. 〈달빛에 木船가듯 조는 菩薩〉이라는 구절은, 겨우 스물한살 무렵에 얻은 것이다. 이것이 〈山色〉이라는 작품으로 완성된 것이 서른 둘. 십년의 세월이 흐른 셈이다. 물론 오랜 세월을 두고 매만져 본 작품이라 해서 꼭히 좋은 작품이 되는 것은 아니다. 다만 하나의 시상이 작품으로서 완성하기까지, 그것이 무르익어, 완전히 작품화의 세계로 옮아오게 되는, 환언하면 그 시상을 고눌 수 있는 감정이 성숙해서 참되고 진실된 감정의 뒷받침을 얻을 수 있는 시기를 기다리는 것. 그것은 시작 생활에 소중한 일일 것이다.

　스물한해 봄이다. 나는 벗들과 석굴암에 산놀이를 가서 대불의 그 끝없이 편안한 앉임새와 열릴듯 다믄 입술. 혹은 부드러운 어깨언저리의 우아하고 인자로운 선을 우르러 바라보는 동안에 이상하게 크낙한 평안함과 마음의 갈앉임을 느꼈다. 그 느낌을 어떻게 표현해야 할 지 몰랐다. 〈須臾에 어리는 無限感〉 같은 것이라 여겼다. 그런 감격으로 나를 살펴볼 때, 혹은 인생을 想念할 때 명멸하는 생명이라는 것의 하염없는 느낌. 또한 〈소란한 시대〉라는 것이 억겁의

긴 세월 속에는 조용히 갈앉아 잠잠해 버리는 것이다. 그 〈달빛에 木船가듯〉한 경지. 그러나, 그 잠잠한 속에 깃드는 〈꽃그늘 환한 물〉의 정서.

이것이 내게 실감으로 느껴지기에는 너무나 엄청난 세계다. 그것이 실오리만큼의 실감을 내게 주기에 10년이라는 세월이 흐른 것이리라.

산빛은 제대로
풀리는데

꾀꼬리 목청은
티어오는데

이 兩句로서 3·4구의 대구로 삼은 것은, 〈이른 봄 풀빛이 홍근히 풀리는 산빛〉의 그 자연이 베풀어주는 너그러운 해방감, 또 꾀꼬리 목청이 티게되는 계절적인 애절감을 통하여, 〈달빛에 木船 가듯〉한 세월 속에 내 삶을 풀어버리는 서운하게 너그러운 안도감에 애절한 정서가 깃들게 하여 〈달빛에 木船 가듯 조는 菩薩〉이라는 구의 안받침의 세계로 삼으려는 것이다.

이런 심오한 경지가 얼마나 놀랍고 또한 깊은 것이라함을 모르는 바가 아니다. 나와 같은 범부가 짐작하기에 혹은 시로서 다루기에는 힘에 겨운 문제일 것이다. 그러나 그런대로 이런 무한감과 그 무한감 속에 내 애절한 삶을 풀어버리는 것으로 나는 서럽게 넉넉한 것을 느꼈던 것이다.

牧丹꽃 이우는 하얀 해으름

강을 건너는 청모시옷고름

仙桃山
水晶그늘
어려 보라빛

牧丹꽃 해으름 청모시옷고름

— 〈牧丹餘情〉, 《山桃花》

뜰 앞에 모란꽃이 이울기 시작하는 오월 해으름—그 길고 너그럽고 서러운 日暮를 나는 좋아했다. 경주의 변두리를 휘감아 흐르는 강물에 맑은 그늘을 먹음은 仙桃山 그림자가 잠기고. 그 강물을 푸른 모시옷고름이 너울거리며 건너는 여인.

이것은 그대로 오월 해으름의 흐느낌이다. 그 푸른 모시옷고름이 사라지는 아슴아슴한 모습을 주막 대청마루에 앉아 술잔을 기우리며 건너다보는, 사람들의 눈동자에는 흥근히 눈물같은 것이 고여 보였다. 어쩌면 그 눈물같은 것이 산그늘이었을지 모른다. 혹은 그것이 바로 오월의 정서라는 것인지 모른다. 그 눈동자에 눈물처럼 고인 것이 머루송이처럼 진자주빛으로 익으면, 불이 하나 켜지는 것이다. 어둑한 仙桃山 기슭 초막집에 등불이 켜지는 것이리라. 그리고 하늘에 초밤별이 뜨고, 해질 무렵의 그 독특한 엷은 비단같은 구름이 한오리 혹은 두어오리 비껴 흐르고.

이 〈牧丹餘情〉은 이렇게 어설픈 작문같은 것으로 설명하는 길 밖에 다른 도리가 없으리라. 그 정경 앞에서 눈물겨워지는 내 마음이 무엇인지. 혹은 산그늘이 잠긴 강물을 옷고름을 날리며 아슴아슴 사라진 것이 무엇인지 나는 모른다. 알 까닭도 없다. 이렇게 눈물겨운 천지에 또한 모란꽃은 왜 뜰앞에 지는 것일까?

나는 이 작품에서

仙桃山
水晶그늘
어려 보라빛

이라는 귀절을 사랑한다. 오월 해으름이 되면, 仙桃山에 산그늘이 어린다. 그 그늘이야말로 투명하면서 어둡고, 푸르면서 붉은……. 그늘로 말미아마 산이 맑아지는 그 현묘한 뉴앙스의 세계. 다만 이 귀절은 그 무렵의 문장 표현의 경향을 엿볼 수 있으리라.

나는 이 한 句로써 〈그늘을 먹음은 山〉의 볼륨(質量感)을 파악하여, 그것으로써 〈山〉을 표현하려고 노력한 것이다. 이것은 단순히 묘사라는 것이 아니다.

묘사는 외형적인 형태에 한결 충실한 것이나, 나는 질감이 나타나는 그것의 형상을 그리려 했다. 또한

〈牧丹꽃 해으름 청모시옷고름〉

이라는 귀절은, 〈印象의 端的인 調和〉를 생각해 본 것이다.

山은 山이냥 毅然하고

강은 흘러서 끝이 없다

댓잎에 별빛 草家 三間

이슬 젖은 돌다리 木果樹그늘

하늘밖 달빛에 바람은 자고

댓잎에 그윽한 바람소리

— 〈餘韻〉, 《山桃花》

첫 두 구는 〈山은 毅然하고, 江은 흘러 끝이 없는〉 유규한 感慨. 〈별빛이 어린 오막집〉과 〈돌다리가 이슬에 함뿍 젖는 여름밤의 으늑한 木果樹 그늘〉의 정서적인 정경. 나는 이 네 句로써 우리 겨레의 서러운 꿈과 유구히 흐르는 핏줄에 대한 아늑한 신뢰같은 것을 표현하려 했다. 또한 그것이야 말로 〈세기적인 심연〉 속에서 허덕이는 나 자신을 유구한 핏줄의 한줄기로서, 풀어버림으로, 차라리 너그러운 〈나〉를 발견하고, 위안과 길을 찾아내었다.

이런, 〈나〉는, 〈하늘밖 달빛에 바람은 자고, 댓잎의 그윽한 바람소리〉와 같은 것이리라.

하늘밖 달빛에 바람은 자고

　덧잎에 그윽한 바람소리

　이 끝 연으로, 바람 한점 없이 잠잠한, 다만 달빛이 하얗게 어린 천하에 댓잎에만 한가락 흔들리는 바람. 이 동양적인 유현한 경지를 묵화 한폭이런듯 그려보려 했다. 만약 이것이 어느정도 표현되었다면, 〈바람은 자고〉와 〈그윽한 바람소리〉사이의 〈생략의 함축〉이 이루어주는 것이리라.

　山
　疊疊
　쓸리는 구름

　잔솔포기 자라서
　嶺넘어 가고
　情은 萬里
　해으름 千里

　客主집 문전에
　나귀가 운다.

— 〈해으름〉, ≪山桃花≫

　日暮의 정서를 노래한 것이다. 약간 회고적인 꿈이 어린 것이리라. 〈잔솔포기 자라서 嶺넘어 가고〉라는 귀절은, 嶺넘어 가는 것이 〈잔솔포기 자란 것〉만이 아니다. 〈情은 萬里 해으름 千里〉의 아득한 서러움일 것이다.

　이런 묘사적인 구절에 정서가 깃들어 실감을 자아내는 것이리라.

　이 시를 〈山桃花〉에 실릴 무렵에는 〈客主집 門前에 초롱이 켜진다.〉로 되었으나, 나중에 〈客主집 문전에 나귀가 운다〉로 고쳤다. 해으름에 나귀가 우는 것이 한결 처량하며, 또한 山과 嶺과 客主집의 풍경 속에 어울리는 것이리라.

　그리고, 〈情은 萬里, 해으름 千里〉의 이런 대담한 표현도, 〈山 疊疊 쓸리는 구름〉과 같은 구와 비중을 달아 격에 어울리는 것이라 믿기 때문에 시험할 수 있었으리라.

　이런 〈해으름〉과 대조적인 표현이 〈九黃龍〉같은 작품이다. 〈해으름〉이 한시적인 격을 지니려고 노력한 반면에 〈九黃龍〉은 섬세하게 표현하려고 노력한 작품이다.

　　　　날가지에 오붓한
　　　　진달래꽃을

　　　　九黃龍 산길에
　　　　금실아지랑이

　　　　…풀섶아래 꿈꾸는 옹당샘
　　　　…花柳欄籠 안쪽에 호장저고리
　　　　…새색씨 속눈섭에 어리는 이슬

　　　　날가지에 오붓한
　　　　꿈이 피면

　　　　九黃龍 산길에
　　　　은실아지랑이

　　　　　　　　　　　　　　　　　─〈九黃龍〉, 《山桃花》

　九黃龍은 경주에서 50里許, 동해로 나가는 길에 가장 깊은 산골이다. 九黃龍재를 넘으면 동해다. 이른 여름이면 운무가 개일 날이 없고, 운무 속에 산딸기가 제물에 익어, 이슬을 먹음고 지고마는 높은 峻嶺이오, 그 준령아래 골짝이다.

　나는 젊었을 무렵, 직장관계로 그 골짝에 출장을 나가곤 했다. 산골로 산골로 기어드는 외갈레 소릿길을 따라들어가면 딱나무를 벗겨서 白紙 뜨는 제지업으로 유일한 생업을 삼는 가난한 마을이 골작마다 뜸뜸이 몇집씩 흩어져 있었다.

이른 봄날에 그 소릿길로 가면 온통 아지랑이가 피어 벌건 진달래꽃 沙汰를 이룬 골작과 길에 일렁거려 산이 흔들릴듯 했다.

그 아지랑이의 황홀감. 한오리, 한오리에 꿈이 얼려 있는 것 같았다. 아지랑이는 한오리마다 일렁거리며 피어오르는 동안에 햇빛을 받아 빛나기도 하고, 때때로 빛을 걷우기도해서, 어쩌면 금실같기도 하고, 혹은 은실같기도 했다. 옛날부터 전해오는 〈금실아지랑이, 은실아지랑이〉의 이 현묘한 표현은 아른거리는 아지랑이의, 빛나는 면과 어두운 면을 표현한 것이리라. 그 아른거리는 것이 자아내는 안타까운 감정. 기다리는 이가 울듯도 하고 말듯도 하고. 아슴아슴한 생각이 풀릴듯도 하고, 걷쳐버릴 듯도…아니 〈아지랑이가 자아내는 안타까운 감정〉이 아니다. 잦으러지는 꿈 속에 안타까운 감정, 그것이 아지랑이 같기도 했다.

그런 아지랑이 속을 시집 온 새색시처럼 〈수집운 꿈〉속에 잦아지며 길을 걸었다.

그것을 노래한 것이 〈九黃龍〉

〈날가지〉라는 말은, 나무가지 하나하나를 나무가지라는 총칭과 구분해서 우리 고장에 쓰이는 사투리.

첫 연의 〈날가지에 오붓한 진달래꽃〉하는 귀절의 〈을〉의 뜻의 함축과 감정의 여운을 띄우려는 助詞. 〈가지마다 오붓하게 진달래꽃이 피었는데 九黃龍 산길에 아지랑이〉라는 뜻이 아니다. 〈을〉이 있음으로, 진달래꽃과 아지랑이-이 두군데 함께 느낌표가 붙게 되는 것이다. 〈날가지에 오붓한 진달래꽃이어! 九黃龍 산길에 금실아지랑이여!〉라는 뜻이다.

둘째 연의 점선(…)아래 것은 진달래꽃에 얼려 피어오르는 아지랑이가 짜놓은 꿈이다. 이 세가지 꿈이야말로 촌색씨의 어질고 겁많은 굵은 눈에 어린 소박하고 수줍은 꿈이오, 동시에 안타까운 꿈들이다.

〈풀섶아래 꿈꾸는 옹당샘〉은 혼자의 속삭임에 자기가 취한 것. 혹은 〈花柳欌籠 안쪽에 호장저고리〉에는 이미 생활에 쪼들린 촌여인에게는 일생에 단 한번의 화려한 잔치와 그 흥겨운 나드리의 옷이 묻쳤는 것이다. 그 소박하게 서러운 것. 〈새색씨 속눈섭에 어리는 이슬〉은 산넘어, 영넘어, 골짝안의 골짝에 친가를 둔 갓 시집 온 색씨의 향수가 스민 눈물이다. 그 눈물 안에 어린 하염없는 것. 이런 꿈에 얼려 아지랑이는 九黃龍 산길에 아른거리는 것이리라.

이 작품에 첫 연의 금실아지랑이가 끝 연에서 은실아지랑이로 변한 것은, 금실 은실아지랑이의 〈될듯 말듯〉〈울듯 말듯〉〈나타날듯 숨을 듯〉한 삼삼한 감정의 안타까움과 꿈이 풀리듯 말듯한 조바심을 이 작품의 바탕으로 삼은 것이며, 그 안타까움이 짜놓은 꿈의 한자락으로 이 작품을 이루게 하려고 의도했기 때문이다.

그리고 첫 연의 진달래꽃이 끝 연에서 꿈으로 변한것도 아지랑이 속에 아른거리는 진달래꽃송이가 곧 아지랑이의 꿈이오, 동시에 아지랑이로 말미암아 내가 꾸게된 꿈이며, 그 꿈으로 말미암아 내 마음에 깃든 촌색시같이 수줍고 서러운 정서 그것이기 때문이다.

> 深山고사리 바람에 도르르
> 말리는 꽃고사리
>
> 고사리 순에사 산짐승 내음새
> 암수컷 다소곳이 밤을
> 새운 꽃고사리
>
> 도롯이 숨이 죽은 고사리
> 밭에 바람에 말리는 구름
> 길 八十里
>
> — 〈고사리〉, ≪山桃花≫

〈도롯히 숨이 죽은〉 한쌍의 산짐승이 자고간 자리가 고사리밭에 남은 것을 그려보고 싶었다. 그 고사리밭에 산짐승이 하룻밤을 자고 간 탓으로 〈도롯하게〉 고사리가 숨이 죽은 자리가 남게 된것을 나는 부부간의 애정이라는 것의 은근한 모습을 느낀 것이다. 고사리가 순이 뻗을 무렵의 무르익는 풀과 꽃과 나무잎새 아래 습기저린 흙냄새가 얼려 그 너긋한 향기와 이상한 꽃무더기와

부드럽고 어둑한 풀덤풀… 그것은 우리에게 그야말로 官能的인 분위기를 자아
냈다. 또한 그 풀과 꽃덤불 사이로 암컷은 숫컷을 숫컷은 암컷을 서로 따라,
쌍쌍히 산짐승이 헤매는 것이다.

그러나 나는 이런 풍경을 그대로 받아드릴 수 없었다.

〈바람에 말리는 구름길 八十里〉의 높이에서 겨우 〈도롯히 숨이 죽은 암숫컷
의 다소곳이 밤을 새운 자리〉를 나려다 보는 이 〈식물성적인 관능〉이 그 무렵
의 내가 유지하는 관능의 한계일지 모른다.

이 정신적인 정화작업이, 내 작품에서 더운 핏줄을 뽑아내고, 한결 자연에
몰입시킴으로써 인간을 박탈한 것이리라.

안타까운
마음은

은은히 흔들리는
강나룻배

누구를 사모하는
까닭도 없이

문듯 흔들리는
강나룻배

— 〈임에게①〉, ≪山桃花≫

〈누구를 사모하는 까닭도 없이 문듯 흔들리는 강나룻배〉런듯 마음이 설레며,
까닭 모를 서러움에 눈물겨워지는 감정을 무엇이라 이름 지워 불렀으면 좋을
것인가. 때로는 형용할 수 없는 憧憬의 그 부푼 심정이며, 혹은 썰물이 서듯
막연한 사모감이랄까. 이런 까닭없이 설레는 것이 젊은날의 안타까운 꿈을 짜
게하고, 이런 정감의 절정 위에서 젊은 날의 눈물은 또한 맑아지는 것일가.

영랑(永郎)의 작품에,

    저녁때 저녁때 외로운 마음
    붙잡지 못하여 돌아다님을

    누구라 불러주신 바람이기로
    눈물을 눈물을 받아서 가오

라는 小曲이 있거니와, 나는 이 소곡을 읊을 적마다, 〈누구라 불어주신 바람이
기로〉라는 대목에서 가슴이 울림을 느꼈던 것이다. 바람에 조차 아득한 동경과
사모를 느끼는 그 〈까닭 모를 안타까움〉—이것은 젊은 날을 고누는 가장 순수
한 정서일 것이다.

　나는 이 안타까움을 노래한 시에 〈임에게〉라는 제목을 붙였던 것이다.

　참으로 그 임이야말로 아무런 구체적인 대상을 갖지 않는 젊은 날의 동경과
사모의 하염없는 꿈속에 피어오른 임이다. 또, 그 임은, 내 영혼 안에 깃들어
영원한 사모를 거두게 될 〈영혼의 임〉일 것이다.

　나는, 이 작품을 일부러 바람도 없는 날에 가는 물결이 문듯 흔들리는 강나
룻배의 〈단일적인 이메지〉로써 엮어본 것이다. 이 순수한 정서를 표현하는데
다양한 영상이 차라리 거치장스러웠기 때문이다. 그리고,

　〈문듯 흔들리는 강나룻배〉
　〈문듯〉이라는 한마디에 이 작품의 초점이 모이는 것이며, 또 이 한마디에
〈까닭 없이 설레는 안타까움〉을 실어본 것이다.

    꿈을 꾸네
    꿈을 꾸네
    대낮에도 구으는
    흰수레바퀴

    스스로 사모하는
    나의 자리에
    가는 숨결 고운 시간 꿈의 자리에

      나홀로 열매지는 작은 풀열매
                              ―〈임에게②〉, ≪山桃花≫

   첫 연은 대낮에도 희고 투명한 수레가 구을 듯 임의 환상에 잠기고, 그와의
아름다운 앞날을 꿈을 꾸게되는 것. 이것은 사랑에 사로잡힌 자가 누구나 겪는
황홀한 시간일 것이다. 〈대낮에도〉의 〈에도〉는 밤에는 물론이려니와…의 뜻을
간직한 것이다.
   그러나, 나는 불꽃처럼 사루려 하지 않았다. 〈가는 숨결 고운 시간〉하고, 둘
째 연에서 나직하게 아름다운 나의 사랑을 노래한 것이다. 나의 사랑은, 임으
로 말미암은 것이 아니리라. 〈나 홀로 열매지는 적은 열매〉처럼, 그것은 내 안
에서 나의 소망으로, 또한 나의 정성으로 내가 받드는 것이리라. 이 귀절에
〈사랑함으로 한결 서러운 나의 사랑〉이 스몄는 것이다. 그러나, 그 서러움은
〈나 보기가 역겨워 가실 때에는…〉이나 〈못 잊어 생각이 나겠지요〉 등 素月의
시에서처럼 청승맞고, 구슬픈 서러움이 아니다. 그런 뜻에서 나는 소월의 사랑
과는 본질을 달리한다. 소월의 시에서는 사랑이나, 사랑으로 말미암은 서러움
이나, 모조리 임으로 말미암아 솟게 된 피동적인 사랑이다. 그것이 나는 싫었
다. 내게 사랑은 〈내홀로 열매를 지우는〉 것이기 때문이다.
   나 홀로 열매를 이룩하는 사랑에서 울어나는 서러움은 곧 기쁨이오, 즐거움
일 수 있다. 종교적 정서는 즐거움이 서러움이듯….
   참으로, 내게 사랑은 종교적인 신앙처럼 내안에 모아서, 그것으로 말미암아
한결 내 숨결이 가늘게 고르게 조화되는 사실이며, 그리고 임을 사랑하고 사모
하는 것이야말로 불꽃처럼 타는 것이기보다, 〈고운 시간〉을 지속하는 일이요,
또한 사랑이 곧 〈꿈의 자리〉기도 했다.
   그러므로, 내가 가장 애송(愛誦)한 사랑의 노래는 하이네 것이 아니다. 예이
츠(W.B.Yeats)의 〈하늘의 옷감〉이다.

      내가 금과 은의 밝은 빛을 넣어 짠
      하늘의 수많은 옷감을 가졌으면,
      밤과 밝음과 어슨 밝음의

> 푸르고 흐리고 검은 옷감이 내게 있으면
> 그대 발아래 깔아드리면
> 마는, 가난한 내라 내 꿈이 있을뿐이어
> 그대 발아래 이 꿈을 깔아드리노니,
> 사쁜히 밟고 가시라. 그대 내 꿈을 밟고 가시느니
> ─〈하늘의 옷감〉, ≪朴龍喆全集≫에서

이 작품을 애송한 까닭은 〈가난한 내〉라는 귀절에 매혹한 탓이리라. 이 작품의 〈가난한 내〉라는 그 〈가난〉은, 물질적인 뜻만을 지닌 것이 아니다. 임을 사랑하므로 마음이 가난해지는 그 가난일 것이다. 이것이야말로 내가 임을 사랑함으로써 얻을 수 있는 〈全部〉였다.

사랑이 주는 일시적인 표면적인 감정의 충만. 그런것이 안으로 이미 흡수되고, 수그러진 다음에 〈마음이 가난해지는〉 그 충만감.

그러나 이런 사랑은 그야말로 〈스스로〉 울어나는 것이리라. 〈스스로〉라함은 〈저절로〉라는 뜻과는 다르다. 자연스러운 것의 그 너르고 크낙한 세계에서 빚어지는 그 자연스러움과 더불어 이루어지는 것─〈스스로〉다.

〈스스로 사모하는 나의 자리에〉라는 句를 나는 두고두고, 이룬 것이다. 또한 〈스스로〉라는 말에 내 감정의 순수성을 집중적으로 표현해 보리라 여겼던 것이다.

그러나, 이 〈임에게·3〉은, 시로서는 흠 잡을 것이 너무 많다. 첫 연의 〈대낮에도 구으는 흰수레바퀴〉의, 이 이메지를 밀어 발전시켰더라면 시로서 한결 좋은 작품이 되었으리라. 그러나, 〈임·2〉〈임·3〉처럼 이렇게 〈표현된 시〉를 염두에 두지않고, 외곬으로 자기의 감정에 충실해 본 것이 다른 작품에는 드물 것이다. 이처럼 우직스럽도록, 자기 감정에 충실한 것도 사랑의 문제가 너무나 내게 벅찬, 힘에 겨운 것이기 때문일 것이다.

> 스스로 사모하는
> 나의 자리에
> 가는 숨결 고운 시간 꿈의 자리에 나홀로…

이 〈자리〉를 반복하면서, 그 뜻과 감정을 심화시키는 점층적 표현법을, 그
후 여러 곳에 나는 시험해 보았던 것이다.

　　　내 색씨는 하얀 넋
　　　천만년 달밤

　　　열두가람 여울목에
　　　스며우는데

　　　水晶玉 푸른 마디
　　　아슬한 鶴을

　　　구름위에
　　　잔잔한 피리소리

— 〈임에게④〉, ≪學風≫

여기서 임은 玉笛다. 나는 외롭고, 심심하면 경주 박물관에 가서, 어둑한 창
고에 간직해 둔 옥피리를 물끄럼히 보는 것으로 시간을 보냈다.

옥피리를 보면 볼수록 신비스러웠다. 파름한 옥빛은 그날 천기에 따라 빛깔
이 변했다. 그것은 사람의 얼굴 이상이었다. 그 빛깔에 감정이 아롱거리듯 했
다. 또한 다만 길쯤히 유리상자 안에 안치된, 지금은 한갓 古蹟品에 불과한 것
이나, 옛날에는 싱싱하게 산 것이리라. 그간 서라벌의 달밤을 얼마나 서러운
하늘로 이룩한 것이랴. 우리들의 전설 속에 빛나는 푸른 서라벌의 天蓋. 그것
을 이룩한 것이 이 옥피리일 것이다.

나는 그 옥피리를 작품화하기에는 너무나 벅찬 詩題였다. 〈순수한 서정시인〉
이라고 남이 부르는대로, 나의 단순하고 말하자면 순수한 서정성이 〈깊은 역사
를 먹음은 그러나 극히 평범한 玉笛〉를 그 안에 싸안기가 힘에 겨운 일이었으
리라.

이 작품은 완전히 실패한 작품이다. 句間 사이의 〈함축의 연관성〉이 희박하

고, 또한 3연의 이메지가 구체적으로 형상화되지 못했다.

더구나, 3연에서 4연으로 크게 비약하는 것이 긴밀한 유대성을 띄우지 못하여, 시상이 산만하다.

물론 지금 개작하면 첫귀와 끝귀로써 옥피리를 한결 내면에서 취급하게 되리라.

여러분의 참고자료로 여기 실어 본 것이다.

山에
山이 겹쳐
봉우리를 안은채
半넘어 밭이된 절터마을을.

반쯤 열린 사립문 안에
대추꽃만
오붓이 폈네

—〈石塔里〉, ≪코메트≫에서

물을 請하니
팔모飯床에 받쳐들고 오네
물그릇에

外面한 娘子의 모습
반은 어둑한 산봉우리가 잠기고.

다만 은은한 桃花한그루
한가지만 울넘으로
嶺으로 뻗쳤네.

—〈桃花한그루〉, ≪코메트≫에서

〈문장〉에 추천을 받을 무렵, 나는 동해안을 방랑—글자 그대로 떠돌아 다닌 일이 있었다. 해안선을 따라 모래를 밟으며 가다가, 밤이면 가까운 여인숙에 들러 쓰러져 잤다. 바다 위의 하늘은 너무나 옅었다. 바로 이마 위에 손이 닿을듯 나직한 하늘. 그 하늘의 별은 너무나 강하게 빛났다. 출렁거리는 물결소리에 등이 들먹거리듯한 여인숙. 그 방랑이 끝날 무렵에 나는 어느 산길로 접어들었다. 태백산 준령의 깊은 골짝에 있는 조그마한 부락. 그것이 〈石塔里〉다. 이 작품은 그때 가볍게 스케취한 것.

> 반쯤 열린 사립문 안에
> 대초꽃만
> 오붓이 폈네.

그 반쯤 열린 사립문 앞에서 나는 주인을 찾았다. 참으로, 그 사립문 앞에서 주인을 찾는 나 자신을 나는 얼마나 놀라운 생각으로 〈내가 나를 대한〉것이랴. 몇 천년을 한국에 어렸던 무슨 아지랑이 같은 것의 기운이 모여, 〈내가 된〉것이라 여겼다. 또한 그 「나는」 몇 백년을 팔도강산 방방곡곡을 떠돌며 살아온 영원한 나그네라 여겼으며, 그리고 그런 나그네를 맞이하기에 가장 정당한 풍경 앞에 내가 선 것이라 여겼다.

나는 그 감회를 감히 표현할 도리가 없어, 다만 나를 맞이하는 풍경을 가볍게 스케취하여 비망록 속에 꽂아둔 것이다.

주인은 칠순노인. 그날 밤을 그집 토방에서 주인과 더부러 묵었다. 그 토방을 〈舍廊〉이라 부르는 것이 신기롭고, 또한 나그네가 하룻밤 쉬기 위하여 오래 전에 마련해 둔 방이라는 일종의 환상에 사로잡혔던 것이다.

〈桃花한가지〉도 같은 무렵의 작품.

외딴 집에서 주인을 찾으니 과년한 처녀가 얼굴을 붉히며 나왔다. 물을 請했다. 처녀는 말이 없이 부엌으로 들어가더니 낡은 팔모飯床에 받쳐들고 나온다. 아마, 부모는 들이나 산나물을 캐러간 눈치다. 집안이 비었기 때문에 〈사랑〉에 들어오라고 못하는 모양이다. 내가 사립문 앞에서 물그릇을 받자, 외면을 하고, 다소곳이 귀만 붉힌 옆얼굴이 기다리고 섰다.

그릇에 남실거리는 물에, 기운 햇살아래 어둑한 뒷산 봉우리가 잠기고, 또한 처녀의 모습도 가늘게 물속에서 출렁거리고 있었다. 고맙다는 인사를 하자, 처녀는 힐끗 나그네를 쳐다볼 뿐, 말이 없었다. 다만 사립문께 꽃이 하얗게 만발한 복사꽃 가지만 잠잠하고…

> 한가지만 울넘으로
> 嶺으로 뻗쳤네

울안에 만발한 복사꽃가지 중의 어느 한 가지만 〈울넘으로 嶺으로 뻗는〉은은한 마음씨가 그 낭자런듯 여겼던 것이다.

우리가 지난 것이라 여겨 흔히 업수히 여기는 이런 아름답고 예절바르고, 그리고 잔잔한 낭만이 실린, 〈묻혀가는 생활〉속에서 풀꽃처럼 가만히 피어있는 것을, 이후에도 나는 모아보리라 생각한다. 이런 것으로 얌전한 한권의 시집을 갖출 수 있다면, 얼마나 보람있는 일이랴.

〈山桃花〉 이후

―〈山桃花〉 이후의 자작시 해설

운다는 것은
차라리 마음이 후련한 일이다.
그냥 풀잎에 맺히는
이슬.
이슬의 그 가벼움.

내가 나를
불러본다.
玲瓏하게
孤獨한 朴木月
나는
벗어날 수 없다.
디미 이슬 안에
저절로 스몄는 나……

바람이 온다.
흔들린다.
구름이
간다.
흔들린다.
다만 안으로 티어오는
玲瓏한
孤獨을. 그 朴木月
아아 나는 손을 든다.
두 손을 든채……

　　온몸이 풀려
　　가없이 푸른 것으로 피어오른다.

— 〈이슬〉, ≪新天地≫

　6·25 동란이 일어나던 전해에 쓴 것이다. 이것은 〈청록집〉에 수록한 작품들과는 사뭇 다를 것이다. 그 깊은 정서의 틀에서 한 자국 밖으로 내딛게 되자, 나는 형언할 수 없는 혼란의 渦中에 휩쓸리게 되었다. 현실이 크로즈엎 되면서, 일시에 〈나〉와 〈남〉이라는 것, 혹은 거레하는 것, 또는 그야말로 강인하고 조밀한 그물코처럼 얽힌 사회라는 것—이런 복잡한 배경 위에서, 나의 〈존재에 대한 인식〉이 새삼스럽게 나를 혼란하게 하는 것이다. 물론, 일제시에는, 이런 문제를 거의 생리적인 것으로 받아드리고, 또한 그것에 나대로의 정신적인 혈로를 마련한 것이나, 일단 해방이 된 후 그 빛나는 햇빛 아래서 나는 이런 문제에 발언을 가지려고 노력한 것이며, 그 결과가 나를 혼란 속에 몰아 넣었으리라. 그러나, 그 혼란이 크면 커질수록, 나는 〈체중이 가벼워 지는〉 허탈 상태와 무기력한 나를 발견하게 된 것이다.

　이런 착잡된 심정은 〈나〉의 문제로서가 아니다. 현실에 한 걸음 다가서서 눈을 뜨게 되고 혹은 민족이나, 사회를 인식하는 그 자체 안에서 느낀 것이리라. 또한, 그 무렵의 사회적인 이상한 불안감—아마 동란같은 너무나 큰 민족적인 비극이 빚어지려는 그 〈전날밤〉의 예감이 釀成한 것이리라. 그 불안의 이상한 촉각적인 예감이 내에게 온 것이다.

　　〈바람이 분다 흔들린다. 구름이 간다 흔들린다.〉

　이 걷잡을 수 없는 動搖—나는 이 작품을 6·25동란 전야의 조그마한 기념비라 여기는 것이다. 그러므로, 어차피 〈다만 안으로 티어오는 玲瓏한 孤獨〉이야말로, 이처럼 혼란과 불안 속에 나를 다스려갈 영혼의 유일한 입지처가 된 것이다.

　　〈아아 나는 손을 든다. 두 손을 든채……온몸이 풀려 가없이 푸른 것으로 피어오른다〉.

이 끝 연은 내가 내게 보낸 일종의 축복의 한 귀절이다. 〈두 손을 든채……온 몸이 풀리는〉 그 〈풀리는 나〉를 느끼는 허탈을, 〈가없이 푸른 것으로 피어 오르는〉 영원감으로써 메꾸려 한 것이다. 이것은 허탈이나 절망을, 〈영원한 눈〉으로 바라보는, 구원을 베푸는 길이라 여기는 것이다.

나는, 이 작품을 3연으로 나누었다. 첫 연의 〈가벼움〉과 둘째 연의 〈흔들림〉과 셋째 연의 〈피어오르는 것〉이다. 이 〈가벼움〉과 〈흔들림〉과 〈피어오르는 것〉의 세가지 모티브로써 시를 구성한 것이다.

첫 연의 〈우는 것은 차라리 넉넉한 것〉 같은 대목은 실로 미약하기 짝이 없는 표현이다. 〈체중이 상실〉되는 그 절망감은 울 수나 있으면 차라리 후뭇하게 넉넉하련만, 울 수도 없다는 뜻이다. 그러나, 이 표현이 후기에 내가 시도한 〈서술체의 시〉로 이르게 된 그 과도기의 표현이다. 〈청록집〉계열의, 깨끗하게 음수율을 밟는, 또한 서술어를 용납하지 못한 〈음악의 상태〉에서 어느 정도, 구술적인 상태로 옮아온 것이리라. 그러나, 이렇게 서술체로 풀면서, 시가 가벼워지는 것을 느꼈다. 어휘 하나하나의 부담.-뉴앙스와 상징성-을 덜게 함으로 〈언어 그 자체의 마술성〉이 풀리게 되고, 또한 문자가 깔고 앉는 〈여백의 함축〉이 輕해지면서, 작품은 한결 〈깊은 주제〉를 요구하게 되는 것이리라. 그러므로 서술체의 시가 시로서 무게를 지니기에는, 밑바닥이 표면에서 표백되지 않는, 그러나 그 표면의 설명을 고누는 〈크낙한 底邊〉을 지녀야 하는 것이다. 이것은 〈강렬한 주제〉에서 오는 것만이 아니다. 오히려 그 〈주제의 深度〉에서 유래하는 것이리라. 〈우는 것이 차라리 넉넉한 것〉 등의 이 미약한 서술은, 내가 〈청록집〉계열의 순수한 서정시를 다루던, 표현 수법에서 완전히 벗어나지 못한 연유일 것이다.

가벼운〈朴木月〉 같은 귀절도 어설프기 그지없다. 당시에 나는 〈가벼운 朴木月〉하고, 내 성명을 구체적인 이메지의 일단으로 작품속에 짜 넣으려는 의도긴 했으나, 그러나 〈朴木月〉하면 실은 그것을 한정하기가 극히 모호한 것이리라.

또한 이 작품의 큰 결점은, 〈聯의 엄밀한 구분〉을 갖지 못한 것이리라. 위에서 〈가벼움〉〈흔들림〉〈피어오른 것〉의 三種으로 구분을 했으나, 그 구분에서 연이 한결 독립된 형식을 구비해야할 것이다. 나는 그 무렵 행을 일종의 호흡의 의 휴지, 완급을 記票한 것이려니 하고 막연히 여겼다. 또한 이 작품에서 시로서 〈균형〉이 잡히지 않았다. 첫 연이 5행인데 다음 연은 8행, 세째 연이 12행이래서 그 형식적인 비중이 어그러졌을 뿐만 아니라, 시의 중심이 후반에 치우쳤다. 이것은 소위 〈끝장을 꿀리는 수법〉이다. 그러나, 〈끝장을 굴릴수 있는 토대〉를 첫 두 연에서 마련하지 못했다는 뜻이다.

다만, 끝 연은 비교적 성공한 것이라 믿는다. 〈가없이 푸른 것으로 피어오르는 것〉이 〈이슬〉을 암시하면서, 〈이슬〉 그것이 〈두 손을 든채 온몸이 풀리는〉 이메지를 內藏한 것이다. 이런 이메지를 띄운 구절이 서술체 안에 짜짐으로, 산문적인 서술문장과 시와의 분별이 서는 것이리라.

나는, 이번에 이 작품의 해설을 쓰면서, 이제는 〈이슬〉에서처럼 그런 것에 의지하고, 위안을 받아서는 안될 것이라 여겼다. 한결 적극적으로 삶에 참여해야 하리라.

우리 고장에서는
오빠를
오라베라 했다.
그 무뚝뚝한 왁살스러운 악센트로
오오라베이 부르면
나는
앞이 칵 막히도록 좋았다.

그것은 오기가 샛까만
뽕나무와 같은 것
섶가지 울타리에
노오란 이슬마꽃 같은 것,
혹은
머루처럼 透明한
그 밤하늘이라 생각한다.

참으로 경상도 사투리에는

약간 풀냄새가 난다.
이슬 냄새가 난다.
그리고
입안이 마르는 황토흙 타는 냄새가 난다.

— 〈사투리〉, ≪戰線文學≫

이것은, 6·25 동란을 맞이한 후에 처음으로 쓴 것이다. 동란 후에 첫 작품이라는 뜻에서보다, 내게는 다른 의미에서 시작 생활에 중요한 작품이라 생각한다.

왜냐하면, 6·25 동란으로 말미암아 나는 표현 형식에 완전히 〈서술체〉로 변한 것이다. 전쟁-더구나 內亂이 빚어내는 그 어마어마하고, 참혹한 현실에 더구나, 총을 잡은 隊列에 나도 한몫 끼게 되는, 이 절대적인 현실 앞에서, 몇 줄의 서정시를 엮는 그야말로 소위 순수한 서정시인으로서 나는 완전히 벙어리에 불과했다. 〈시를 쓰는 것〉-이것은 次後事의 일이었다. 시인으로서의 창조자로서의 침착성을 가질 겨를이 없었다. 〈시인〉을 자각하기 전에 한결 인간적인 혹은 자연적인 감정이 가슴에 솟구쳐서 절규같은 울부짖음이 목 안에서 솟아올랐다.

이런 경험을 나는 무엇이라 표현해야할지 모른다. 애국심이랄까, 그런 국한된 것이기보다 더 넓고 강렬한 휴메니티- 그 감정이라는 것이 인류로 향한 이상한 웅얼거림과 신에 대한 항의(말이 좀 어슬프나)같은 것. 아니, 차라리 이상한 분노같은 것이 그대로 바지랑대처럼 솟곤했다. 그 분노같은 감정이 말로 이룩되기보다 동물의 울부짖음같이 늘 속에서 끓었다. 그러나, 그 울부짖음도 목에 걸리고 밖으로 쏟아지지 않았다.

말을 잃어버린 시기-그런 시기가 한 때 있었다. 어느 정도 마음이 갈앉자, 비로소 〈시를 빚으려는 욕구〉가 피어나면서 그 분노같은 감정이 정화되고 진정되는 것이다.

이 무렵이다. 나는 안타깝게 〈시〉에 매어달린 것이다. 평생에 이처럼 절박하게 시(poetry)를 계속적으로 무성하게 느껴 본 일이 없다. 순간 순간이 시의 그윽한 선률 속에 새롭게 눈을 뜨고, 모든 사물이 시상 속에 용해되어 시로서

재현된 모습으로 눈에 비치는 것을 일직 경험한 일이 없었다. 그러나, 그것은 모조리 단편적인 시상이요, 각기 토질이 다른 부스러기 어휘들이었다. 차라리 이것은 〈滿發한 환상〉이었다. 이런 〈만발한 환상〉을, 창조적인 영상으로서 받아드리고, 통제할 수 없었기 때문이다. 왜냐하면 그것을 통어할만한 〈형식〉을 갖추지 못했기 때문일 것이다. 쑥스러운 표현이나, 〈청록집〉의 단아하고, 극도로 선택하고, 또한 간결한 어휘로 함축성을 띄운 정형율에 가까운 시형으로서는 〈沸騰하는 현실〉과 그것에서 받은 이미 〈가슴 밖으로 쏟아지는 말〉을 다스르기에는 어림없는 노릇이다. 환언하면, 청록집의 작품들이 모습한, 내 손에 익은 시형이 무너지고, 언어가 물러간 것이다. 그런대로 새 형식과 말을 고르지 못하고, 그것에 익숙하지 못했던 것이다. 시(Poem)의 형식이라는 것이 얼마나 시(Poetry)를 다스리는 것이랴. 오히려 형식으로 말미아마 시상이 일정한 질서를 잡고, 조화를 이루고, 또한 그것으로 제약을 받음으로써 통일을 이루는 것이리라. 그러나, 어느 시인에 있어서 그 본질에서 울러나는 새 형식의 발굴은 鑛脈을 발견함과는 다르리라. 편편이 새로울 수 없을 것이다. 어떤 기본적인 틀—그 터전 안에서의 새로움일 것이다.

그러나, 새로운 〈틀〉을 마련하기 위해서 내적 동기와 시일이 필요할 것이다. 이렇게 빚어진 틀은 어느 시인이 어느 시기동안, 시작품을 이룩하게 되는 일종의 시형식의 鑄型이 되는 것이리라.

나는, 그 무렵, 이 시형식의 주형을 잡지 못한 것이다. 그래서 〈滿發한 詩〉를 시로서 빚어낼 길이 없었다.

그런 뜻에서 이 〈사투리〉는, 청록집 계열의 내 작품과 판이한 새로운 형식의 鑄型을 첫 시험해 본 것이다.

우리 고장에서는
오빠를
오라베라 했다.
그 무뚝뚝하고……

〈그〉라는 한정어에 깃든 나직한 감탄을 내 운명에 어울리는 〈감동의 한계〉

라 여긴 것이다. 그 나직한 감동 안에서, 끓는 현실에 처하며, 사물을 사고하며 겪으며 바라보며, 그리고 생각하고 느낀 것을 〈이야기하듯 읊어〉 보리라 생각한 것이다.

이 〈감동의 나직한 拍子의 特續〉이 내게는 그 무렵의 생활이요, 정신이요, 그 안에서 작품을 빚었다. 그리고, 또 하나는 〈발언의 욕구〉였다. 절박한 시대에 한결 적극적 참여를 희구한 그 심정적인 결과가 〈발언하고 싶은 마음〉이다. 그러나, 나의 이 본질적인 성격(운명)의 소극성을 벗어나지 않는 범주에서 또한 〈감동의 나직한 박자〉를 特續하면서 나의 〈발언〉은 이야기하듯 읊는 도리밖에 없었다. 〈오라배라했다.〉〈앞이 콱 막히도록 좋았다〉 등의 이 서술체의 시를 시도해 본 것이 내게는 일종의 큰 변혁이라 여겼다.

〈사투리〉의 첫 연은 설명할 필요조차 없으리라. 우리가 마음에 사투리를 간직하는 동안, 사랑이 우리 마음에서 식어지지 않으리라. 그 조작적이요, 일시적인 열을 띠운 것이 아닌, 영원히 핏줄에 스민 것을 노래하려는 뜻이다.

둘째 연의 〈오디가 새까만 뽕나무〉나 〈섶가지 울타리에 핀 이슬마꽃〉이나 모두 향토적인 것. 사투리야말로 이런 향토적인 자연 속에 저절로 자라난 것. 그리고, 사투리는 우리의 마음 속에 〈머루처럼 투명한 밤하늘〉 같이 자리잡는 것.

〈경상도 사투리에는 약간 풀냄새가 난다. 이슬 냄새가 난다. 그리고 입안이 마르는 황토흙 타는 냄새가 난다〉. 라는, 이 셋째 연은, 경상도 사투리에 대한 나의 渴慕와 향수의 목마른 심정을 노래한 것이다. 사투리에서 〈풀 냄새와 이슬 냄새와 황토흙 냄새〉를 맡을 수 있는 것은, 오로지 그 사투리에 대한 목마른 심정의 鼻腔에 풍기는 정신의 냄새일 것이다.

粗雜한
中央路를 지나서
상기
五百米
혹은 그 五百米에서 다시

몇 개의 五百米를 지나서
얌전하고 조용한
길을
한참 가면
그의
집.
門에 들어서면
바로 庭園.
바로 安樂椅子 같다.
그 어느 잔디밭에나
그 어느 디딤돌 위에 앉았으면
音樂에 귀를 기우리는 마음.
아아 알맞은
庭園은 차라리
들보다 한결 들같다.

진실로 人生은
시장기같은 것,
늘 옆구리가 허전하게
외로운데
이렇게
옹색한 餘裕가
차라리 더 넉넉한 庭園.

— 〈庭園〉, 《코메트》

〈사투리〉와 같은 계열의, 또한 같은 무렵에 쓴 것이다. 소란하고 들뜬 시대
일수록, 한결 나직한 감동 안에 나 자신을 다스리려는 극진한 노력이 이룬 세
계이다.

마치 한 개의
돌복숭아가 익듯이 ·

아무렇지 않게 熱한 땅 기운에
사실은 끝없이 더운
그 크고 따쓰한 가슴……
늘 사람이 지닌
옅게 熱한 꿈으로 하여
새로운 悲劇을 빚지 말자.
自然처럼 믿을 수 있는
다만 한오리 人類의 體溫과
그 깊이 따쓰한 핏줄에
의지하라.
의지하여 너그러히 살아 보아라.
　　　　— 〈따스한 것을 노래함〉, ≪戰時讀本≫

　이것은 〈끓는 시대〉 속에서 나의 유일한 발언이었다. 〈아무렇지 않게 熱한
것〉이야 말로, 나의 몸가짐이다. 우리의 〈本然〉에 깃드는 사랑이건, 熱이건, 그
것은 쉽사리 격정적인 것이기보다, 거이 우리들의 체온과 같은 熱에서 일어나
는 것이리라 믿었다. 또한 이것은 자연의 너그러운 순환의 그 깊은 섭리 〈자기
를 맡겨버린 자〉의 가슴에 깃드는 것인지 모르리라. 눈에 핏발이 선 시대에 새
삼스러이 인류의 아득한 소망을 측량했으며, 혹은 겨레의 기인 흐름 속에서 조
국애에 불타는 나 자신의 〈나직하게 더운 숨결〉을 느꼈으리라.
　〈庭園〉은, 동란 중에 대구서 피난살이를 하는 동안에 그 곳에서 사귄 어느
분과의 우정을 노래한 것.

　〈粗雜한 中央路를 지나서 상기 五百米 혹은 그 五百米에서 다시 몇 개의 五
百米를 지나서 얌전하고 조용한 길을 한참 가면〉이라는, 그 중앙로에서 그의
집까지의 〈얌전하고 조용한 길〉을, 나는 하느님의 어지신 뜻이 스민 길이라 생
각했다. 때로는 그 길을 〈요한복음 5장〉을 읽듯 걸어가곤 했다. 그야말로 정신
적인 허탈과 생명의 불안과 또한 생활의 궁핍으로, 마음이 허공에 떠 있던 피
난살이에 〈그의 집〉과 〈그〉로 말미암아 겨우 조그맣게 의지할 수 있는 〈정신의

피난처〉를 발견했던 것이다.

　다방에서 친구와 어울려 허공만 노려보다가 해가 기울 무렵에 그의 집으로 돌아가게 된다. 그의 집으로 갈려면 중앙로에서 탱자나무 울타리가 길섶에 열을 지은 적은 골목으로 접어든다. 오월이면 탱자꽃이 하얗게 향기를 풍기고, 또한 늦여름이면 누런 열매가 달리곤 했다. 그 탱자나무 골목을 얼마나 가면 맞바라지에 예배당 정문이 나선다. 여름 하늘에 소담한 구름을 배경한 그 깨끗하고 아담한 건물. 일요일은 맑게 종이 울리고…. 이런 길을 걸어 가는 동안에 나는 제법 흐뭇한 행복감같은 것을 느꼈다. 그리고, 〈마음이 가난한 자는…〉하는 聖句가 가슴에 젖어지고, 그 〈가난한 마음〉을 나는 나직한 감동에 되살려서, 삶의 길을 비쳐보곤 했다. 이 첫 연에서 〈五百米〉가 겹쳐 나오는 것은, 五百米를 단위로 해서, 〈조잡한 중앙로〉에서 멀어질수록 그 단위 하나 하나의 거리야 말로 〈음악에 잠기는〉 심정에 한결 접근해 지는 것이리라. 길이 끝나면 그의 집. 문을 들어서면 바로 정원. 그러나, 이 정원은 〈그〉가 곧 나의 정원일 수도 있었다. 그의 넘치는 우정이 조용히 나를 맞이했고, 그의 미소가 내 마음의 정원이었다. 그의 우정이 깔아놓는 잔디밭에 항상 〈편안히 쉬는 자세〉로 앉은 것이다. 그 때 인간이 인간에 대한 신뢰와 믿음과 정을—인간 사이의 유대의 아름다운 羈絆을 그의 〈가냘픈〉 우정에서 느낀 것이다. 그러나, 그것은 내게는 전적인 것이었다. 〈옹색한 여유가 차라리 더 넉넉한 정원〉으로서 그의 한 줄기 가냘픈 우정에 기대서 살았다.

　지금, 이 작품을 새삼스러이 대하고 보니, 첨으로 〈풀어본 시〉에서, 그것이 얼마나 平明한 서술성에 빠진 것을 느끼는 것이다. 그러나, 그 무렵에는 예술의 허구(Fiction)가 내게는 거치장스럽게 여겨지기만 하였다. 다만 〈門에 들어서면 바로 정원〉이듯, 시의 나라에서 〈바로 인생〉을 표현하려 했으리라. 〈따쓰한 것을 노래함〉은 그 표제부터가 直情的인 호소를 안으로 간직한 작품이다.

　　　다만 한오리 人類의 體溫과
　　　그 깊이 따쓰한 핏줄에
　　　의지하다.

하고, 휴매니티를 상실한 시대에 그것을 〈목이 잠긴 목소리〉로 시대 앞에 맞서 본 것이리라. 전쟁의 절정에서 이런 부르짖음을 싸안아준 조국에 나는 새삼스러이 감격을 느끼는 것이다.

> 청청 우는 M·1의
> 총소리는 깨끗한 것
> 모조리 아낌없이 버렸으므로
> 비로소 徹한 人格……
> 그것은 神格의 자리다.
> 그런 맑은 쇳소리.
> 아아 나는 戰線이 비롯되는
> 어느 산머리에서
> 산이 오히려 기겁을 해서
> 무너지는 맑은 소리에
> 感動한다.
> 쩡, 스르르 청!
> 嚴肅한 것에서
> 한결 모지게 이룩한
> 바르고 준엄하고 높고 깨끗한
> 뜻의 소리
> 아
> 엠·원은 쩡 스르르청
> 不正한 것의 가슴을 향해 가는 것이 아니다.
> 그 靈魂을
> 꾀뚫고, 바수고, 깨고, 차고
> 깨울치려 가는 것이다.
>
> — 〈銃聲〉, ≪코메트≫

9·28 서울 탈환 당시에 나는 지훈과 함께 중부전선으로 6사단 및 8사단을 따라 종군했다. 패주하는 적의 꽁무니를 물고 진격하는 전투였다. 그러나, 원

주 가까운 〈신림〉이라는 곳에서 적은 마지막 발악을 했다. 우리는, 그 부근의 예배당 가까운 어느 초막에서 그날 밤을 보냈다. 전날밤에는 적이 자고간 방이다. 포성과 더불어 소총 소리가 들렸다. 엠·원의 맑고 날카로운 소리가 골짝을 쨍하게 울리고, 간혹 따발총 소리도 얼려 들렸다. 그 따발총 소리는, 엠·원에 비기면 그야말로 총 소리같지 않았다.

엠·원의 비단폭을 찢듯 공기를 뚫고 가는 그 맑고 날카로운 소리- 또한 산골짝이 쨍하게 울림하는 총성에 비로소 이번 전쟁의 〈냉철한 의지〉를 느끼고, 온몸에 전률이 이는 것을 느꼈다.

그 총성은 우리 국군의 그야말로 순수한 의지가 깃든 소리와 같은 것이다. 총성도 〈후방〉에서는 이처럼 맑을 수가 없으리라. 나는, 어둠 속에 자리를 하고 누워서 쩡, 쩌엉, 울리는 M·1의 소리에 귀를 기우리는 동안에 국민의 한 사람으로서 비로소 적에 대한 적개심이 투철해 지며 그것에 의지가 서게 되는 것을 느꼈다. 휴매니티고, 무어고, 이론을 따질 문제가 아니다. 다만 투철한 적개심이 빳빳이 가슴에 차오르는 것이다. 이런 순수한 적개심이 비로소 병사마다 그것에 의지를 세우고, 자기를 맑게 해서, 從容히 죽음의 자리로 나서는 것이리라.

〈청청 우는 M·1의 총소리는 깨끗한 것, 모조리 아낌없이 버렸음으로 비로소 徹한 人格…그것은 神格의 자리다〉 하고, 너무나 차게 맑은 엠·원 소리에 神意를 느끼고, 또한 그 총 소리가 곧 우리 국군들의 한 사람마다의 투철한 인격이라 느낀 것이다.

나는, 이 작품을 이룩하는 동안에, 서술문장의 연쇄적 수법을 시험해 보았다. 또한 〈총소리는 깨끗한 것〉의, 〈것〉이나 〈것이다〉를 시에서 시험한 것도 이 작품에서 첨이었으며, 아마 내가 첫시험한 것이기도 했다.

나의
조카벌 되는
그가 신고간 軍靴.
우리 핏줄이
신고 가는 軍靴.

三八線을
넘는 軍靴.
아아 목숨보다
아름다운 깃빨을
따라간다.
허나,
밑창바닥이 睡眠만큼 두터운 軍靴.
넘죽하고
큼직하고 못난 軍靴.
그 소박하고
우둔한 정다움은
손바닥이 두툼한 사람과
손을 맞잡는 듯한 軍靴.

—〈軍靴〉, ≪코메트≫

　같은 무렵의 작품이다. 종군하면서, 국군을 만날 때마다, 그들을 전에 꼭 친하게 알고 지내던 사람같은 착각을 하게 되었다. 우리 이웃에 살던 누구같고, 혹은 국민학교 동창생의 누구 같았다.
　安康戰線으로 종군한 일이 있었다. 그것이 동란 나던 해 9월 초순. 전쟁이 최절정에 이르렀을 무렵이었다. 우리가 다녀온 다음 다음날, 그야말로 국운을 건 백병전이 이 곳에 있었던 것이다. 우리는 안강전선을 보고 돌아오는 길에, 안강읍 입구에서 차를 기다리고 있었다. 헌데, 헌병이 한 분 나타났다. 말이 헌병이지, 그 복장만 벗어버리면, 山獵이라도 나온 농샃꾼 같이 소박한 인상을 주는 분이었다. 그는 턱과 코가 유별나게 긴, 말상진 얼굴에 비실비실 웃음을 띄우며,
　『기자 양반이오?』
묻는다.
　『아닙니다. 종군문인이오.』
대답하니 〈종군문인〉하고 몇 번 입안에 그 말을 씹어 보더니 아무리 해도 요령이 가지 않는 모양이다. 그래서, 우리가

『기자나 같지요.』

일러 주었다. 그러자, 그는 우리 옆에 바싹 닥아와서 자기 고향 얘기를 느닷없이 늘어놓았다. 그러면서 포켙에서 큼직한 사과를 꺼내 먹으라고 권하며, 자기 가죽 허리띠를 가리키고,

『이거 못 쓰게 됐는데, 다음 오실 때 새것 하나 사 들고 오시겠소?』

부탁하는 것이다. 앞산에서 포를 뻥 쏘면, 건너다 뵈는 곳에 흰 연기가 물컥 솟고하는 그 마당에서의 이야기다.

나는, 무어라 형언할 수 없는 감정에 사로잡혔다. 저처럼 순하고 소박한 분이 총을 잡고, 헌병의 흰테두리가 붙은 군모를 쓰고 있는 사실—너무나 엄숙한 시간에 또한 자리에 우리가 서 있음을 새삼스러이 느꼈던 것이다.

〈軍靴〉도 마찬가지다. 그런 소박한 분의 발에 〈큼직하고 넙죽하고 못난〉 것— 그것은 그 신 임자의 모습과 같은 것이다. 나는 그 〈軍靴〉야말로 〈목숨보다 아름다운 깃빨〉 아래서, 그 깃빨을 따라 목숨을 겨누는 자리에 나서며, 또한 삼팔선을 넘어 북으로 진격하는 것이 아니냐.

이 〈軍靴〉를 주제로 삼아, 그것이 펼쳐 놓은 이메지를 번호를 붙이 듯, 구성해 본 것이다. 〈밑창바닥이 睡眠만큼 두터운 軍靴〉라는 귀절에 비유로 끌어온 〈睡眠〉이라는 말은 비망록의 노오트에서 찾아낸 것이다. 수면이야말로 〈죽음처럼〉 깊은 것이며, 또한 군화의 소박한 우둔감은 그 〈睡眠〉과 같은 것이리라.

마루 밑에서
책을 *끄낸다*.
땅에 묻어둔
全集 따위를 파낸다.
옛날의 내가
濕氣에 저리고 슬픈 얼굴로
눈물같은 *微笑*를 먹음고 나온다.

옛날의 내가
서울 거리를 거니른다.

市廳 앞에서
元曉路行 電車를 기다린다.
그것은 곰팡이가 써서 버리게 된 책을
그 行間과 餘白에
沈默하고 서서
먼 종소리처럼 울고 있은 것.

싫은 옛날의 내기
돌아온 것이 아니다.
廢墟된 南大門 五街를 光化門路를 乙支路를 忠武路를
거닐고 있는 것은
國立劇場 빈 스테이지에 어리는
가을 해빛 같은 것.
쇠리쇠리한 겨울로 옮아가는 그 서러운 보라빛 그림자 같은 것.
그리고 불에 끄른 기둥 아래
새로 이룩한 板子 헌책점에서
다음 主人을 기다리는 한참의 暝想.

돌아온 것은 옛날의 내가
아니다.
아아, 靜肅한 老人.
조심스러이 파이프를 물고
설핏한 運命의 行列을
다소곳이 기다리는 것.

—〈헌책〉, 《新天地》

〈還都詩抄〉의 〈其一〉이다. 몇해 동안, 비어 두었던 집은, 비바람에 헐대로 헐어 있었다. 그러나, 그 문 앞에 섰을 때의 감개를 나는 평생 잊지 못하리라. 집에 들어서자, 무엇보다 궁금한 것이 마루밑에 쳐 넣기도하고, 독에 넣어 땅에 묻어두기도 한 책들이었다. 이웃에 맡겨둔 중요한 서적은 이미 잃어 버렸음을 집에 들어오기 전에 문 앞에서 들었다. 나는 집 안에 들어서자, 마룻장부터 뜯어내었다. 책이 그대로 있었다. 그러나, 가까스로 끄집어 내놓고 보니 그 한 권마다 눈에 익은 책들은 습기에 저리어, 집어내는대로 헐어버렸다. 독에 넣어 묻어둔 것도 반넘어 썩어버린 것이었다. 그러나, 헐어진 책들의 어느 페이지에는, 내가 그어둔 언더라인이 곱게 남았고, 여백에 소감을 기록한 〈내 글씨〉는 잉크가 번지기는 했으나, 남아 있었다.

옛날의 나를 대하듯한 반가움과 서러움이 가슴에 치솟아 올랐다. 그러나, 6·25 동란의 엄청난 현실을 치르고 난 〈나는〉 옛날의 내가 아니었다. 젊은 꿈에 부푼, 순진한 내가 아니다. 내 가슴 구석구석에 쓰라린 피난살이로, 혹은 그 각박한 현실이 인간에게 던져 준 그늘로 덮혀 있는, 〈겨울로 옮아가는 가을 날의 설핏한 그림자〉와 같은 자신을 발견했다.

그 〈내〉가 습기에 저린 책에 〈옛날의 나〉를 발견하고, 가슴을 저며내듯한 슬픔을 느낀 것이다.

그 후에 나는 서울 거리를 다닐적마다, 〈옛날의 내〉가 발에 밟히는 것 같았다. 그 옛날의 나는 습기저린 책들의

> 行間과 餘白에
> 沈默하고 서서
> 먼 종소리처럼 울고 있는,

바로 잉크가 번진 글씨와 같은 것이었다.

還都後의 질서가 제대로 서지 않는 암담한 현실과, 피난살이 때에 과도하게 도사려 먹은 마음이 풀리는대로 일종의 허탈감 같은 것을 느끼는, 〈還都以後〉의 나를 비교적 솔직히 노래한 것이다. 〈옛날의 내가 돌아온 것이 아니다〉라는 귀절이 당시의 슬픔을 몰아 표현한 것이리라. 그런 어느 날 나는 청계천 가의 판잣집 헌책점 앞을 지내쳤다. 戰火에 타버리고, 다만 벽돌로 쌓아올린 기둥과 壁幅만 남은 그 아래 판자 몇 장으로 겨우 명색만의 〈古本屋〉이었다. 그 어둠 침침한 책장에 책들이 나란히 꽂혀 있었다. 그 처참한 풍경……

불에 끄른 기둥 아래
새로 이룩한 板子 헌책점에서
다음 主人을 기다리는 한참의 瞑想
그 헌책 같은 것.

〈헌책〉은 모든 것을 운명에 맡겨버린, 현재의 나 자신 같은 것이었다. 낡은 책장속에 잠시의 서러운 명상에 잠겨서, 그러나 〈다음 주인〉을 기다리는. 그 다음 주인이 내게는 〈너그럽게 서러운 또 하나의 운명〉일 것만 같았다.

나는 책방에 들어가, 헌책들을 물끄러미 바라보는 동안에, 헌책들이,

〈근심스러히 파이프를 물고 설핏한 운명의 행렬을 다소곳이 기다리는 것〉.
그 〈준숙한 노인〉 같아서 목이 메이듯 했다.

전차 안에는
노인같은 얼굴들.
약간은 서글프고 노여운 표정들.
그것은 마음의 불이 쇠진한 것.
그것은 생활이 불안한 것.
그것은 사납고 먼 바다를 뚫고 온 낡은 돛폭.
어깨가 처지고,
생기를 잃고.
그들의 눈동자에
廢墟의 서울 풍경이
차례차례로 흘러간다.
會話는 흙가루 쌓이듯
이내 잠잠하고.
그 별하늘 같은 沈默.
그들을 거득히 싣고
〈南營洞〉에서 電車는 카아브를 틀었다.
옛날의 가락이 흐르듯 느릿느릿 달리는 電車.

― 〈電車〉, ≪新天地≫

〈還都詩抄〉의 〈其二〉다. 환도 직후에 집에서 시내로 나가려면 〈원효로종점〉에서 전차를 타야 했다. 전차를 타는 사람이 드믈 무렵이다. 그러나 전차 안에 드믄드믄 앉은 승객들의 얼굴에는 〈서글픔과 노여움〉 반의 표정을 하고 있었다. 이 동란 동안에 너무나 각박한 생활에 시달린 탓이리라. 그들의 눈동자에 폐허가 된 서울거리의 풍경이 영사막에 흘러가는 영화의 〈씬〉처럼 어려 흘렀다. 또한 그들의 윤기없는 회화가 흙가루처럼 차 안에 쌓이듯 했다. 그러나 전차는 〈남영동 로오타리에서 카아브를 틀어〉 시내로 나가고 또한 시내서 오곤 했다. 옛날과 다름없이⋯⋯나는 그 카아브를 틀 때마다 가슴이 출렁거렸다. 운명의 카아브를 틀듯하기 때문이다.

〈還都詩抄〉를, 나는 〈詩抄〉라 부르기가 주저스러웠다. 이처럼 밀도가 희박한 서술체의 짧막한 문장이 〈일종의 소감〉 같은 느낌이 나기 때문이다. 나는 그 후로 〈풀어 쓰는 시〉를 쓰지 않았다. 이렇게 평명한 서술체로 시를 쓰면 쓸수록 허전했다. 형식이 주는 제약이 엄하면 할수록, 또한 그런 형식에 고심하면 할수록 나는 한결 시를 쓴 보람을 느끼게 되었다. 시를 빚는 괴로움이란 그 시가 내용한 문제가 아닐 것이다. 그것은 이미 우리생활 안에서 치루어야할 문제다. 그 내용이 요구하는 〈절대적 형식〉을 빚기 위하여 오히려 더 많은 시간을 갖는 것이 아닐까.

나는, 그 후로 두 가지 문제에 고민했다. 그 하나는, 휴전이 이룩된 후에 긴장된 정신이 풀리면서 일종의 정신적 공백상태와 그것을 극복하려는 노력. 또 하나는 시의 형식이 엉켜지지 않는 문제. 그 즈음에 두 개의 작품이 있다.

　　적당히 팔을
　　저으며
　　너는
　　거리를 가리라
　　먼 사람아.

　　적당히 팔을
　　저으며

나는
거리를 걷는다.
먼 사람아.

먼 사람아.
내 팔에
어려오는
그 서운한
半圓

내 팔에
어리는
슬픈 運命의
그 보라빛
그림자처럼……

그림자처럼
나는 팔을
消失한다.
손을 들어
너를
부르리라
먼 사람아.

너를
부르는
내 손끝에
日月의 順調로운
循環

아아

軟한 채찍처럼
운다
먼 사람아.

                    ― 〈서운한 半圓〉, ≪詩精神≫

　〈체중을 느끼지 않는〉 날의 절망감을 〈이슬〉에서 말한 일이 있으나, 그런 날
은 내가 나의 그림자 같았다. 그렇게 허전하고 온몸에 허탈감이 스미는 날에
나는 어깨를 늘어뜨리고 팔을 허위적거리며 걷게 된다. 그 半圓의 間隔을 두
고, 흔드는 율동 안에 서러운 모든 넋이 깃드는 것 같았다. 그 반원이야말로
〈나〉를 에워싼 〈남〉과의 거리며, 또한 그 안에 생명을 지닌 것의 서러운 호흡
을 함께 할 수 있는 〈영혼의 통로〉같았다.

　첫 연의 뜻은, 사람마다 팔을 〈적당한 半圓〉으로 저으며 걸어가듯, 그만큼의
서러운 율동 안에, 또한 그만큼의 질서 안에 그들의 운명을 지니고 사는 것이
리라. 〈먼 사람〉은 멀리 있는 사람이라는 뜻이기보다, 〈나〉와 〈남〉의 위치와
그 相距를 뜻한 것이다.

　셋째 연의 〈내 팔에 어려오는 서운한 半圓〉은 운명을 뜻한 것. 넷째 연에서
그것을 강조하고, 다섯째 연의 〈팔을 消失한다〉함은 〈서러운 운명〉조차 느끼지
못하는 완전상실상태 그러나, 〈소실한 팔〉이 〈손을 들어 너를 부르는〉 것은,
완전상실상태로서의 너(卽남)와 나의 연결,-그 절망의 연쇄운명 아래서, 순조
로히 日月만 순환하는 우주의 너그러운 가락은, 우리들(너와 나)의 머리 위에
서 채찍처럼 우는 것이다.

　이런 〈상실정신〉을 그 즈음에 나는 〈우리들의 정신상태〉라 여겼으리라.

　이 〈서운한 半圓〉에 있어서 시의 형식을 〈먼 사람아〉를 반복하면서,―이 반
복이 감겼다 풀리곤 하는 채찍의 운동이라 여기고, 또한 보행의 호흡을 전편에
살려보려고 애를 쓴 것이다. 〈적당히 팔을··저으며··저으며··너는··거리를 가
리라··먼 사람아··적당히 팔을··저으며··나는··거리를 걷는다··먼 사람아··〉···
···식으로 1행마다 두 박자씩 그냥 밟고, 걸으며 읊게 된다면, 이 작품의 리듬
감을 짐작하리라.

그는
앉아서
그의 그림자가 앉아서
내가
피리를 부는데
실은 그의
흐느끼는 비오롱솔로

눈이
오는데
옛날의 나직한 종이 우는데

아아
여기는
貞洞
聖미하엘 鍾樓가 보이는데

하얀
돌층계에 앉아서
추억의 조용한 그네 위에 앉아서

눈이
오는데
눈속에 돌층계가 잠드는데

눈이 오는데
눈 속에
가난한 薔薇 가지가 속삭이는데

옛날에……
하고,

          내가 웃는데
          하얀 길 위에 내가 우는데

          옛날에……
          하고,
          그가 웃는데
          서늘한 눈매가 이우는데

          눈위에
          발자국이 곱게 남는다.
          忘却의
          地平線이 멀리 저믄다.

                              ― 〈廢園〉, ≪文學藝術≫

   이 작품은, 〈梨花〉 뜰에서 쓴 것이다. 9·28 때, 서울에 올라왔다가, 다시
후퇴하게 될 무렵에 나는 전의 직장이던 〈이화〉를 찾아 가 보았다. 그러나, 그
동안, 〈이화〉도 많이 변했었다. 내가 오후면, 늘 그곳에서 독서를 하고, 시간을
보내던 구강당이 직격탄을 맞아 완전히 재로 화해버리고, 몇 장의 벽돌로 쌓올
린 벽만 남아 있었다. 구강당 앞에는 뜰. 운동장에서 오르내리던 돌층계단만
몇 개 남았다. 그 돌층계에 내리는 눈발 속에 앉아, 시간이 가는줄 몰랐다. 머
리 위에 잎이 저버린 장미줄기의 아아치. 눈발이 속삭인다.
   光均의 시귀처럼 〈옛날로 가자〉 하며…….
   〈그가 앉아서 그의 그림자가 앉아서.〉라는 구절에 〈그〉는 물론 〈내〉다. 나
는, 추억에 잠긴 나를 하나의 이메지로서 대했기 때문에 〈그〉라고 불러본 것이
다. 그러나 추억에 잠긴 나는, 〈現身〉의 〈내〉가 아니다. 그것은, 〈현신〉의 내라
는 것의 그림자 같은 것이리라. 그러나 〈내가 피리를 부는데 실은 그의 흐느끼
는 비오롱솔로〉라는 둘째 연의

   〈내가 피리를 부는데…〉라는 〈내〉는 현신의 나다. 〈피리를 부는데〉는 추억에

잠겼는데…라는 뜻이며, 〈실은 그의 흐느끼는 비오롱솔로〉는, 추억 속의 나 자신-그가 애달픈 꿈 속에잠겼는데…라는 뜻이다.

〈눈이 오는데 옛날의 나직한 종이 우는데〉라는 셋째 연은, 이층층계 위에서 아름답던 옛날의 나직한 종소리가 그대로 눈발로 화해서 내려 온다는 뜻. 시름없이 내 어깨 언저리로 혹은 텁수룩한 머리 위로 내려오는 눈송이 하나하나에 옛날의 나직한 종소리가 어렸는 것 같았다.
〈아아 여기는 貞洞, 聖미하엘 鍾樓가 보이는데.〉하고 위치를 밝혀 두고, 〈하얀 돌층계에 앉아서, 추억의 조용한 그네 위에 앉아서.〉라 함은 돌층계에 앉아, 추억에 잠긴 탓으로, 그 돌층계는 〈추억의 조용히 흔들리는 그네〉였으리라.

　　눈이 오는데
　　눈 속에
　　돌층계가
　　잠드는데

　　눈이 오는데
　　눈 속에
　　가난한 장미가지가 속삭이는데

이 두 연은, 〈겨울의 그 메마른 장미가지가 싸락눈 속에 그윽하게 속삭이는 뜰에 돌층계가 하얗게 묻히는〉 이 쓸쓸한 풍경을, 나의 심상에 어리는 적막한 감정의 서러운 영상으로 잡은 것이다.

　　옛날에……
　　하고
　　내사 웃는데
　　하얀 길 위에 내가 우는데

〈옛날에……〉하고, 추억 속에서 화려한 꿈을 엮으며, 그 꿈 속에 내가 웃는 그것은 또한 하얗게 빛나는 忘却의 길 위에서 내가 우는 것이리라.

    옛날에……
하고
그가 웃는데
서늘한 눈매가 이우는데

아무리 아름다운 추억이라도, 그것은 긴 세월의 물결에 스스로 〈서늘한 눈매가 이울듯〉씻기는 것이리라.
그 안타가운 상념 속에

    눈 위에
발자국이 남는다.
忘却의 地平線이
멀리 저믄다.

終句에서 〈廢園〉에서 〈나〉와 〈그〉-환언하며는, 〈현신의 나〉와 〈추억의 나〉를, 같은 시간 위에서 한 필의 옷감을 짜듯 짜보려고 애를 쓴 것이다. 그래서, 한 연 속에 첫구를 다음 구에서 추억으로서 되풀이 하면서, 〈현재〉와 〈과거〉의 이 어긋난 시간에 동시성을 베풀어 그것으로써 그즈음 내가 밟은 시간이라는 것이 지난 것과 현재의 그 분별할 수 없는 안타까움 위에서 이루어졌음을 읊은 것이리라. 이런 현상은 나만이 느끼는 사실이 아닐 것이다. 불의의 동란으로 말미암아 모든 것을 상실한 그즈음의 모든 사람이, 이 안타까운 〈현재와 과거가 함께 짜진 시간〉 위에 살았으리라.

이 〈폐원〉이 내 작품 중에서 가장 이질적인 느낌을 주는 것은 〈이메지의 다양성〉이다. 종래, 내 작품은 단일적인 이메지로써 구성되었으나, 이 〈폐원〉에서, 나는 의식적으로 이메지를 여러 면에서 한 작품 중에 짜넣으려고 애를 쓴 것이다. 동시에, 그 다양적인 이메지의 분산을 피하기 위하여 연마다 〈안정점〉을 두어 통솔, 안정시키려 했었다. 가령 셋째 연의,

〈눈이 오는데 옛날의 나직한 종이 우는데〉처럼, 〈오는데〉〈우는데〉로서, 눈발이 내리는 것과 나직히 종이 우는 것에 이메지를 결합·연결시킴으로써 그것에 〈안정점〉을 두었다.

〈하얀 돌층계에 앉아서, 추억의 조용한 그네 위에 앉아서.〉혹은,

〈옛날에…… 하고 내가 웃는데 하얀 길 위에 내가 우는데〉처럼, 이런 이메지의 결합·연결점을 두지 않았더면, 이 작품에서 모든 이메지를 한 테에마 안에 집결·통솔하기가 어려웠으리라.

손님이
왔네.(왔네가 아니고
오셨네지.
엷은 面紗布로 얼굴을 가리고)

먼 하늘에서
스스로 일어
(싸락싸락 싸락싸락
그윽하고 외로운
비단 옷자락……)

손님은
밤내 유릿창가에서
속삭이네
(魂을 호려내는
은근한 말씨……)

참말로 손님은
밤내 흐느껴 우네
(샛까만 鍾樓에
얼굴을 부비며……)

하룻밤을 머물고
이내 가셨네
가볍고 서러운
말의 精靈
(adieu, adieu
消滅하는 母音……)

글쎄 그분은
또 오실가
찰찰찰 신발을
끌며……
(램프 燈皮에
어리는
조그만 期約을
엷은 달무리)

— 〈雪精〉, ≪코메트≫

〈폐원〉과 같은 이메지의 집결적 표현이다. 다만 〈설정〉에서는, 정서가 한결 짙은 것이다. 그러나, 그후로 나는 〈이메지에 유의한 작품〉보다 심정의 直緖的인 작품을 쓰려고 노력했다. 수복 이후의 걷잡을 수 없는 심정의 균위를 얻으려는 안타까움이 작품의 예술성을 살필 겨를이 없었으리라.

잠이 오지 않는 밤이 많다.
이를 새벽에 깨어 울곤 했다.
나이는 들수록
세상은 恨이 많고,
새삼스러이 虛無한 것이
또한 많다.
이런 새벽에
차라리 祈禱는 서글프다.
먼 산마루의 한 그루 樹木처럼

　　잠잠이 앉았을 뿐……
　　눈물이 祈禱처럼 흐른다.
　　뻑국새는
　　새벽부터 운다.
　　孝子洞 終點 가까운 下宿집
　　窓에는
　　窓에 가득한 뻑국새 울음……
　　모든 것은 안개다.
　　사람과 사람 사이의 인연도
　　혹은 사람의 목숨도
　　아 새벽 골짜기에 엷게 어린
　　靑보라빛 아른한 실오리
　　그것은 이내 하늘로 피어오른다.
　　그것은 이내 消滅한다.
　　이 안타까운 안개에 어려
　　뻑국새는
　　운다.

— 〈뻐꾹새〉, ≪新太陽≫

　　還都 卽後에 쓴 것이다. 그즈음, 가족을 피난지에 두고, 나만 상경해서, 한때 효자동 종점 가까운 곳에 하숙을 했었다. 그것이 오월에서 6, 7월경. 40고개를 바라보던 무렵이다. 아침, 네시경부터 인왕산 골짜기에서 뻐꾹새가 울기 시작하면, 서울 시내의 교회종이 어울려 울리고……. 나는 잠자리에서 일어나 앉으면, 祈禱를 드리기조차 쑥스러웠다. 묵묵히 앉았으면, 때로는 더운 눈물이 볼을 적시곤 했다.

　　모든 것은 안개다
　　사람과 사람 사이의 인연도
　　혹은 사람의 목숨도
　　아아 새벽 골짜기에 엷게 어린
　　靑보라빛 아른한 실오리.

그런 생각이었다. 이런 허무감은, 累卵의 위기를 모면하고 가까스로 안정한 조국의 운명을 바탕으로 해서, 겨우 현실이 어느 정도의 질서를 잡을 시기에, 전쟁이 빚은 너무나 처참한 현실을 겪은 나머지의 〈부질없는 생명〉의 하염없음을 깨달은 탓일가.

그런, 〈안개〉에 쌓여 잦으려지게 우는 뻐꾹새의 안타까운 울음. 나는 가만히 귀를 기우렸을 뿐이다. 이 작품에서 〈나이는 들수록 세상은 恨이 많고……〉 등속의 생기를 잃은 俗氣紛紛한 시귀가 있기는 하나, 그러나 이런 平俗한 말에 당시 나는 새삼스러이 실감을 느끼곤 했다.

이쯤에서 그만 下直하고 싶다.
좀 餘祐있는 지금, 양손을 들고,
남어지 許諾 받은 것을 돌려 보냈으면.
餘祐있는 下直은
얼마나 아름다우랴.
한 포기 蘭을 기르듯,
哀惜하게 버린 것에서
조용히 살아나고,
가지를 뻗고,
그리고 그 섭섭한 뜻이
스스로 꽃망울을 이루어
아아
먼 곳에서 그윽히 향기를
먹음고 싶다.

— 〈蘭〉, 《現代文學》

〈죽음〉을 노래한 것이다. 육지가 끝나면 배를 타듯한 심정으로 〈삶의 終焉〉을 생각해 보는 것은 절망적인 것이 아니다. 오히려 절망을 푸는 길이다. 우리가 난초를 기르듯한 심정으로 〈죽음〉을 맞이하되, 그것을 삶의 한치도 여유가 없는 끝장에서 맞이하는 것보다 좀 여유로운 시기에 죽음을 받아들이는 것. 그것은 일찌감치 〈죽음의 낯선 손님〉과 친해두는 일일 것이다. 그래서, 〈죽음과 친한 삶〉이야 말로 한포기의 난초가 꽃망울을 마련하듯한 너그러운 것이리라.

이 죽음과 친하려는 심정으로 나는 40代의 〈인생의 내리막 고개〉에 서게 되었으며, 그 너그러운 눈으로 나 자신을 스스로 다스리려는 것이다.

이런 심정을 읊은 작품이기 때문에 일부러 평면적인 平明한 표현으로써 은근한 여운을 띄우려한 것이다. 〈蘭〉과 같은 무렵에 〈對話〉라는 작품을 썼다.

그의 높은 城아래 어느 날
나그네가 이르면, 音聲이
가로되,
누구뇨.

나그네가 대답하되,
주인이어.
거리서 온
당신의 종이외다.

주인이 어여삐 여겨, 城門을
반쯤 열고, 손짓하여 가로되
무거운 짐을 풀고,
들어와 편히 쉬라.

나그네가 城안에 들어가자,
城안은 다만
풀밭 같은
곳.

편히 앉아
당신을 讚頌하고
어느 구석에 木蓮이련듯 자리잡아

燭臺가지마다
영원히 이울지 않는 불꽃을 문다.

— 〈對話〉, ≪未發表≫

〈蘭〉을 죽음이라는 낯선 손님과 친하려는 심정에서 읊은 것이라면, 이 〈對話〉는, 〈생과 사〉를 다스리는 그 전적인 주인과의 대화다. 그 무렵, 나는 현신적인 나와 그 육체가 소멸된 후의 나, 이 包全的인 자아 안에서 비로소 삶의 통로가 열리는 듯 했으며, 그것으로 내 호흡이 부드럽게 누구러지는 것을 느꼈다. 그러나, 나는 이것을 감히 〈종교적인 정서〉라고 말하지 않으리라. 그런 정서를 빚게 될 뜻을 세우기가 까마득하기 때문이다. 다만 이것은 그 무렵, 나 자신을 고누게 된 〈일종의 정서〉일 뿐이었다.

뜰을 쓰는대로 가랑잎은
비오듯 했다.

마른 菊花의 향기는
차라리 섭섭하다.

이, 쓸쓸한 뜰에서
구름은 한가롭지 않다.

저, 어지러운
구름 그림자.

半日을
덧없이 보내고,

나머지 한나절을
바람이 설렌다.

산에는
찬그늘이 내리고

새들도
멀리 가고 말았다.

— 〈冬庭〉, 《民族公論》

이 적요한 겨울의 뜰 풍경. 그러나 이 쓸쓸한 뜰이 곧 金素雲씨의 표현을 빌
린다면, 〈人生의 午後 네時〉의 나의 내면 풍경인 것이다. 참으로 〈구름이 설레
고, 찬 그늘이 덮힌 첫겨울〉에, 마른 국화 향기가 섭섭한대로 담담하게 향기를
풍기는 그 외로운 마음으로 인생의 조용한 길을 가려니 여긴 것이다. 표현이
枯淡한 것은, 그것이 곧 내용이기 때문이다.
　끝으로, 최근작 한 편만 더 소개하리라.

　　모밀묵이 먹고 싶다.
　　그 싱겁고 구수하고
　　못나고도 素朴하게 점잖은
　　촌 잔칫날 팔모床에 올라
　　새사둔을 대접하는 것.
　　그것은 저믄 봄날 해질 무렵에
　　허전한 마음이
　　마음을 달래는
　　쓸쓸한 食慾이 꿈꾸는 飮食.
　　또한 人生의 참뜻을 짐작한 者의
　　너그럽고 넉넉한
　　눈물이 渴求하는 쓸쓸한 食性.
　　아버지와 아들이 兼床을 하고
　　손과 주인이 兼床을 하고
　　산나물을
　　곁드려 놓고

어수룩한 산기슭의 허술한 물방아처럼
슬금슬금 세상 얘기를 하며
먹는 飮食.
그리고 마디가 굵은 사투리로
은은하게 서로 사랑하며 어여삐 여기며
그렇게 이웃끼리
이 세상을 건느고
저승을 갈 때
보이소 아는 양반 앙인기요
보이소 웃마을 李生員 앙인기요
서로 불러 길을 가며 쉬며 그 마지막 酒幕에서
걸걸한 막걸리 잔을 나눌 때
절로 젓가락이 가는
쓸쓸한 飮食.

— 〈寂寞한 食慾〉, 《新太陽》

〈시〉가 겨우 내게 부담이 되지 않는다. 릴케의 작품을 읽게 되면, 그것을 빚기 위한 너무나 섬세한 창작적 신경작용이 오히려 내게는 거슬리는 것이다. 그 창작적 주의를 풀어버리고, 한결 수월한 자세로 〈시와 더부러 생활할 수 있는 길〉-그것이 가까스로 느껴지는 것이다.

이 〈寂寞한 食慾〉에서 무엇을 노래한 것인가. 그런 설명은 다음 기회로 미루리라. 다만, 지금까지 나는 〈표현 그 안에 모든 것을 모우리라〉고 생각했다. 그러므로 표현이 주는 제적이 너무나 강한 탓으로, 내용을 자유스럽게 담을 도리가 없었다. 이제 그것을 풀어 버리리라. 그리고, 시의 주제, 그것에 한결 깊이를 두어 보리라.

구름에 그린다

柳致環

여기 수록한 글 〈나의 詩 나의 人生〉은 흔히 무기교(無技巧)의 시인으로 불리우는 청마(靑馬) 유치환 시인의 자작시 해설집 ≪구름에 그린다≫(58)에서 뽑은 것이다. "흔히 나를 詩論이 없는 시인이라고 핀잔합니다. 그러나 지당한 판단인 것입니다. ……(중략)…… 나의 시는 내게 있어서 언제나 제2의적인 가치밖에 없었고, 그것은 언제나 인생에 대한 나의 사유하고 느끼는 바를 표현하는 구실을 하는 것밖에는 아니었습니다.(본문 〈나의 文學〉 중에서)"에서 보듯이 靑馬는 우리 현대시문학사에서 드물게 발견되는 윤리적 시인이기도 하다. 시인이기보다 먼저 한 사람의 진실된 인간이기를 선언했던(제2시집 ≪生命의 書≫서문) 그는, 그런 만큼 삶의 내용과 체험을 누구보다도 중시했다. 그가 언제나 당대적 시단 풍토와는 일정한 거리를 두고 초연했던 것도 이 때문이 아닐까 한다. 다 아는 대로 그는 강대 여성적 시풍이나 서정성과도, 그리고 모더니즘적 기교주의와 갖서 생의 모순과 비극적 현실을 당당히 노래한 대표적인 남성다운 시풍의 시인이었다.

〈나의 詩 나의 人生〉에서는 이 시인의 이같은 시의 관점, 그러니까 시와 삶의 태도의 문제, 체험의 문제 등과 감동적으로 만날 수 있다.

작품 〈정적〉의 발표(≪문예월간≫, 1931)로부터 지난 1967년 부산에서 교통사고로 숨지기까지, 40년 가까운 기간에 남긴 시집으로 ≪靑馬詩抄≫(39), ≪生命의 書≫(47), ≪울릉도≫(48), ≪청령일기≫(49), ≪보병과 더불어≫(51), ≪제9시집≫(59), ≪뜨거운 노래는 땅에 묻는다≫(60) 등과 그밖에 ≪예루살렘의 닭≫(59), ≪사랑하였으므로 행복하였네라≫ 등이 있다.

나의 詩, 나의 人生

1. 生長記

검정 포대기 같은 까마귀 울음 소리 고을에 떠나지 않고
밤이면 부엉이 괴괴히 울어
남쪽 먼 浦口의 백성의 순탄한 마음에도
상서롭지 못한 세대의 어둔 바람이 불어 오면
— 융희 二년!

그래도 계절만은 千년을 다채하여
지붕에 박넌출 남풍에 자라고
푸른 하늘엔 석류꽃 피 뱉은 듯 피어
나를 잉태한 어머니는
짐짓 어진 생각만을 다듬어 지녔었고
젊은 의원인 아버지는
밤마다 사랑에서 저릉저릉 글을 읽으셨다.

왕고못댁 제삿날밤 열 나흘 새벽 달 빛을 밟고
유월이가 이고 온 제삿밥을 먹고 나서
희미한 등잔불 장지 안에
번문욕례 사대주의의 욕된 후예로 세상에 떨어졌나니.

신월같이 슬픈 제 족속의 胎斑을 보고
내 스스로 呱呱의 곡성을 지른 것은 아니련만
명이나 길라하여 할머니는 돌메라 이름 지었다오.

— 〈出生記〉

대수롭지 못한 제 작품과 생애를 말하기에 앞서 내가 시라는 것을 쓰게 되고 따라서 한 시인으로서 세상에 서게 된 나의 생장에 있어서의 시대적 뒷 받침이라든지 사회적인 환경 같은 것을 대강이나마 먼저 이야기하여 두는 것이 나의 작품들을 이해하고 또한 시인으로서의 나를 알아 주는 데 무엇보다도 필요하고 긴한 일일 것 같습니다.

내가 난 때는 1908년 즉 한일 합병이 이루어진 전전 해로서 갈팡질팡 시달리던 국가 민족의 운명이 마침내 결정적으로 거꾸러지기 시작하던 때요 난 곳은 노도처럼 밀려 닿던 왜의 세력을 가장 먼저 느낄 수 있던 한반도의 남쪽 끝머리에 있는 바닷가 통영(지금의 충무시)이었습니다. 그리고 혈통으로는 내가 보통학교에 입학하는 지망서의 신분란엔 가에다 아버지께서 『平民』이라 써 넣던 것을 지금껏 똑똑히 기억하고 있는 만큼 50년 전의 고질 같은 그 班常의 구별에 있어 어쩌면 그것을 의지 삼고 날개 떨칠 선대로부터의 물려 받음을 가지지 못한 한갓 반항적 의식에서였던지 또는 밀려 드는 새 시대의 조류에 민감한 감성에서였던지는 알 길 없으나 그 轉機하는 혼돈하고 스산한 세대에 부닥쳐 오히려 海隅蒼生을 달갑게 자처하는 지체 없는 한 유생인 젊은 의원의 둘째 소생으로 태어났던 것입니다.

내가 자라던 집은 바닷가 비알이며 골짝 새로 다닥다닥 초가들이 밀집한 가운데 더욱 어둡고 무거이 보이는 삼도 통제사의 아문들이던 이끼 덮인 옛 청사와 사방의 성문이 남아 있는 선창가엔 마포(지금의 마산) 河東등지로부터 장배들이 수 없이 들어닿고 쌀 소금 명태 등속의 物主집 창고들이 비좁게 잇달아서 언제나 품팔이 지겟군들이 우굴거리는 고을 바닥의 중심지 가까운 행길가에 시옷자로 붙어 앉은 초라한 초가였습니다.

세살 터울인 내 아우가 생기자 아기에게 대한 시샘이 유달리 심하던 나는 우리 집안에선 「각씨오매」라 부르는 먼벌 되는 홀로 사는 할머니에게 저녁이면 北門 밖 오리 길을 엎혀 가선 할머니한테서 자고 아침이면 도로 업혀서 집으로 오곤 하였던 것입니다. 그렇게 해서 외할아버지가 차린 글방으로 글 배우러 외갓집으로 갈 만큼이나 철이 들도록까지 이 각씨오매 곁에서 자란 것이었으니 저녁 으스름 들길을 할머니 등에 업혀 갈때 그 당시 역시 그 할머니가 귀애하던 친척 아이가 죽어 묻혔다는 건너산 골짝을 바라보고, 듣고선 오기나 할 듯이 할머니가 그 아이의 이름을 소리내어 부르며 혼자 뇌이던 군노래를 철 없는 마음으로도 한량 없이 눈물겨워하였는가 하면 한편으로 얼마쯤이라도 너끈히 걸어 갈 수 있는 터이면서도 끝끝내 업혀만 가려고 제 앙탈이 잘못인 줄 알면서도 할머니를 애먹이던 아이였습니다. 그리해서 하루 종일 휑하게 비었던 할머니 집에 가서는 할머니가 군불을 지피는 동안 나는 등잔불도 안 밝힌 어두운 방바닥에 엎드려 얼굴을 붙이고 기다리기를 했던 것입니다.

  한 번은 할머니한테 업혀 갔다가 금시에 어떻게도 집으로 도로 오고팠던지 앙탈 끝에 막상 되돌아 와서 처마에 등불을 달아 두고 가족들이 모여 앉아들 있는 자리에 내려 놓이자 그 휘잇한 밤 들길을 할머니가 혼자 돌아갈 것이 얼마나 가엾고 미안스러웠던지 그렇다고 도로 같이 가겠단 말은 어린 염치에도 할 수는 없고 그래서 그 후로는 그러한 앙탈은 다시는 안했던 것입니다. 그리하여 이 할머니 등에서 다 자라나 보통학교를 마치고 타관으로 유학가기까지는 해마다 내일이 설날인 섣달 대 그믐날이 오면 어머니한테서 설빔을 싼 보자기를 받아서 끼고는 이 할머니 집으로 가서 할머니 곁에서 한 살을 더 먹기를 나는 버릇 같이 해 왔던 것입니다.

        오래 오래 헛된 길을 둘러
        석류꽃 그늘 밝은 고향의 조약돌길에 서면
        나는 어느덧 마흔짝으로 늙었소
        오늘 나의 생애가 보람 없이 욕될지라도
        푸른 하늘 속속들인
        그 어디인 애정을 무찌른 생장이었기에

        할머니 할머니 나의 할머니
        그의 어깨를 말(馬)등 같이 딿운 무덤을 찾아
        나는 꽃같이 뉘우쳐 절하고 우려오
                              ― 〈석류꽃 그늘에 와서〉

　그러면서도 내가 북만주에서 돌아와 이 할머니가 아무 데도 의지할 곳 없이 마지막엔 앞까지 못 보다 외로히 돌아가셨단 이야기를 듣고서도 무덤이 30리 상거한 옛 친정곳 근처의 어디메란 확실히 모른다는 핑게로 찾아가서 성묘할 성의 조차 한 번도 가지지 않았으니 나는 얼마나 불측한 인간이겠습니까?

　어릴 적 나는 병골은 아니었으나 그렇게 다부진 체질을 누리지는 못한 모양입니다. 그 원인은 세살적에 지독한 이질을 앓아 한 때는 못 건져 낼 것으로 치고 죽어 입힐 옷까지 만들었던 고비를 치른 때문이라고 어머니는 말씀하시던 것입니다. 그래 여름이면 곧잘 학질을 앓고선 그 더운 여름철 석양에 견딜 수 없는 두통과 오한으로 이불을 뒤집어 쓰고 누웠던 일과 아침이면 먹어야하던 그 때는 채 교갑이라는 것이 생겨 나지 않았던지 금계탑(염산 키니네)의 지독스리 쓴 맛이 지금까지도 생생히 기억에 남아 있습니다. 체질이 그러한지라 성질 또한 비겁하리 만큼이나 온순하고 얼되었던가 봅니다. 그 증거로는 장성할 때까지 누구와도 한 번이나마 맞 붙잡고 싸워본 일이라곤 없었으며 운동회 같은 때는 어떻게 해서 꼴찌의 부끄럼을 모면할까에 가슴을 조이며 전력이던 것입니다. 더욱이 아이를 가진 어른들까지 끼인 연령의 차이가 현격하던 때라 그 중에서 나는 가장 앞장에서 한째 둘째에 앉은 서넛 꼬마 중의 하나이던 것입니다. 그러면서도 집안에 들어서는 땡삐(땅벌)라 불리운 만큼 한번 직성을 부리면 누구도 손을 댈 수 없을 정도로 사나왔던 모양입니다.

　實踐躬行 근검절약을 생활 신조로 삼는 아버지의 다스림 아래에서 정말 검소한 가운데서 자라났습니다. 아버지의 그러한 실천은 자기가 넉넉치 못한 유생의 출신인 때문이었으리란 점을 장성하야 이해하였던 것입니다. 그러므로 가계에 있어서 8남매를 거느린 어머니의 고충이 이만 저만이 아니던 것을 어린 마음으로도 항상 듣고 보고 느껴 왔던 것입니다. 그러나 그러한 가운데서도 어머니는 집안에서 항상 기쁘고 즐거우셨던 것을 기억합니다. 언제나 너그럽고 이해심 많고 빡빡한 살림살이 속에서도 푸지고 말마다가 〈유모러스〉에 풍족한 성품은 가령 東郎이나 내가 얼마간의 문학적인 자질을 누리고 있다면 그것은 다분히 어머니에게서 물려 받은 것에 틀림 없을 것입니다.

　내가 보통학교에 입학한 것은 1918년인 열한살 때 그리고 열다섯 나던 봄에 4학년을 마치자 이내 아버지가 보내주시는 대로 일본 「도꾜」로 건너 가서 이미 가형이 3학년을 마치자 P중학 1학년에 입학하였었습니다. 그런데 그 당시는 3·1운동을 치른 직후라 전국적으로 팽배하게 깨쳐 일어난 향학열에 인하기도 하겠지만 지리적인 관계인지는 몰라도 청운의 뜻을 품고 바다를 건너온 우리 고향의 유학생이 도꾜만에도 육칠십명에나 달했던 것입니다.

그리고 그 많은 학생들이 지망하는 것은 거개가 법학 아니면 문학이었으며 더군다나 제대로 학자를 마련할 수 없는 축들은 거의가 문학 내지 다른 부문의 예술로 쏠리는 현상이었으니 그러한 경향은 그 당시 식민지 민족의 환경으로서는 치솟는 젊은 뜻을 촉구하고 충족시킬 수 있는 길이라곤 오직 그러한 길 밖에는 허용되지 않았던 때문인지 모릅니다. 그러므로 그 중에서도 가장 연소한 나는 많은 선배격인 문학청년들 속에 있게 되었었으며 더구나 내향적인 성격의 소년인 데가가 엎쓸려 잠차질 데 없는 외로운 타국인지라 학교 외의 시간은 자연 독서 그 중에서도 문학서적을 탐독할 수밖에 없이 마련이던 것입니다.

한 때는 내 아우까지 세 형제가 「도꾜」에서 공부를 하였으나 아버지가 손뻗치신 다른 사업에 차차 실패하시자 나는 4학년에서 귀국하여 동래고보로 옮겨와 졸업하고 다시 연희전문 문과에 들어 갔었으나 그 당시의 연전 문과에는 목사 아니면 장로의 자제들이 다대수로서 내가 생각하던 문과적인 분위기라곤 찾아 볼래야 찾아볼 길 없고 따분하기 이를 데 없어 그만 그 곳을 뛰쳐나와 도로 「도꾜」로 건너 가서는 이렇다 할 학적도 가지지 않고 허랑하고도 고생스런 생활을 몇해 계속하였던 것입니다.

그러나 그러면서도 이 시절까지도 나는 나의 장래에 대해서 무슨 희망이라든지 목표를 가져보려 생각조차 않았던 것이니 이러한 허무적인 태도 역시 내 안에 절로 낙인 찍혀 있는 민족적인 허무 의식에서였는지 모를 일입니다. 그러므로 내가 중학 때부터 문학에 탐닉하였다 하여도 그것은 그저 좋아하는 흥미에서였을 뿐 장차 무슨 문학가가 되련다든지 시인이 되고 싶다든지 하는 따위 야심은 손톱만치도 가져 보지 않았던 것입니다. 그래 두번째 일본엘 건너간 것도 실상은 앞으로 살아나갈 무슨 실질적인 직업거리나 하나 배워 나오자는 뜻에서였던 것입니다.

　　그리고 한편으로 내가 의식적으로 시라는 것을 쓰기 시작한 것은 이 때부터였으니 나이로 스물셋 무엇보다 그 때 한창 일본에서 힘차게 나타나고 있던 〈아나아키스트〉 시인들의 작품에 공감을 느꼈으며 또한 『조선지광』같은 데 간혹 실리는 「정지용」의 시에도 놀랐었고 그리하여 『동랑』도 끼인 고향의 뜻 같은 친구 몇 사람이 모여 『掃除夫』라는 回覽誌까지도 꾸며 보곤 하였던 것입니다.

　　　　　검정 사포를 쓰고 똑딱선을 내리면
　　　　　우리 고향의 선창가는 길보다도 사람이 많았소
　　　　　양지 바른 뒷산 푸른 송백을 끼고
　　　　　남쪽으로 트인 하늘은 깃발처럼 다정하고
　　　　　내가 크던 돌다리와 집들이
　　　　　소리 높이 창가하고 돌아가던
　　　　　저격놀이 사라진 채 남아 있고
　　　　　그 길을 찾아가면
　　　　　우리집은 유약국
　　　　　行而不言하시는 아버지께선
　　　　　어느덧 돋보기를 쓰시고 나의 절을 받으시고
　　　　　헌 책력처럼 애정에 낡으신 어머님 곁에서
　　　　　나는 끼고 온 新刊을 그림책인 양 보았소

　　　　　　　　　　　　　　　　　　　　　　　—〈歸故〉

　　그러나 곧 고향으로 돌아와선 영업이라고 조그마한 일을 붙들어 보았으나 그것은 말만일 뿐 악인아닌 惡友들과 엎쓸려 노상 지각 없이 막걸리나 마시며 청춘을 허송하는 동안 어느 새 셋 아이의 아버지가 되고 말았던 것입니다. 그러나 그렇게 지각 없고 방향 없는 생활 가운데서라도 한 시인으로 잡아 키워 준 것은 부지부식 중에라도 또 하나 나의 고향의 그 맑고 고운 자연의 풍치가 아니던가고 곰곰히 생각되는 것입니다. 그것은 마치 한 그루 나무가 그가 선 자리에 따라 몸매가 절로 갖추어지듯이.
　　해방 즈후 시인 「지용」이 찾아 왔기에 우리 고향의 풍경을 일목에 조망할 수 있는 곳으로 이끌었더니 그의 남다른 감격성은 참으로 재탄 삼탄이었으며 언젠가 일찍 북만주에서 교분을 가졌던 현재 어떤 대학교의 총장으로 있는 R 씨를 만났더니 청마의 고향에 들려보니 정말 시인이 날만한 곳이더라고. 그러나 시인이 생장한 추억 속의 고향은 더욱 더 곱고 아름다운 것으로서 그것은 누구도 쉬이 알 수 없을 것입니다.

2. 遮斷의 시간에서

> 憂患은 사자 身中의 벌레.
> 自虐의 잔은 담즙같이 쓰도다
> 진실로 백일이 무슨 의미러뇨?
> 나는 非力하여 앉은방이
> 日曆은 헛되이 모가지에 오욕의 연륜만 끼치고
> 남은 것은 오직 짐승 같은 悲怒이어늘
> 말하라 그대 어떻게 오늘날을 瑟如하느뇨?
>
> — 〈非力의 詩〉

　1945년 8월 15일의 역사가 이루어지지 않았던들. 즉 일본 제국주의의 포로가 인간 질서를 유린하는 겁죄 그대로를 뻗치고 나가도록 그 이상 역사가 내버려 두었던들 우리 한국 민족의 운명은 오늘날 어떠한 방향으로 치달리고 있었겠습니까?

　그 질식할 일제 질곡의 하늘 아래에선 한 시간을 경과하면 경과할수록 우리는 다시 헤어날 수 없는 구렁으로 나떨어지고 있었을 뿐 아니라 그 누구가 인간으로서의 그의 인생에 희망을 건다든지 설계를 가진다든지 하는 것은 곧 가증한 원수인 일제 앞에 자기를 노예로 자인하고 그들에게 개 같이 아유 구용하는 길 밖에는 있을 수 없는 일이었으니 그러므로 그 시기에 있어서는 적으나마 겨레로서의 자의식을 잃지·않은 자라면 원수에 대한 가열한 반항의 길로 자기의 신명을 내 던지든지 아니면 희망도 의욕도 죄 버리고 한갓 반편으로 그 굴욕에 젖어 살아가는 두 가지 길 밖에 없었던 것입니다.

그런데 나는 비굴하게도 그 중에서 후자의 길을 택한 것이었으며 그러면서도 그 비굴한 후자의 길에서나마 나는 나대로의 인생을 값없이 헛되게는 버리지 않으려고 나대로의 길을 찾아서 걸어 가기에 고독한 노력을 아끼지 않았던 것입니다. 어쩌면 이러한 말은 비열한 위에 더욱 가증스런 자기 합리화의 수작으로 밖에 들리지 않을지 모르겠습니다마는.

1941년 첫봄 나의 첫 시집인 『청마시초』가 그 동안의 畏友 素雲형의 주선으로 나오게 되자 우연한 기회를 얻어 나는 달갑게 내게 따른 권솔들을 이끌고 북만주를 건너 갔던 것입니다. 훗날에 이르러 돌아 보아 이 길은 나의 생애에 있어 한 전기가 되었을 뿐만 아니라 이 탈출이 없었던들 장차 나의 신상에 어떠한 이변이 생겼을지 예측키 어려웠던 것입니다.

왜냐하면 다 알다시피 일제 군국주의의 무모한 전쟁은 마침내 영미와의 개전으로 까지 이르렀던 것과 동시에 그들의 광태는 그들의 비위에 거슬리는 한국의 지식분자는 모조리 말살해 치우려는 데까지 뻗쳐 우리 고향만 하더라도 많은 젊은이들이 붙들려 무진한 경난을 겪었을 뿐 아니라 개중에는 미결인 채 감방에서 옥사한 친구까지 생겼던 것이니 말하자면 나는 용하게도 그 호구를 모면할 길을 얻은 셈이었습니다.

여기에 덧붙여 말하고 싶은 것은 나의 주변에는 많은 〈아나키스트〉와 그 동반자들이 있었고 따라서 내게도 항상 일제 관헌의 감시의 표딱지가 떨어지지 않고 붙어 다녔지마는 그로 말미암아 나의 초기의 작품들은 영영 잃었을 뿐 그 영광스런 돼지우리의 구경만도 끝내 한번이고 해 본적이 없었으니 그 점은 어떤 요행에서보다 나의 천성의 비겁하리만큼 적극성의 결핍한 소치의 결과로서 생각하면 부끄럽기 한량 없는 일입니다.

그러던 나의 인생을 헛되이 않으려고 내가 애써 찾아 걸어간 길이란 어떠한 길이었겠습니까?

시인이 되기 전에 한 사람이 되리라는 이 쉽고 얼마 안 된 말이 내게는 갈수록 감당하기 어려움을 깊이 깊이 뉘우쳐 깨닫습니다……
으늘 불쌍한 생애에 있는 오직 하나의 가까운 혈육을 위하여서만으로도 길가의 한 신기리가 되려는 그러한 굳고 깨끗한 마음성을 가지기를 나는 소망하오니……

—〈靑馬詩抄〉序文에서

이미 이같이 말하였던 것과 같이 첫째 나는 기위 차단된 인생에 있어서 그래도 남겨진 목숨을 어떠한 한이 있더라도 반드시 회한이 남지 않도록 쓰자고 스스로 기약했던 것입니다. 그러함에는 무엇보다 내가 한번 하고자 사고한 일에 끝까지 충실하는 길밖에 없다고 확신하고 스스로 이해하려 했던 것입니다. 둘째로는 나와 한가지로 슬프고 어두운 하늘 아래 생을 받은 불쌍한 나의 겨레와 혈육들을 진심으로 아끼고 사랑하자는 것이었으니 그러므로 그 어느 한 사람을 위하여서만으로도 길가에 앉아 보람을 느끼는 구두장이라도 되리라는 것이었으며 셋째로는 슬픈 겨레로서 유일한 희망의 길은 아무리한 원수의 박해 아래서도 굴하지 않고 끝까지 견딜 일이니 그러한 강인하고 줄기찬 야성적 생명력을 잃지 않도록 겨레를 채찍질 하여야 된다는 것이었습니다.

그러한 생각에서 이 마지막 야성적 생명력을 노래한 것으로는 북만으로 가기 전후하여 남긴 『日月』, 『頌歌』, 『生命의 書』 등이 있는 것입니다.

> 쫓기인 카인처럼
> 저희 오오래 어두운 슬픔에 태었으되
> 어찌 이 환난을 짐승이 되어선들 겪어 나지 못하료
> 저 먼 새벽날 미개의 종족이
> 어느 암상에 활과 살을 팔짱에 끼고 서서
> 크낙한 향료인 양 紫雲 속에 밝아 오는 連巒을 우러러
> 염원하여 저들의 융성을 맹세하고 여기 萬년.
> 일월성신은 저희와 함께 있었고
> 풍상은 오로지 좋은 시련이 되었거늘
> 오늘 쓰라린 인고의 울혈 속에 오히려 맥맥히
> 그 정한하던 저희 發祥의 거룩한 피를 기억하고
> 그 날 山 전에 유량히 노래하던 야성의 翹望이
> 저희의 귀에 다시금 맹아리처럼 새로웁도다.

항상 저희는 이렇듯
슬프고도 오롯한 系圖를 자랑으로 받들므로
머언 유업을 그대로 이어
오직 옳고 강하기를 소망하고
좋은 원수를 일컫되
간사함은 미워하고
어떠한 악의의 모함에도 견디어
끝내 굴종에 길들지 않고
하여 눈은 눈으로!
이는 죽음과 같은 저희의 피의 법도가 되어지이다.
　　　　　　　　　　　　　　　　　　—〈頌歌〉

　그러나 이같은 긍정적인 思惟의 조목들은 오늘날 와서 따져 보아 들추어 세일 수 있을 뿐 그 당시를 두고 말하면 그저 혼돈하게 함께 뭉쳐져 나의 생활 감정의 밑 바닥을 저류하여 나를 인도하고 있었을 따름이었습니다.
　허세와 같은 나의 이 같은 의식적인 姿勢의 결과로서 나는 어디까지나 인생을 긍정하고 그것 속에 묻히어서 견디며 동고 동락함으로써 인간의 뜻과 값을 찾아 내려 노력하였으며 회피란 즉 죽음이요 無라고 단정하였던 것입니다.

들창 너머 담장
담장 우에 호박넝쿨
그리고 이 강건한 손바닥 같은
푸른 호박 잎에 담뿍 받힌 碧空의 一角—
이 얼마 안된 평범한 점경은
자칫하면 잊혀지기 쉬운 이 清貧한 가족에게
다만 하나 계절에 생기로운 通風孔.
항상 미덥고 부지런한 아내의 하루의 스케듈은
이 점경의 晴曇에 따라 정하여지고
때론 일편 青雲이 머무는 저 궁륭을
커다란 잠언처럼 사나이는 우러르노라.

오늘의 이 간난과 불여의를
스스로 안직하여 비봉함이 아니라
또한 차질에 호을로 애삼짐도 아니라
아무리 가혹한 핍박의 저류에 잠기었어도
끝내 흐리잖는 명료한 이념은
끝 없는 고독에 옥석처럼 눈을 뜨고
항상 높은 긍지를 가져 자신을 지키고
온갖 있는 것을 깊이 애착하며
명확히 계절을 인식하여 내일에—
저 요원한 인생의 雲表에 솟은
그윽한 바비론을 바라노라.

둘째야 가엾게도
그렇게 앓아서 못견디느냐
내일은 일요일—
—홍역에는 가재가 좋다니!
나는 산골을 찾아가서 가재를 잡아오리라.
한나절 들판의
강냉잇대 이파리 빛나는 밭 두던을 지나서
산머리에 조으는 구름을 바라보고
이 모처럼 하루의 반날을
나만의 외로움에 휘파람 불며 다녀 오리라.

— 〈點景에서〉

　이 시기만 해도 나는 나의 얼마 안된 네 식구를 거느리고 평양으로 서울로 부산으로 집씨처럼 떠다니며 석유 궤짝 하나를 책상겸 밥상으로 쓰는 궁핍한 생활 속을 헤매었던 것입니다.

　그러나 이러한 고난의 생활을 그 시기 어찌 나만이 겪었겠습니까? 오히려 나만이 겪었더면 그것은 내 한 사람의 인간의 패배자요 낙오자에 지나지 않았을 것입니다 마는 그 당시엔 거의 모든 우리의 겨레들 더구나 젊은 세대들이 겪은 수난이었으므로 그 수난인즉 오늘에 이르러서야 진정 높이 소리쳐 자랑할 수 있는 영예로운 수난이 아닐 수 없습니다.

그러나 인생에 대한 이 긍정적 태도는 어디까지나 의식적인 것이었던 만큼 한편으로 나를 붙들어 밑 없는 늪 속으로만 이끌고 들어가는 것만 같은 나의 인생에 얽힌 애증의 인연에 대하여 또한 증오에 가까우리만치 분노하고 거기서 놓여 나려 스스로 발버둥질 쳤음도 어쩔 수 없는 사실이었던 것입니다.

> 내 哀憐에 피로운 날.
> 차라리 원수를 생각하노라.
> 어디메 나의 원수여 있느뇨.
> 내 오늘 그를 만나 입맞추려 하노니
> 오직 그의 비수를 품은 惡意 앞에서만
> 나는 항상 옳고 강하였거늘.
>
> —〈원수〉

이러한 나의 생활철학이라 할까 사유하는 바를 더욱 증거할 수 있는 바는 어디에선가 내가 나는 시인이 아니다라고 표명한 그것입니다. 실제 시를 쓰고 있는 한편 시인으로서 행세하면서 이같이 뇌까린 것은 어쩌면 어불성설도 이만 저만 아닌지도 모릅니다. 그러나 그러면서도 이 길을 걸어 오는지 서른해를 넘는 시간을 두고 나의 마음 한 구석에선 여전히 나는 시인이 아니라는 생각이 떠나지를 않고 또한 그 점을 스스로 인정 아니할 수 없는 것입니다.

이러한 내 안에서 버릴 수 없는 생각의 이유는 나는 출발에 있어서도 그랬거니와 오늘에 이르러서도 내가 문학을 전문하기 위하여! 그러한 태도로 시를 쓴다든지 그 길을 예찬한다든지 하고는 결단코 있지 않는 때문입니다. 사실로 나는 시를 쓰기 위해서 방법을 골몰하여 연구한다든지 이론을 따진다든지 하기에는 나의 인생의 발 밑이 항상 너무나 중요했고 거기에서 나의 몸짓과 관심을 다른 무엇으로 돌리기에는 너무나 시간이 애석한 것입니다.

이러한 고백은 시예술을 모독하는 소리요 시인으로서의 자격 이하의 태도임에 틀림 없을 것입니다. 그러기에 나는 스스로 시인임을 포기하고 드는 것인지 모릅니다. 그러므로 나는 나의 시는 시가 아니어도 좋다고 단언까지 하였던 것인지 모릅니다.

그러기에 이제껏 내가 시라고 써 온 것인즉,

> 한가지 일에 정신을 모으고 두 손을 바삐 놀려 힘든 육체 노동을 할 때 그 댓가로 기쁨과 성공을 거둘 수 있을 때 생명을 부어 주는 하늘의 입김에 몸을 그을리며 연거푸 여섯 시간씩 땅을 파고 망치질을 할 때 그럴 때 새로운 생각이 수 없이 머릿속을 찾아든다. 그렇게 스쳐드는 각 가지 생각 직관 연상……

『빠스테르나크』가 이렇게 술회한 바와 같은 역시 내게 있어서도 그러한 생각, 직관, 연상 따위가 글줄로 변신한 뿐인 것입니다. 더 솔직히 말하면 나의 시 작품들이란 나의 생활에서 떨어진 낙엽이요, 인생에서 흘러지는 카렌다 쪼각에 다름 없는 것입니다. 그러기에 어디에서 내가 역시 말한 바와 같이 나의 작품은 인생이란 숫돌에다 나의 생활의 칼을 갈므로 생기는 그 숫돌물에 지나지 않는다고 지적하였던 것입니다. 사실 나는 오늘도 다른 친구들은 어울려 바둑을 둔다, 당구를 친다 하는 대신 다른 할 일 없는 심심파적으로 싯줄을 만지작거릴 따름입니다.

아아 나의 소중한 인생과 생활을 생각할 때 나의 시의 가치라든지 그것으로 얻는 희열이나 영예 따위는 얼마나 부질없고 하잘 것 없는 것이겠습니까?

> 나의 원하는 것
> 아무것도 없어라
> 峨峨한 山아

이것은 『短杖』이라는 나의 작품의 끝에 붙어 있는 글줄입니다마는. 실은 나의 20대 적의 독백의 토로로서 이로 보면 내게 한량 없이 自在로와야 할 나의 목숨의 시공을 차단하는 구속에 대한 반발이 없고 불쌍한 혈육에 대한 애련이 없었던들 나는 나의 인생을 동양적 허무주의인 우주와의 응시 속에 끝내 바치고 말았을지 몰랐을 것입니다.

3. 曠野의 生理

홍안령 가까운 북변의
이 광막한 벌판 끝에 와서
죽어도 뉘우치지 않으려는 마음 위에
오늘은 이레째 暗愁의 비 내리고
내 망나니에 본 받아
화롯전을 뒤지고
담배를 눌러 꺼도
마음은 속으로 끝 없이 울리노니
아아 이는 다시 나를 과실함이려뇨
이미 온갖을 저버리고
사람도 나도 접어주지 않으려는 이 자학의 길에
내 열 번 패망의 인생을 버려도 좋으련만
아아 이 회오의 앓임은 어디메 號泣할 곳 없어
말 없이 자리를 일어 나와 문을 열고 서면
나의 탈주할 사념의 하늘도 보이지 않고
정거장도 二百里 밖
암담한 진창에 갇힌 절벽 같은 절망의 광야!

— 〈광야에 와서〉

거듭 말하거니와 그 암담하고 핍박한 절망의 시기에 있어서 어찌해서 내가 뒷골목의 한갖 파락호로서 꾸겨져 떨어지기를 모면하고 오늘토록 이러한 행색으로나마 부지할 수 있었는지 진정 요행하다 않을 수 없습니다. 물론 무수한 우리의 젊은이들이 그 시절 다 같은 절망 속에서 울울히 뒤치락거리고 제 목숨을 주체 못하는 채 살아 갔음에 틀림 없을 것입니다마는 아무리 같은 상황에 놓였더라도 그것을 느끼는 감도에 따라 그 상황에는 얼마라도 많은 深淺이 있을 것은 정한 이치입니다. 그러나 내가 끝까지 악에도 선에도 굳세지 못하고 만 것은 앞에서 말한 나의 천성의 나약함과 함께 어떤 행위에 있어서도 얼마를 못가서 곧 발꿈치를 돌려 되돌아 오기 마련인 어쩔 수 없는 자의식의 소치인

덕분(?)엔 틀림 없습니다.

滿洲! 만주는 이미 우리의 먼 선대에서부터 광막한 그 벌판 어디메에 모진 뼈를 묻지 않은 곳이 없으련만 나는 나대로 내게 따른 가권을 거느리고 건너갈 때는 속으로 슬픈 결의를 가졌던 것입니다. 그것은 무슨 다른 부풀은 희망에서가 아니라, 오직 나의 인생을 한번 다시 재건하여 보자는 데 있었던 것입니다. 사실 나는 식민지 백성으로 모가지에 멍에가 걸려져 있기도 하였거니와 그 보다도 조국의 푸른 하늘 아래에서 너무나 자신에 대한 준렬을 잃고 게을하게 서성거리고만 살아 왔던 것입니다.

그러나 그랬건만 이 유일한 구원의 길도 나는 거듭 날 수 없이 역시 흐리기만 하였습니다. 아니 그 흐림은 더욱 무겁기까지 하였었던 것입니다. 그 이유는 가실 수 없는 망국 민족으로서의 치욕은 여기까지에도 그림자처럼 따라 있었을 뿐 아니라 한 가지 더 인간 앞에 막아 선 광막한 자연은 나를 한 점 인간의 원시적 원형으로 몰아 세워 놓고 말았던 때문입니다. 인위라고는 거의 손톱만치도 닿지 않은 대자연의 허무스런 의지만이 에워 선 속에서 나는 마치 원시인처럼 자연대 인간의 문제를 처음부터 풀이 하여야만 될 위치에 놓여지고 말았던 것입니다. 그것을 풀이하지 못한다면 여기에서 내가 얻는 것은 겨우 굶주림과 헐벗음의 모면일 뿐 종결 없는 고절 속에 육축처럼 고스란히 썩어지고 마는 길 밖에 없었던 것입니다.

> 고향도 사랑도 懷疑도 버리고
> 여기에 굳이 立命하려는 길에
> 광야는 陰雨에 바다처럼 황막히 거칠어
> 타고 가는 망아지를 小舟인 양 추녀 끝에 매어 두고
> 낯 설은 胡人의 客棧에 홀로 들어 앉으면
> 嗚咽인 양 悔恨이여 넋을 쪼아 시험하라
> 내 여기 소리 없이 죽기로
> 나의 인생은 다시도 기억치 않으리니
>
> ─ 〈絶命地〉

여기에는 눈도 닿지 않는 광막한 광야 뿐입니다. 그리고 무작정 험악한 세월이 있을 뿐입니다. 그 가운데서 해가 아침이면 땅 끝에서 나타나 하늘 한 복판을 진종일 걸려 지나 가서는 마지막 피보다 붉게 물들어 저쪽 땅 끝으로 떨어져 까무라질 뿐 도시 자연과 인간의 분간이 없습니다. 광야 끝에 어쩌다 생겨난 듯 어설픈 토성으로 에워 엎드린 인간의 취락이 있긴 하나 인간의 것으로서 주장할 아무런 근거 조차 없는 것입니다. 여기에 있는 인간의 몸매는 기도하는 자세도 아닙니다. 기도란 절대자가 온정을 나누어 주려는 기색의 희망이 있을 때에만 있을 수 있는 것입니다. 그저 버러지 같은 애걸 아니면 될 대로 되라는 自棄의 태세 뿐인 것입니다.

> 허구한 세월이
> 광야는 외로워 절도이요
>
> 새빨간 석양이 물들어
> 세상의 끝 같은 북쪽 의지 없는 마을
>
> 먼 벌人가 兵營에서
> 어둠을 불러 나팔소리 양량히 울면
>
> 크낙한 終焉인 양
> 광야의 하루는 또 지오
>
> ― 〈絶島〉

여기에는 봄도 가을도 없습니다. 오직 한겹 문장지에 눈보라가 소리하는 긴 긴 밤과 중천에서 해가 움직이지 않는 지루한 여름이 있을 뿐입니다. 하늬바람이 積雪을 휘몰면 白晝에도 흰 어둠이 광야를 묻어 버리고 소낙비가 하늘에서 거대한 깁의 장막을 드리운 듯 광활한 벌 끝을 한쪽에서 한쪽으로 지나가곤 할 따름입니다. 무작정하게 광야는 가이 없어 절해(絶海)처럼 오히려 갈 곳이 없습니다. 그러기에 송장도 버릴 데가 없어 밭이랑 가에나 풀덤불 곁에다 두고 돌아 옵니다.

바람이 부는 날은
포곡새가 울지 않소
호적소리도 구슬피
오늘은 들 끝에 胡人의 葬事가 있오

—〈哀春〉

　인간이 원시의 형태에서 벗어나지 못하면 감정까지도 원형적인가 봅니다. 단조로운 吹打소리를 내며 달구지에 관을 끌고 가는 본토 사람들의 葬列을 보면 인간의 슬픔이 바로 물질처럼 만져지기라도 하는 것 같습니다.

　인간의 상황을 결정함은 인간 자신의 능력에서보다 인간이 놓여 있고 인간을 에워 있는 주위 환경의 영향력에 더 많이 있음은 두말할 것 없을 것입니다. 그것은 인간의 역사를 거슬러 올라갈수록 더욱 역연한 것입니다. 그러나 인간이 마침내 그의 주위 환경의 영향력을 거느려서 자기에게 도리어 조화되게 하고 이미 입은 영향을 자신의 필요한 질서 속으로 돌이킴에는 얼마나 많은 시간과 오랜 예지가 인간에게 소요 되었겠습니까? 그런데 여기에는 그러한 시간과 예지가 없었나 봅니다. 그러기에 여기에서는 자연의 준렬한 恣意와 맞서 인간도 그 야성에서 길들어 나지 못했으므로 그를 어거하는 데 있어 하나에는 둘을 갚는 원시적 복수 수단이 아직도 과시되고 있었던 것입니다.

　　十二月의 북만 눈도 안 오고
　　오직 만물을 가각하는 흑룡강 말라빠진 바람에 헐벗은
　　이 적은 街城 네거리
　　비적의 머리 두개 높이 내걸려 있나니
　　그 검푸른 얼굴은 말라 소년 같이 적고
　　반쯤 뜬 눈은
　　먼 寒天에 모호히 저물은 朔北의 山河를 바라고 있도다
　　너희 죽어 율의 처단의 어떠함을 알았느뇨
　　이는 四惡이 아니라
　　질서를 보전하려면 인명도 鷄狗와 같을 수 있도다
　　혹은 너의 삶은 즉시

나의 죽음의 위협을 의미함이었으리니
힘으로써 힘을 제거함
또한 먼 원시에서 이어온 피의 법도로다
내 이 각박한 거리를 가며
다시금 생명의 험렬함과 그 결의를 깨닫노니
끝내 다스릴 수 없던 무뢰한 넋이여, 명목하라
아아 不毛한 思辨의 풍경 위에
하늘이여 은혜하여 눈이라도 함빡 내리고 지고!

—〈首〉

　황량한 삭북의 네거리에 죄상을 적어 높이 세운 방과 함께 내어 건 처참한 효수 앞에 서서 더구나 가마귀 떼 같은 이방인들 속에서 그것을 바라볼 때 여기까지 쫓기어 온 나라 없는 백성인 사나이의 가슴에 다가드는 것은 과연 무엇이었겠습니까? 그것은 나를 여기까지 추격하고 나의 조국과 내게 속한 일체를 탈취하고 박해하는 나의 위수를 그로서는 정당하다고 인정 않을 수 없는 막다른 결론이었던 것입니다.

　그리고 내 자신 정당할 유일의 길은 나도 마땅히 끝까지 원수처럼 아니 원수 이상으로 굳세어야 한다는 준렬한 결의가 아닐 수 없었습니다. 이것은 한갓 살벌한 사상이 아니라 마지막 허용된 명료한 길이었습니다. 이 길 까지를 버리는 날이면 영원히 나를 회복치 못하고 원수의 힘 앞에 강아지나 닭 새끼처럼 굴욕 속에 묻히어 죽어도 다시 말할 길이 없는 것이었습니다. 그러나 이러한 사변과 함께 현실의 내 자신을 돌아다 볼 때 거기에는 더 큰 절망이 지켜 있을 뿐이었습니다. 그러므로 나는 더욱 완미한 정신적 고절 속에 점점 함입되고 말았던 것입니다. 마치 무력한 거북이 제 귀갑 속으로 몸츠려들음으로 완전히 자기를 고립시키듯이.

　그 당시 「하르빈」은 진정 나라 없는 백성들의 거리였습니다. 두겹으로 나라를 잃고 영화롭던 옛날의 추억 속에 연명하는 육중한 白系露人과 어디고 인간의 堆積物 같이 번식해 사는 중국인과 안하 무인한 거만스런 왜인들과 그리고 그 속에서 어떠한 수단으로서도 악락 같이 다가 붙어 살려는 우리 겨레.

석양이 되면 느릅나무 검은 수풀에 에워 있는 곳곳의 성당에서 저녁 미사의 종소리가 귀가 간지럽도록 부드럽게 울려 옵니다. 한 종루에서 몇(十)개의 종들이 한꺼번에 우는 것인지 모릅니다. 그리고 돈대에서 바라보면 북쪽에서 오는 국제 열차가 이제 마악 『승가리』강 철교를 종을 울리며 석양에 물들어 들어오고 있습니다. 이러한 풍경이 나의 고립한 정신에서 오히려 알맞았는지 모릅니다. 그리하여 울암한 계절의 이 하늘 아래를 나는 그저 짐승처럼 방황하여 지향할 곳을 몰랐던 것입니다.

> 여기는 하르빈 도리공원
> 五月도 섣달 같이 흐리고 슬픈 기후
> 사람의 솜씨로 꾸며진 꽃밭 하나 없이
> 크나 큰 느릅나무만 하늘도 어두이 들어 서서
> 머리 위에 까마귀 떼 종일 바람에 우짖고
> 슬라브의 혼 같은 울암한 樹陰에는
> 나태한 사람들이 검은 상념을 망토같이 입고
> 혹은 뻰취에 눕고 혹은 나무에 기대어 섰도다
> 하늘도 광야 같이 외로운 이 북쪽 거리를
> 짐승같이 고독하여 호을로 걸어도
> 내 오히려 인생을 倫理치 못하고
> 마음은 망향의 욕된 생각에 지치었노니
> 아아 衣食하여 그대들은 어떻게 족하느뇨
> 창량히 공원의 철문을 나서면
> 人車의 흘러가는 거리의 먼 陰天 넘어
> 할 수 없이 나누운 광야는 황막히 나의 감정을 부르는데
> 남루한 사람 있어 내게 인색한 小錢을 요구하는도다
> ― 〈哈爾賓道裡公園〉

이 때 내 자신을 스스로가 주체 못하는 밑 없는 절망 속에서 아프게도 나를 불러 손짓하고 또한 내 스스로 그것을 치욕으로 생각하는 망향의 먼 향수는 어쩌면 현실의 나의 고향이나 조국에 대한 그것이 아니라 영혼이 돌아가 의지할

그러한 정신의 안주지가 아니었던지 모릅니다. 그러므로 이국의 혼령들이 귀의한 혼령의 고토마저 내게는 내것인 듯 애닲게도 간절하게 느껴졌던 것입니다.

여름의 기나 긴 한낮
古堂은 적적히 그늘도 짙어

찾는 이 없는 철문 안에
적은 얼굴들을 갸우리고
피어 있는 새빨간 금전화

一九〇三년.
하그리 먼 세월은 아니언만

이국의 땅에 고이 바친 삶들이기에
십자가는 일제히 서녘으로
꿈에도 못 잊을 조국을 향하여 눈감았나니

아아 우크라이나! 우크라이나!
보리빛 먼 하늘이여

— 〈우크라이나寺院〉

마침내 영혼이 이같이 돌아가 귀의할 장소와 방향을 가졌음은 얼마나 행복한 일이겠습니까? 그런데 나는 짐승처럼 영혼의 이 돌아가 의지할 곳 조차도 가지지 못했던 것입니다. 아니 영혼 마저 못 가졌던 것인지 모릅니다. 왜냐하면 본시 오고 갈 곳을 가진 것이 영혼이기 말입니다.

이 기간이 같은 암담한 나의 정신의 향색을 더욱 깊게 한 한 가지 까닭이 더 있었으니 그것은 소생 중에 하나 슬픈 별에서 태어난 것을 이 곳으로 데려와 잃은 일입니다.

생각하면 죽음이란 언제나 의식에서 슬픈 것이요, 죽음 자체는 결코 슬픈 것이 아닐 것입니다. 즉 죽음이 슬프다는 것은 죽음이 이승에다 끼쳐 두는 공허를. 뒤에 남은 사람이 느낌에 있는 것이요, 죽은 사람이 죽음과 함께 지니고 가는 것은 아닐 것입니다. 그러므로 죽음이란 언제나 커다란 〈에고이즘〉에서 수행되는 것이라 말할 수 있습니다. 웬고하니 그것은 제만 혈혈히 길떠나 버리는 것 같지마는 실상은 그로 인하여 무릅쓰는 타격은 그가 아닌 다른 이들만인 때문입니다. 나는 이 어린 죽음이 타격한 감정의 지배에서 6년이란 세월을 겪은 후에야 겨우 놓여나 내가 그것을 지배할 수 있음에 이르렀고 그때에야 비로소 그의 죽음을 노래할 수 있는 것입니다.

세월은 진실로 복된 손길인양 스쳐 흘러갔고나
세상에 허다한 어버이 그 쓰라림을 겪었겠고
어려서 죽은 자 또한 너만이 아니련만
자칫하면 터지려는 짐승 같은 슬픔을 깨물고
어디다 터뜨릴 수 없는 분함으로
너의 적은 관에 뚜껑하여 못질하고
음한히 흐린 十一月 북만주 벌 끝에
내 손으로 흙덮어 너를 묻고 왔나니
그 때 엄마 무릎 위에 안기어
마지막 어린 임종의 하그리 고달폼에
엄마를 부르고
아빠를 부르고
누나 적은 누나 큰 누나를 부르고
아아 그리고 드디어 너는
그 괴론 육신을 육신으로만 남기고 갔나니

어느 가을날 저녁 처마의 제비
그의 집 비우고 돌아오지 않은 채 가버리듯
너는 그렇게 가고
세월은 진실로 복된 손길인·양 스쳐 흘러갔건만
석양의 가늘고 외론 행인의 그림자 어린
이 먼 胡ㅅ나라 거리

강냉이 구워 파는 내음새 풍기는 늦은 가을이 오면
철 지운 새모양 너 생각 다시금 의지 없고나
무덤가에 적은 멧새 와서 울고
저녁놀이 누나 엄마가 사는 먼 세상을 물들일 때
아기야 너는 혼자 외로워 외로워
그 귀 익은 창가를 소리 높이 부르고
낱마다 날마다 고와지는 좋은 백골이 되라

— 〈六年後〉

　지금은 당신의 생사조차 모를 伊蘭! 만약에 당신이 이 하늘을 우러르고 계시거든 당신의 애달픈 아기의 목숨은 당신이 있는 하늘보다 더 먼 북쪽 하늘 아래 벌판에서 이미 깨끗이 승화하고 말았음에 이제야 마음 놓아 주시기 바랍니다.

　내 자신의 운명이 어떠하건 나는 나의 겨레와 끝까지 운명을 같이 하기 마련인 것입니다. 그것은 그들이 박해 받고 어리석고 불쌍할수록 그러한 것입니다.

인사를 청하면
검정 胡服에 당딸막이 빨간 코는 가네야마
핫바지 저고리에 꿀 먹은 생불은 가네다
당꼬바지 납짝코 가재수염은 마쓰하라
팔때장선 광대뼈는 구니모도
방울눈이 친구는 오오가와
그 밖에 제 멋대로 눕고 앉고 엎드리고
샛자리 마주 칸(坑) 돼지기름 끄으는 어둔 접시등 밑에
잡담과 엽초 연기에 떠오르듯한 이 좌중은
뉘가 애써 이 곳 수千里ㅅ길 夷적의 땅으로 끌어온 게 아니라
제마다 정처 없는 유량의 끝에
야윈 목숨의 雨露를 피한 땅빼미를 듣고 찾아
북만주도 두메 이 노야령 골짝까지 절로 모여 든 것이어니

부모도 고향도 모르는 이
철 없이 없히어 넘어 들은 이
모두가 두번 고향땅을 밟아 보지 못하여
가다 오다 걸어 들은 우리네 사람이 전하는 고국 소식을 들은 밤은
제각기 아렴풋한 기억을 더듬어 더욱 이야기에 꽃이 피고
흥이 오르면 빼주에 돼지 발쪽을 사다 놓고
어화 농부도 부르고
저기 앉은 저표모도 소년은 이로하고도 부르고
속에는 피눈물 나는 흥에 겨워 밤가는 줄 모르나니

아아 카인의 슬픈 후예 나의 혈연의 형제들이여
우리는 언제나 우리나라 우리겨레를
반드시 다시 찾을 날이 있을 것을 나는 믿어 좋으랴
괴나리 보따리 하나 들고 땅 끝까지 쫓기어 간다기로
우리는 조선 겨레임을 잊지 않고 죽을 것을 나는 믿어 좋으랴
—좋으랴

— 〈나는 믿어 좋으랴?〉

그 당시 아무리 일제의 독수가 악착 같다 할지라도 이 같은 후미진 광야 끝에서야 그 치욕스런 창씨라는 것쯤 않고서도 모면할 수 있었으련만 이러한 무지는 남부여대하고 쫓겨 온 빈농의 후대들만의 죄가 아닌 것이 아니었겠습니까? 그리고 개중에는 일제의 위세를 빌려 그것이 마치 제 것인 양 내 세워 본토인을 모멸하고 착취하려는 사람들이 있었으므로 본토인은 오히려 망국지민과 거지를 합친 의미로서 우리 겨레를 꺼우리팡스(高麗房子)라 불러 멸시하고 증오까지 하였으니 더욱 슬픈 일이 아닐 수 없었습니다.

胡나라 胡同에서 보는 해는
어둡고 슬픈 무리를 쓰고
때 묻은 얼굴을 하고
옆대기에서 甛瓜를 바수어 먹는 니—야여

ㄴ는 한귀人이요
할아버지의 할아버지적 물려 받은
도포 같은 슬픔을 나는 입었소
벗으려도 벗을 수 없는 슬픔이요
나는 한귀人이요
가라면 어디라도 갈
꺼우리팡스요

— 〈道袍〉

사실로 역사와 문화의 전통 밖에서 제 옷의 이를 잡아 먹는 이 북방의 胡族
보다 우리는 그날 오히려 불쌍하고 천한 겨레가 아니던 것입니까.

4. 行方 잃은 感激

보라 오늘
보라빛 장백산맥이 南으로 南으로 갈래 뻗은
아세아 東쪽 적은 半島의 산이란 산 메란 메엔
그 골짜기에 깃들어 사는 온 백성들이
양춘의 따뜻한 햇빛을 입고
옛 이스라엘 족속들이 나라를 찾아 광야에 호소하듯
오랜 忍辱에 헐벗긴 어머님인 조국을 애석하여
마음으로 나무를 심어 아끼기에 강산이 허옇나니

이같 아들딸의 눈물과 한숨이
속속들이 사모친 애달픈 산천이기에
한 줌 흙 한 포기 풀인들 어찌 제 피나 살인 양 허술히 하랴
이렇게 한 줄기 나무를 國土에 심음으로
지낸 날 무릅쓴 切齒를 다시 맹세하고
엎드려 시므는 포기 포기 단성이 엉기었나니

뜻 있는 나무여
지낸 날엔 그 불측한 능멸과
자신의 분노에 차라리 자라지 못했거니
오늘은 이 호호한 반도의 대기 속에
백성의 지성한 축원을 받들어
일월성신과 더불어 울창하여
아아 우렁찬 大國의 동량이 되라

— 〈植木祭〉

해방 직후 수년 동안은 거의 해마다 시집을 내리만큼 나는 시를 많이 썼습니다. 만주 5년에 불과 삼사십편을 낳은 데 비하면 대단한 근념이 아닐 수 없었습니다. 그 이유는 다시 말할 것 없이 나라를 가진 백성된 안도와 이제는 일하여 보람을 얻을 수 있게 된 그 때문이었습니다. 그러므로 해방 초기에는 이 植木祭와 같은 애국적인 작품들이 자연 많았습니다.

해방 후 첫 식목일이었나 봅니다. 고향의 한편 뒷산에 나무를 심으로 온통 마을 사람들이 올라가 일하고 있는 것을 바라보고 있노라니 마치 얼음장에 봄볕이 비쳐들 듯이 가슴 속을 저리도록 스며 드는 것이 있었습니다. 그것은 전에는 생각조차 할 수 없던 내 국토에 대한 애정이었습니다. 그 애정이란 조국애니 민족애니 하는 따위의 개념에서 오는 심히 모호하고 관념적인 껍데기가 아니라 바로 흙 한 줌 돌 한 덩이가 피가 돌고 숨결이 통하는 나의 혈육이나 나의 분신같이 살뜰하고 귀하게만 느껴지는 그런 것이었습니다. 그러한 심경의 동기인즉 이날 온 마을 사람들이 이제는 강제노동이나 부역의 공출에서가 아니라 제마다 제 나라 산천을 가꾸는 데 정녕 기쁜 마음으로 자진 나아가 일들을 하는 광경의 그 감격에서였습니다.

그러나 이러한 나의 광복한 조국에 대한 감격도 애정도 미기에 식어가기 마련이었으니 그것은 첫째는 저 가증스런 공산주의 신봉자들의 음모로 빚어낸 악착한 相爭의 환멸에 말미암음이요 다음으로 온 것은 양두 구육적으로 인민을 우롱하는 일부 집권배들에 대한 증오에 인한 것이었습니다. 그러나 이러한 冷却은 어찌 내 한 사람에 한한 일이었겠습니까?

　그런데 한 가지 기억에 남아 있는 것으로 해방 바로 직후 어느 지방에서나 그 공백 상태를 자치단체가 한 기간을 메꾸었듯이 고향에서 몇 동지가 학교 운영을 돌려 받으러 학교엘 갔을때 일인 교장이 독기와 저주에 찬 어조로 미국의 洲界나 구라파 列國의 아프리카 분할 방법을 보았느냐고 말하며 이어 38선으로서 미국과 쏘련에 분할 점령 당할 게라고 즉 너까짓 것들이 까불지마는 역시 너의 나라는 미쏘의 식민지를 못 면할 것이라는 말투 그것이었는데 물론 그 일인의 저주가 바로 그대로는 결과되지 않았다 치더라도 오늘 우리가 겪어야 하는 痛恨만이 아니라 우리들 자신내의 온갖 패덕의 슬픈 원인이 사실인즉 이 운명의 緯線에서 빚어진 것이 아닐 수 없겠으며 그 운명의 선은 우리가 그렇게 희약하던 해방의 감격 속에 우리들도 모르는새 이미 이루어져 있었다는 사실은 얼마나 저주스러운 일이겠습니까?

　내가 북만주에서 돌아오기는 8·15직전인 6월이었습니다. 그 곳에서 해방을 맞이하였던들 압제 받던 이 민족들 속에서 주권 없는 나라의 백성으로 패망된 일본인과 거의 다를 바 없이 무진한 경난을 겪었겠으나 일군의 패전을 미리 알기나 한 듯이 이렇게 그 경난을 요행하게 모면한 것은 일본의 운세가 점점 기울어짐에 따라 이민족 새에서 무언지 신변에 불안이 느껴졌으므로 일단 가족들이나마 고국으로 돌려 보내 놓고자 그들을 데리고 돌아와서 그 길로 종전을 맞게 되었던 것입니다. 말하자면 처음 만주로 달아나던 그 때와 마찬가지로 이번에도 용하게 험한 고비를 모면한 셈이었습니다.

　제 힘으로 사슬을 끊고 풀려 나온 것은 아니지마는 조국의 광복을 맞이하던 날 겨레들이 희약하던 모양과 거리의 풍경은 내가 말 않더라도 우리가 죄다 겪고 또 보았으므로 새삼 되풀이 할 것 없겠거니와 그 때 나는 어떤 길로 흘러 나타나는 것인지 성급하게도 거리에 나 붙는 우리 새 정부의 진용의 명단이라든지 새르이 불리울 구호라든지의 삐라 앞에 설 때마다 그것들이 터무니없는 허탕한 것임을 짐작하면서도 가슴에 용솟음치는 뜨거운 것을 묵묵히 견디었던 것입니다. 사실로 지지리도 불쌍하던 겨레 위에 찾아 온 이제는 안도할 수 있는 광명과 그들이 작약하는 모양을 보는 것만 하여도 나는 가슴이 벅차고 눈물이 흐를 정도로 얼마라도 고마왔던 것입니다.

　내 뇌리에는 한 토막 광경이 씻을 수 없이 찍혀 있었습니다. 그것은 내가 채 보통학교에도 안다니던 아주 어린 때였는데 그 쩍에도 청결날(淸掃日)이 있었던지 일본 순검(경관)놈이 우리 아버지를 불러 내어 뭐라고 지꺼리더니 가졌던 부채인지로써 머리를 철썩 때리고는 약국 앞 행길을 쓸리던 일입니다. 그것을 본 나는 어린 치를 떨며 얼마나 분해 혼자 울었는지 모릅니다.

　그러나 이러한 곤욕의 기억도 이제는 우리 겨레 위에서 영원히 사라지고 다시는 안 올것이라고 생각할 때 그것만으로도 하늘이 감사해서 발을 벋고 죽어도 좋을 것 같았습니다.

　그리해서 고향의 몇몇 동지들과 힘을 합쳐서는 하마 불붙기 시작한 좌우진영의 싸움 속에서 우리는 향토의 문화 재건과 계몽을 自進自擔하고 수 삼년 동안 보람 느끼며 즐겁게 일들을 했던 것입니다.

　　　忍辱의 목숨 길어
　　　내 耀耀한 새나라의 백성 되었노라

　　　쓸개를 씹고 가시에 잠자던
　　　지낸 날의 이갈리던 恨이
　　　이제사 차라리 거룩한 資産 되었도다

　　　조국이여 영광이여 구비구비 애정이여
　　　오늘의 표묘한 광명에 얼싸 모셔
　　　내 새옷 갈아 입고 다시 뵈려하오니

　　　그날 욕된 하늘의 이슬도 싫어
　　　어두운 大陸으로 옮아간 너희 짐승들도
　　　돌아와 이 밝은 法度에 힘 입어 살라

　　　인욕의 목숨 모질어
　　　이제는 눈 감고 죽을 백성 되었도다

　　　　　　　　　　　　　　　　　　—〈讚歌〉

어두은 대륙이란 저 움울한 북만주의 벌판을 말함이요 그리고 옮아간 짐승들이란 그 광야에서 이날도록 방황하던 그날 나와 같던 무수한 절망의 蒼맹들을 가리킴은 두말할 것 없습니다.

우리가 사랑하는 조국이란 무엇을 가리켜 일컫는 것이겠습니까? 그것은 아득히 먼 우리의 조선으로부터 여기에 깃들어 살아 온 이미 우리의 혈육과 분간할 수 없이 정든 이 산천과 하늘 그리고 여기에서 사는 오랜 동안 겪은 그 幸苦風霜의 긴 역사와 그 긴 역사에서 빚어진 정서와 전통 그런 것을 통털어 말함임에 틀림 없는 것입니다. 즉 조국이란 오늘 눈 앞에 있는 이것을 두고 말함이 아니라 눈 앞의 오늘과 연결되어 그 눈 앞의 오늘 뒤에 위으로 치올라 아득히 뻐쳐 있는 보이지 않는 줄기를 일컫는 것입니다. 오늘에 어울려 있는 겨레들은 다만 그 줄기 끝에 핀 꽃이요 잎에 불과한 것입니다. 그러므로 이 줄기 가운데 있는 어떠한 욕스런 상처도 그것이 상처이므로 우리에게 있어서는 더욱 사모치고 애석한 것이 아닐 수 없습니다. 어쩌면 오늘의 우리 겨레는 그 상처의 소생들인지도 모릅니다.

> 내 여기 어리석게 섰으되
> 유구 半萬年의 光芒의 끝머리에 있노니
> 風水와 事大의 욕된 병도
> 오히려 애닯게 울고 온 나의 울음
>
> 목 마르면 물 마시고
> 별 뜨면 잠 자고
> 어떤 오욕의 비와 바람에도
> 오직 족속에의 슬픔만으로 견디어 왔거니
>
> 아아 나의 피는 나의 조국!
>
> 오작떼 우짖는 어느 고독한 골짜기로 쫓길지라도
> 나는 나의 義로움에
> 끝내 어리석어 짐승같이 죽게 하라
>
> ― 〈어리석어〉

　나의 피는 나의 조국! 사실로 나의 생명인 나의 피, 나의 피인 나의 생명은 반만년의 아득한 역사와 전통과 정서 속에서 결과된 소산이요, 결정이요, 조국 그것인 것입니다. 그리고 이 조국을 받들어 지켜 온 이는 왕조나 어떤 지도자나 특권계급이 아니라 어떠한 곤욕에도 저들의 哀歡에 첨부하여 어리석디 어리석게 살아 온 무수한 겨레 자신들인 것입니다. 어쩌면 반만년의 역사 그것이 이 어리석은 겨레들의 한숨이요 통곡이었는지 모릅니다.

　어리석음은 순탄에 통합니다. 순탄은 불평할 줄을 모르는 진실 그것인 것입니다. 이 순탄한 진실이 언제나 어리석게도 원수 앞에 방패가 되고 앞장을 나섬으로서 조국은 지켜져 왔던 것입니다.

삼가 白貞基義士께 드림

진실로 크낙한 義로움이었기에
손바닥을 내밀 듯
목숨을 드릴 수 있었노라

세상에 남길 소망 없으매
무덤 앞에 오랑캐 꽃이나 심어 달랬더니
온 나라의 오랑캐 꽃은 느끼어
별빛은 양 지극한 이 순정에 머리 숙여라

무수한 무수한 그늘이 있어
일컬어 민족의 피를 팔려는 오늘날
당신의 죽음은 나와 나의 겨레의
양심을 겨누는 푸른 비수가 되어지이다

— 〈眞實〉

　생각하면 해방 직후 수년 동안 양단된 조국의 남북에서 跳梁한 공산주의 도배들의 자의는 저주스런 악몽과도 같은 것이 아니었습니까? 아니 악몽이라기엔 너무나 악랄하고 몸서리 나는 것이 아니었습니까? 그들에게 있어서는 목적을

위해선 수단을 가리지 않음이 그들의 가는 길이라 하겠지마는 얼마라도 자행해
서 꺼리낌이 없는 살륙과 파괴와 음모와 선동 그리고 얼마라도 바꾸어 치우는
그들의 위선은 참으로 人意로는 미칠 수 없는 惡鬼의 행위 그것이었으며 그리
고도 그 모든 악 사태의 결과와 책임을 당시의 민주주의 진영에다 발라 넘기기
를 상투로 하였던 것 아닙니까? 그리고 또한 한편으로 일제의 하늘 아래에서
겨레를 팔아 먹던 원수인 走狗들이 역시 때를 노려 우리의 꼭뒤에서 의젓이 활
보하고 나서던 것 아닙니까? 사세가 그러한지라 그 혼란하고 살벌한 경황 속에
서 진저리 난 무고한 인민들은 오히려 광복된 조국을 원망까지 하는 기색이었
으니 얼마나 통탄스런 일이었습니까?

> 나 나가를 忍辱의 태반에서 태어났고
> 내 살기를 오직 굴종의 채찍 밑에서 지냈기에
> 그 치욕을 간에 새겨
> 萬代도록 잊지 않기를 맹세하여
> 짐승 같이 먹이던 나의 부모가 형제가 처자가
> 오늘 이 자리에 고삐 풀려 나왔기로
> 그 기쁨을 나는 稚戲하여 雀躍치 않으리라
> ─〈눈추리를 찢고 보리라〉一節

> 나의 눈을 뽑아 北岳의 산성 위에 높이 걸라
> 亡國의 이리들이여
> 내 반드시 너희의 그 不義의 끝장을 보리라

> 쓰라린 쓰라린 조국의 오랜 환난의 밤이 밝기도 전에
> 너희 다투어 그를 헐벗기어 아우성치며
> 일찌기 원수 앞에 펏펏이 쓰지 못한 환도이어는
> 한낱 思潮를 신봉하여
> 골육의 상쟁을 선동하여 불놓기를 섯슴치 않고
> 보잘 것 없는 제 주장을 고집하기에
> 감히 나라의 망함은 두려하지 않나니

賣國이 義를 일컫고
私慾의 犬狗는 저자를 이루어
오직 소리소리 패악하는 자만이 도도히 승세하거늘
나의 눈을 뽑아 北岳의 山城 위에 높이 걸라
일찌기 악한 것이 끝내 영화하고
不義가 義를 보지 못했느니
오늘에 이르러 너희의 행패가
드디어 또 한번 원수를 이 땅에 이끌고
그 무도한 발길에 무찔려 조국의 山河가 마르고
社稷의 주추에 잡초가 더욱 더 우거지고
亡國의 성터 위에 별들이 모여 떠는
수많은 겨레의 생령이 죽어가는 날이 다시 없기를
아아 누가 어찌 기약하료!
내 반드시 너희의 이 不義의 끝장을 보리라

—그러나 조국이여
양춘이라 봄이 오면
아지랑이 날으는 이 강산에
진달래 철 따라 피어 널림이
아아 서럽지 서럽지 아니한가
— 〈祖國이여 당신은 진정 孤兒일다〉

　마침내 나는 이 같은 저주까지 하였습니다. 사랑한 조국의 앞길을 생각할 때 그것은 마치 악독한 義母 밑에 있던 아이가 거기에서는 뛰쳐 나왔으나 오도 갈 데도 없이 거리에 내버려진 그러한 슬프고 절망한 정상이었습니다. 사실로 해방후엔 자칭 나타나는 애국자가 얼마나 많았습니까? 아니 오늘 역시 얼마나 많은 것입니까? 그러나 이러한 자들의 거개가 애국을 팔아 세도를 잡고 세도를 잡고서는 일신의 영달과 그 터전만을 탐해서 오히려 인민을 朝三暮四 우롱하려 드는 것이니 이러한 자야말로 6·25의 참변까지 일으켜 조국을 그토록 망친 저 공산도배와 마찬가지로 그들의 옆구리에 비수를 꽂아 우리는 시원치가 않을 것입니다.

해방과 더불어 가져 온 이러한 암담한 상황 가운데도 현실에 대한 나의 가장 큰 불신과 분격을 사게 한 일은 故 백범 김구 선생의 피살 사건이었습니다. 물론 세계 어느 나라의 역사상에도 위대한 지도자가 사려 없는 같은 겨레의 兇刀에 쓰러진 예가 적지 않을 뿐아니라 또한 그것이 아무리 그 하수인 한 사람에 한한 무사려한 판단이 저지른 불행이라 할지라도 그것은 어디까지나 커다란 시대 조류의 방향에 있어서의 피치 못할 인과일 것입니다. 그러나 시대 조류의 토막 토닥을 두고 우리가 바라볼 때 그 모두가 반드시 필연한 방향으로 흘러가기 마련인 것도 아니요 또한 반드시 필연한 힘만이 그 방향을 움직여 나아가기 마련인 것도 아닌 이상 모든 이러한 불행한 사건의 책임을 시대에다 발라 넘겨 버리기에는 우리 스스로가 승복할 수 없는 것입니다.

생각하면 위대한 〈테로리스트〉(?)로서의 백범 선생이 한갖 되지못한 자이나마 〈테로〉의 손으로 돌아가셨으니 어쩌면 그것이 本懷였었는지 모릅니다. 그러한 선생을 쓸어뜨린 총탄이 차라리 원수가 보낸 주구의 것이었더라면 곱게 체념할 수도 있고 또한 증오는 이같이 치렬하지는 않았을 것입니다. 사실로 나는 그날 이 悲報의 나 붙음을 보는 순간 광복된 조국의 거리에 서서 오히려 북만주의 네거리에 내걸린 사람의 모가지를 바라보던 때 이상으로 전후 좌우로 나를 노리는 살기가 毛骨에 느껴옴을 견딜 수가 없었던 것입니다.

白凡翁 被殺의 悲報를 들은 날

때는 二十世紀의 人文을 자랑하는 오늘
그러나 이 어인 조짐이리오!
내 오늘 이 거리를 가건대
비린 바람은 음산히 비수의 妖氣를 띠고
뭇 눈은 오히려 中世의 暗愚에 흉흉하나니.

보라 여기선
도적과 義人을 섞고
피의 진한 참과 입에 발린 거짓을 뒤죽하여

진실로 원수를 넘겨야 할 칼이
猖狂하여 그 노릴 바를 모르거늘
이는 끝내 제도 못할 백성의 근본이려뇨.
이날 이 不義의 저지른 치욕을
여기 기틀 삼는 者 또한 있거들랑.
하늘이여 마땅이 三千萬을 들어 벽력하라.

아아 겨레 된 벌로 함께 묻친
손바닥의 이 죄스런 피를 내 두고 두고 않으리니.

　　　　　　　　　　　　　　　　　　　　　—〈罪業〉

　사실로 한 겨레로서 어떠한 곤욕도 그것은 함께 견딜 수는 있겠으나 같은 겨레인 인과로써 불의의 죄명에 連坐하기에는 나는 너무나 원통하고 분했던 것입니다. 그리해서 나의 이 같은 증오와 분노는 한갓 자연의 현상에도 결부시켜 저주하였으니 이러한 저주는 내 스스로가 취한 자신의 형벌임에 틀림 없을 것입니다.

　　　　—九四八년 五월 九일 金環蝕날에

일찌기 옛 殷나라에선
온 백성이 太平聖世를 누리어
길에 떨어진 것을 줍지 않고
밤에도 빗장함이 없었으듸
하늘에 이같은 변고 있으량이면
백성은 犬鷄와 더불어 놀라 숨고
天子는 詔書를 내려 스스로 뉘우쳐
죄 그에게 있음을 천하에 밝혔거니.

먼 오늘날 二十世紀.
동족과 동족이 원수 되어
육시도 서슴찮는 이 나라에선

兒女子도 뛰어나와 두렴 없이 日蝕! 일식!
하늘을 가리켜 서로 희희하고
나라는 동네의 소임에 이르기까지
백성의 뼈 핥기를 茶飯으로 알거늘.

진실로 옛 殷나라 君臣은 우매하고
오늘날 이 나라의 官民은 분명하다 하리로다.

—〈日蝕〉

5. 背水의 時間에서

어느 먼 알제리아 거리로 흘러온 것처럼
누구 하나 다정스리 인사할 이라곤 찾으려도 없는
平安道서 서울서 咸鏡道 江原道서
이 엄청나게 밀려온 사람떼미에 밀뜰리며
머리 위로 갈매기 날고
世紀의 막가는 거리 같은 난장판인 항구의 부둣가
지붕도 한장 발의 가리움도 없는
밥장수의 널판쪽에 걸터 앉아 술을 받아 먹노니
『주인님 고향은 어디지요』
아아 어디메 他國사람도 아니라
바로 내나라 내 겨레인
텁석부리 사나이에 아낙 그리고 철 안든 아들딸
때 입고 남루하여 나이조차 분간할 수 없는
그 ― 家族이 내놓고 파는 술을 받아 보니

머리 위로 갈매기 날고
똑딱선이 가고
앞섬 비알에 고물고물 해가 지고
너도 나도 인제는

마지막 주고 받을 인정마져 아아주 흘려버려—
애꿎이도 허전한 심사로
이 엄청난 사람들은
저물은 항구에서 갈대처럼 서성거리기만 하오

— 〈갈대〉

가증한 공산도당의 그칠 바 모르던 반역의 음모의 결과로서 마침내 올 것이 오고야 만 우리가 6·25 동란이라 부르는 일찍이 어느 민족의 역사에도 보지 못한 제 겨레가 제 겨레의 수 백만 생명을 무찌르고 온 국토를 폐허로 망치고 또한 온 겨레의 정신과 생활의 근저마저를 송두리째 뒤집어 버린 그 엄청난 사건을 내가 어찌 섣부르게 어느 모서리부터 건드리겠습니까? 다만 이야기 하고 싶은 것은 남한의 거의 전부를 적의 침략에 내맡기고서 겨우 洛東江下流 유역을 판도로 발 붙이고 대한민국이 최후의 운명을 기다리던 그 숨막힌 순간의 경황입니다.

그러나 그 조그마한 마지막 방위선 속에 옭아져 더구나 임시 수도 부산의 그물 속에 몰린 고기 떼 그것이던 상태 그 위에다 그 마지막 방위선마저 연합군이 언제 포기할지 모른다는 불안속에 한편으로 정부가 제주도로 옮겨 갈 준비라고 들리는 공무원의 乘船 선편의 등록까지 행하고 있었으니 그것은 정히 목줄기에다 비수를 들여 대여진 찰나와 같았으므로 그 때의 겪은 절망하고 燥狂한 심리는 오늘에 돌아 보아 도저히 말로써 나타내기 어려운 것이 아닐 수 없습니다. 그러한 절박감을 단적으로 나타내고 또한 짐작할 수 있는 일로는 임시 수도로 피난해 와서 어디에도 갈곳 없이 밤낮으로 한테 모여 뒹굴던 내까지 끼인 몇몇 문학인은 이 때 노상 청산가리를 가슴에 품고 있었습니다.

그것은 어떤 自暴에 쓰럼에서가 아니라 어느 때라도 추하게나 비열하게 목숨을 빼앗기지 않으려는 무슨 묵약이나 한 듯이 제각기의 남모를 각오에서였습니다. 사실로 한편으로는 밀려드는 적군 앞에 마치·홍수에 터뜨러진 못둑을 메꾸는 재료처럼 수 없는 목숨이 얼마라도 소용되고 있는 순간에 우리는 토막토막 난 희멀건 虛白의 시간 속에서 오히려 제 목숨들을 주체 못하는 막다른 데까지 쫓겨 밀리었던 것입니다.

그리하여 빈 주머니를 서로 떨어 곧잘 자갈치 같은 바닷가 행길에 걸터 앉아 막걸리나 소주를 아쉽게 나누었던 것입니다. 사실로 모두가 모두 목을 옭이운 마지막 행색으로서는 서로가 위로의 인사 말이라도 한다는 것은 얼마나 공허한 것이었는지 제마다 스스로가 제 십자가는 제가 지고만 가기 마련이 아닐 수 없었습니다.

인간이 항상 행복할 수 있고 또한 그의 예지를 움직여 문화를 축척하고 전진할 수 있음은 오직 그들을 에워 있는 자연이나 그들 자신 간의 선의 위에서만 가능한 것인가 봅니다. 즉 그 선의 아닌 악의 앞에서는 인간은 여지 없이 불행하기 마련이요 그의 알뜰한 예지도 무색하고 무력하게 되고 마는 것인가 봅니다. 그러므로 인간이 그러한 악의의 苛刻에 짓밟히지 않고 놓여 나렴에는 언제나 어느 때보다 얼마나 더 큰 용기와 예지가 필요하였고 그러하므로만 능히 이룰 수 있는 것이 아니겠습니까? 그런데 내가 여기서 이렇게 말하는 소이는 전자 북만주의 광야에서 대자연의 위협 앞에 인간이 언제까지나 원시의 상황에서 벗어나지 못하는 채 답보하고 있는 비참을 보았고 이 6·25 동란에 있어서는 인간 자신의 포학 앞에 인간이 인간 이하의 동물의 상태로 떨어질 수 있음을 보았기 때문입니다. 전자의 경우에는 인간이 너무나 卑小하고 후자의 경우에 있어서는 너무나 비굴하였던 것입니다. 사실로 인간이란 인간의 생명이란 한량 없이 고귀한 것이면서도 그 무엇과 대결해야 할 마당에 있어서의 자세 여하에 따라서는 또한 한량 없이 더러울 수 있는 것이 아닙니까? 이 같은 인간 생명의 모순된 양면은 어쩌면 본시 그것이 너무나도 존귀한 것인 때문인지 모릅니다.

차거이 빛나는 冬至의 창망한 바닷물이 다달은 거리
그 거리의 한복판 大路 위에
쓰레기 같이 엉겨 든 사람의 이 구름을 보라
저마다 손에 손에
일찍기 제가 아끼고 간직하고
입고 쓰던 세간이며 옷이며 신발이며

> 능히 돈으로 바꿀 수 있는 게라면 여편네의 속속 것도
> 자랑도 염치도 애착도 깡그리 들고 나와 파나니
> 그대 人性의 고귀함을 일컫지 말라
> 또한 그 비루함을 노하지 말라
> 이야말로 마지막 목숨을 도모하는 짐승의 原始이거니
> 창망히 빛나는 바닷물이 다달은 거리
> 겨울 하늘은 저렇듯 높으고 맑기만 한데
> 그 하늘 아래 엉긴 사람의 마음은 어둡고 슬프기만 하여
> 끝내 일신의 한 오라기 연루마저 팔아 팽가치곤
> 먼 어버이들이 지켜 온 고장도 나라도 버리고
> 오직 죽기 어려운 신바닥 보다 더럽고도 아까운 목숨에 이끌려
> 아아 어디라도 어디메라도 수월히 갈 者여   .
>
> ― 〈流民〉

그날 거리에 들에 川邊에 고향을 잃고 혈육을 잃고 가재를 잃고 생업을 잃은 얼마나 많은 인간들이 오물같은 목숨과 생활들을 이끌고 오물처럼 밀리어 버려진 채 쌓여 있었던가? 그리고 또한 인간이 엉겨 사는 주변에는 어찌 그렇게도 많이 오물은 쌓이는 것인가? 그러나 이러한 비참 가운데서도 더욱 비참한 일은 인간이 전락할수록 인간의 정신에 더욱 더 모진 불신과 악착한 이기의 질병이 침범한다는 그 사실인 것이었습니다.

밀릴 대로 밀리인 守勢인 채 堅忍에 견인을 거듭하던 연합군이 마침내 총반격전을 전개하였던 것입니다. 그러써 하마 염통이 터질 듯 모가지에 옭아졌던 밧줄은 비로소 풀려 나가는 것이었으며 그리고 또한 나는 그 진격부대에 종군할 기회를 얻음으로써 내 자신을 어떻게도 주체할 도리없던 질식할 하늘에서 다행하게 놓여날 길을 얻었던 것입니다.

동란 발생 이래 전운의 晴曇과는 별개로 사실 나는 나대로 날궂이 같은 정신의 불안과 초조를 겪어 왔음에도 불구하고 어느 때 불의의 총탄이 날아올지 모르는 전선에 와서 오히려 마음의 어떤 안정감을 가질 수 있었던 것은 겸허하기 如山 如水의 장병들의 모습에서 얻은 것이 아니었던가? 그러므로 실상 병사

들과 더불어 모다귀(釘)처럼 추럭에 담기어 전진하거나 한 덩이 주먹밥을 같이 받거나 또는 맹렬한 포화를 토하는 포진지 뒤에 서 있거나 할 때에도 나는 나대로 인류와 조국과 또한 내 자신의 문제에 대한 思惟에 잠길 수 있는 여유와 기회를 항상 가질 수 있었던 것이다.

『보병과 더불어』서문에서

내가 38선을 가장 먼저 돌파하여 용명을 떨친 국군 제3사단 휘하 제23연대에 따라 포항전선에서부터 원산공략 탈환까지 불과 십여일의 종군에서 보잘 것 없으나마 시집 한권 엮을 작품을 수확할 만큼 나의 사유가 맑을 수 있었음은 어찌한 연유에 의한 것이었겠습니까? 그것은 첫째 생명을 결정하는 절백에 내가 바로 직면하고 설 수 있었던 때문이었습니다. 생각하면 인간의 정신은 언제나 결정적 긴박 앞에서는 오히려 활시위처럼 淸澄하게 긴장하는 것이며 절망의 燥狂이란 오직 불안정한 불안 속에서 결과되는 상태가 아니겠습니까? 둘째로는 전선에 있어서의 장병들의 죽음에 대한 진실로 무관스런 그 담담한 태도의 감화에서 얻은 바 아닐 수 없었습니다. 사실로 미증유의 민족적 비극이 빚어진 이 수개월 사이만 하더라도 얼마나 그럴듯한 이유에서 그나마 따지고 보면 오직 비열한 이기의 구실에서 어쩔 줄 몰라 뒤치락거린 내 자신에 비해 한 개 사병의 생사의 고비에 있어서의 그 뇌락한 태도는 한량 없이 아름답고 고귀한 영상으로서 더할 나위 없이 나를 압도하였던 것입니다.

襄陽에서

鐵帽에 어깨에 덤불같이 擬裝한 채
명령을 기다려 아무 데나 앉은 자리에도
稚兒처럼 여념 없이 꾸겨져 잠든 너.

千萬里나 온 듯이
그리운 소식 한장 받아 볼 안타까운 염의마저 버렸으되
꿈에도 못 잊어보는 고향을 가졌기에
너는 차라리 호저ㅅ이 마음 아름다와라.

아예 제 목숨값 치지 않고
삶의 집착일랑 罪業같이 벗었기에
아아 이렇게도 무심할 수 있노니.

꽃같이 잠든
소박한 병정이여.

—〈素朴〉

이 작품을 옮기면서 한 가지 생각나는 일이 있습니다. 양양은 다 아는 바와 같이 동해안쪽 38선 넘어 십리 남짓한 거리에 있는 첫 고을인데 그날 이 원한의 철벽 아닌 철벽을 깨뜨리고 원수의 땅으로 몰려 들어가는 우리 병사들로서는 응당의 감격이나 흥분이 있음직도 하였건만 그들의 얼굴에는 그러한 기색이라곤 거의 찾아볼 수 없고 오직 묵묵한 무표정 뿐이던 것입니다. 참으로 피가 다르고 말이 다른 이민족간의 전쟁으로서 적국으로 진격하는 순간이더라면 얼마나 한 적개심이 흥분과 전승의 환호가 그들의 젊은 피를 휩쓸었겠건만 그들 또한 이 싸움의 비애와 숙명을 곰곰히 사모치게 느꼈던 것이 아니겠습니까?

적과 정면으로 대결하는 이 전쟁에 있어서 더구나 언제 그들의 총포탄이 날아와 나의 목숨을 앗아 갈지 모르는 전선에 와서도 적군에 대하여 적개심이라든지 증오심 같은 감정은 나는 도시 잊고 있었습니다. 이러한 생각이나 마음은 저 공산도당의 잔인무도한 행위를 내가 직접 겪어 보지 못한 때문의 오히려 가증스런 달콤한 관념상의 소치인지 모르겠고 또한 그 원수들 앞에 애석하게 쓰러진 무수한 우리의 젊은 영령과 그들의 잔학을 몸소 무릅쓴 수백만 겨레들에게 대한 죄스러운 배신인지 모르겠습니다마는 나로서는 진정 속임 없는 고백인 것입니다. 나의 이러한 심리는 이 전쟁이 다름 아닌 내 겨레 끼리의 비극이요 이 비극은 다른 무엇도 아닌 서로의 신념의 배치에서 빚어진 것이라는 의식의 뒷받침에서의 연유인지 모릅니다.

생각컨대 우리의 신념의 바탕인 사상이란 그 시비는 언제고 시간이 엄숙히 판결하는 것이며 인간사회의 사조란 또한 오늘 것이 반드시 내일가지 옳을 수는 없기 마련인 것임에야 그것으로써 나라와 겨레마저 돌보지 않고 송두리째 망치기까지 한다는 일은 얼마나 어리석은 노릇이며 이 처참한 불행을 먼저 실마리를 일으킨 자가 오직 증오스럴 뿐이 아니겠습니까?

  그러므로 나의 작품에 있어서 일컫는 원수나 적은 나의 적대자 자체를 말함이 아니요 그들이 내게로 완강히 보내려는 죽음과 내게 속한 모든 것의 말살 그것을 가리키는 것이며 나아가서는 나의 전 존재에 대한 범적대자의 총칭으로서 쓰인 것입니다. 그러므로 그들 원수나 적은 필경 내게 마땅히 있어서 옳을 것 들이요 또한 내 자신처럼 그지없이 덧없는 존재로서의 그들이기도 했던 것입니다.

　　長箭에서

　惡夢이 었던 듯
　어젯밤 전투가 걷혀 간 자리에
　쓰러져 남은 적의 젊은 屍體 하나
　호젓하기 차라리 한 떨기 들꽃 같아

　외곬으로 외곬으로 짐승처럼 너를 쫓아
　드디어 이 門으로 몰아다 넣은 것
　그 악착스런 삶의 暴風이 스쳐간 이제
　이렇게 누운 자리가 얼마나 安息하랴

　이제는 귀도 열렸으리
　영혼의 귀 열렸기에
　묘막히 영원으로 울림하는
　東海의 푸른 구빗물 소리도 은은히 들리리

　　　　　　　　　　　　　　　— 〈들꽃과 같이〉

　　小洞庭湖에서

　고요히 저무는 황혼의 한 때를
　이 湖畔에 와서 戰塵을 쉬이노니

아쉬운 담배연기를 뿜으며
그대 떠나온 家鄕을 생각는가

恩讐는
끝내 人間事

아침에 원수가 버리고 간 江풍을
뜻 않이 고요히 즐기는다

— 〈小憩〉

어떤 괴뢰군의 시체는 포케트에 오징어 조각이 내다 보여 있기도 하였습니다. 그들이 이 전쟁에서 강제로 붙들려 오고 안 왔고 간에 또는 열성분자로서 자진하여 오고 안 왔고 간에 이같이 그들을 죽인 죄과는 매마찬가지요 그 같은 깨닫지 못한 인간의 죄과가 그지없이 안타까울 따름입니다.

덧붙여 말 할 것은 小洞庭湖란 원산 남쪽 慈山 가까운 데 있는 조그마한 호수입니다.

茫洋에서

여기는 망망한 東海에 다달은
후미진 한 적은 갯마을

지나 새나 푸른 파도의 근심과
외로운 세월에 씨ㅅ기고 바래서

그 어느 세상부터
생긴 대로 살아 온 이 서러운 삶들 위에

어제는 人共旗 오늘은 태극기
관언할 바 없는 기폭이 나부껴 있다.

— 〈旗의 意味〉

망양은 관동 팔경의 하나인 망양대가 있는 곳입니다. 그 망양 가까운 신작로 비알 아래 조그마한 바닷가 마을에 그 적은 마을에는 어울리지 않을 만큼 높다란 깃대 끝에 태극기가 펀펀히 나부끼고 있었습니다.

그날 아군의 진격은 괴뢰군이 달아나기가 바쁠 만큼 급했으므로 후속부대가 들어 닿을 때만 하더라도 어젯밤 아니면 그날 아침까지도 공산괴뢰들이 정치를 펴고 있는 지역들이었던 것이다. 더구나 3개월 전에는 대한민국의 판도이던 곳. 그러자니 첫째 거기에 사는 인민들의 이러한 현실에 대한 응대의 苦勞가 얼마나 하였겠습니까? 그럴 때마다 그들이 바꾸어 올려야 하는 旗가 의미하는 의미를 그네들은 어떻게 느끼고 깨닫는 것이었겠습니까? 인간의 본연한 방향은 어디까지나 인간의 삶이 먼저요 근본이며 또한 그 삶이 그들의 올려야 할 旗를 마땅히 결정하여야 하겠건만 어쩌면 기가 먼저 있어 인간의 삶을 결정하려는 것같이 그날 이 땅의 인민들은 생각하지나 않았겠습니까? 그래 그런지 진격부대를 향해 그들이 외치는 환호가 메아리처럼 비어 있고 깃대 꼭대기의 깃발은 동해의 먼 물 빛처럼 관계 없는 듯 느껴지기만 하였습니다.

溫井里에서

여기는 外金剛 온정리 정거장.
기적도 끊이고 敵軍도 몰려 가고
다알간 靜寂만이 고스란히 남아 있을 빈 뜰에
던저 온 友軍들은 낮잠이 더러 들고
코스모스 피어 있는 가을 볕에 서량이면
는섭에 다달은 금강의 秀麗한 本然에
악착한 전쟁도 의미를 잃느니.

사방 九千 야ㅣ드 밖으로 달아난 敵을 향하여
일제이 門을 연 여덟개 砲陣은
쩌릉쩌릉 地殼을 찢어 그 胃潰이
첩첩 靈峰을 울림하여 아득히 九天으로 돌아들고
봉우리 언저리엔 일 있는 듯 없는 듯

因果처럼 유연히 감도는 한 자락 白雲!

— 〈金剛〉

　계절은 한가을로 들어선 10월인지라 푸를 대로 푸르른 하늘, 보라빛 이내의
靈氣 속에 하마나 눈부신 紅裳을 입고서 아예 我執에 여념 없는 인간의 일에는
아랑곳 없는 듯이 지켜 선 금강의 그 수려한 容姿 앞에서는 쫓겨서 가는 자도
더욱 부질없는 노릇이 아닐 수 없었습니다. 아니 소리 없이 우러러 선 조국의
그 고운 山河는 겨레끼리 악착스런 아귀다툼을 어쩌면 속으로 피눈물을 흘리며
지켜 보고 있었는지도 모릅니다.

협곡에서

밀쳐 놓은 불 꺼진 램푸!

겨우 몇 분 전에
즐거운 노루 처럼 뛰어 간 것이

자는 체 거짓부리가 아닌가?

-아니 삶이란 실상
한 때의 실없은 작난이었기에
인제는 그 본디로 돌아갔을지도 모른다.

흰 보자기로 얼굴을 가려
白中尉는 약간 왼편으로 머리를 갸우리고
禹上士는 한편 다리를 白中尉 위에 얹고

그렇게도 통절하던 것이.
이렇게도 쉬운 것이.

여기엔 벌써 분간이 없다.

— 〈삶과 죽음〉

인간의 육신 속에 깃들이는 생명이란 대체 어떠한 것이겠습니까? 그것이 신체 속에 깃들면 마치 램푸에 불을 뎅긴 듯 육신이 환하게 움직이기를 하다가도 또한 램푸에 불울 끈 듯 신체 속에서 물러 나가면 당장에 육신이 木石이나 다를 바 없이 되고 마는 그 생명이란 어떠한 것이겠습니까? 대체 그것은 불이란 것이 꺼지면 온 데 간 데 없듯이 어디에서 오고 어디로 가는 것이겠습니까?

불과 수분 전까지 함께 지꺼리던 두 전우가 달려가 보니 적탄의 파편에 쓰러져 이미 村家로 옮겨져다 흡사 낮잠이나 자듯이 나란히 눕혀져 있었던 것입니다. 이렇게도 손바닥을 뒤짚듯 간이하게, 이렇게도 한계가 분명하게, 이렇게도 두번 물릴 수 없이 준엄하게 거래되는 이 생명의 貸借는 대체 누구와 행해지는 것이겠습니까? 그렇게도 절통하고 가까스로 애닮던 오직 하나 밖에 안 가진 목숨을 인간은 이 준렬한 판결 앞에서는 다만 묵묵히 머리 수그려 복종하고 있어야만 되는 것입니까? 사실이 이러할진대 우리가 인간이라 일컫고 또한 그와 인연하여 한사코 애타하는 인간이란 이 목숨을 두고 말하는 것 밖에 아닐진대 이렇게도 가고 오기가 쉬운 목숨을 두고 우리는 어쩌자고 그같이도 악착하여야 하는 것이겠습니까?

　　　文川에서

여기는 동해 바닷가의 한 솔밭
호홀로 모래 위에 누웠노라면

먼 砲聲은
인류의 크낙한 呻吟처럼 끊임 없이 울려 오고
아가야, 내 미처 몰랐던 너에게의 애정이
이렇듯 가슴 조여 그리움을 자을 줄이야.

수 없는 젊은 목숨들이 아까움 없이
어제도 죽어 가고
오늘도 죽어 가고
어디서 와서 어디로 가는지 내쳐 모를

오직 그 하나 밖에 아닌 목숨의 살고 죽음이
여기에선 차라리
日常 찬가게의 거래보다 수월히 치러지노니.

아가야,
그 날 너의 어린 뺨에 입맞추고 나온 이 길이
설령 이대로 마지막 恨이 된달지라도
인간 삶의 헌 옷 같은 애련일랑.
아예 벗어 남길 것이 못되거니

도시 인류에 아쉬운 애정의 가난에서
아가야 다만 나무처럼 자라며 살거라.

— 〈羚兒에게〉

  목숨의 가고 옴의 표표함이 이같이도 덧없는 인간에 있어서야 그 못내 희노하고 애락하듯 哀憐다져도 가는 자나 남는 자나 남겨서는 누더기 보다 하잘 것 없는 것으로 느껴지지 않을 수 없었던 것입니다.

  이 동란 동안 마지막 방위선 속에 그물 안 물고기처럼 목에 비수를 들어 대인 듯한 경난을 겪을때 자신을 주체 못할 만큼이나 불안에 燥狂하다가 정작 전선으로 와서 생사를 결정할 可能의 순간에 직면하게 되자 오히려 마음의 안정과 사유의 淸澄을 얻을 수 있었노라고 앞에서 내가 말한바 있습니다마는 그것은 바로 사실이었습니다. 물론 보시다시피 전선에서 얻은 나의 작품들이 거의가 인간에서 등만 보이는 몹시 체념적이요 소극적인 것들이기는 하나 그러나 그것은 어디까지나 『나』라는 하나인 존재의 토대 위에서만 쌓아 올려 본 感銘의 결과이요, 나의 맑은 思惟의 파문을 더욱 확대하여 미쳐 볼 때 도달되는 곳은 아무리 인간이 허무한 것이라 할지라도 인간으로서 언제까지나 엄연히 처져 남는 것은 그 인간의 애달픈 삶 그것이요 『나』라는 하나의 존재를 이 이간의 삶에서 끝내 분리할 수 없는 것이라는 결론이었습니다.

  그러기에 나는 시집 『步兵과 더불어』의 서문에서 역시 『오늘 조국의 이 동란이 의미하는 사건이 비단 우리의 민족에게만 한한 것이 아니라할지라도 미증유의 참화를 다른 어느 누구가 아니라 직접 이 민족만이 아프고도 쓰라리게 받음으로 말미암아 무릅쓰는 支離破滅된 불행한 정신을 再起케 하려는 노력에 내 자신 조금치라도 〈플러쓰〉할 수 있다면 그것은 이 전선에서 얻은 바 이 자그마한 思惟의 씨가 앞으로 내 안에서 醱酵하는 결과에서의 일일 것이며 또한 이 일이야말로 내가 목격한 바 수 많은 젊은 목숨들이 인류와 조국의 이름 아래 바친 바 그 영광의 수난을 증언하는 한 개 시인으로서 나에게 지워진 유일한 책무가 아닐 수 없다』고 밝혔던 것입니다.

1

■呻吟과 罵리와 원嗟와 또 怒號와 ─二十里 주변의 청초호를 끼고 이제 咆哮하는 총포화의 饗宴이 배풀린 여기는 彼我對峙線의 한 신작롯가 밭두던 그늘.

이미 暮色이 하마 絶命할 긴박을 내포한 채 허위스리도 아늑히 사면으로 내려 꿰매듯 수수밭 수수잎 사이로 헤아 가는 예광탄이 긋는 꼬아리빛 彈道의 테ㅣ푸가 한량 없이 곱기만 한데 뱀처럼 배를 땅에 붙이고 엎드린 위로 은밀히 귀속되듯 숨어 오는 총알이 머리 위의 뽕나무 잎새를 튀긴다. 토실토실 모이처럼 눈 앞의 콩 잎에 떨어지기도 한다.

2

나를 두고 지금 무수히 에워 노려 있을 보이잖는 집요한 敵은 대체 내게서 무엇을 강요하는 것인가? 나의 肢體인가?

3

나는 나의 敵에게 조금치도 증오라든가 분노 같은 감정은 느끼지 않는다.

차라리 淸澄으로 淸澄으로 파문 끼치고 번져가는 思惟! 일미리의 誤差의 과실로도 일순 나의 육체를 날리고 말 현재의 정확한 無比한 위치에서 나는 나를 照準한다.

4

실로 敵이 내게서 강요하는 것은 무엇인가? -生命?

그것은 기실 나와 나의 육체 (-우선 나의 육체라 부르기로 하자!-)가 合議 設定한 한갖 假說에 지나지 않는 것이니 나의 육체라 부르기로한 이 육체인즉 실상 누구의 것인지를 나는 모른다. 그러나 이제 머리 위의 뽕잎을 튀기던 그의 것도 아니요 모이처럼 떨어지던 그의 것도 아니었던가부다.

5

그러므로 그 어느 때 절대한 누가 돌연 나타나 그의 권리를 주장하는 순간 나와의 설정은 소멸되고 그 假說-생명이란 것은 꽁지 잘린 잠자리처럼 뱅뱅이치며 허공으로 사라지고 말 것ㅇ이며 그리고 그 자리 地上에 남는 것은-

6

그러므로 呻吟하는 敵이여 우습게도 자네들이 내게 강요하는 것이 肢體인가?

-그 때에는 나는 이미 定着되어 영원의 寶庫 속이 거두어 들이고서 거기에는 不在할 것이니.

— 〈戰線〉에서

그 자리 지상에 남는 것은? 그것은 나의 주검이 촉루가 아니라 그 촉루와도 절연할래야 할 수 없는 저 한량 없이 애달프고도 아름답고 어쩌면 한량없이 미웁고도 더럽기까지한 인간이요 그 인간의 삶이 아니겠습니까?

6. 愛憎의 나무

여기까지 써 온 것은 대체로 나의 생애에 있어 몇 가지 외부적인 커다란 사건에 관련해서 그것들이 나에게 어떻게 작용하였던가를 대충 적어 본 것 밖에 아닙니다. 그러나 사람이란 누구나 그 生成에 있어서-죽는 날까지를 생성의 과정이라 보아 옳을 것입니다-사회적인 것과는 별개의 그 개인에게만 그치는 사사로운 적은 사건들이 그의 내면의 深部에 더 많은 곡절을 낙인하며 그리한 낙인들이 마침내 그의 인간상을 결정하기 마련인 것이 아니겠습니까? 언제나 나는 내 자신을 돌이켜 보아 내가 말할 수 없는 〈에고이스트〉임을 스스로 깨닫고 자괴를 금치 못합니다. 그러나 이 〈에고이스트〉란 말은 남을 그르치기를 돌보지 않고 자신의 이로움을 취하려하는 그러한 利己의 뜻이 아니라 어떠한 경우에도 내 자신이 한정한 인생의 자세가 있어 거기에서 한 발자욱도 어느 남 나를 위하여서도 벗어나지 않으려는 그 고집을 의미하는 것입니다. 이러한 고집은 너무나 일찍부터 인생에 대한 나대로의 어떤 諦視를 가졌던 소치라 생각됩니다. 진정으로 우리가 장차 불가피하게 대면하고야 말 죽음이란 것을 염부에 둘 때 우리가 가지는 대인간 교섭이란 그것이 넓으면 넓을수록 얼마나 부질없는 노릇이겠습니까? 그리고는 마지막에는 무엇이 어떻든 간에 아랑곳 없이 저는 죽어서 자취를 감춘다는 행위가 얼마나 큰 〈에고이즘〉이겠습니까? 말하자면 이 커다란 〈에고이즘〉 앞에서는 나의 〈에고이즘〉 같은 것은 〈에고이즘〉이 아니라 믿고 나는 인생에 자처 하여 왔던 것입니다.

표연히 낡은 손가방 하나 들고 나는 정거장 잡담 속에 나타나 엎쓸린다.
누구에게도 잘 있게 말 한 마디 남기지 않고

새삼스리 이별에 지음하여
섭섭함과 슬픔을 느끼는 따위는
한갖 虛禮한 감상 밖에 아니어늘

허황한 저녁 통곡하고 싶은 외로운 심사엔들
우리의 주고 받는 최대의 인사는
오직 友誼로운 미소에 지나지 못하거니

나무에 닿는 바람의 인연-

나는 바람처럼 또한
고독의 애상에 한 道를 가졌노라.

— 〈離別〉

이같이 自己存立의 발 밑만을 지켜 비치기에 또렷하여 헤풀 줄을 모르는 〈에고〉 의식은 자기희생이라는 인간이 가질수 있는 최대의 희열 같은 것에는 마침내 참례할 기회조차도 모르고 말 것이 아니겠습니까? 사실 나는 생활처세에 있어서 아무리 좋은 일일지라도 지나치게 권한다든지 또는 아무리 하찮은 일이더라도 심히 사양한다든지 하는 태도는 언제나 기휘하는 것입니다. 그러므로 그러한 지나치게 권하고 사양하는 사람을 보면 그것이 아무리 예절이라 할지라도 나는 그만 증오 같은 것이 느껴지기까지 한 것입니다. 그러므로 나의 이 같은 생활태도는 어쩌면 몹시 몰인정하고 매몰스럽게 비춰기가 쉬울 것입니다. 그러나 그러면서도 한편으로 나는 혼자 마음 젖기가 일수입니다. 아무리 미운 상대일지라도 그와 맞서기가 스스로 두려워 아예 피하기를 애쓰는 그러한 비겁한 위인이기도 한 것입니다.

나무에 닿는 바람의 인연! 恩愛이고 讐怨이고 간에 이 같은 끈기 없는 표표한 인생에의 응대는 실상 한편으로 얼마나 아픈 자기 포기이며 스스로 등지는 孤絶狀態이겠습니까.

간혹 젊은이들에게서 시인이 된 동기가 뭐더냐는 물음을 받는 수가 많습니다. 그럴 때마다 나는 서슴지 않고 연애일 게라고 대답합니다. 이 대답이 실은 어느 정도 정확한 것인지 내 자신도 정확한 것인지 내 자신도 정확히는 모를 일이로되 다정다감하기 이를 데 없는 소년시절 일찍부터 한 이성에의 애정에 눈 떠 느낀다는 일은 어린 감수성을 더욱 윤 내게 하고 폭을 넓힐 것만은 사실일 것입니다. 누구나 들으면 응당 망칙스리 여길 일입니다마는 열네살 때부터 나는 벌써 한 소녀를 사랑해 왔던 것입니다. 그러한 데는 그럴만한 동기가 있었습니다. 그것은 내가 많은 사내 형제 끼리 속에서만 자라던터라 누구나 누님이나 누이를 가진 아이를 보면 얼마나 부러웠던지? 그러한 심정이 한 이성의 소녀를 사랑하게 된 데에 틀림 없을 것입니다.

내 소년의 날은
일 삼아 하모니카 불며 불며
풋보리 기름진 밭이랑
배추꽃 피어 널린 두던을 노닐어
햇괄처럼 행복하고
달콤한 연정에 일찍 눈 떠
민들레 따서 가슴에 꽂고
꽃같이 우울할 줄 배웠네라

—〈소년의 날〉

예쁜 꽃무늬 봉투의 사랑하는 소녀의 편지를 받는 소년의 가슴은 얼마나 부끄럽고 또한 놀뛰었겠습니까? 그래 서투른 글씨로 답을 주고 얻기에 정성을 다 하곤 하였더니 그것이 문학의 첫걸음으로 될 수 있지 않았겠습니까?

생각하면 〈쎅쓰〉에 대한 의식이 아직 육체 속에 잠자고 채 눈 뜰락 말락한 시기에 있어 이 같은 이성에의 막연한 동경의 아지랑이 속에 가슴 부풀기만 하던 상황이야말로 천진무구한 세계였던 것입니다. 그것은 마치 동화 속의 이야기를 현실로 이루고 있는 거와 같은 사랑하는 소녀는 그대로 동화 속의 거룩하고도 아름다운 공주며 소년 자신은 보잘 것 없는 신분이면서도 씩씩한 사나이로 정화돼어 있는 이상의 앞날이기도 하였던 것입니다.

그러므로 누구나가 다 그렇겠지만 나도 차차 나이가 들어 〈쎅쓰〉가 눈 떠서 막연하나마 육체의 충동을 느낄 줄 알기에 이른 때에도 그 대상으로 사랑하는 소녀는 아예 생각할 수도 없었습니다. 어쩌다 그러한 생각이 그에게로 미치기나 할라치면 그것은 도저히 있을 수 없는 모독 같아 내 자신 스스로 용서 못하는 것이었습니다. 누구나 이 시기에는 한 번은 참례하는 얼마나 순진한 세계이겠습니까?

나의 생애에 있어서 이 애정의 대상이 그 후 몇번이나 바뀌었습니다. 이 같은 절도 없는 애정의 방황은 나의 커다란 허물이 아닐 수가 없습니다. 그러나 그것은 한갖 나의 방종의 소치만은 아니었던 것입니다. 왜냐하면 내게 있어서 여성은 단지 〈쎅쓰〉의 대상이 아닌 그 이상의 마치 고독한 밤 航海에 아득히 빛나는 등댓불과 같이 나의 인생에 있어 항상 없지 못할 영혼의 어떤 갈구의 응답인 존재였기 때문입니다. 아니 「마리아」를 통해서 천주에게 이르듯이 내게 있어서는 이성에의 열애를 거침이 채울 수 없는 虛妄을 비치는 구원의 길이기도 하였던 것입니다.

　인생의 청춘을 참으로 청춘답게 찬란히 수 놓을 수 있는 길은 오직 하나 이성에의 사랑에 목숨을 달구는 일 밖에는 없다고 하여도 과언이 아닐 것입니다. 그것은 마치 저 깊은 夜空에 높이 터뜨리는 꽃불처럼 눈 부시게 아름답고 그것으로 마련해서 아침꽃 저녁달도 느껴워 웃고 울 수 있는 것이니 이러한 목숨의 불꽃을 겪어 보지 못한 위인과는 더불어 인생의 달고 씀을 이야기할 수 없고 말 것입니다. 본시로 나는 허무적인 파락호로 생겨 먹은 인간인지라 이같은 목숨의 연소에 마침내 몸을 바치고라도 아예 뉘우치지 않으려 하였던 것입니다.

　　　그대 위하여
　　　목 놓아 울던 靑春이 이 꽃 되어
　　　千年 푸른 하늘 아래
　　　소리 없이 피었나니.

　　　그날
　　　한장 종이로 꾸겨진 나의 젊은 죽음은
　　　젊음으로 말미암아
　　　마땅히 받을 벌이었기에

　　　원통함이 설령 하늘만 하기로
　　　그대 위하여선
　　　다시도 다시도 아까울 리 없는
　　　아아 나의 청춘의 이 피꽃

　　　　　　　　　　　　　　— 〈동백꽃〉

한 이성의 자기의 이상의 상대인 다른 이성을 찾는 일의 희열과 거기에서 얻는 황홀한 환희를 被造者에게 은혜하려는 신의 오묘한 뜻이 아니었을진대 청춘의 꽃다운 아름다움을 아예 그는 마련하지도 않았을 것이며 오직 종족의 번식만을 위하여 두개의 다른 이성을 만들었다며는 그 목적을 위해선 전능한 조물주는 더욱 손쉬운 방도를 취할 수 있었겠지 않습니까? 그러므로 이 같은 청춘의 황홀한 燃燒를 겪지 않은 이성간의 결합이란 이 무궁한 신의 은총을 스스로 포기하는 일이며 또한 그러한 결합이라야말로 어떠한 미명아래에서고 간에 다만 종족을 번식키 위한 마소의 그것과는 다를 바 없다고 할 수 있을 것입니다.

아무리 인간의 생명이 고귀하다 할찌라도 한망울 동백꽃에 비긴대도 결코 모독될 리 없을 것입니다. 그것은 왜냐하면 한 가지 목숨인 이상에야 그 구실은 어디까지나 동등하여 하등의 차이가 없게스리 신이 만드신 때문입니다. 윤끼 흐르는 푸른 잎새의 무더기 속에 점점이 박혀 핀 피빛 동백꽃은 그대로 인간의 젊은 목숨의 상징이요 그 發顯의 절규인 것입니다. 그리하여 활짝 힘껏 개화하였던 그는 마침내 통곡하고 落地합니다. 그러나 그 통곡이 제 목숨의 구실을 다 한 바에야 하나도 恨 남을 통곡은 아닐 것입니다. 차라리 얼마나 아름다왔기에 오직 원통한 애석의 통곡일 것입다. 이같이 애석하리만큼 구실을 다 한 목숨일진대 어찌 신에게 매달려 내세에 거듭나 영생을 간구할 원한인들 남겠습니까?

오늘은 바람이 불고
나의 마음은 울고 있다.
일찌기 너와 거닐고 바라보던
그 하늘 아래 거리인마는
아무리 찾으려도 없는 얼굴이여.
바람 센 오늘은 더욱 너 그리워
긴 종일 헛되이 나의 마음은
공중의 깃발처럼 울고만 있나니
오오 너는 어디메 꽃같이 숨었느뇨.

— 〈그리움〉

    이것은 나의 20대의 그리움입니다. 항구의 거리에는 바람 부는 날이 잦았습니다. 그리해서 항구 안에 닻을 내리고 섰는 크고 작은 선박들의 〈마스트〉마다 달린 기폭은 그리움에 부대끼는 마음처럼 찢길 듯이 항상 나부대고 있는 것입니다. 그같이 못견딜 듯이 몸짓하고 있는 많은 기폭들 가운데 섞여 어느 것이 나의 그리움인지 분간할 수 조차 없는 것입니다. 정녕 그날 날씨의 청담에도 따라 수심을 지었다 폈다 하는 것이 먼 사모의 정인가 봅니다. 그리고 그렇게도 많은 사람들이 흘러 넘어 나는 거리에서 오직 하나 그리운 얼굴만이 보이지 않음이 얼마나 기적처럼 있을 수 없는 일이겠습니까? 또한 그같이 많은 사람을 죄 두고 유독 한 사람만을 찾아서 애달파 하지 않을 수 없는 사실 역시 얼마나 놀라와 할 일입니까? 만약에 바람이 당신의 방문을 뒤흔들거들랑 그것은 바람이 아니라 당신 그리움의 나의 격정이 찾아 가서 그러는 것임인 줄을 알라고 그 당시의 나의 激情의 연령은 사랑하는 사람에게 선언했던 것입니다.

    파도야 어쩌란 말이냐.
    파도야 어쩌란 말이냐.
    임은 물 같이 가딱 않는데
    파도야 어쩌란 말이냐.
    날 어쩌란 말이냐.

— 〈그리움〉

    이것은 나의 40대의 그리움입니다. 스스로도 가눌 길 없는 情炎 번롱 당함이 아닙니다. 한갖 인고와도 같은 사모에 차라리 목숨을 내 맡겨 놓노라면 불 속에 달구어질수록 쇠는 좋은 쇠로 다듬어져 나오듯이 영혼도 가을날 구름자락처럼 절로 빛을 발하기 마련인 것입니다.

    호산나! 호산나!
    그대 이 길로 오시라.

    어느 세월로부터 끝간 데 없이 내게로 트여 있는

이 길로 하여 그대 오시라.

오늘도 감람가지 꺾어 들고
홀로 나와 기다려 섰노니.

기다려도 기다려도 오는 이 안 보이는 길 위에
한줌 회오리만 이따금 먼지를 쓸다 지나가고.

한낮은 적적히
아슴아슴 기울어만 가는데

이도록 서운함도 이내 설지 않음은
다시 기달 볼 내일 있음이거니.

-어쩌면 어쩌면 영영 아니오고 말
손에 감람 시들은 가지!

영영 아니 오신다기로
호산나! 호산나! 그대, 나의 설은 호산나!
　　　　　　　　　　　　　　　―〈그대 설은 호산나!〉

　마침내 애달픈 思慕도 정결한 祈禱의 자세로 옮아 가고 있음을 볼수 있을 것입니다.

　한편으로 이 같은 깊은 사모의 정과 또한 나의 둘레의 나와 인연한 불쌍한 혈연들에 대한 연민의 정은 그것이 깊으면 깊을수록 내게 진실하면 진실할수록 밑바닥 없는 늪처럼 나의 발목을 옭아 다시 빠져 나올 수 없도록 끌고 들어가기만 마련인 그리한 哀憐에서 나는 놓여 나려 얼마나 스스로 발버둥쳤는지 모릅니다. 진정 부대끼고 괴로운 일이었습니다. 그리고 마침내 부질없고 보람 없는 노릇으로만 느껴지기까지 하였습니다. 그래서는 나의 원수는 어디 있느냐

비수를 품은 너의 악의 앞에서 차라리 언제나 강할 수 있는 나이매 너를 만나
입 맞추겠노라고 부르짖기까지 했던 것이 아닙니까?

> 내 죽어면 한개 바위가 되리라.
> 아예 애련에 물들지 않고
> 희노에 움직이지 않고
> 비와 바람에 깍이는 대로
> 億年 非情의 緘黙에
> 안으로 안으로 채찍질하여
> 드디어 생명도 망각하고
> 흐르는 구름
> 머언 遠雷
> 꿈 꾸어도 노래하지 않고
> 두 쪽으로 깨뜨려져도
> 소리하지 않는 바위기 되리라.
>
> — 〈바위〉

잘 모르는 일이긴 하지마는 기독교에 있어서는 인간의 원죄의식에서 그 죄
의 구원을 받기 위하여 사랑의 손길에 매달리는 것이나 동양적인 불교사상으로
는 인간의 희노애락의 문인 오관의 기능까지를 단절하므로 겁죄의 번뇌에서 놓
여나려 비원하는 것이 아니겠습니까? 나도 나의 목숨이 부대껴 견디어 낼 수
없는 인생의 애환의 첨부에서 차라리 보아도 보지 않고 들어도 듣지 않는 목석
으로 되든지 아니면

> 해바라기 밭으로 가려오
> 해바라기 밭 해바라기를 새에 서서
> 나도 해바라기가 되려오.

> 황금 獅子 나룻
> 오만한 王候의 몸매로

진종일 짝소리 없이
三伏의 염천을 노리고 서서
눈 부시어 요뇨히 호접도 못 오는 백주!
한짐 회오도 감상도 용납치 않는
그 不遜스런 意志조차 바다의 한 分身이 되려오.

해바라기 밭으로 가려오.
해바라기 밭으로 가서
해바라기가 되어 섰으려오.

— 〈해바라기 밭으로 가려오〉

　　해바라기 같은 거만한 의지의 화신이 되고 싶은 회원까지 하였던 것입니다.
그런데 여기에서 한 가지 말하고 싶은 것은 흔히들 나를 의지의 시인이라 일컫
는데 그것은 아예 틀린 판단인 것입니다. 왜냐하면 그러한 판단은 나의 작품상
에 나타난 경향을 보고 말하는 것 같으나 작품상의 그러한 경향은 어디까지나
나의 본질이 의지적이 아닌 때문에 그것을 갈구하는 나머지의 허세에 불과한
것입니다. 사실은 나같이 흔들리기 쉽고 꾸겨져 쓰러지기 쉬운 비의지적인 나
약한 心志의 인간은 드물 것입니다. 예술작품이란 원래 자기가 가지지 않는 것
에 대한 希願의 發顯인 것이 아니겠습니까?

　　여기서 한 가지 내 작품을 두고 생각하여 보고 싶은 점이 있습니다. 그것은
다른 것이 아니라.

저녁 으스름 속의 치자꽃 모양
아득한 기억 속 안으로
또렷이 또렷이 살아 있는 네 모습.
그리고 그 너머로
뒷산 마루에 둘이 앉아 바라보던
저물어가는 고향의 슬프디 슬픈 海岸道의
곡마단의 깃발이 보이고 천막이 보이고

　　그리고 너는 나의, 나는 너의 눈과 눈을
　　저녁 어스름 속의 치자꽃 모양
　　언제까지나 언제까지나 이렇게 지켜만 있는가.

—〈梔子꽃〉

이라는 작품인데 보다시피 작품으로서는 대단치 않는 것입니다. 그러나 여기에서 문제 삼고 싶은 것은 작품 됨됨의 잘 잘못 보다 작자 스스로도 이상스리 여겨지기까지 하는 이 작품에 나타난 심상 그것입니다. 어찌해서 치자꽃을 보자면 과거의 기억 속에 묻히어 사라졌던 추억이 연상되어 살아 나왔는가 하는 점입니다. 다들 아는 바와 같이 치자꽃은 향기가 淸高하고 빛갈이 순백한 꽃입니다. 그러니 저녁으스름이 조용히 짙어 오는 뜨락에서는 유달리 인상적으로 다가 보이는 꽃입니다. 이같이 순백한 꽃에 얼굴 겹쳐져 문득 되살아 나게 이르는 사실을 보면 이미 먼 과거 속에 사라진 것으로 까맣게 잊고 있던 지낸 날의 한 토막의 어떤 일이 실상은 치자꽃 같이 순백한 것으로서 작자의 영혼 속 깊이에 간직된 채 묻히어 있었음에 틀림 없는 일입니다. 즉 과거의 그 한 토막 사건이 치자꽃처럼 순백하고 청고한 것이었기에 치자꽃을 대하자 문득 생생하게 연상되어 소생한 것이 아니겠습니까? 그렇습니다. 언제나 슬프디 슬프기만 마련인 황혼무렵 사랑하는 사람과 뒷산 마루에 올라가 나란히 앉아 바라다 보노라면 밤낮으로 보는 고향의 거리 모습이건만 먼 異鄕이나처럼 낯설은 심사인 것입니다. 그리하여 거리 끝 해안가의 채 집들이 들어서지 않은 埋築地의 빈 터 같은 데 이 항구의 거리로 찾아 흘러 들어온 曲馬團이나 있을라치면 그들의 높다란 천막과 늘어선 붉고 푸른 깃발들이 더욱 향수적인 풍경을 물들이는 것입니다. 그리고 어쩌면 저녁 어스름 속을 히스테리크한 트럼피트의 소리가 찢는 듯이 들려 오는지도 모릅니다. 이러한 暮色을 바라다 보고 앉았는 사랑하는 사람들에게는 이미 어떠한 사심도 격정도 없는 것입니다. 오직 그들의 눈 속에는 전부를 바치고도 아까울 줄 모르는 지극한 신뢰와 자기 몰각이 심연처럼 담겨져 오히려 슬프리만큼 깊은 평화 속에 허탈되어 있는 것입니다.

　　각설하고 여기까지 장황스리 내가 풀이하여 온 바 이야기는 다름 아니라 흔히들 불결한 것으로만 치려는 인간의 이성 사이의 애정이 얼마나 우리의 영혼을 순화하여 주는 것인가를 말하려하였던 것입니다. 그러나 이러한 은혜도 그 애정을 찾고 또한 대하는 영혼의 자세에 따라 있고 없음은 두말할 나위도 없을 것입니다.

> 조찰히 맑은 아침
> 먼 天上에선 듯
> 소리 없이 땅에 지누나.
>
> 오직 높으고 으젓하기에
> 당신 같은 꽃!
> 하늘만한 哀慕의 애달픔에도
> 끝내 桃李처럼
> 스스로 낮추어지는 않았거니.
>
> 목숨이란 본시
> 한갓 죄욕일진대
> 입어야 하던 청춘도
> 이제사 남길 悔恨도 하나 없이
> 悔恨과 함께 하나 둘
> 부끄러운 衣裳인 양
> 발 아래 던져 벗는 당신이야!
>
> 끝내 닿을 수 없던 사랑이매
> 오동꽃 소리 없이 지는 아침은
> 深深 산골 앓이는
> 간장 속 저물은 뻐국이 울음 소리―

― 〈梧桐꽃〉

인간의 목숨이 진실하면 진실할수록 悔恨으로 통하기 마련인가 봅니다. 그리고 회한이 있어 인간의 삶은 더욱 심화되는가 봅니다. 마침내 이룰 수 없는 哀

慕가 도리어 이러한 목숨의 심화를 선물하여 보내 줄 줄이야 어찌 알았겠습니까? 오직 至愛한 사랑이 지애하므로 줄 수 있는 선물이 아닐 수 없습니다.

오직 한장 思慕의 푸르름만을 우러러
눈은 보지도 않노라.
귀는 듣지도 않노라.

저 먼 땅 끝 다가 솟은 山
너머 山, 또 그 너머
가장 아슬히 지켜 선 山 하나-
아아 그는 나의 영원한 사모에의 姿勢.

무수히 沈浮하는 인간 哀歡의 稜線 넘어
마지막 간구의 그 목 마른 발돋음으로
계절도 이미 絶한 가렬에 항시 섰으매

이 아침 날에도
그 아린 孤高를 호괘 받듯
정결히도 白雪 신령스리 외로 입혀 있고

내 또한 한 밤을
轉輾 없이 안식함을 얻었음은
그 메운 외룸 그같이 설은 祝福 입더메서랴.

아아 너는 나의 영원-
짐짓 소망 없는 저자에
더룸어 내 차라리 어리숙게 살되

오직 너에게의 이 푸르름만을 우러러
귀는 듣지 않노라.
눈은 보지 않노라.

— 〈山처럼〉

〈나르시소스〉의 순정이 아닙니다. 한 인간의 애절한 사랑에의 참된 추구가 마침내 종교처럼 있을 수 있고 또한 그것이 종교처럼 인간 혼 하나를 정화할 수 있다하면 그것은 과장으로 들리겠습니까?

-사랑하는 것은
사랑을 받느니보다 행복하나니라.
오늘도 나는
에메랄드빛 하늘이 환히 내다 뵈는
우체국 창문 앞에 와서 너에게 편지를 쓴다.

햇길을 향한 문으로 숱한 사람들이
저 각기 한 가지씩 생각에 족한 얼굴로 와선
총총히 우표를 사고 전봇지를 받고
먼 고향으로 또는 그리운 사람께로
슬프고 즐겁고 다정한 사연들을 보내나니

세상의 고달픈 바람결에 시달리고 나부끼어
더욱 더 의지 삼고 피어 흥클어진 인정의 꽃밭에서
너와 나의 애틋한 연분도
한 망울 연련한 지홍빛 양귀비꽃인지도 모른다.

-사랑하는 것은
사랑을 받느니보다 행복하나니라.
오늘도 나는 너에게 편지를 쓰나니
-그리운 이여 그러면 안녕!
설령 이것이 이 세상 마지막 인사가 될지라도
사랑하였으므로 나는 진정 행복하였네라.

—〈幸福〉

사랑함은 사랑을 받는 일보다 행복하다는 이 얼마 안된 것 같으나 그러나 한량 없이 至福한 복음에 이르기까지에는 얼마나 숱한 통곡과 몸부림을 겪고 치른 후이겠습니까? 필경 인간은 누구를 하나 사랑하지 않고는 견디지 못하는 것인가 봅니다. 그리고 내가 누구에게서 사랑을 받는 것 보다 내가 누구를 사랑하는 편에 더욱 더 큰 희열과 만족이 따르는 것인가 봅니다. 왜냐하면 사랑을 받는다는 일은 내가 소유됨이요 내가 사랑함은 곧 내가 소유한느 때문일 것입니다. 그리고 내가 소유한다는 사실은 곧 다른 하나의 나를 더 설정한다는 일이 아니될 수 없는 것입니다. 그지없이 허무한 목숨에 있어서 나를 하나 더 설정하여 가질 수 있는 가능은 얼마나 큰 구원의 길이겠습니까? 내가 아낌 없이 보내는 사랑에 하나의 목숨이 지극한 신뢰와 환희를 입고 목숨을 누릴 수 있다는 일은 그대로 준 것만이 아니라 내게로 말할 수 없는 환희와 흡족을 갚아 보내는 은혜도 찾을 수 있는 일입니다.

흔히 말하기를 미움도 사랑의 한갓 변형된 표현이라 합니다. 진정 사실일 것입니다. 왜냐하면 한편으로 세상에는 사랑보다 미움이 많다고 탄식하는 그 말대로 그 많은 미움들이 진정으로 악의의 미움 그것이라면 어찌 이같이 많은 인간들이 착잡히 어울려 수만년을 여태도록 살아 왔으며 또한 한 시인들 더 참아 살 수 있겠습니까? 그러므로 세상에는 많은 미움처첨 보이는 그 안쪽에는 더 말할 수 없이 많은 사랑이 서로 연분 얽히고 거래되어 보이지 않는 인정의 꽃밭 속에서 삶들을 이룩하고 있음에 틀림 없는 것입니다. 보이지 않는 인정의 연분들! 한번 우체국으로 가서 보십시요. 보이지 않는 인정의 연분들을 우리는 얼마나 쉴 새 없이 볼 수 있겠습니까?

생각하면 시인이란 이 같은 있고도 보이잖는 귀한 것을 증거하고 또한 그 증거를 통하여 인간에게 용기와 이해를 가져다 주는 일이 그의 직책이 아니겠습니까?

7. 虛無의 方向

내가 나를 객관할 만큼 지각이 자란 그날로부터 나의 의식의 저류에는 언제나 커다란 허무가 응시하고 있어 이 허무의 의식을 청춘기에 있어서는 그 날 세대의 암담한 천기의 탓으로만 돌렸던 것이나 내가 한 인간으로 굳어 감에 따라 도리켜 살펴볼 때마다 그것은 아무래도 나의 선천의 본질에서 인한 것만 같았습니다. 그러나 이 허무적인 의식의 바탕은 내게만 한한 본질이 아니라 나의 먼 선대로부터 동쪽의 하늘에서 물려 받은 슬기인지도 모릅니다. 그것은 왜냐 하면 내만 하더라도 그것으로 말미암아 인생을 뜨겁게는 누리지는 못하였다 할 지라도 브다 넓고 크게 인생과 우주를 바라볼 눈은 얻었던 때문입니다.

드디어 크낙한 空虛이었음을 알리라.
나의 삶은 한 떨기 이름 없이 살고 죽는 들꽃.

하그리 못내 감당하여 애닲던 생에도

정처 없이 지나간 일진의 바람.
수유에 멎었다 사라진 한 점 구름의 자취임을 알리라.
두번 또 못 올 세상
둘도 없는 나의 목숨의 終焉의 밤은

日月이여 나의 주검가에 다시도 어지러이 뜨지를 말라.

억조 성좌로 찬란히 九天을 장식하는 밤은
그대로 나의 크낙한 墳墓!
지성하고도 은밀한 풀벌레 울음이여, 너는
나의 영원한 소망의 통곡이 될지니
드디어 드디어 공허이었음을 나는 알리라.

— 〈드디어 알리라〉

나의 20대의 〈니힐리즘〉은 이토록 〈로맨탁〉하였습니다. 한 오큼 바람이요 한 떨기 풀꽃의 죽음인 나의 무덤을 위하여 일월성신으로부터 풀벌레의 울음까지 대령하게 하였으니 어떤 秦始王의 엄청난 토목공사인들 이같이 호화롭고 웅장하였겠습니까. 그러나 이와 같은 肯定한 진정한 〈니힐리즘〉이 아닐지도 모르는 것입니다.

그러나 또 한편으로 생각하면 어떠한 가렬한 〈니힐리즘〉일지라도 마침내는 마지막 긍정 위에 발붙이고 있기가 마련일 것입니다. 왜냐하면 어떠한 〈니힐리즘〉도 인간인 존재 위에서만 비로소 있을 수 있는 것이며 인간이란 존재 그것이 이미 커다란 긍정이기 때문입니다.

그러나 이 같은 사설은 한갓 궤변일 뿐 다만 나는 이 당시 감상적인 허무의식에 사로잡혀 이러지도 저러지도 멋하고 비틀거리기만 하였던 것입니다. 차라리 옳은 〈니힐리즘〉은 첫째 치렬한 懷疑에 부닥치므로 달구어져야 하는 것인데도—

> 너는 본래 기는 짐승
> 무엇이 싫어서
> 땅과 낮을 피하여
> 음습한 폐가의 지붕 밑에 숨어
> 파리한 幻想과 怪夢에
> 몸을 야위고
> 날개를 길러
> 저 달빛 푸른 밤 몰래 나와서
> 호올로 서러운 춤을 추려느뇨.
>
> — 〈박쥐〉

앞에서 〈니힐리즘〉은 치렬한 회의의 달구임을 겪어야 한다고 말하였지마는 생각하면 그 회의란 역시 긍정을 전제로 한 데서 즉 긍정을 하고만 싶든지 하여야만 되겠든지 하는 데에 애초부터 발붙임하고 생겨난 것이 아니겠습니까? 그러한 해석이고 보면 나의 〈니힐리즘〉도 처음부터 부실한 것만이 아니었던 듯합니다.

> 나의 지식이 독한 회의를 구하지 못하고
> 내 또한 삶의 愛憎을 다 짐지지 못하여
> 병든 나무처럼 생명이 부대낄 때 저 머나 먼 아라비아의 사막으로 나는
> 가자.

거기는 한번 뜬 白日이 不死身같이 작열하고
일체가 모래 속에 사멸한 영겁의 虛寂에
오직〈아라〉의 神만이
밤마다 고민하고 방황하는 熱砂의 끝.

그 열렬한 고독 가운데
옷자락을 나부끼고 호올로 서면
운명처럼 반드시 「나」와 대면케 될지니
하여 나란 나의 생명이란
그 원시의 본연한 자태를 다시 배우지 못하거든
차라리 어느 砂丘에 悔恨 없는 白骨을 쪼이리라.
　　　　　　　　　　　　　　　—〈生命의 書 一章〉

　　회의란 요컨대 어떠한 경우에도 신념을 못가지는 일일 것입니다. 즉 그가 신념하는 바에 심혈을 기울인다든지 저돌할 수 없음을 두고 말함일 것입니다. 대체 그는 그의 인생을 얼마나 소중한 것으로 치기에 그같이 제 인생을 아고 守錢奴처럼 아까와 떨다가 마침내는 이리도 저리도 못쓰고 밑바닥 없는 구렁창에다 스스로 버리기 마련입니까? 〈아라비아〉의 저 熱砂의 끝에 가서 생명의 본연을 배워 오겠단 그것은 오히려 한갓 패배를 미화하려는 수작 밖에 아닐 것입니다. 아니면 自己抛棄에 불외한 것입니다.
　　어찌해서 하늘에서 받은 바 목숨을 그것이 어떠한 것이기 간에 제 분수로 알고 순직하게 인생에 바칠 수 없는 것입니까? 이것은 진정 영혼의 병이 아닐 수 없습니다. 그리고 이 영혼의 병이 아닐 수 없습니다. 그리고 이 영혼의 병은 목숨이 쓰기가 아까와서 보다 실상은 그 필연적인 운명인 죽음 앞에 어쩔 수 없이 느끼는 공포에서 오는 발작임에 틀림 없을 것입니다. 아무래도 죽을 것이라는 의식! 죽어야 한다는 쉴 새 없는 협박 앞에서는 어떠한 신념도 열의도 그에게는 가치도 의미도 서지 않기 때문임에 틀림 없는 것입니다.

　　오직 思惟하는 자만이 능히
　　이 絶大한 고독을 견디나니

영원이란
全部를 느껴 알고 전부를 峻拒하는 자

아아 종시 우러른
다만 한장 짙푸른 나종의 나종!
삽시 造化의 처참한 咆哮에도 다시 견디어
우주의 가장 黎明과 暮色에 섰는 자

엘리! 엘리! 엘리!를 부르짖던 너도
드디어 이끌 수 없던 人類일랑 버리고 여기에 나와 더불어
영원한 고독에 얼어 서자.
— 〈히말라야 이르기를〉

〈니힐리즘〉은 모든 권위와 가치를 부인하는 길임은 두말할 것 없습니다. 그리하여 마침내 자기포기에까지 이르는 것입니다. 그러나 이 〈니힐리즘〉을 극복하고 거기에서 자신을 구출하는 방도로서 제도 저 처참한 자학 속에 우러러 선비정의 한 봉우리가 되고자 함은 역시 그〈니힐리즘〉에 부정이요 인간포기일 것입니다. 왜냐하면 오만하게도 진실로 오만하게도 신의 아들로 자처하고 마침내 자기를 학살한 죄상까지도 속량하겠다던 그 커다란 이상마저 무용하고도 절망한 것이니 죄 버리고 비정의 세계로 오라고-그리하여 생명을 떠난 사유만으로써 가혹한〈니힐리즘〉의 고독을 극복하자고-즉 결국은 〈니힐리즘〉에서의 탈출이 아니라 그것에의 점덤 더한 陷入이기에 말입니다.

이같이 내가 나의 〈니힐리즘〉에서 탈출하려고 발버둥질 하면서 오히려 더욱 더 함입하게 된 원인은 오늘에 생각하여 결과적으로 내가 〈니힐리즘〉의 원물주인 저 비정의 절대자에게 항거하여 항상 맞서기만 하려는 거만스럼과 어리석음을 버리지 못했던 때문임을 알 수 있습니다.

무슨 뜻으로 日月星辰은 있어 한가지 軌道 위를 한결같이 운행하여 겨울 줄을 모르는가?

무슨 뜻으로 干滿하는 潮水는 밤낮으로 地表를 씻어 거듭하기를 말지 않는가?

또한 무슨 뜻으로 희멀건 虛空은 종시 저렇게 지켜만 있는가?

아아 이 無謀하고도 無用한 반복과 지속의 냉혹한 無意味 앞에 내 드디어 맞서기를 포기할 날이여.

사실 나는 이 『抛棄』를 쓸 때만 하더라도 저 絶對權能者 앞에 내가 나의 卑小함을 깨닫고 진심으로 항복함에서가 아니라 나보다 깨끗이 패하여 주는 自嘲에서 내뱉는 심사였던 것입니다.

버마재비 같은 제 非力은 돌아보지 않고 저 절대권능자에게도 복종하기를 거부하고 맞서기를 서슴치 앓던 불굴 불손한 혼인지라 인간이 구성한 사회에 있어서 빚어지는 부당이나 함부름에 대해서는 더구나 인간 본래의 값을 무시하는 함부로움에 대해서는 더 참을 수 없는 증오와 분노를 느꼈던 것은 당연한 귀추였습니다.

버릴 대로 버려진 여기 반역의 무덤 위에
우거진 쑥대도 노하여 虛虛히 웃는가.
진실로 너희 인간이었기에.
한개 빨가숭이 원죄의 십자가를 지고
이 굴욕의 〈골고다〉에 犬馬로 버리었거니
切齒하고 무릅쓰는 이 斷罪의 채찍이
제 아무리 모질고 가혹할지라도
윤리란! 법도란! 도덕이란!
그 엄청난 가면과 위선과 虛構를 겨러
끝까지 조소 부정하는 너희의 행위야말로
차라리 꽃같이 진한 목숨의 散華!
-다시
사람이 사람을 다스리는 그 無道를
너희 虛無로 告發하라.

이미 값치지 않은 저희와 나의 삶이었기에
혈육도 피하는 이 능욕과 모멸인즉
아예 두려워하고 뉘우칠 바 없건마는
나의 길을 먼저 간 형제여.
그 어느날 마침내 추운 영혼이
구원의 문전에 남루히 이르러
고아처럼 채수리고 흐느끼지 않을까를
내 오직 저허하고 분히 여길 뿐이거니

저 썩어진 인간에서 버림 받음이야
우거는 마른 쑥대도 허허히 웃으랴.

— 〈監獄墓地〉

　　부산에서 본 바입니다. 바다가 바라다 보이는 뒷산 마루 중턱에 감옥묘지라 새긴 돌표말이 서있는 둘에 안에 잡초가 우거질 대로 우거진 무연총들이 버려진채 있는 것입니다. 그 무덤의 주인들은 시체를 찾아갈 사람도 없는 사형수나 옥사자들일 것입니다. 그리고 그들은 살아서 살인 강도나 파렴치죄 같은 용서할 수 없는 죄악을 저지른 자들일 것입니다. 그러나 이같이 이들의 죄를 다스린자는 누구이며 그같이 인간의 행위를 규범한 자는 누구였겠습니까? 누구라도 결백한 자가 있거든 돌로 치라는 그 선과 악의 구별이 아닌 것입니다. 아니 그 선악의 한계인들 누구가 지은 것이겠습니까? 아무리 극악한 죄라 할지라도 한 편에는 죄를 범한 인간이 있고 다른 한편에는 그 죄를 다스리는 인간이 있다는 일은 저 절대자의 권능까지도 한갖 暴戾로서 도저히 굴복할 수 없는 터에 얼마나 불합리하고도 분노스런 노릇이겠습니까? 이러한 횡포에 대한 가증과 또한 혈육에게까지도 버림 받은 자들에 대한 끝 없는 동정과 그리고 또한 언제 어느날 그들과 같은 모멸과 횡포 속에 몸을 내맡길지 모를 자신이므로 불쌍한 그 죄인들을 먼저 간 형제여! 고 불렀던 것입니다. 그리고는 더욱 그 치욕과 고독을 마침내 감당키 어려워 어쩌면 어느 구원의 손길을 찾아가 울부짖으며 매달릴지 모를 그 마지막 구원의 길도 완강히 거부하였던 것입니다.

썩어빠진 인간에게서 버림 받음쯤이야 끝까지 오히려 조소하여 뉘우치지 않겠다고 외쳤으나 그 얼마나 열렬한 반역이요 〈니힐리즘〉이겠습니까?

苦熱과 자신의 탐욕
여지없이 乾燥 風化한 넉마의 거리
모두가 허기 걸린 게사니같이 붐벼 나는 속을
-칼 가시오!
-칼 가시오!
한 사나이 있어 칼을 갈라 외치며 간다.

그렇다
너희 정녕 칼들을 갈라.
시퍼렇게 칼을 갈아 들고들 나서라.
그러나 善이 사기하는 거리에선
윤리가 폭행하는 거리에선
칼은 깍두기를 써는 것 밖에는 몰라
칼은 발톱을 깎는 것 밖에는 감쪽같이 몰라
환도도 비수도
식칼처럼 값 없이 버려져 녹슬거니
그 환도를 찾아 갈라.
비수를 찾아 갈라.
식칼마저 모조리 시퍼렇게 내다 갈라.

그리하여 너희를 마침내 이같이
기갈 들여 미치게 한 자를 찾아
가위 눌려 뒤집히게 한 자를 찾아
손에 손에 그 시퍼런 날들을 들고 게사니같이 덤벼
남나의 어느 모가지든 닥치는 대로 컥컥 찔러
황홀히 뿜어 나는 그 새빨간 선지피를
희광이같이 희희대고 들이켜라는데
그리하여 그 목마른 기갈들을 추기라는데

가위눌린 虛妄들을 채우라는데—

그러나 여기 도둑이 도둑 맞는 저자에선
대낮에도 더듬는 무리들의 저자에선
이 구원의 복음은 도무지 팔리지가 않아
—칼 가시오!
—칼 가시오!
사나이는 헛되이 외치고만 간다.

— 〈칼을 갈라〉

여름 한나절 도회지의 뒷거리 같은 데는 더위와 목마름에 사람의 몸뚱아리고 생활이고 내버리듯 열어진 채 넉마처럼 까 뒤짚여져 늘어난 燥狂한 꼬락서니란 그대로 인간사회의 현실 그것입니다.

그러한 가운데를 金剛砂 물레숫돌을 짊어진 한 사나이가 가위나 칼을 갈라고 외치고 가는 소리는 남루하고 조광한 인간들에게 옛날 〈이스라엘〉의 광야에서 부르짖었다는 선지자의 그것처럼 어떤 충격의 암시를 주고도 남는 것입니다. 그 암시란 칼들을 있는 대로 모조리 내다 갈아서 인간을 이같이 인간 이하의 상황으로 기갈 들이고 뒤짚이게 한 원인된 자들을 찾아 내서는 그 모가지를 찔러 없에라는 것만 같은 것입니다. 사회악이란 것이 있습니다. 그것은 인간의 이 같은 패덕과 윤락의 행위를 말하는 것입니다. 그러나 그러한 윤락과 패덕은 커다란 원인의 등걸에서 피어난 잎들에 지나지 않는 것입니다. 그리고 그 원인의 등걸은 항상 인간 자신들에 틀림 없습니다. 왜냐하면 도덕이니 윤리니 법도니 하는 올개미들을 만들어선 인간의 본연을 구속하고 말살하려는 폭력을 자행하며 또한 한편에선 사실로 그러한 폭력을 손아귀에 쥐고서 무수한 인간들을 얼마라도 마음대로 짓밟는 소수의 인간들이 있기 때문입니다.

그러므로 이 같은 인간의 거리에선 선이라고 내 세워 高言하는 그것이 말짱한 허위의 선이요 정의라는 것이 또한 말짱한 사기의 정의일 수 있는 것입니다. 이같이 참 선과 거짓의 선을 부간할 수 없고 진짜의 정의와 가짜의 정의가 뒤섞여서 요량할 수 없는 난장판에서는 도둑이 도둑을 맞고 대낮에도 소경처럼 더듬어 가지 않을 수 없을 것입니다. 〈니힐리즘〉이란 어쩌면 보다 크고 넓은 〈모랄〉을 요구하는 것인지도 모릅니다.

아무것도 믿어지지 않는 懷疑에 불안한 눈이 자기 자신에게로 돌려집니다.

희안한 대낮을 가는데
어디서 난 데 없는 한밤중 같은 시계소리냐.

석점! 석점!
어쩌자고 알리는 석점이냐 시간이냐.

-가기를 그만 두라는 게냐.
-가도 헛탕이라는 게냐.
-어디로 가느냐는 게냐.
-나더러 거 누구냐는 게냐.

이 明明한 백주의 沙漠 한 복판에서
어디서 누가 행하는 執行이냐.
擴大하는 空白이냐.
두려운 두려운 시간의 氣絶이냐.

— 〈낮 석점〉

그것은 사형수에게는 미리 알려 두지도 않았던 사형집행의 신호와 같았습니다. 아니 사형수 본인에게는 숨긴 사형집행의 암호였는지 모릅니다. 그래 그것은 벼락소리처럼 뒤통수를 내려 갈긴 것입니다. 불안에 떨고 있는 도둑은 어떤 조그마한 소리에도 소스라쳐 뛰어 오르는 그것입니다. 둥그렇게 질린 자의식의 커다란 眼孔에는 일체의 존재는 사멸하여 이미 없는 막막한 사막의 백주도 한밤중 같은 虛寂 속에 하마 기절하여 가는 자기자신이 비춰 있을 뿐입니다.

어쩌 이렇게 아무도 없는 거냐.
내가 옴이 너무 일렀느냐.

너무 늦이 다른 이들은
왔다 죄다 가 버린 뒷전이냐.

나를 招請한 시간이여.
너 마저 피신하고 不在한 광장에
나만 혼자 불청객의 꼴로
이렇게 초라히 나타나 있다.

어디로 돌아가야 하는 거냐.
어디메 물러 갈 길은 있느냐.
이렇게 虛白 속에 포착해 두고
나의 所作을 지켜 보는 너는 누구냐.
그리하여 그것으로 다시 나를 책임 물으려는 거냐.

아아 내가 내게 보히누나!
눈부신 백금 속빛 각광 속에 한마리 부나빈 양
나 혼자만이누나!
내가 보히누나!

— 〈내가 보힌다〉

이같이 존재에 초청하여다 두고서는 아무도 책임져 주지 않는 목숨의 상황은 정히 불청객의 그것입니다. 돌아서 가려 해도 아무 데도 길 마저 막혀 없습니다. 그리고도 끝내 그 책임은 그 자신에게다 추궁하려고 그의 일거수 일투족을 어디메서 감시하는 자가 있는 것입니다. 그런데 그 냉혹한 감시자는 다른 누구일 수도 없는 자기 자신이던 것입니다.

그러나 또 한편으로 이 가렬한 자의식이 어떤 때는 두개의 존재로 분렬을 일으키기도 하는 것이니 더욱 비극이 아닐 수 없습니다.

A는 시방 어느 먼 골짜기를 지나가는 낯설은 황혼이 서린 車窓에 호올로 기대어 A 생각에 잠기어 있다.

A는 집을 나간 A를 생각하며 시방 밖에서 돌아온다. 땅거미 기인 마루
에 앉아 저녁 등을 준비한다. 안으로 향하여 셋째를 부른다.
　　　　　　　　　　　　　　　　　　　　　—〈A와 A〉

-못간다, 못간다!
-안뇌느니 안뇌느니!

팔을 흔들며 머리를 저으며
추운 물결만 이리 설레대는 항구의 부두는
더 갈 수 없는 막다라지 골목 길.
그 흐려 찌푸린 허공을 우러르고
나도
남들이 보고 섰는
먼 對空 射擊練習이나 구경한다.

꽁지를 단 외 臺 비행기가
落落히 돌아 헤어 올 적마다
이내 그 둘레를 뒤쫓아
소리 없이 생기는 수묵 빛 砲煙망울과
그리고는 동을 두고
새삼스리 들려 오는 가벼운 作裂音들.

이
귀와 눈이 느끼는
초조롭고도 무관스런 物理를 아는가.
내가 오늘 갈 데 없이
여기에 허전히 와 섰음도
현실과 욕망-
육신과 정신-
허위와 진실-
고기가 가는 곳마다 물이 있듯

일체 생이 負債하는
二律背反의 그 불만과 焦慮에 서거니.

찌푸린 날씨는 이미 저물었는데
추운 물결만
창망한 하늘 끝 간 데까지 열려
더 갈 데고 영 없는 地點-
할일없이 서서
먼 허공 사격연습이나 구경하는
한 脫獄因

— 〈對空射擊練習〉

아무런 이상도 목표도 없이 반항과 불신만으로 뛰쳐나온 나는 얼쩔 수 없는 집 잃은 방랑아였습니다. 어디엘 가도 길은 가로 막혀 있고 피신할 곳조차도 없는 것입니다. 그리하여 그저 할일없이 발길 닿는 대로 헤매이면서 눈에 뜨이는 것이 있는 대로 기웃거리기를 합니다. 남들은 모여서 흥미 있게 어울려들 있는 판에 가서도 함께 섰기는 섰으나 아무런 감흥도 없는 것입니다. 그러나 그의 의식은 그의 머리속에 債鬼처럼 들어 앉아 지금도 내가 무엇을 하고 있다는 것을 푼돈을 세듯 하나 빠짐없이 따지고 있는 것입니다. 이제는 그것에도 지치어 거기에 생각이 갈 수도 없고 하기도 싫은 것입니다. 그러나 어떤 焦慮만은 아직 남아 있습니다. 그것은 마치 먼 爆破作業 같은 것을 볼 때 눈에 보이는 형상과 귀로 들오는 음향과의 그 시간적 간격이 주는 없으면서도 있는 것 같고 있으면서도 없는 것만 같은 그 목마름의 느낌에 흡사한 그러한 것입니다. 그리하여 이 목마름은 내부에서 점점 어떤 불안의 공포로 변형되어 성장하여 가고 있는 것입니다. 이러고 보면 마침내 나는 피눈물을 흘리고 뉘우쳐 이 길을 돌아서든지 아니면 〈가롯 유다〉처럼 나의 배신과 반역으로 얻은 피의 밭에서 스스로 목을 졸라 죽고 말든지 두 가지 가운데 어느 하나를 이제야 택해야만 되게 이르지 않았습니까?

8. 救援에의 摸索

　자살을 감행하든지 아니면 비굴하게도 기성의 어떤 구원의 손길에 무조건
매달리든지 하여야될 막다른 판가리에서 요행하게도 어쩌면 비겁하게도 나는
나의 정신의 病因으로 되돌아가 그것을 규명하고 다시 해석할 여유를 가졌던
것입니다. 그 병인인즉 나의 의식의 밑바닥에 언제나 아가리를 벌리고 있는 죽
음의 의식 덧없는 나의 목숨에는 아랑곳 없이 내 앞에 떠남 없이 다가서서 나
를 협박하는 허무 그것임은 앞에서 밝힌 바입니다.

　　인간자신의 얼마나 다행한 구원의 길인 영생불멸의 神의 나라가 있다는
　저 거룩한 은총을 믿어 귀의하지 않고서도 너는 참으로 超人의 일인 죽음
　의 그 絶大한 허무와 永訣의 비애를 능히 견디어 넘을 수 있겠는가?
　　　　　　　　　　　　　　　　　　　　　　　　　　　─〈短章三十二〉

　죽음의 그 허무함과 절통함은 생각만 하여도 가슴은 분격에 터질 것만 같은
것입니다. 그러므로 그 허무와 슬픔을 인간이 생겨난 이래 무진히 몸부림하고
생각한 나머지 발견해 낸 종교라는 것의 효험에 귀의하지 않고서 조용히 그 쓴
잔을 마시기에는 진정 얼마나 초인적인 자기 억제가 필요하였겠습니까? 그러나
어떻든 간에 나는 나대로의 저 비정하고도 절대한 허무의 있는 의미와 나의 숙
명인 목숨과의 관계를 해명하여야만 살 수 있게 마련이었습니다.
　여기에서 나는 그러면 어찌해서 내가 이미 준비된 종교의 그 구원의 길에는
안기기를 완강히 거절하였는가를 밝혀야 하겠습니다.

　　설령 영생불멸의 내세가 있는 또한 내가 거게 참례하여 무궁한 환락을
　누릴 수 있다손 치더라도 그내가 오늘의 나의 및 이날 이도록 애달픈 哀歡
　의 목숨과는 기억마저 絶緣된 것이라면 그 영생의 은총은 있으나 마나 내
　구태어 희구할 바 못되노라.
　　　　　　　　　　　　　　　　　　　　　　　　　　　─〈短章三十〉

종교는 이 점을 確約하여 주지 않는 것입니다. 즉 내가 영생의 세계에 이르러서도 현세에서의 유치환이었음과 내게 따른 모든 기억까지를 가져가 느끼고 살아야 되겠다는 것입니다. 만약에 그렇지 않고 현세와는 감쪽같이 절연된 세계라면 그것이 영생불멸의 환락의 세계가 아니라 그 반대인 나락의 연옥일지라도 내게는 아예 悔悟의 쓰라림마저 없을 터이니 영생이고 지옥이고 무엇을 애달프게 간구하여 가질 것이 되느냐는 말입니다. 그것은 마치 이승의 축생들이 어떠한 굴욕에도 전생의 기억에 절연되어 있으므로 뉘우침 따위 있을 리 없고 내가 전생의 어떤 축생에서 환생한 것이기로 그 점으로써 다행할 바 없음과 마찬가지 아니겠습니까? 이러한 사고는 어쩌면 만일에 신이 없을진대 인간에게는 모든 것이 허용되어야 한다고 〈도스토에프스키〉가 지적한 바와 같이 인간에게 어떠한 죄악까지도 용납될 수 있다는 심히 위험하고도 冒瀆스런 사상인지 모를 일입니다. 그러므로 나의 사유의 진전이 이 〈파라독스〉를 헤쳐나지 못한다면 자신의 구원은 커녕 더욱 절망의 구렁으로 떨어질 것은 두말할 나위도 없지 않았겠습니까?

　물! 물! 물이었던가
　산들히 지나치는 바람결에도 못내 즐거워 놀뛰며 흥겨웁게 휘들거리던
생명의 한량 없는 그 희열과 跳躍도 필경은 물의 덕에 인함이었던가.

　보라 겨우 한달을 비 아니 주므로 이렇듯 목마르고 피 닳아 꿈결에도
물! 물! 물을 찾아 나의 목숨이 이도록 남루히 시들어 감을!

　물! 물! 물이었던가
　이같이 물 아니 주므로 그의 덕을 뼈저리게 뉘우쳐야 하는 이 치욕 위
에 내 더욱 서야만 하는 이목숨의 분노의 非力이여
—〈非力〉

진실로 나는 그로 인하여 존재함을 얻은 지대한 그 경우에서도 그의 은혜를 느끼기 보다 앞서 그것을 입어야 한 자신을 이같이 치욕하고 분노하기를 먼저

하였던 것이니 그 얼마나 그릇되고 오만한 생각이었겠습니까?

생각하면 이와 같은 오만스런 패덕은 제 눈을 언제나 제 자신에게 돌려 박아 놓고만 있었음에 원인한 것임은 두말할 나위도 없습니다. 제 눈알을 좀더 멀데 넓게 뜨고 제 둘레 밖을 바라볼 줄 알았던들 설령 자신에게 아무리 커다란 부당이 맡겨졌다 치더라도 좀 더 쉽게 오뇌하고 그 오뇌에서 좀더 날래 벗어날 수 있지 않았겠습니까? 왜냐하면 그렇게 제 자신의 빼앗김만을 살피고 따지던 눈이 이 우주 안 서로 착잡하게도 얽혀져 존재하는 그 숱한 사상들 사이에는 서르의 주고 받음이 진실로 무한하여 마침내 없음과 같아서 결코 뺏고 빼앗김이 있지 않음을 보고 깨닫게 되겠기 말입니다.

오늘 나로 하여금 들가의 한 평범한 풍경에 서서 더욱 이렇게 눈물겹게 하는 것은 솔밭 위에 뜬 낮달의 정서도 아니요 밭두던에 날아 우짖는 까치의 감상도 아니요 파룻파룻 자라나는 봄풀의 애석도 아니요 오직 이 평범한 자연 뒤에 있는 보이잖는 손 온갖을 그의 자리에 있게 하는 지극히 소박한 커다란 손이로다.

— 〈風景에서〉

마침내 제 목숨의 앞길 일에만 치를 떨던 내가 나의 목숨과 나 밖의 무수한 목숨들을 붙들어 존재하게 하는 무궁한 손이 있음에 눈을 돌리게 이르렀음은 얼마나 다행스런 일이겠습니까? 그런데 내가 그같이 목숨의 빼앗길 것에만 마음 앓았음은 죽으면 영원히 없어지고 말 그 허무에 대한 공포와 따라서 영원토록 존재하고 싶기만 한 욕망의 소치였음은 두말할 것 없습니다. 그러나 진리인즉 영원이야말로 무 그것이라는 것, 죽음이 있음으로써 비로소 목숨이 있고 또 목숨의 값이 있음을 깨닫기는 훨씬 더 후의 일이었습니다.

저 허허로운 궁창을 보라 영원히 있음이란 영원히 없음과 무엇이 다르랴!
나는 한떨기 흔들리는 오랑캐꽃과 같이 영원하지 못하다.
그러므로 아아 눈물나는 이 實在!

— 〈短章 七十〉

　　그리고 보면 이 광대무변한 우주 가운데 허허 궁창인 무 하나를 두고 그 밖
에 어떤 영원한 생명이 있는 것입니까?

　　　　나는 아노라 시방 이 때에도
　　　　가마히 감고 누운 나의 누시울을 스쳐
　　　　밤과 낮의 무늬 쉬임 없는 세월이 흘러가고 있음을
　　　　그리하여 내 여기에 누운지
　　　　三千하고 二百 아흔 여덟 해에 오늘이 예순 이레쨋날
　　　　아아 이것을 도시 오래라들 일컫느뇨

　　　　우람한 나일의 흐느낌도 아예 울려 오지 못하는 이 세상 저승
　　　　한 포기 풀 한 마리 멧새도 발붙일 수 없고
　　　　못견딤과 두려움에 바윗돌도 땀 흘리어
　　　　禿几한 암석만이 작렬하는 영원한 사망엣길 여기 王의 골짜기를
　　　　너희 도둑같이 기어 온 그 적은 집념과 탐욕이
　　　　무엄히도 지존의 王 나의 오랜 침실을 노략하여
　　　　애급 三千년 찬란한 영화를 기억하는 가지가지 보배를 훔쳐가고
　　　　다시 내까지 판자나처럼 옮겨 간 소위 나는 아노니
　　　　그리하여 오만한 너희의 지식으로 나의 누운 시간을 손꼽으려 하나니
　　　　아아 진실로 허망하고 부질없는 사람의 노릇이어라.

　　　　그렇게도 너희가 안타까이 마음 조이는 시간
　　　　너희의 슬픈 목숨이 애석하는 그 시간을 두려워 말라.
　　　　실상인즉 내 이렇게 종시 누었으므로 하여
　　　　너희의 思惟하는 그 영겁의 時空일 시
　　　　시방도 각각으로 발자취 소리 기진하여감을 나는 듣거늘
　　　　오늘 不動 같은 휘황 광대한 宇宙-
　　　　日月星辰과 땅과 궁창과 그 온 構成마저
　　　　마침내 천동하고 무너질 날이 반드시 있으리니

　　　　아아 一切 우연한 존재의 歸一하는 곳과 날을

내 증거하기 위하여 여기에 기다려 누웠노라.

— 〈쓰ㅣ탄카ㅣ멘王의 뇌임〉

地球의 影子가 저 虛虛로이 푸른 虛空의 어느 地點쯤에 投射 落着되겠는가.

神의 안에서는 이같이 나는 나의 갈 곳조차를 모르고 만다.

— 〈短章 二〉

神의 거룩한 자락은 겸허한 자에게만 보이고 오만한 자에게는 보히시지 않는다.

— 〈短章 八十四〉

生者必滅이니 그 목숨 앞에 다가서서 있으며 언젠고 그것들이 형적도 없이 멸입하여 들어가고 마는 저 꾸김살 하나 없는 空虛＝無인즉 萬有를 그의 품 속에 안에서 거느리고 있는 無終無始한 시공 그것이 아니겠습니까?

무궁한 질서와 오묘한 관련 속에 광대한 천체를 궤도에 올려 운행케 함에서부터 한멸기 풀꽃을 제 철에 피우게 함에 이르기까지 그의 의사가 이같이 엄연히 나타나 있어 그의 實在를 우리가 느끼지 않을 수 없기 마련이면서도 그 실재를 볼 수 없는 오직 하나 영원한 존재인 그를 우리는 무어라 칭호하여야 좋겠습니까?

나는 그를 절대자 유일자 또는 신이라 부르기로 하였습니다. 그리고 바로 무와 직통하는 영원한 時空은 그의 표상이요 그를 제외한 필멸한 생자인 만유는 즉 나의 목숨 이것도 그의 意思의 한 끝자락이라 깨닫는 것입니다.

내 또한 거룩한 뜻의 다스림을 입는 자이로다.

일찌기 무수한 그 연년세계를 오직 유족한 자애의 비물로써 나의 田地를 滿滿히 채우고 적시우고 가꾸어 주셨으니 이제는 다시 내 안에 함부로 이 자라고 성한 잡된 잎과 가지를 뿌리채 말리고자 뜻하시는 이 비정! 한 점 방울물 추기심도 인색하시니-

아아 목 마름과 피 닳음을 어찌 마지막 죽기로서니 달게 달게 시험 받
지 않으리!

  내려 부어라 〈소돔〉의 불길 같은 불볕이여 나의 등결이 갈피갈피 금가
터지고 아찔히 눈 어둡도록 쪼여 다시도 내 안에 悔恨의 쓰디 쓴 씨가 움
틀이 없도록 말려라.
  아아 드디어 거룩한 뜻의 다스림 안에 나는 있는 자이기에-
― 〈大地의 노래〉

  인간의 총명이란 것 예지라는 것 그것은 과연 무엇이겠습니까? 그것을 가지
고서 인간 자신의 사황을 좀더 행복하게 유리하게 이끌 수는 있을 것입니다.
그러나 절대적인 운명은 결단코 변경 할 수는 없는 것이 아니겠습니까? 그러면
절대 변경할 수 없는 것 앞에서 인간의 총명은 아주 무력해서 아무짝에도 소용
없는 것으로 내 팽개쳐야 하겠습니까? 아닙니다. 그 때의 인간의 총명은 그 절
대적인 것의 참뜻을 어떻게 해석하고 어떻게 받아 들이는가에 그 구실과 값이
있는 것일것입니다. 인간의 상황을 행복하게 인도할 수 있는 총명은 곧 불행하
게도 몰아 넣을 수 있는 총명이므로 얼마나 위태로운 것이나 절대한 것을 이해
하는 총명은 곧 절대한 것이므로 움직일 수 없는 총명의 총명이 아니겠습니까?
이 같은 움직일 수 없는 인간의 총명을 두고서 기독교에서는 천주의 은총이라
일컫고 불교에서는 열반이라 가르치는 것이라 나는 생각합니다.

  등성이 넘어 풀잎을 밟고 오솔길을, 원수도 처음 이 길로하여 찾아 오고
사랑도 이 길로 갔으리니
  아득히 山河를 건너고 田園을 지나 눈물겹도록 綿綿히 따르고 불러 얽
힌 인간 恩讐의 이 잇닿음을 보라.
  가도 가도 神에게로 가는 길은 없는 길, 필경은 나도 나의 自僞에서 돌
아 서 그 위에 표표히 나타나 사라질 길이여.
― 〈길〉

근년에 와서 곧잘 내가 신이니 영혼불멸이니 하는 말을 입 밖에 내서 중언

부언함을 듣는 이들은 무슨 부질없는 꿈 같은 소리만 뇌까리느냐고 괴이하게 생각할지 모르지만 그것은 〈말르로〉가 부르짖은 바 『죽음이 있는 것이 아니다. 내가 죽을 따름이다!』고한 그 사형수처럼 피할 길 없는 치렬한 죽음의 의식 곧 죽음의 허무를 장악하고 있는 자와 그에게 굴복하여야 할 나와의 관계와 의미를 나는 나대로의 어떠한 해명을 어떻든 간에 가지지 않으면 아니 될 갈증에서 헤매는 어쩔 수 없는 나의 몸부림이던 것입니다. 그리하여 겨우 어렵풋이나마 나대로의 해석을 얻게 이른 것입니다. 더욱 솔직히 말하면 허무 앞에 깨끗이 굴복하는 일이었습니다. 즉 비정하리만큼 엄숙한 절대자의 세계와 가멸한 목숨의 세계를 엄격히 구별하여 각각 승인하는 동시 그와 나와의 관계는 마침내 내가 그에게 매몰되고 말 것임을 깨닫는 길이었습니다.

누군가가 『미래의 생명이 있음을 증명한 것을 전연 보지 못했다. 그러나 내세가 꼭 있다는 것을 믿고 싶다』고 말한 바와 같이 내세까지도 있어 우리의 목숨이 영생 불멸하고 싶음은 오직 인간의 애달픈 희망일 뿐 우리의 이성은 그 희망을 깨끗이 포기하여야 옳았던 것입니다. 신앙이라는 것이 있어서 흔히들 그 신앙으로써 영생으로 들어간다고 하는데 그 신앙인즉 우리의 이성이 자아의 집착을 버리고 영원 속으로 동화됨을 말하는 것 밖에 아님을 알아야 하는 것이었습니다.

> 信仰의 窮極 = 영원에의 同化.
>
> —〈短章 七十八〉

> 벌레가 과일 속으로 몸을 묻고 들어가듯 그렇게 내가 장차 돌아갈 大地여.
>
> —〈短章 七十一〉

> 한 가지 너의 고운 눈만 하더라도 보기 위한 그 구실만으로가 아니었거니!
> 차라리 지극히 眈美로운 치레로서 있게 함에 얼마나 더욱 用念하셨을 아아 이 마음 저린 놀라움이여.
>
> —〈短章 三〉

사실로 오늘 나의 목숨과 함께 萬有를 존재하게 한 절대 권능자 앞에 우리는 이 위에 더한 어떤 은총도 바랄수도 없고 바라서 이루어질 것도 아닌 것입니다. 이미 한량없이 베풀어진 은총 그것을 밝혀 깨달아 누리는 것이 나위 없는 은총이 아니겠습니까?

9. 나와 文學

마지막으로 나와 문학과의 관계 즉 문학에 대한 내가 취해 온 태도를 말해야 할 단계에 이르렀습니다.

흔히 나를 詩論이 없는 시인이라 핀잔합니다. 그러나 지당한 판단인 것입니다. 왜냐하면 나는 사실로 시나 문학에 대한 이론을 가지지 못했으며 그것을 하기 위하여 여러 방법을 연구한다든지 시험해 본 적도 없습니다. 나의 시는 내게 있어서 언제나 第二義的 가치 밖에 가지지 않았고 그것은 언제나 인생에 대한 나의 사유하고 느끼는 바를 표현하는 구실을 하는 것 밖에는 아니었습니다. 그러므로 해서 나는 심히 대담하게도 『나는 시인이 아니다』『진실한 시는 마침내 시가 아니어도 좋다』고 말했던 것입니다. 이 같은 나의 태도는 문학에 대한 한갖 외도일 뿐 아니라 나의 게으름과 무식함을 들어내는 부끄럼 밖에 아닌 노릇이나 도리 없는 것이었습니다.

그런데 어디서 누구인가가 literature를 문학이라 번역함은 틀린 것이라고 그것이 學이나 학문이 아니요 어디까지나 藝이므로 문예라 하여야 옳을 것이라고 말함을 들었었는데 그러한 의미로서는 나같이 이론을 가지지 않더라도 즉 학문적인 길을 밟지 않더라도 시를 쓸 수 있을 것도 같습니다마는 그까짓 일은 어떻든 내게는 무관한 일일 밖에 아니요 오로지 나는 나대로 생각하고 느끼는 바를 쓰고 살아 갈 뿐인 것입니다.

심심 산골에는 산울림 영감이
바위에 앉아

　나같이 이나 잡고
　홀로 살더라.

— 〈深山〉

　심산 속 같은 孤絶의 세계입니다. 그러나 어디까지 그 고절에 절로 유열을 느끼는 유유자적한 은둔인 것입니다. 산으로 가 보십시오. 되도록 깊은 산골로. 하세월을 가도 얼마나 깊은 정적입니까? 아우성을 지르고 온 산을 달려가는 솔바람 소리가저 한량 없이 적적할 따름입니다. 그러한 산속을 가 보면 햇볕 바른 바위 같은 데 이제껏 누가 앉아 있었다가 내가 나타나므로 어디로 피해 버린 것만 같이 느껴지는 것입니다. 아니 바위고 나무들이고 여태 저희들 끼리 무슨 대화를 주고 받고 있었다가 내가 나타나니 뚝 그치고서 이 못난 인간이 무슨 짓을 하려나고 지켜 보는 것만 같습니다. 이 같은 심산의 엄숙한 적막은 사실로 산신령 같은 존재가 있어 그 정결한 적막을 주장하고 살고 있는 것만 같습니다.

　이러한 무인지경 같은 고절의 세계를 정신 속 한 편에 항상 지니고 살아감은 얼마나 외롭고도 즐거운 일이겠습니까? 나는 무척이나 산을 좋아 합니다. 동양적인 허무주의는 언제나 무위한 자연 속으로 은둔 도피함을 마지막 지향으로 삼는 것인가 보기도 합니다.

　여기에서 산울림 영감이 이를 잡는다고 한 것은 은둔세계의 무료한 경지를 강조하기 의하기 때문임은 두말할 것 없습니다. 무위와 무료에 늘어져 누웠기, 누웠기도 겨울 때는 사람이란 손을 놀려 보기 마련입니다. 하다못해 손톱을 깍든지 옷을 벗어 이를 잡든지 손톱을 깍으려면 연장이 있어야 하기 때문에 이를 잡게 한 것입니다.

　굶주리는 마을 위에 놀이 떴다.
　화안히 곱기만 한 저녁놀이 떴다.

　가신 듯이 집집이 연기도 안 오르고
　어린 것들 늙은 이는 먼저 풀어져 그대로 밤자리에 들고

끼니를 놓으니 할 일이 없어
쉰네도 나와 참 고운 놀을 본다.

원도 사또도 대감도 옛날이 없잖아 있어
거들어져 있어-

하늘의 선물처럼
소리 없는 백성 위에 저녁놀이 떴다.

— 〈저녁놀〉

　지각이 있는 사람 치고는 누구나 다 그렇겠지마는 현실 사회에 일어나는 보고 듣는 일에 대하여 쏠리는 관심이 내게도 대단 많습니다. 더구나 그것이 부정불의한 일일 것 같으면 견딜 수 없을 만큼 흥분하기까지 하기가 일수입니다. 그래서 직접 정치나 사회 문제에 관한 작품이나 잡문을 써서는 원고를 청해 온 잡지나 신문에서 당국의 기휘를 두려워 은근한 말로 툇자도 맞고 더러는 발표되어 진정 애국 애족이 무엇인지를 모르는 권력의 주구들에게서 부당한 지목과 압력을 받고 지내는 것입니다. 그러나 그렇다고 나는 나대로의 정의감이나 내지는 인생관을 바꾸든지 굽힐 수는 적어도 내가 글을 쓰는 한에는 불가능한 일입니다. 왜냐하면 글이나 문학이란 언제나 높은 윤리의 태반을 갖지 않고서야 낳아지지지가 않기 때문입니다. 윤리를 갖지 않은 글 윤리의 정신에서 생산되지 않는 문학은 무엇보다 첫째 그것을 읽어 줄 독자가 없을 것입니다. 그 이유는 읽어서 공명을 맛볼 수 없으므로 읽을 필요나 흥미를 아무도 안 느낄 것이기 말입니다.
　여기에서 이러한 이야기를 늘어 놓음은 다름이 아니라 자기 直情의 단적인 토로의욕과 한 작품으로서의 형상화 방향과는 항상 괴리되기 마련이라는 점을 나의 경험상으로 말하고 싶음에서인 것입니다.
　여기에 옮긴 이 『저녁놀』은 보잘 것 없는 나의 작품들 가운데서 더구나 사회 문제적인 것을 다룬 아무도 돌아보지 않는 작품들 가운데서 그래도 좀 나은 편에 속하는 것이라고 말해 주는 작품입니다. 그런데 작자 자신으로서는 보시

다시피 이같이 현실의 심각한 빈곤상태를 겨우 이런 정도로 풍자하고 미화하므로서 그친다는 것에는 여간 불만이 아닌 것입니다. 사실 나는 사회적인 부정 불의나 권력의 횡포를 보고 들을 때는 당장에 수류탄이라도 들고 뛰어 들고 싶은 분격에 앙앙히 밤에도 잠을 못 이루는 것입니다. 그러므로 이러한 사회의 비참한 빈곤을 목격하는 경우에도 좀더 격렬한 언사로써 분이라도 풀지 않으면 도저히 시원치가 않기 마련인 것입니다. 그러므로 나로서는 작자의 감정과 작품의 구성간에 이같이 거리를 두어야 함에 미온과 불만을 느끼는 것입니다.

그리고 보면 한 가지 감정을 예술작품으로 형상화라려면 무엇보다 자기의 감정에서 벗어난 감정 감정의 자기를 벗어난 자기에서, 즉 제3자적인 입지에의 도달에서만 이루어지는 것인가 봅니다. 그리고 보면 무릇 예술가란 현실에 나타나는 事象들을 대하는 자세부터가 다른 것이므로 따라서 나 같은 위인은 끝까지 시인은 못될 것 같습니다.

작품을 하나 완성하는 데 있어 나는 퍽 오랜 시간을 요합니다. 첫째 한 가지 착상을 얻더래도 펜을 들기까지에는 수개월 어쩌면 수년을 묵히는 수가 흔합니다. 그렇게 착상을 지니고 있는 동안 더러는 어느 새 잊어버려 없어지기도 합니다. 잊어버려 없어져도 하나도 아까울 것 없음은 그러한 것은 설령 안 잊고 쓴다하여도 신통치 못한 것이 되고 말기 마련인 때문입니다. 오래독록 마음 속에 박혀 앓여서 못 잊는 것일수록 또한 오래도록 배고 있은 것일수록 비교적 좋은 작품으로 생겨나기가 십중 팔구인 것입니다. 물론 수삼일 걸려 제작되는 것도 있습니다. 그러나 그 수삼일동안만 하더라도 그것을 어느 모서리부터 착수하여야 될까에 앙앙하여 한시도 마음 놓을 수가 노상 없는 편입니다. 그리하여 일단 펜을 대어 쓰는데도 몇십번을 고쳐 쓰는지? 간신히 되었다 싶어도 그것을 넣어 두었다 완전히 기억에서 가셔진 때 다시 내어 보면 거기에는 많은 미흡하고 불만한 점이 나타나는 것이므로 이 단계까지를 거치고서야 겨우 안심하고 발표하기로 하는 것입니다.

내 언제고 지나치는 길가에 한 그루 남아 선 老松 있어 바람 있음을 조금도 깨달을 수 없는 날씨에도 아무렇게나 뻗어 높이 치어든 그 검은 가지는 啾啾히 탄식하듯 울고 있어 내 항상 그 아래 한 때를 머물어 아득히 생각을 그 소리 따라 天涯에 노닐기를 즐겨하였거니 하룻날 다시와서 그 나무 이미 무참히 베어 넘겨졌음을 보았나니.

진실로 현실은 한 그루 나무 그늘을 길가에 세워 바람에 어울느니 보다 빠개어 육신의 더움을 취함에 미치지 못하겠거늘 내 애석하여 그가 섰던 자리에 서서 팔을 높이 허공에 올려 보았으나 그러나 어찌 나의 손바닥에 그 幽玄한 솔바람 소리 생길 리 있으랴.

그러나 나의 머리 위 저 묘막한 天空에 시방도 오고 가는 神韻이 없음이 아닐지니 오늘 그를 증거할 善한 나무 없음이 안타까울 따름이로다.

— 〈善한 나무〉

이 작품에서 보시다시피 내가 목격하고 느낀 바를 그저 평탄하게 서술한 글줄 밖에 아니면서도 내가 고향에 있을 때 신작롯가 언덕 위에 한 그루 섰던 노송나무의 베어 넘어뜨려졌음을 본 후로 몇 해 동안을 나의 思念 속에서는 그 노송나무가 울고 지냈는지 모릅니다. 그렇게 오랜 동안 나의 사념 속에 살고 있는 소나무는 현실의 나무가 아니고 하늘의 울음소리 같은 유현한 솔바람을 안타까이 찾아 불러 치켜든 나의 손으로 변모하고 말았던 것입니다. 그러나 나의 손은 끝내 한갖 손바닥일 뿐 하늘가의 神韻은 들을 길 없고 내게 겨우 이 몇줄의 글만을 남겼을 뿐이었습니다. 생각하면 예술작품이란 언제나 3차원의 세계를 창조함에 지향을 두고 있는 것인지 모릅니다.

寂寂히 갸우린 안에
億土에의 하아얀 길이 있어

하나 王國이 슬어지기로소니
애달픔이 어찌 이에 더 하랴.

나의 靑春이 소리 없이 못내 흐느끼는 날
더불어 너도 고이 이우노니.

귀촉도야 귀촉도.
자국자국 얼이인 피가슴 밟는 울음에

아아 꽃이 지느지고!
-아픈지고!

― 〈작약꽃이 울 무렵〉

　오늘날 시의 조류가 대체로 심리의 深部意識과 언어가 가진 차원의 세계를 동원함에 있는 경향이긴 합니다마는 그 본질은 어디까지나 서정시에 있을 것입니다. 왜냐하면 무릇 예술이란 인간의 심리활동의 세 가지 커다란 방향인 知·情·意에 있어 그것은 정 즉 느낌에 바탕을 두고 있음은 두말할 것 없기에 말입니다. 이 같은 본질로서 따져 볼 때 아예 나는 시인도 못되겠거니와 서정시는 못쓸 위인인 것입니다. 이유는 항상 나는 사물을 대하여 느끼기보다 생각하기에 빠뜨려지는 편인 때문입니다. 그러므로 전기한 작품은 서정시를 쓸 줄 모르는 위인이 쓴 서정시 중의 하나입니다.

　그런데 여기에 그것을 이용한 뜻은 우리의 감성의 눈을 깊이 뜨고 지켜 보면 이 우주 가운데의 모든 목숨은 서로가 서로 깊으고도 먼 인연들을 맺고 있는 것이며 그러한 인연을 깨달음으로서 목숨의 무한한 값을 과연 발견할 수 있음을 생각해 보기 위해서입니다. 그런데 여기에 쓴 億土란 낱말은 억겁 만리 서방에 있다는 정토를 말함인데 이제 생각하여 이러한 작자만의 조작어는 반드시 삼가 피해야 옳을 것입니다.

　우리의 깊은 悟性의 눈으로 보면 한 망울 꽃이 시들어지는 사건과 한 나라가 없어지는 일과에 그 목숨의 값에 있어서는 추호의 차이가 없을 것입니다. 아니 어쩌면 基督이 한떨기 백합꽃과 「솔로몬」의 영화를 비유한 것과 같이 꽃의 목숨이 더욱 애달프고 소중할지 모를 일입니다. 한떨기 꽃의 목숨이 그 같을진데 한 마리 새의 목숨도 그럴 것이요 더구나 인간의 경우에 있어서는 얼마나 더욱 더 지중한 것이겠습니까? 그런데 그렇게 귀한 목숨을 한 망울 작약꽃이 이우는 날 인간이 청춘의 다 함을 깨닫고 그와 또한 때를 같이하여 두견이 피를 토하며 탄식함은 얼마나 지밀 지미한 목숨들의 연결이겠습니까? 이러한

목숨들의 연결은 그들이 다 같이 아득히 멀고 먼 한 가지 悲願의 길 억겁리나
되는 정도에의 하얀 길 위에 서 있기 때문인지 모릅니다. 다 같이 제각기의 아
픈 목숨들을 지니고 있기 때문인지도 모를 일입니다.

　　-돌아가는 것이다.

　　그 아늑한 始元의 데로
　　이제는 돌아가는 것이다.

　　그날 뉘의 애틋한 찾음에
　　어려운 걸음 잠간 나드릿길.

　　여기 이끼 속 허황히 버린
　　그 바늘끝 상채기가 뉘우치고녀!

　　싸늘한 살갗 하나 사이하고
　　저쪽과 이쪽이 지척도 아니언만

　　소리도 닿지 않는 그 億劫里-
　　이제는 돌아가는 것이다.

　　夕陽길 가는 이의
　　가물가물 뒷자취여. 답 없음이여.
　　　　　　　　　　　　　　　　　　　　— 〈四面佛〉

　　경주 백률사 아래 어귀 옛날 굴불사란 절터였다는 곳에 사면불이라 일컫는
바위의 주위 면에다 數 體의 불상을 음각 또는 양각한 것이 있습니다. 경주에
남아 있는 그러한 종류의 어느 석불이고 간에 그러하듯이 이 불상들도 천수백
년의 풍마우세를 겪은 터라 이제는 이끼 속에 그 형상조차 알아 보기가 힘드는
것입니다. 하룻날 우연히 그 앞에 서서 바라보노라니 그 아렴풋한 모습이 시간

적으로 보면 마치 영원의 문 저쪽으로 하마 사라져 들어가는 뒷자취 같고 거리
적으로는 이제 석양볕을 받고 먼 모롱이길을 아슴아슴 돌아가는 모습 같기도
하였습니다. 정작 누구나 사람의 죽음을 대해서는 이같이 나는 느끼지 않았을
것입니다마는 그것이 바윗돌에 새겨진 형상인지라 바윗돌이란 곧 비정의 것이
므로 저 영원히 돌아올 수 없는 비정한 죽음의 세계로 돌아가는 것만 같은 실
감이 절실히 느껴졌던 것입니다. 사실로 그 옛날 한 장인이 이 불상을 하나 조
탁할 때 진정 목숨을 하나 이룩함과 다를 바 없는 얼마마한 심혈을 기울였겠습
니까? 그리하여 생겨난 목숨―

　　예술―
　　석수가 만드는 것이 아니다.
　　그 속에 감추어 둔 것을 깨뜨려 찾아 내는 것이다.
―〈短章 十二〉

아니 이같이 이미 비정 속에 감춰져 있던 목숨이 한 석수의 發願으로 현세로
나타났던 것인지도 모릅니다. 그리하여 인간의 애달픈 목숨과 꼭 같이 이제는
저 비정의 허무세계로 영원히 돌아가고 있는 것인지도 모릅니다. 그리하여 오
늘의 애달픈 목숨의 세계의 차이는 바윗돌의 살갗 한겹 사이한 것 밖에 아니면
서도 어둡고 차디 찬 그 속과 바깥처럼 영원히 격리된 상거이기도 한 것입니
다. 그러기에 오늘의 수유한 목숨이 한갓 바늘귀만한 상채기에 지나지 않은 것
이며 또한 상채기 같이 아프게도 앓여지는 것이 아니겠습니까?

　　그날 절벽 같은 너의 죽음 앞에
　　다시도 안 열릴 石門을 붙들고 아무리 號哭한들
　　내 소리 네가 들으랴.
　　내 소리 내가 들으랴.
―〈사랑〉

□ 權命玉

강릉 태생
한양대 국어국문학과 및 동 대학원 졸업(문박)
〈心象〉 신인상으로 데뷔(시인, 1974)
논문 : 박목월시 연구(학위논문) 외
저서 : 〈시와 형태〉 외
현재 세명대학교 국문과 교수.

현대시의 비밀

1998년 3월 20일 제1판 1쇄 발행

지은이·권 명 옥
펴낸이·박 영 희
펴낸곳·이회문화사

㉾140-150 서울시 용산구 갈월동 6-9
전화·02 - 318 - 7912 팩스·02 - 755 - 2191
등록·제1-1342(1992.5.2) ISBN·89-8107-070-9
Printed in Korea. ⓒ권명옥, 1998.
정가 : 10,000원